Marlen Haushofer
Schreckliche Treue

Gesammelte Erzählungen Band 2

Marlen Haushofer

Schreckliche Treue

Erzählungen

claassen

1. Auflage 1986

Quellenhinweis S. 269

Papier: Papierfabrik Schleipen GmbH, Bad Dürkheim
Satz: Computersatz Bonn GmbH, Bonn
Druck und Bindearbeiten: Ebner Ulm
Printed in Germany
ISBN 3 546 44191 5

DAS FÜNFTE JAHR

Als Marili erwachte, sah sie die verschneite Wiese. Auch auf dem Mauervorsprung unter dem Fenster lag eine dicke Schneehaube, und es schneite noch immer.

Aus dem grauen Himmel schwebten riesige Flocken schwerelos an den Scheiben vorüber.

Es schien dem Kind, als habe es nie etwas anderes gegeben als Schnee und Winter. Oder war es auszudenken, daß das Schneegebirge im Hof jemals schmelzen sollte?

Immer war es am Morgen kalt im Zimmer. Die Tür zum Schlafzimmer der Großeltern war nun geschlossen. Der Großvater pflegte sie leise zuzuziehen, um das kleine Mädchen nicht zu wecken; er stand schon auf, wenn es noch ganz dunkel war. Manchmal erwachte Marili und sah den schwachen Schein seiner Kerze an der Wand ihres Zimmers. Dann hörte sie das Geflüster der alten Leute und das Ächzen der Bettstelle, wenn der Großvater sich aufrichtete. Später tauchte der Umriß seines Kopfes im Türspalt auf, und Marili lag mit angehaltenem Atem, bis sie das leise »Klick« vernahm, mit dem er die Tür sachte schloß.

Dann lag sie ganz allein und von aller Welt getrennt in ihrem großen Bett. Wie aus weiter Ferne hörte sie die Geräusche aus dem Schlafzimmer. Der Großvater hustete, und es klang, als hätte der Mann im Mond gehustet. Das Geplätscher des Waschwassers versetzte sie in einen friedlichen, traumähnlichen Zustand. Das Zimmer verwandelte sich in ein sicheres Gehäuse, und sie streckte sich lang aus und lauschte den kleinen Wellen, die an die Wand ihrer Zelle schlugen.

Beim zweiten Erwachen fiel schon das Tageslicht durchs Fenster und ließ sie jedes Möbelstück deutlich erkennen. Das ganze Zimmer war jetzt kalt und ablehnend gegen das Kind.

Dem Bett gegenüber hing ein großes Bild des Gekreuzigten. Es war in lehmiger Farbe gehalten, mit dem bräunlichen Hintergrund flacher Hügel; der große, nackte Körper am Kreuze leuchtete in einem fahlen, grünlichen Licht. Marili wußte, daß dieses Bild, vor dem sie ihr Abendgebet verrichtete, den Sohn Gottes darstellte. Man hatte ihr gesagt, es sei ein schönes altes Gemälde, trotzdem hielt sie beim Gebet stets die Augen auf die Hände gesenkt, um es nicht sehen zu müssen.

Es war eines ihrer kleinen Geheimnisse, daß sie abends im Bett stets dem Bild den Rücken zukehrte. Der Gott, zu dem sie dann betete, war alt und freundlich, ein entfernter und mächtiger Verwandter ihres Großvaters.

Zu ihm zu beten war keine langweilige Pflicht, sondern die letzte Freude des Tages. Er war es ja, der die Schutzengel aussandte, der die Vögel singen ließ und den Kühen die kleinen gefleckten Kälber schenkte. Er war niemals ungeduldig gegen Marili und hatte immer für sie Zeit.

Sie konnte nicht begreifen, wozu der große, nackte Sohn Gottes gut sein sollte, sie, Marili, brauchte ihn jedenfalls nicht. Manchmal, wenn sie nachts erwachte, erinnerte sie sich seiner. Deutlich fühlte sie dann seine Gegenwart. Irgendwo in der Schwärze der Nacht hing er und füllte den Raum; groß, schweigend und bedrohlich.

Sie war am Abend zu ihm unhöflich gewesen, hatte ihm den Rücken zugekehrt, und nun war er natürlich böse darüber.

Der liebe Gott war längst eingeschlafen und hatte sie mit ihm allein gelassen.

Sein Schweigen lähmte sie so sehr, daß sie sich nicht bewegen konnte. Es hatte keinen Sinn, nach der Großmutter zu rufen, die konnte wohl helfen bei bösen Träumen, Fieber und Bauchschmerzen, aber gegen diesen drohenden Gott war sie machtlos.

»Böse Menschen haben ihn für unsere Sünden ans Kreuz geschlagen«, hatte sie gesagt, und auf Marilis Frage, was Sünden seien, hatte sie geseufzt: »Das verstehst du noch nicht. Wenn du einmal groß bist, wirst du auch Sünden haben. Für alles Böse, was du einmal tun wirst, hängt er am Kreuz.«

Man konnte nur flüstern: »Sei nicht böse, weil ich dir den Rücken gezeigt hab', bis ich groß bin und viele Sünden habe, dann werd' ich dich immer anschauen beim Abendgebet. Nur jetzt laß mich wieder einschlafen, ich bin ja noch klein.«

Manchmal schien er es einzusehen und stieg in sein Bild zurück. Marili spürte es deutlich, sie konnte wieder leichter atmen. In manchen Nächten aber war er so beleidigt, daß er sich nicht bewegen ließ durch ihre Bitten; dann lag sie ganz still und fürchtete sich – solange man sich mit vier Jahren eben fürchten kann, ohne darüber einzuschlafen.

An diesem wie an allen vergangenen Wintermorgen war das Zimmer unfreundlich und kalt, und Marili wünschte, daß die Tür offenstünde wie in der Nacht. Wie immer nach dem Erwachen versuchte sie, den entflohenen Traum festzuhalten, aber niemals blieb etwas anderes zurück als ein verschwommenes Bild, der Klang eines Wortes oder ein sonderbares Gefühl in der Brust.

Vor dem Fenster schwebten noch immer die riesigen Schneeflocken. Marili wartete. Es war laut geworden im Erdgeschoß. Aus der Küche drang das blecherne Geräusch der Milcheimer, und dann hörte sie das Klappern von Rosas Schuhen auf dem Gang. Dann wurde es still: Rosa war aus den Schuhen geschlüpft und lief nun in dicken Wollstrümpfen die Stiege herauf.

Marili steckte den Kopf unter die Decke; von unterdrücktem Lachen geschüttelt, wartete sie darauf, Rosas kalte Hand auf ihren Füßen zu spüren. Sie schrie leise auf, als die

Kälte unter die Decke drang, und zog den Kopf des Mädchens mit beiden Armen zu sich nieder. Diese Rosa war ein wunderbares Geschöpf. Jeden Morgen stand sie um fünf Uhr auf und schien trotzdem immer frisch und ausgeschlafen zu sein. Ihr Gesicht unter den stramm aufgesteckten gelben Zöpfen glänzte vor Sauberkeit und Röte. Sie streckte die große rote Hand nach dem Kind aus und wickelte es in ein blaues Flanelltuch.

Trotzdem fröstelte Marili und drückte sich eng an das Mädchen.

»Lauf, Rosa, mir ist kalt.« Und Rosa rannte so ungestüm über den Gang, daß die Bretter unter ihren Füßen zitterten und das kleine Mädchen ganz durchgeschüttelt wurde.

Im Wohnzimmer wartete die Großmutter. Ihr braunes, bekümmertes Gesicht erhellte sich ein wenig, während sie Marili auf die Wange küßte und sie anzukleiden begann: das warme Unterleibchen, lange Strümpfe und das Barchentkleidchen. Niemand konnte das so gut wie die Großmutter; mit ihren langen, geduldigen Fingern ordnete sie Marilis feines Haar, niemals zerrte oder rupfte sie so ungeduldig wie Rosa, es schien, als würde sich das seidige Gespinst gerne unter ihren Händen glätten. Sie verstand es auch, das Kind so zu waschen, daß ihm nicht Tränen in die Augen stiegen und die Ohren wie Feuer brannten. Man wurde auf angenehme, schmerzlose Art sauber und frisch.

»So«, sagte die alte Frau, »und jetzt kannst du den Großvater holen.«

Marili rannte über den Gang und klopfte an die Türe des Arbeitszimmers, aber noch ehe das vertraute »Herein« ertönte, lief sie schon zum Schreibtisch und kletterte auf die Knie des alten Mannes.

Der Großvater roch nach Haarwasser, Zigarren und Holz, und jeden Morgen erregte dieser Geruch aufs neue Marilis Entzücken. Er fuhr ungeschickt mit der Hand über ihren Scheitel und verwirrte ihr Haar, aber sie hielt ganz still, obgleich sie wußte, daß sich Rosa sogleich wieder mit

Kamm und Bürste auf sie stürzen würde. Es war eine von Rosas unbegreiflichen Leidenschaften, und Marili hatte darunter zu leiden, denn es kam oft vor, daß der Großvater im Vorübergehen über den Kopf des kleinen Mädchens strich, mit seiner großen Hand, die doch unmöglich darauf achten konnte, daß jedes Haar glatt und richtig lag.

Jetzt legte er seine Zigarre vorsichtig auf den Rand des Aschenbechers und fragte: »Und was hast du heute geträumt, kleines Fräulein?«

»Von einer Ente«, erzählte Marili sofort; wer konnte wissen, vielleicht hatte sie wirklich von einer Ente geträumt, nun schien es ihr selber fast sicher zu sein.

»Sie ist im Brunnentrog geschwommen«, fuhr sie fort, »und sie hat grüne und rote Federn gehabt«, und nach einer kleinen Pause: »Und stell dir vor, einen goldenen Schnabel.« So, nun stand das Bild der Ente unverrückbar fest; wie schade, daß sie der Großvater nicht hatte sehen können. »So schön hat der goldene Schnabel in der Sonne geglitzert«, fabulierte sie weiter und blinzelte den Großvater an, um das Geglitzer zu verdeutlichen.

Und wie jeden Morgen war der alte Mann auch heute tief beeindruckt von den Träumen seiner Enkelin.

»Schade«, sagte er, »wie schade, daß ich sie nicht sehen konnte, deine Ente.«

»Sie hat sogar gesungen«, fuhr die Kleine, kühn geworden, fort, »beinahe wie ein Vogerl, nur viel schöner halt.«

Jetzt, wo es plötzlich so still war im Zimmer, glaubte Marili deutlich, ein zartes Schwirren zu vernehmen, die letzte Spur vom Entengesang.

»Ja«, bestätigte der Großvater, »das ist schon so, Traumenten singen immer, besonders wenn sie einen goldenen Schnabel haben.« Damit stand er auf und war nun plötzlich riesengroß. Seine Wangen leuchteten noch frisch und rosig, aber er war schon alt, man sah es an seinem weißen Haupt- und Barthaar. Außerdem hatte Marili einmal gehört, daß er schon die Schultern hängenlasse. Freilich konnte sie diese

Behauptung nicht recht überprüfen, aber es war auf jeden Fall bedauerlich wie eine leichte, lästige Krankheit.

Daß die Großmutter alt war, konnte jeder merken. Sie ging gebeugt mit ganz krummem Rücken, und ihr Gesicht war braun wie Leder, man konnte das Blut nicht durchleuchten sehen. Ihr Haar aber war noch blauschwarz und dicht, und das kam daher, daß sie es als junges Mädchen immer mit Schweinefett gebürstet hatte. Alle Leute bewunderten dieses schwarze, glänzende Haar, das an der kleinen alten Frau das Lebendigste war.

»Was nützen mir schon die schwarzen Zöpfe?« sagte die Großmutter dann und lächelte dazu, ein wenig geheimnisvoll, wie es dem Kind schien. Immer war die Großmutter traurig, auch wenn sie lächelte oder leise lachte.

»Großmutter, kannst du nicht fest und laut lachen?«

»Ich lache ja, mein Kind.«

»Aber nie so laut wie Rosa, lach doch einmal, bitte.« Dann verzog die alte Frau das Gesicht ein bißchen, und Marili schwieg betreten. Sie erinnerte sich plötzlich daran, daß die Großmutter traurig war, weil alle ihre Kinder gestorben waren. Das war eine dunkle Geschichte, die Rosa einmal im Kuhstall erzählt hatte. Es war besser, die Großmutter nicht daran zu erinnern.

Marili hockte, in Gedanken versunken, vor dem Herd. Der Großvater war wieder in seine Kanzlei gegangen. Eine schreckliche Dunkelheit breitete sich in ihrem Kopf aus.

»Großmutter«, sagte sie plötzlich, »wer bin ich denn eigentlich, wenn ich nicht dein Kind bin?«

»Du bist meine Enkelin«, sagte die alte Frau und strich ihre Schürze glatt. »Deine Mutter war meine Tochter, verstehst du das?« Darüber konnte man wieder eine Weile nachdenken. Das Wort »Mutter« hatte plötzlich eine neue, verwirrende Bedeutung.

»Erzähl mir was von meiner Mutter«, sagte sie langsam und ließ das frischentdeckte Wort auf den Lippen zergehen, um es auszukosten.

»Deine Mutter war viel braver als du«, seufzte die Großmutter, »ein ganz sanftes und liebes kleines Mädchen war sie, nie wild und ausgelassen. Du bist eben mehr nach deinem Großvater geraten und hast auch seine blauen Augen.«

»Ist denn der Großvater nicht brav?«

»Siehst du«, die alte Frau lächelte schelmisch, »so hätte deine Mutter nie gefragt. Natürlich ist der Großvater brav, aber er ist ein Mann, der darf ganz anders sein als ein kleines Mädchen.« Wie gesprächig heut die Großmutter war! »Es waren auch vier Buben da«, fuhr sie fort, »drei von ihnen sind im Krieg gefallen, und der kleine Max ist mit fünf Jahren an der Bräune gestorben.«

»Großmutter, was ist die Bräune?«

Aber die Großmutter antwortete nicht; sie starrte ins Herdfeuer, und ihre Gestalt auf dem Schemel schien ganz winzig und eingesunken.

Plötzlich glaubte Marili alles zu verstehen; es war also nichts zu machen gegen die Traurigkeit der Großmutter.

»Ich werd' schon auch so brav werden wie meine Mutter«, sagte sie beklommen, »vielleicht wirst du dann lustiger.«

Sachte streichelten die gelben Finger ihre Wangen. »Das Traurigsein, Marili, wird erst aufhören, wenn ich sterbe.«

»Freust du dich schon sehr darauf?«

»Freilich«, sagte die alte Frau und sah ein wenig munterer aus, »aber zuerst muß noch der Großvater sterben, weißt du.« Das war einzusehen; ja, der Großvater mußte zuerst versorgt werden, was wäre er denn ohne die kleine alte Frau, mit der er abends, im Bett, lange geflüsterte Gespräche führt?

Plötzlich stieg Marili eine heiße Welle ins Gesicht.

»Großmutter, was geschieht denn dann mit mir?«

»Du?« Die schmalen braunen Augen leuchteten auf. »Du mußt halt noch ein paar Jahre warten, dann kommst du uns nach, und wir sind wieder alle beisammen.«

»Wie gut«, dachte das Kind, »wie gut, daß alles so schön in Ordnung ist.« Man konnte jetzt aufhören, davon zu reden. Die Großmutter schien ohnedies schon wieder die Gegenwart des kleinen Mädchens zu vergessen. Marili schlüpfte aus der Küche und lief die Stiege hinauf ins Schlafzimmer.

Dort hing ein Bild ihrer Mutter. Sie hatte es natürlich jeden Tag gesehen, aber es gab nichts Wichtigeres für sie, als es sofort und ganz genau anzusehen.

Diese Mutter sah ganz anders aus als die Mütter der Dorfkinder, fast wie ein Schulmädchen. Sie trug auch eine große schwarze Masche im Haar. Ihr Gesicht schien so unsagbar brav und sanft, daß Marili sich tief beschämt fühlte. Sie hob sich auf die Zehenspitzen, um das Bild berühren zu können. Die Kälte des Glases erschreckte sie und ließ sie rasch die Hand zurückziehen. Sich umwendend, sah sie die lilafarbene Decke auf den Ehebetten und die kleine Statue des heiligen Antonius auf dem Nachtkästchen der Großmutter.

Es war alles, wie es immer gewesen war; aber daß die Mutter sich so kalt anfaßte, veränderte den ganzen Raum. Langsam ging Marili zur Tür und fühlte die Augen des Bildes, diese sanften, weit geöffneten Augen, im Nacken. Als sie die Schnalle zudrückte, hörte sie ihr Herz laut pochen und legte erstaunt die Hand auf die Brust. Irgend etwas war durcheinandergeraten – es war wohl am besten, zu Rosa in den Stall zu flüchten, dann würde es wieder in Ordnung kommen.

Sie atmete tief, als sie den Geruch der Kühe und des Heus spürte.

Hier war alles friedlich und ohne Rätsel. Man konnte nicht immer traurig sein. Viel zu lange dauerte diese Traurigkeit schon an. Sie saß auf der Bank und ließ die Beine baumeln. Rund und sauber standen die Kühe, und dazwischen Rosa, selbst so blühend und blankgestriegelt wie eine von ihnen.

Das kleine Mädchen fühlte eine glückliche Wärme im

Leib: Nichts war zu hören als das Kauen der Tiere und das dünne Geräusch der Milchstrahlen, die in den Eimer spritzten. Hier konnte man sich fast ebenso sicher fühlen wie auf dem Arm des Großvaters.

Und immer noch fiel Schnee vom Himmel. Vom Stall zum Wohnhaus hatte Kajetan, der Knecht, einen Gang geschaufelt, dort standen die Schneemauern so hoch, daß Marili ihr Ende nicht einmal mit den ausgestreckten Händen erreichen konnte.

Rosa mußte sie auf den Arm nehmen, und die Aussicht war ein wenig enttäuschend – wieder nichts als Schnee. Die großen Sträucher am Gartenzaun waren mit riesigen Schneehauben zugedeckt, und vom Apfelbaum war ein Ast abgebrochen. Marili fühlte sich bedrückt von dieser lastenden weißen Masse, aber Rosa lachte, daß man ihren roten Gaumen sehen konnte. Für sie war es ganz gleich, ob es schneite, regnete oder die Sonne schien. Nichts konnte ihr etwas anhaben, sie trug einen Panzer von Jugend und Gesundheit. Marili freute sich, wenn Rosa lachte, und wünschte sich heftig, einmal ebenso laut lachen zu können, steife gelbe Haare und rote Wangen zu bekommen wie das große Mädchen. Dabei wußte sie ganz genau, daß sie niemals so aussehen würde, und dieses Wissen erfüllte sie mit leisem Bedauern.

»Du riechst nach Stall«, sagte die Großmutter, und das kleine Mädchen lief, sich zu waschen, bis sie nur noch nach Brunnenwasser und Speikseife roch.

Der Großvater saß schon an seinem Platz und zwinkerte Marili zu. Sie schlüpfte schnell an seine Seite und nippte an seinem Weinglas.

»Kinder, die Wein trinken, können dumm werden«, warnte die alte Frau, aber der Großvater meinte dazu, er habe Wein getrunken, solange er auf der Welt sei, und sei auch nicht dümmer als andere Leute. Da mußte sogar die Großmutter lachen, und ihre braunen Augen leuchteten auf. Es sah aus, als wolle sie etwas sagen und habe es sich im letzten Augenblick überlegt. Der Großvater schmunzelte in den Bart, und das Ganze schien wieder einmal eines jener Geheimnisse zu sein, die die Großeltern mitsammen hatten und die Marili nie ergründen konnte. Ja, manchmal lachten die alten Leute einander zu und unterhielten sich in der Augensprache. Marili fühlte sich dann ausgeschlossen und allein. Dann war es gut, bei Rosa Zuflucht zu suchen, bei der es keine Geheimnisse gab, nichts, was nicht jedes Kind hätte begreifen können.

Kajetan hingegen war ein wenig absonderlich. Man konnte stundenlang auf ihn einreden, ohne eine Antwort zu bekommen, denn er war fast taub. Rosa und der Großvater pflegten mit ihm zu schreien, daß die Wände zitterten, und doch verstand er meist nichts oder falsch. Nur die Großmutter mit ihrer dunklen, ruhigen Stimme konnte sich mühelos mit ihm unterhalten.

»Kajetan«, sagte sie, »schau, ich habe fast kein Holz mehr«. Dann nickte der Knecht und trug ein paar Körbe voll Scheiter hinter den Herd und schlichtete sie ordentlich zu einem Stoß.

»Braver Kajetan«, lobte dann die Großmutter, und der Knecht verzog sein breites graues Gesicht zu einem glücklichen Grinsen. »Er hört mich mit dem Herzen«, hatte die Großmutter Marili erklärt, und daran mußte die Kleine immer denken, wenn er in die Stube trat. Kein Mensch hätte gedacht, daß dieser Kajetan etwas Besonderes war. Er war alt, sein Kopf kahl, und er besaß keinen einzigen Zahn; außerdem roch sein Rock scharf und sauer. Aber trotzdem konnte er mit dem Herzen hören, darüber vergaß Marili beinahe ihre Suppe.

Der Großvater mußte nachhelfen, Löffel für Löffel schob er in ihren Mund, einen für Hansel, einen für Gretel, sieben für die sieben Zwerge und einen für das Rumpelstilzchen, obwohl es ihn ja eigentlich nicht verdient hatte, und endlich einen Löffel für die Traumente mit dem goldenen Schnabel.

Eine langweilige Sache war das Essen, ohne Großvaters Hilfe wäre es gar nicht gegangen.

»Das hat sie von der Lisl«, pflegte sie der alte Mann zu entschuldigen, und die Großmutter seufzte und bekam trübe Augen. Plötzlich kam es wie eine Erleuchtung über Marili. Lisl konnte nur ihre Mutter gewesen sein. Jetzt glaubte sie, eine doppelte Müdigkeit zu spüren. Voll von geheimem Einverständnis dachte sie an das kleine Mädchen, das vor ihr auf diesem Platz gesessen war und auch keine Suppe hatte essen wollen.

Später räumte Rosa den Tisch ab; die Großmutter schüttelte das Tischtuch vor dem Herd und faltete es glatt zusammen. Dann schob sie den Großvater, der sich in den Lehnstuhl zum Ofen gesetzt hatte, ein gesticktes Kissen unter den Kopf. Marili kletterte auf seinen Leib und rollte sich zusammen.

»Erzähl weiter, Großvater.«

»Wo sind wir denn stehengeblieben? Ach ja, ich erinnere mich, beim Nashorn. Also, das Nashorn rannte wütend im Kreis herum und schnaubte fürchterlich durch die Nase . . .«

»Wie denn, Großvater, wie laut denn?« Es war unfaßbar, wie laut der Großvater schnauben konnte, er röchelte und schnalzte, daß die Großmutter erschrocken in die Küche flüchtete, und die Türe zuzog. Marili verkroch sich unter seiner Weste und bettelte entzückt: »Noch einmal, Großvater . . .« Es war unglaublich, was er alles erlebt hatte. Seine Geschichten waren alle ein wenig ungereimt und maßlos; er berichtete von Kämpfen mit Drachen, Nashörnern, Elchen und Krokodilen, die natürlich letzten Endes immer den kürzeren gezogen hatten. Auch den schrecklichen Termitenkrieg hatte er miterlebt und war daraus als Sieger hervorgegangen; es war dies sein gefährlichstes Heldenstück gewesen, und er zog es bei weitem vor, gegen riesige Salamander oder wilde Elefanten zu kämpfen als gegen diese kleinen, bissigen Teufel.

Manchmal, wenn er besonders schläfrig war und ihn, wie er sagte, die Erinnerung an jene kriegerischen Zeiten zu sehr aufgeregt hätte, begnügte er sich damit, Bruchstücke aus dem Alten Testament zum besten zu geben, wobei Marili an einer gewissen Stelle stets die Fassung verlor und in Tränen ausbrach, aus Mitleid mit dem ungeschickten, riesigen Goliath.

Der Großvater lachte und weinte mit seinen Helden, brüllte wie ein Stier oder trompetete wie die wilden Elefanten, und Marili lauschte mit aufgerissenen Augen und klopfendem Herzen.

Heute endete seine Erzählung, ein wenig plötzlich, damit, daß sich der Held, ermüdet von der Nashornjagd, unter einen Baum legte und einschlief. »Und er schnarchte so laut, daß alle Blätter zitterten – ungefähr so: chrrr chrrr chrrr ...« Marili wartete geduldig. Die Bäume hörten auf zu zittern, und das Schnarchen wurde leise – der Großvater war eingeschlafen, sein Atem strich gleichmäßig über ihre Stirn.

Der Ofen strömte eine sengende Hitze aus, aber das war es gerade, was der alte Mann liebte. Er hatte seinen Rock und die Wollweste an, und sein Gesicht glühte. Marili bekam einen schweren Kopf; auf und nieder gewiegt von den Atemzügen des Großvaters, schaukelte sie in den Schlaf.

Als sie erwachte, sah sie die Großmutter im Zimmer auf und ab gehen, ein gebeugter kleiner Schatten in blauen Barchentröcken. Einmal blieb sie stehen und sah lange und unbeweglich zum Fenster hinaus; was gab es dort schon zu sehen, doch nur Schnee und wieder Schnee?

Aber die Großmutter schien noch etwas anderes zu erblicken, sie lächelte so sonderbar, daß Marili vorsichtig von Großvaters Leib kletterte und zu ihr lief.

»Großmutter, was siehst du denn da draußen?« Die alte Frau hob den Zeigefinger. »Siehst du den Birnbaum dort hinten? Er war schon alt, als deine Mutter geboren wurde.« Marili stieg auf das Fensterbrett und drückte ihr heißes Gesicht gegen die Scheibe.

»Auf diesem Birnbaum«, fuhr die Großmutter fort, »ist

der kleine Max immer gesessen, es war der einzige Baum, der die Äste so tief angesetzt hat, daß er sie erreichen konnte. Jeden Tag, den ganzen Sommer lang, ist er mit zerrissenen Hosen heimgekommen, und ich habe das Haus voll Gäste gehabt und viel zuwenig Zeit für die Kinder. Er war so ein lustiger kleiner Kerl und dem Großvater wie aus dem Gesicht geschnitten. Du hast auch so blaue Augen, aber dunkler, nicht so strahlend wie der Maxi. Ja, und eines Tages ist mir die Geduld ausgegangen, und ich hab' ihn hier im Zimmer eingesperrt. Auf dem Fensterbrett ist er gekniet, das kleine Gesicht an das Glas gepreßt – und es war ein so herrlicher Nachmittag.«

Die alte Frau seufzte tief. »Siehst du, Marili, und das tut mir noch immer leid. Er hätte den Sonnenschein so nötig gebraucht – denn ein Jahr später war er schon tot. Immer wenn ich seither den Birnbaum seh', spür' ich die Reue über meine Ungeduld. So viele zerrissene Hosen hab' ich in meinem Leben geflickt, es wäre auf diese eine nicht angekommen.«

»Großmutter, wie weh tut denn die Reue?«

»Sehr weh, Marili, ärger als Kopfweh oder Zahnweh, überhaupt ärger als jedes Weh, das du kennst.«

»Ärger als ein gequetschter Finger?«

»Viel ärger.«

»Warum schreist du dann nicht, Großmutter?«

»Weil alte Leute nicht mehr schreien dürfen. So, und jetzt steig herunter vom Fensterbrett und geh ein wenig spielen.«

Marili hätte gerne mehr über die Reue gehört, das Wort hatte etwas Dunkles und Geheimnisvolles an sich, aber sie wußte, daß es keinen Zweck hatte, die Großmutter zu quälen. Man konnte sie nicht zwingen, ganz anders als beim Großvater, der nicht »nein« sagen konnte und immer wieder ein Stückchen draufgab.

»Spiel mit deinen Puppen.«

Aber Marili hatte keine Lust, mit Puppen zu spielen. Sie

schlich in die Küche und machte sich hinter dem Herd zu schaffen. Man konnte aus Holzscheitern ein Haus bauen, ein großes Haus mit vielen Zimmern, einer Dachkammer und einem großen Stall.

Aus einer alten Zeitung drehte sie kleine Würstchen, das waren die Großeltern, Rosa, Kajetan und Marili. In der Dachstube aber wohnten die fünf verstorbenen Kinder. So war alles in Ordnung, und alle waren beisammen, die zusammengehörten. Wenn die Großmutter einmal traurig war, brauchte sie nur über die Stiege zu gehen und konnte schon mit ihren Kindern reden.

Sie band einem der fünf Papierröllchen einen roten Faden um die Mitte, das war die Lisl-Mutter, man mußte sie von den anderen unterscheiden.

Marili bewegte die Lippen und murmelte mit ihren Geschöpfen, sie hatte längst vergessen, daß sie hinter dem Herd saß und mit Holzscheitern spielte. Ihr Haar stand verwirrt von den Schläfen ab, und die Ohren glühten vor Eifer.

So, nun galt es noch, eine braune Kuh zu erschaffen, vielleicht auch eine gefleckte, und ein paar fette Schweinchen und Hühner.

Pluto, der große braune Vorstehhund, kam langsam aus seiner Ecke und begutachtete das Bauwerk, dann legte er sich wieder hin, die Schnauze auf Marilis Knien, und schnaufte mit halbgeschlossenen Augen vor sich hin.

Wenn so viel Schnee lag, daß man nicht jagen konnte, verschlief er Tage und Nächte in der Küche oder unter Großvaters Schreibtisch. Er sog den Schlaf in sich wie ein Schwamm, und sein Fell, das im Herbst rauh und struppig gewesen war, wurde wieder dicht und glänzend. Auch seine Flanken rundeten sich zusehends, und der Großvater, der erwacht war und auf der Schwelle stand, sagte nachdenklich: »Du wirst zu fett, mein Lieber, ich glaube, du brauchst Bewegung.«

Er zog seine hohen Schnürschuhe an und ließ sich von Rosa in den Überrock helfen. Pluto schien plötzlich zu erwachen und wedelte so heftig, daß Marilis Papierkinder aufgeregt zu tanzen begannen. Die Kleine vergaß ihr Spiel. »Nimm mich auch mit!« bettelte sie.

Der Großvater sah verlegen um sich. »Es ist zuviel Schnee, Marili«, wehrte er schwach ab.

»Aber die Straße ist ganz glatt«, warf das Kind schlagfertig ein. Dagegen gab es nichts zu sagen, den ganzen Tag fuhren die Bauern mit ihren Pferde- und Ochsengespannen vorüber und schleppten das Holz ab. Der Großvater stöhnte noch ein wenig, aber da er einsah, daß er dieser winzigen Enkeltochter doch nichts abschlagen konnte, befahl er Rosa, das Kind anzuziehen.

Die Großmutter rief noch aus dem Zimmer: »Gib acht, Marili, zieh die Luft nicht durch den Mund ein«, aber da stand die Kleine schon vor der Tür.

Die Straße war wirklich sehr glatt von den Schlittenkufen, und Marili mußte sich ganz fest an die Hand des alten Mannes klammern. Es war eine mühsame Wanderung, aber trotzdem war es schön und aufregend. Pluto sprang mit allen vier Beinen zugleich in die Luft, und seine langen Ohren flogen im Wind.

»Er ist verrückt wie ein Kalb«, sagte der Großvater, und das hätte er besser nicht gesagt, denn Marili fühlte sich sogleich dazu bewegt, sich auch in ein Kalb zu verwandeln. Sie ließ die rettende Hand los und rannte hinter dem bellenden Hund her, bis sie ausglitt und lang hinfiel.

Beide wälzten sich im Schnee, und der Großvater sah nichts als ein Knäuel von Hunde- und Kinderbeinen.

»Na, nur nicht gar so wild«, mahnte er und schlug den Schnee von Marilis Mantel. »Und du, alter Narr, könntest auch vernünftiger sein.« Der gute Hund senkte betreten die Schnauze. Marili aber war nicht zu beruhigen. Es fiel ihr nicht mehr ein, die Luft durch die Nase einzuziehen, o nein, sie lachte und schrie mit weit aufgerissenem Mund.

»Du hast einen Luftrausch, Hexe«, sagte der Großvater, »warte nur, die Großmutter wird böse werden.«

Marili wußte, daß die Großmutter nie böse wurde, sie konnte gar nicht schelten, nur mahnen und, wenn auch das nichts nützte, traurig schauen. Das war nicht auszuhalten; manchmal dachte Marili sich kleine Lügengeschichten aus, um sie zum Lachen zu bringen. Es bestand ein geheimes Einvernehmen zwischen ihr und dem Großvater, und sie freuten sich beide kindisch, wenn es ihnen gelang, in den braunen Augen der alten Frau jenes schelmische Licht zu entzünden, das sie alle entzückte.

»Ihr seid zwei Lügenkittel«, stellte die Großmutter fest, und da der Großvater darüber lachte, fand es Marili sehr erstrebenswert, ein Lügenkittel zu sein.

Es war schon fast dunkel und hatte wieder zu schneien begonnen, als die drei nach Hause kamen. Die Petroleumlampe war schon angezündet und warf ihren gelben Schein auf das Tischtuch. Rosa nähte an einem Hemd, und die Großmutter strickte an einer Weste für den Großvater. Jedes Jahr bekam er eine neue Wollweste, er besaß schon eine ganze Lade voll davon, und noch immer schienen es nicht genug zu sein.

Heuer wurde es eine grüne Weste mit grauen Streifen. Es war ein mühsames Muster, und die Großmutter mußte dabei zählen. Manchmal hörte sie auf Marilis Geplapper, vergaß die Zahl und mußte von vorne beginnen.

»Nie«, dachte Marili, »will ich grüne Westen stricken. Ich möchte überhaupt lieber ein Mann werden und so laut reden wie der Großvater; auch einen weißen Bart möchte ich einmal bekommen.« Aber das waren Wünsche, an deren Erfüllung sie selber nicht recht glaubte. Im tiefsten Herzen wußte sie sicher, daß sie niemals einen Bart haben würde wie der Großvater – niemals. Es hatte keinen Sinn, sich darüber zu kränken.

Später kam Kajetan aus dem Stall und brachte jenen Geruch mit sich, der die Großmutter immer leise seufzen ließ. Kajetan wusch sich ja lange in der Waschküche, aber er roch trotzdem sehr sonderbar.

Plötzlich war Marili müde. Ihre Wangen brannten von der Schneeluft, und in ihren Lippen pochte es, das war wohl ihr Blut. Schläfrig ließ sie sich vom Großvater füttern. Wenn sie unter den Tisch sah, erblickte sie seine großen Schuhe, in grauen Wasserlachen stehend.

Alle mußten im Hause die Schuhe ausziehen, nur der Großvater durfte hinsteigen, wo er wollte, sogar auf den Teppich im Schlafzimmer. Er durfte die Zigarrenasche auf den Boden streuen, und wenn man es genau betrachtete, brachte er immer ein wenig Unordnung mit sich. Und das alles durfte er, weil er »der Herr« war.

Immer größer wurden die Lachen auf dem Boden, und immer noch klebte Schnee auf den großen Schuhen.

Die Großmutter reichte Kajetan ein Stück Fleisch über den Tisch, und er lachte mit hochgezogenen Lippen dankbar zurück. Kajetan hätte wohl alles getan, was die Großmutter wünschte. Niemand hatte das Marili gesagt, sie wußte es plötzlich.

»Großmutter«, murmelte sie verschlafen und kroch auf ihren Schoß. Sie lehnte das Gesicht gegen die eingefallene Brust der alten Frau und begann zu schlafen.

Noch einmal erwachte sie, als sich die Großmutter mit einer Kerze über ihr Bett beugte und die Decke zurechtzog. Wie uralt ihr Gesicht war, gelb und braun – die Augen, in denen sich das Kerzenlicht spiegelte, waren bestimmt schon tausend Jahre alt. Marili wollte ihre Hand auf dieses alte Gesicht legen, aber sie war zu matt. Sie fühlte den Hauch der Großmutter auf der Wange, dann war es dunkel im Zimmer.

»Lieber Gott«, dachte sie, »laß niemand traurig sein und nimm die Reue fort, aber bestimmt, bitte.«

Irgendwoher kam ein fernes Brummen, der liebe Gott war wohl auch schon fast eingeschlafen.

Und immer noch schwebten vor dem Fenster riesige Schneeflocken.

Eines Tages lag ein kleines gelbes Viereck auf dem Küchenboden.

Die Großmutter ging vom Herd zum Tisch, und das Fleckchen zitterte auf ihrem schwarzen Schuh. Marili hob den Blick vom Boden und sah mit Staunen ein leuchtendes Gitter auf dem Fensterbrett und einen Strahl leuchtendgelber Stäubchen.

Als die Großmutter wieder zurücktrat, blitzte ein goldener Funke in ihren Augen auf.

»Die Sonne ist da, Marili«, sagte sie. »Siehst du, und du wolltest mir nicht glauben, daß sie kommen wird. Hörst du, wie das Wasser vom Dach tropft?«

Eine ungewisse Erinnerung begann in Marili zu erwachen; sie hatte etwas mit ihren nackten Armen und Beinen zu tun, wurde aber nicht deutlich. Sie folgte dem Sonnenstrahl mit den Augen, bis er hinter den Spitzen der hohen Fichten verschwand, dort war der Himmel so strahlend weiß, daß sie die Augen schließen mußte.

»Jeden Tag«, sagte die Großmutter, »wird sie jetzt ein wenig länger bleiben, bis es wirklich Frühling wird.«

»Freust du dich, Großmutter?«

»Freilich, Marili. Seit vierzig Jahren warte ich jeden Februar auf sie. Weißt du, ich stamme aus einer Gegend, in der es keine Berge gibt, nur sanfte Hügel, und dort scheint das ganze Jahr die Sonne.«

»Magst du die Berge nicht, Großmutter?«

Die alte Frau zögerte ein wenig. »Nein, eigentlich nicht, sie sind hier viel zu nahe und drücken mich.«

Marili versuchte sich ein Land vorzustellen, in dem es nur Hügel gab, aber immer wieder schob sich der Schatten eines Berges dazwischen, und sie gab endlich seufzend nach. Sogleich füllte sie das Bild mit Wäldern und steilen Wiesen, über denen man ein Stückchen blauen Himmels sah.

Und so war es auch gut. Was kümmerten sie die fremden flachen Hügel. Sie wollte wissen, ob dort alle Leute schwarzes Haar und braune Augen hatten und ob sie alle so klein und bucklig waren wie die Großmutter, aber sie kam nicht dazu, danach zu fragen, denn plötzlich stürmte Pluto in die Küche und sprang der alten Frau mit den Pfoten gegen die Brust. Er schüttelte sich, ein Sprühregen stäubte aus seinem Fell, und er schien außerordentlich vergnügt und abenteuerlustig zu sein.

»Geh fort, du Wildling!« rief die Großmutter und trocknete die Spuren seiner nassen Pfoten von ihrer Schürze. Sie hatte sich längst mit dieser Unart des Hundes abgefunden und nahm sie hin wie etwas Unvermeidliches. Wie immer, mußte Marili über den großen Tolpatsch lachen. Er hatte den Kopf gehoben, und das Sonnenfleckchen stand genau auf seiner rehbraunen Stirn.

Seine Augen hatten im Licht dieselbe Farbe wie Großmutters Augen. Marili streichelte sein nasses Fell und flüsterte: »Braver Pluto, schöner Pluto.«

»Heute«, sagte die Großmutter nachdenklich, »wollen wir ein Sonnenfest machen.« Ein wenig Übermut schwang in ihrer Stimme mit: »Wünsch dir was, Marili, heute bekommst du es.« Darüber brauchte man nicht lange nachzudenken.

»Eiermost und Rosinen.« Wie glücklich die Großmutter war über das gelbe Fleckchen Sonne auf dem Boden, es war nicht ganz zu verstehen, aber Marili fühlte bei der Freude der alten Frau eine leise, prickelnde Erwartung in der Brust. Gespannt beobachtete sie, wie Eier, Most und Zucker so lange gesprudelt wurden, bis das Getränk in einem duftenden gelben Schaum über den Rand des Kruges floß.

Dann holte die Großmutter Gläser und legte ein Häufchen Rosinen vor Marili auf das Tischtuch.

Das Kind hob die Hand und fuhr vorsichtig über das alte braune Gesicht der Frau. Die Großmutter stellte den Krug hin und sah Marili an. Ihr Blick kam aus einem dunkelgoldigen Abgrund, und Marili schloß erschrocken die Augen. Dann fühlte sie den rauhen Mund der Großmutter in ihrer Handfläche. Als sie die Augen wieder zu öffnen wagte, war alles wie immer. Die Großmutter zeigte ihr vertrautes, stilles Gesicht voll verborgener Trauer, und nichts war zurückgeblieben als das Gefühl einer sanften Wärme in Marilis Handmuschel. Sie wußte nicht, ob etwas Lustiges oder etwas Trauriges geschehen war, und blickte ein wenig unsicher auf Pluto, der sich erhoben und den großen Kopf auf ihre Knie gelegt hatte. Diese Berührung war angenehm und beruhigend, und das kleine Mädchen erinnerte sich aufatmend des süßen Rosinenberges vor ihrem Glas.

Und dann kam auch Kajetan in die Küche. Er tappte zum Herd, stieg aus den Holzpantoffeln und stellte sie zum Trocknen auf ein Scheit, das vor dem Ofen lag. Plötzlich fiel sein Blick auf den Mostkrug, und er blieb mit vorgestrecktem Gesicht, ein unschlüssiges Lächeln um den Mund, stehen und bewegte sich nicht.

»Komm nur, Kajetan«, sagte die Großmutter und nahm ein drittes Glas aus dem Schrank. »Wir feiern gerade ein großes Fest.« Der Knecht rückte mit einem glücklichen Grinsen in die Ecke und senkte den großen Kopf über sein Glas. Dann mußte er mit der Großmutter und Marili anstoßen. Pluto sprang neugierig mit den Vorderpfoten auf die Stuhllehne, als er den hellen Klang vernahm.

»Schade«, sagte Marili, »schade, daß er keinen Most mag.« Aber die Großmutter wußte Rat, sie hatte noch irgendwo ein Stück Kuchen aufgehoben und reichte es Pluto hin, der es vorsichtig und verständig aus ihrer Hand nahm.

Marili leckte den gelben Schaum von den Lippen. Alles war in bester Ordnung, auch Pluto hatte sein Teil erhalten, und man konnte sich beruhigt der großen Süßigkeit hingeben. Sie sah das Gesicht Kajetans und lachte ihm zu. Er dankte mit einem breiten Grinsen und schob die verhornte Hand mit den schwarzen Nägeln über den Tisch; aber plötzlich, als werde er sich ihrer Häßlichkeit bewußt, stockte er und zog sie langsam wieder zurück. Das Lächeln auf seinem Gesicht war erloschen, und er sah jetzt sehr einfältig und gewöhnlich aus.

Irgend etwas bewegte sich in Marilis Brust und wollte heraus. Sie glitt vom Sessel und kletterte auf die Bank, bis sie Kajetans Gesicht mit ihrer Wange erreichen konnte.

Sein Rock roch nach Schweiß und Tabak, aber sie achtete nicht darauf, dieser Geruch gehörte zu Kajetan wie seine Hand oder sein Fuß, und wenn man ihn gern hatte, mußte man das in Kauf nehmen.

Als sie wieder auf ihrem Platz saß, fühlte sie die Augen der Großmutter auf sich gerichtet. Verlegen schob sie ein paar Rosinen in den Mund und spürte, wie die Hitze in ihre Ohren stieg.

Kajetan saß in seiner Ecke, einen verzückten Ausdruck auf dem grauen Gesicht, endlich fuhr er vorsichtig mit der Hand über die stoppelige Wange.

»Jetzt soll halt die Frau singen«, sagte er, und man konnte ihn sehr schlecht verstehen, weil er keinen Zahn mehr im Mund hatte.

»Aber Kajetan«, meinte die Großmutter, »das ist doch längst vorbei. Ich kann nicht mehr singen, und du kannst mich nicht mehr hören.« Aber dann sang sie doch.

»Kuckuck, Kuckuck, ruft's aus dem Wald ...«

Kajetan sah starr auf ihre Lippen und nickte bei jedem Wort mit dem Kopf, auch Pluto sah erstaunt und unverwandt zu seiner Herrin auf.

»Lasset uns singen, tanzen und springen«, sang die alte Frau, und da spürte Marili plötzlich einen lang vergessenen Duft, den Duft der blühenden Wiese, die einmal grün und rauschend über ihrem Kopf zusammengeschlagen war. Und diese Erinnerung erfüllte sie mit brennendem Entzücken.

Sie sah den blauen Himmel durch die Wolken leuchten und hoch über dem Wald jenen gleißendhellen Fleck, wo sich die Sonne verborgen hielt.

Die Großmutter war verstummt. Ihre Hände lagen auf dem dunklen Tisch und bewegten sich nicht. Es war so still in der Küche, daß man das Wasser auf dem Herd leise zischen und brodeln hörte.

»Was hast du, Marili?«

»Die Kröte«, schluchzte das Kind, »die Kröte war wieder da.«

Die Großmutter schüttelte den Kopf und seufzte.

»Wo ist sie hingegangen, Großmutter?«

»Du hast geträumt, du wirst sie vergessen.«

»Wann, Großmutter, wann?«

»Bald, vielleicht schon morgen oder nächste Woche, aber ganz bestimmt in einem Jahr.«

So deutlich standen die Bilder vor Marilis Augen. Sie sah wieder jene kleine Höhle am Wegrand und die fetten Salatblätter, die sie selbst hineingeschoben hatte, ein Krötenfrühstück.

Die Kröte sitzt aufgebläht in der Dämmerung ihres Hauses und blickt aus halbgeöffneten Augen auf das Kind. Ihre gelbe Kehle bewegt sich auf und nieder. Marili streichelt den grauen Rücken und redet mütterlich auf sie ein.

»Friß jetzt und dann schlaf ein bißchen.« Die Kröte – sie hört auf keinen besonderen Namen – senkt den Kopf ein wenig und streckt einen Fuß vor. Marili ist gerührt – was für ein gutes, folgsames Tier!

»Du Brave!« sagt sie zärtlich und richtet sich von den Knien auf. Man muß die Tiere ungestört fressen lassen, sie lassen sich nicht gern dabei anstarren. Die Kröte pflegt später zum Ausguß zu hüpfen, dort sucht sie sich ihre Mahlzeit zusammen, ein paar Nudeln, kleine Fleischstückchen und Semmelreste, was sich eben im Ausguß ansammelt. Es kann einen nicht wundern, daß sie so schön fett wird dabei. Wenn sie Glück hat, kann sie hundert Jahre alt werden, hundert Jahre sind eine entsetzlich lange Zeit.

Plötzlich verändert sich die Wiese. Der Himmel verfinstert sich, und Marili weiß das Furchtbare.

Die Kröte sitzt nicht in ihrer Höhle, sie liegt im Ausguß und ist tot. Rosa hat sie mit kochendem Wasser verbrüht. Ein würgender Schmerz steigt in Marilis Kehle hoch und bricht in spitzen, gellenden Schreien aus ihrem Mund.

Aber da hatte sie die Großmutter sacht wachgerüttelt und an ihre Brust gedrückt.

Längst war die alte Frau wieder zu Bett gegangen, und das Zimmer lag still und dunkel. Marili dachte angestrengt nach. Wo war die Kröte jetzt – sie hatte sie doch so deutlich gesehen. Noch immer saß der Druck in ihrer Kehle, und sie schluchzte leise auf.

Wieso wurde die Kröte nachts lebendig und besuchte sie im Bett? Und weshalb war alles nicht wahr gewesen, als die Großmutter sie in den Armen gehalten hatte?

Sosehr man auch darüber nachdachte, es war nicht zu begreifen. Rosa hatte einmal gesagt: »Träume sind Schäume«, aber Marili wußte nicht, was »Schäume« waren, und brachte es auch nicht fertig, danach zu fragen.

»Schäume«, sagte sie leise in die Dunkelheit. Sie wußte, daß sie nicht fragen würde, sie schämte sich zu sehr, das Wort klang zu fremd und absonderlich. Einmal werd' ich es schon erfahren, überlegte sie. Immer war es so: Plötzlich war das Wissen da, und man konnte sich nicht vorstellen, es noch vor einer Minute nicht gewußt zu haben. Wie immer, wenn sie nachgedacht hatte, wurde sie auf einmal sehr müde; sie wollte sich noch zur Wand drehen, aber da war sie schon eingeschlafen.

Am Morgen schien die Sonne.

Immer schien jetzt die Sonne, Marili konnte nicht glauben, daß es einmal geregnet oder geschneit hatte. Es gab jetzt nichts als Sonne, und sie erfüllte das Zimmer bis in den letzten Winkel mit ihrem gelben Licht.

Marili sprang aus dem Bett und lief zum Fenster. Der Apfelbaum im Hof glänzte feucht und goldgrün, dahinter lag die tauglitzernde Wiese.

Sie drückte mit beiden Händen die Klinke nieder und lief barfuß und im Hemd die Stiege hinunter. Das war ungehörig, schien aber nur ein kleines Vergehen zu sein, denn es wurde nie ernstlich gerügt. Unter der offenen Haustür stand Pluto und betrachtete die Sonne, die gerade über das Dach des Lusthauses gestiegen war. Sein Fell schimmerte rötlich, und Marili fand, daß Pluto der schönste Hund sei, den man sich denken konnte. Er wandte würdevoll den Kopf und tupfte sie sanft mit der Nase gegen die Brust. Das war seine Begrüßung; Marili küßte ihn dafür zwischen die Augen, was er geduldig über sich ergehen ließ.

Da kam der Großvater über den Hof geschritten und nahm Marili auf den Arm. »Schon wieder«, sagte er mißbilligend, »läufst du herum wie ein nackter, gerupfter Spatz.« Er schien aber gut gelaunt zu sein; immer wenn die Sonne schien, war er fröhlich und zu Scherzen geneigt. Bei Regenwetter saß er manchmal halbe Tage in seinem Zimmer, rauchte unzählige Zigarren und arbeitete gar nichts. Seine blauen Augen hatten dann einen abwesenden Ausdruck.

»Wenn es regnet, denkt der Herr an die Kinder«, hatte die Großmutter zu Rosa gesagt, und beide hatten daraufhin geseufzt. Die Großmutter leise und ergeben und Rosa wild und geräuschvoll durch die Nase.

»Besonders an den Stefan«, war die alte Frau fortgefahren, und Rosa hatte ihr zugestimmt. »Ja, der Herr Stefan hat ihm ganz gleich geschaut, so lustig und jung, wie er war ...«

Marili war vor dem Herd gehockt und hatte genau aufgepaßt.

»Nein«, hatte die Großmutter eingewandt, »er wird an alle fünf gleich stark denken. Er hat nie einen Unterschied gemacht, du kannst dich halt nicht mehr erinnern.« Aber Rosa konnte sich nicht zufriedengeben und mußte noch einmal erklären, wie hübsch und lustig der Herr Stefan gewesen war. Daraufhin hatte die Großmutter gelächelt und gesagt, daß Rosa auch nicht gescheiter geworden sei in den letzten Jahren, und das Mädchen hatte sich über den Herd gebeugt und war glühend rot geworden – von der Hitze wahrscheinlich.

Heute also dachte der Großvater nicht an seine Kinder, auch nicht an den lustigen Stefan. Die Sonne hatte jeden Kummer aus seinem Herzen vertrieben.

»Zieh dich an, Marili«, sagte er, »du darfst mit mir fahren.« Die Großmutter mußte ihre Arbeit hinlegen und das kleine Mädchen auf der Stelle waschen und kämmen. Das Frühstück wurde in großen Schlucken hinuntergestürzt, und Marili mußte plötzlich entsetzlich husten. Immer wenn das geschah, wurde der Großvater blaß und rot und wußte sich vor Aufregung nicht zu helfen.

»Aber Vater«, sagte die Großmutter, »sie hat sich nur verschluckt, daran kann man doch nicht ersticken.«

»Das kann ich nicht mit ansehen«, schrie der Großvater aufgebracht, und Marili fühlte, daß seine Hände zitterten, als er sie auf den Rücken klopfte.

Endlich war alles in Ordnung. Kajetan hatte das Pferd eingespannt, und Marili saß neben dem Großvater, der die Zügel gefaßt hatte.

Die Großmutter stand noch lange unter der Haustür, eine kleine blaue Gestalt. Obwohl man ihr Gesicht nicht mehr sehen konnte, wußte Marili, daß sie lächelte.

Auch das Pferd schien fröhlich zu sein, es trabte so munter dahin, daß der Großvater es nicht anzutreiben brauchte. Die Wiesen wurden gemäht. Marili roch den säuerlichen Duft des frischen Grases und schnupperte aufgeregt.

Sie fuhren nun durch den kleinen Ort, und der Großvater wußte bei jedem Haus etwas zu berichten. Hier hatte eine Frau Drillinge bekommen, dort hatte sich der Fuchs einen Hahn geholt, und im nächsten war ein Bub vom Dach gefallen und hatte sich ein Bein gebrochen.

Später, als sie das Dorf schon eine Weile im Rücken hatten, kamen sie an einem verlassenen, unbewohnten Haus vorbei, und Marili fand, daß hier eigentlich Räuber hausen müßten. Der Großvater wiegte den Kopf hin und her und widersprach ihr nicht.

»Großvater, hast du schon einmal einen Räuber gesehen?«

»Nicht nur einen, eine ganze Menge«, brummte der alte Mann grimmig.

Marili geriet sofort in Begeisterung. »Wie haben sie denn ausgeschaut?« quälte sie und bohrte ihr kleines Gesicht in seinen Rock.

»Ganz verschieden«, erklärte der Großvater ernsthaft, »einige waren überlebensgroß.«

»Wie groß?«

»Na ungefähr dreimal so groß wie ich. Ein paar hatten Zähne wie Wildschweine und feuerrote Augen.«

Es war kaum zu fassen. Die Großmutter hätte gesagt »haarsträubend«. Sie hatte es nicht gerne, wenn der Großvater derartige Geschichten erzählte.

Während Marili mit ihren Gedanken noch bei den überlebensgroßen Räubern war, fuhren sie in den Hof der Sägemühle ein. Das Kind drückte sich eng an den Großvater, als sie die große Stube betraten.

Der Sägemüller saß am Tisch und hatte ein großes Glas Most vor sich. Sein Gesicht war blaurot, und seine weit vortretenden Augen waren voll kleiner roter Äderchen.

Rosa hatte einmal gesagt: »Der Sägmüller ist ein alter Halsabschneider.« Marili mußte ihn immerfort anstarren. Gerne hätte sie ihn gefragt, aber es war nicht genau vorauszusehen, wie er eine derartige Frage aufnehmen würde.

Da kam die Müllerin in die Stube und brachte Marili einen fetten Krapfen.

»Lauf hinaus, mein Kind«, sagte der Großvater, »ich hab' etwas Geschäftliches zu besprechen.« Marili schob sich zur Türe hinaus. Wenn der Großvater etwas Geschäftliches vorhatte, begann es meist langweilig zu werden.

Im Hof stand ein Bub. Er war größer als Marili, und sein Gesicht war voll brauner Flecken; außerdem fehlten ihm zwei Zähne. Seine nackten Füße spielten in einer Jauchenlache. Die braune Flüssigkeit quirlte bei jeder Bewegung zwischen seinen Zehen hoch. Marili sah ihm eine Weile versunken zu. Sie hätte auch gerne die Schuhe ausgezogen, aber sie ahnte, daß es die Großmutter traurig machen würde. Ganz deutlich glaubte sie zu spüren, wie sich ihre Zehen in den

Sandalen danach sehnten, in der sonnenbeschienenen Lache zu spielen. Seufzend wandte sie sich endlich ab.

»Wir haben junge Katzen«, sagte der Bub plötzlich und unterbrach seine angenehme Beschäftigung. Es klang ein wenig frech und prahlerisch, aber Marili störte das nicht.

»Zeigst du sie mir, bitte?« Der Bub überlegte eine Weile, dann lief er voraus auf die Tenne. Dort lagen sie hinter einem Faß voll Sägespänen, die drei Tierchen, in einem Nest aus alten Lumpen.

Marili streichelte die lauwarmen Felle und fühlte die kleinen Herzen hart gegen ihre Handfläche schlagen.

»Sie sind noch blind«, erklärte der Bub, und dann mit einem hinterhältigen Blick: »Vielleicht ertränk' ich sie im Bach.« Marili hockte erstarrt am Boden.

»Was?« stammelte sie fassungslos.

»Sie gehören ja mir.«

Marili sah ihn, wie er so vor ihr stand, stämmig und herausfordernd. Eine kleine Blutwelle schoß ihr ins Gesicht, und in ihren Ohren begann es zu summen. Blitzschnell sprang sie auf und warf sich an seine Brust, daß er auf dem glatten Boden ausglitt und polternd hinfiel.

Sofort kniete sie auf seiner Brust und schlug mit beiden Fäusten auf ihn los. Unter den Schlägen ihrer kleinen, festen Hände erwachte seine Wut, und er begann zurückzuschlagen. Marili sah rote Punkte vor den Augen, sie keuchte vor Zorn. Er hatte ihr Haar gepackt und zerrte daran.

Dann schlug sie die Zähne in seine Wange und biß fest zusammen. Der Bub schlug um sich und brüllte laut.

Plötzlich standen eine Menge Leute da. Eine Frau schrie auf und versuchte die Kinder zu trennen.

»Er will sie ertränken, die Katzen«, schluchzte Marili verzweifelt. Wie aus weiter Ferne hörte sie die Stimme des Großvaters – eine mächtige, rettende Stimme.

»Aber er darf ja nicht, ich erlaub' es ihm nicht.« Dann lag sie an seiner Brust und versteckte das zuckende Gesicht in seiner Weste.

In der Stube nähte die Müllerin rasch den ausgerissenen Ärmel an. Dabei starrte der Sägemüller unverwandt über den Tisch mit seinen riesigen Glotzaugen, aber, wie es Marili schien, nicht eben unfreundlich.

Endlich schob er ihr seinen großen Mostkrug zu und lachte prustend, als sie ein paar tiefe Züge trank. Sie fühlte sich heiß und erschöpft, etwas in ihrer Brust zitterte noch immer, und sie mußte mit Gewalt die Tränen zurückdrängen. Als sie im Wagen saßen, sagte der Großvater: »Du bist eine arge Hexe, meine Liebe.« Es klang stolz, der Großvater war also nicht böse.

»Ich glaube«, sagte Marili und versuchte ihrer Stimme einen festen Klang zu geben, »ich glaube, es ist besser, wir sagen der Großmutter, daß ich hingefallen bin.«

»Das scheint mir auch vernünftiger«, stimmte er zu. Schwindlig, aber zufrieden lehnte sich Marili zurück. Die Sonne war schon hochgestiegen, und über den Wiesen lag ein durchsichtiger roter Schleier. Marili spürte die Wärme auf dem Gesicht und schloß die Augen.

»Er darf sie nicht ertränken«, dachte sie und tastete verstohlen nach ihrem linken Ohr. Gottlob, es war noch an seinem alten Platz, es brannte zwar, aber es war zu ertragen. In ihren Handflächen glaubte sie noch immer das harte Pochen der Katzenherzen zu fühlen.

Das Gras lag dunstend in der Sonne und roch jetzt so stark, daß das Kind betäubt den Kopf auf das Knie des alten Mannes legte. Erst als die winzige Gestalt der wartenden Großmutter auftauchte, setzte sich Marili stramm aufrecht und riß mit Gewalt die schläfrigen Augen auf. Niemand außer dem Großvater sollte wissen, daß sie, Marili, heut ganz allein einen großen Buben verprügelt und besiegt hatte.

Der Wald war von dichtem Haselgebüsch umsäumt, das sich an drei Stellen zu kleinen Tälern öffnete. Dort wuchs das hohe, harte Gras, das im Winter als Streu verwendet wurde.

Zuerst hatte Marili das Geheimnis des mittleren Tales entdeckt. Es war dort so heiß, daß sie schwindlig wurde und erst die Augen schließen mußte, ehe sie sich an das Flimmern der Sonne über den hohen Gräsern gewöhnt hatte.

Und dann sah sie die Feuerlilien. Es dauerte lange, ehe sie es wagte, die brennenden, fleischigen Blätter mit den Fingerspitzen zu berühren. Ein wenig ziegelroter Staub blieb an ihrer Hand haften.

Sie wußte, daß die Blumen es nicht gern haben, wenn man sie anfaßt, aber sie konnte nicht der Versuchung widerstehen, es wenigstens auf eine ganz zarte Weise zu tun.

Manchmal kniete sie vor den kerzengeraden Stielen und nahm eines der Blütenblätter zwischen die Lippen, vorsichtig und behutsam. Alle Blumen, die sie auf diese Weise berührt hatte, fühlten sich kühl und fremd an, aber die Feuerlilien schienen unter ihrem Hauch lebendig zu werden, es war beseligend und ließ sie zugleich schaudern.

Dann sprang sie auf und rannte hinaus auf die freundlich duftende Wiese. Wenn sie einen scheuen Blick durch das dunkle Waldtor zurückwarf, sah sie die roten Kelche in der Sonne glühen, eine unbeschreibliche Verlockung.

Aber niemals wagte sie nach einer Flucht umzukehren. Sie stand vor dem Tor, sah die Luft in kleinen bläulichen Wellen über den spitzen Gräsern zittern und glaubte einen wilden, heißen Geruch zu spüren. In diesem Tal wohnte auch die Kreuzotter mit ihren Kindern; sie lagen oft auf einem weißen Stein und züngelten in die durchsichtige Luft.

Bald darauf entdeckte Marili das erste Tal. Dort wuchs unter einer großen Haselstaude der Türkenbund. Er war sehr vornehm anzusehen, aber er kam Marili nicht entgegen. Ganz gesättigt von seiner dunklen, gefleckten Schönheit, stand er allein und in sich versunken. In seinem Tal wuchsen riesige Haselbüsche. Manchmal stand ein Reh hinter einem von ihnen und schrak auf, wenn Marili sich bewegte. Das ganze Tal schien von einem schweren Traum befangen, und auch das Kind wurde schläfrig, wenn es neben dem Türkenbund im Moos lag. Es sah den Himmel durch das Gewirr von Blättern, und das ununterbrochene Spiel der Lichter und Schatten ermüdete es.

Irgendwo summte eine verschlafene Fliege, es gab hier grünschillernde Fliegen, die Marili noch nie zuvor gesehen hatte. Und in den großen Büschen verbargen sich zwei Vögel, die immer denselben Ton sangen – einen dunklen, unwirklichen Laut.

Immer erwartete Marili, daß nun etwas geschehen würde, und wehrte sich gegen den Schlaf auf ihren Lidern. Noch in ihren Traum sickerte das eintönige Gespräch der beiden Vögel.

Wenn sie erwachte, war sie enttäuscht, alles so vorzufinden, wie sie es verlassen hatte. Der Türkenbund träumte vor sich hin, und die grünen Fliegen schwebten lautlos um die Büsche.

Sie wußte, daß sich, während sie schlief, etwas ereignet hatte, etwas, was sie nie erfahren würde.

Die heuchlerischen Vögel verspotteten sie mit ihrem gleichgültigen Gerede, und die gefleckte, düsterfarbige Blume an ihrer Seite schwieg beharrlich wie zuvor.

Gewiß würde sich das Tal sofort verwandeln, sobald sie ihm den Rücken zukehrte. Die starren Büsche würden erwachen, die Vögel zu singen anheben, und der Türkenbund würde sein Geheimnis preisgeben.

Manchmal fühlte sie sich darüber so gekränkt, daß sie mit tränenverdunkelten Augen auf die Wiese schlich und keinen Blick zurückwarf. An diesen Tagen war es gut, Zuflucht zu suchen im dritten Tal.

Eine Quelle war dort aufgebrochen und versickerte im Moos und Laub des vergangenen Jahres. Rund um die Quelle stand der Eisenhut. Er war Marili freundlich gesinnt und erschreckte sie niemals. Nichts Geheimnisvolles und Brennendes war an ihm, sein leuchtendes Blau erweckte angenehme Kühle.

Er stand im Tal der tapferen Gedanken und guten Vorsätze und war der beste Freund, gesellig und alle Trübnis mit seinem blauen Licht durchdringend.

Ganze Nachmittage verbrachte Marili mit dem Eisenhut. Sie spielte mit den weißen Steinchen in der Quelle und fühlte glücklich das kalte Wasser über ihre Hände laufen. Wenn sie die Augen hob, sah sie Scharen von riesigen gelb und braun bepelzten Hummeln an den blauen Blüten hängen. Die hohen Stengel zitterten unter der Last der runden Gäste. Marili liebte die Hummeln von ganzem Herzen, ihr kriegerisches Gebrumm, die wolligen Pelze und wasserhellen Flügel. Manchmal fing sie eine von ihnen und ließ sie wieder los, wenn das Gekrabbel der kleinen Beine sie unwiderstehlich zum Lachen reizte. Alles in diesem Tal war gut und heiter und weckte freundliche Gedanken in ihr.

Manchmal, wenn sie nachts erwachte und sich in der Dunkelheit beklommen fühlte, suchte sie Zuflucht beim Eisenhut. Sie wünschte einen Wald von seinen hohen Stauden rund um ihr Bett und darübergeneigt, wie einen blauen Baldachin, die Fülle seiner Blüten. »Lieber, guter Eisenhut«, flüsterte sie dann und streckte sich glücklich aus, das Murmeln der Quelle im Ohr.

In Marilis Träumen wuchsen die drei Täler ins Riesenhafte. Gebirge von reglosen Haselbüschen, das Gesicht des Türkenbunds über dem ihren, düster und rätselhaft, die züngelnde Kreuzotter als Wächterin vor dem Tor zum mittleren Tal und dahinter die brennenden Lilienkelche, die voll Verlockung über dem Gras zu schweben schienen. Und dann, halb im Erwachen, die Flucht in das kühle, hummeldurchbrummte dritte Tal, das Quellwasser auf den Händen und das Fächeln der Blätter auf ihren Wangen.

»Mut! Mut! Mut!« summte die Hummelschar, und das kleine Mädchen lächelte im Halbschlaf.

Den ganzen Sommer lang dauerte das Glück der drei Täler, dann wurde das hohe Waldgras gemäht und auf langen Haselzweigen über die Wiese geschleift.

Marili durfte mitfahren, eingesunken in die harte, stechende Streu, fühlte sie den kühlen Wind um die Nase und mußte die Augen schließen. Sie hörte Rosa lachen und den keuchenden Atem des alten Knechtes. Nein, es war wirklich nicht möglich, die Augen offenzuhalten, als es plötzlich in rascher Fahrt bergab ging und der Wind ihr den Atem zurückschlug.

Später saß sie, ein wenig schwindlig, im Stall auf einem Bund Stroh und zog die Disteldornen aus Armen und Beinen. Der kleine Schmerz und der Geruch von Waldgras in ihrem Kleid weckten eine unbestimmte Trauer in ihr.

Nun würde sie also nicht mehr die drei Täler aufsuchen. Die Zeit des freien und geheimnisvollen Herumschweifens war vorbei. Wo war alles hingekommen, und was sollte nun folgen auf den langen Sommer?

Es war gut, sich an Rosa zu halten oder den Arm um den Hals des kleinsten Kalbes zu schlingen und die rauhe Zunge auf den Händen zu fühlen.

Am allerbesten aber war es, den Großvater aufzusuchen, der durch den Obstgarten schritt und nachdenklich vor jedem Baum stehenblieb. Sobald er Marilis Hand in der seinen fühlte, neigte er sich tief herab und strich ihr Haar zurück, ihren Scheitel leicht verwirrend. Marili sah sein Gesicht ganz nahe, dieses heitere, offene Gesicht mit den leuchtendblauen Augen, umrahmt vom weißen Bart. Sie glaubte, es schon lange nicht so groß und deutlich gesehen zu haben, und fühlte sich sehr schuldbewußt.

»Morgen«, sagte der Großvater, »fange ich an mit dem Mostpressen; du mußt mir helfen dabei, allein wird es zuviel für mich.«

Es war noch ganz dunkel, als Marili erwachte und in das Schlafzimmer der Großeltern schlich. Der Großvater lag auf dem Rücken, sein weißer Bart verschwamm mit den Kissen – er atmete ruhig und machte keinerlei Anstalten zu erwachen.

Die Großmutter konnte man überhaupt nicht hören. Marili trippelte mit nackten Füßen an ihr Bett und neigte sich über den dunklen Fleck, der ihr Gesicht sein mußte. Plötzlich sagte die alte Frau leise: »Schnell, komm zu mir, du erfrierst sonst noch da draußen.« Glücklich schlüpfte Marili unter die große Tuchent.

»Großmutter, warum schläfst du nicht?«

»Ich denke an früher.«

Dieses »Früher« war eine Macht, an die man nicht herankommen konnte. Marili beschloß zu schweigen und schmiegte sich eng an die Schulter der Großmutter. Sie spürte einen harten Knochen durch die Flanelljacke und roch den schwachen Duft von Küchenkräutern und etwas sehr Altem. Den glatten schwarzen Zopf der alten Frau um die Hand gedreht, schlief sie ein, als die sanfte Wärme des Bettes sie umfing.

Nirgends konnte man so lange schlafen wie in Großmutters Bett. Marili sah die Sonne vor dem Fenster und sprang mit einem kleinen Schrei auf den Boden.

In der Obstkammer stand schon der Großvater, eine grüne Schürze um den mächtigen Leib gebunden, und schüttete einen Eimer Äpfel in die Presse.

»Endlich«, sagte er, »bist du da. Du kannst die Äpfel in den Korb schaufeln, aber gib acht, daß dich keine Wespe sticht!«

Nach dem verfaulenzten Sommer tat es gut, zu arbeiten. Als die Großmutter einmal nachsehen kam, standen schon kleine Schweißperlen auf Marilis Gesicht, und der süße Mostgeruch schlug der alten Frau betäubend entgegen. Die Wespen surrten um die großen Bottiche, und die Großmutter war beunruhigt, aber Marili fürchtete sich nicht, denn sie war noch nie gestochen worden. Sie war schon selbst wie ein kleines Faß voll Most – ihre Lippen und Hände klebten vor Zucker; wenn sie sich aufrichtete, schmerzte ihr Rücken, und sie fühlte sich sehr stolz und gehoben. Es war wirklich nicht auszudenken, wie der Großvater in diesem Jahr ohne ihre Hilfe fertig geworden wäre.

»Ja«, sagte er, »wenn ich dich nicht hätte...« Die Großmutter sagte gar nichts, aber sie lächelte mit ihrem großen dunklen Mund, und ihre Augen glänzten schelmisch.

Gott sei Dank, sie schien nicht an »Früher« zu denken, und Marili brauchte sich darüber nicht hilflos und betrübt zu fühlen.

Gab es aber auch etwas Süßeres als den jungen Most? Die Wespen fielen betäubt über den Rand der Kufen in seine grüngoldene Flut. Marili rettete viele von ihnen und setzte sie mit einem Strohhalm auf die Wiese, wo sie betrunken über die Stoppeln torkelten. Damit verging die Zeit wie im Flug, und die Großmutter rief zum Mittagessen.

Rosa wartete schon mit Bürste und Seife und stürzte sich auf Marili, die sich heute widerstandslos reinigen ließ. Sofort nach dem Essen kletterte das Kind auf den Großvater und schlief, auf seinem Leib zusammengerollt, sogleich ein.

Hinter dem Stall irgendwo unter feuchten Steinen wohnten die Schlangen. Manchmal sah Marili sie über die Bretter gleiten, die zum Keller führten, lange schwarze Geschöpfe, die sie nicht anzufassen wagte. Sie waren aber ganz ungefährlich, ja Rosa behauptete sogar, sie brächten Glück ins Haus, und stellte manchmal ein wenig Milch in einer flachen Untertasse hinter die Stalltür. Am Morgen war die Tasse leer, und obwohl die Großmutter zu zweifeln schien, beharrte Rosa darauf, daß die Schlangen die Milch getrunken hätten und nicht der schwarze Kater. Die Schlangen waren scheu und liebten die Dämmerung. Marili kam nie dazu, sie genau zu betrachten, denn sie glitten lautlos und hurtig an ihr vorüber irgendwohin in ihre feuchten Höhlen.

Seit ins Lusthaus der Igel eingezogen war, ließen sie sich noch seltener blicken, denn sie mußten vor ihm auf der Hut sein. Der Igel war ruppig und ungezogen und machte nachts solchen Lärm, daß die Großmutter davon erwachte. Marili hörte ihn nur am Abend, wenn er über den Bretterboden im Lusthaus trampelte und mit dem Weinlaub raschelte. Einmal fing ihn Kajetan ein und trug ihn in die Küche. Marili sah eine laubbespickte Kugel, sie streckte die Hand aus und strich vorsichtig darüber. Es fühlte sich an wie eine von Rosas Ausreibbürsten. Der Igel rührte sich nicht und schien keinen Kopf zu haben. Schließlich trug Kajetan den Verstockten wieder ins Lusthaus, und bald darauf hörte man erbostes Pusten, Schnalzen und Getrampel.

Im Traum konnten die Tiere sprechen, und Marili führte dann lange Unterhaltungen mit dem Hahn, einer Kuh oder Pluto, der sie in allen Träumen begleitete, und sie war erbittert über das Tageslicht, das sie aus den vertraulichen Gesprächen riß und die Tiere wieder stumm machte.

Man konnte dann nichts tun als gut zu ihnen sein; der freundliche Pluto ließ sich gern streicheln, und auch die Kühe und Kälber waren zutraulich und arglos, aber viele Tiere flohen, sobald Marili die Hand nach ihnen ausstreckte. Immer wenn etwas Trauriges geschah, war ein Tier die Ursache. Eine Maus wurde gefangen, Rosa brachte die Falle in die Küche und hielt sie triumphierend der Großmutter entgegen. Die Maus hatte schwarze Stecknadelaugen und ein graues Fellchen. Marili spürte ein Würgen im Hals, als sie den kleinen Blutstropfen an der spitzen Schnauze sah.

Dieser Tropfen war der Tod. Die Maus sah aus, als würde sie lachen, man konnte ihre dünnen Zähne unter der hochgezogenen Lippe sehen. Aber sie lachte natürlich nicht wirklich, Sterben war etwas Trauriges, auch für eine Maus.

Marili war böse auf Rosa, sie hätte sich gern abgewandt, aber eine Mischung von Grausen und Neugierde zwang sie dazu, wie gebannt auf die großen roten Hände des Mädchens zu schauen.

»Trag die Maus fort«, sagte die Großmutter still und fuhr mit der Hand über die Augen des Kindes, als wolle sie darin etwas auslöschen.

Rosa wandte sich enttäuscht ab, sie hatte ein Lob erwartet, und ihre rote Unterlippe bog sich trotzig abwärts.

Die Maus, so tot sie auch sein mochte, ging in Marilis

Traumwelt ein und begann ein gespenstiges Leben zu führen. Sie huschte über den Boden und machte Männchen vor Marilis Bett. Immer hing der winzige Tropfen an ihrer Schnauze, und das Kind fürchtete sich vor dem kleinen Tropfen, der der Tod war, und schrie gellend auf, bis die Großmutter es in die Arme nahm.

Schließlich versicherte die alte Frau, daß auch die Tiere in den Himmel kämen, alle ohne Ausnahme, die Löwen genauso wie die Ameisen. Diese Vorstellung beruhigte Marili, und die Maus zog sich zurück. Sie war gewiß damit beschäftigt, irgendwo in den weißen Wattewolken ein passendes Loch für den Winter zu nagen. Was für ein Trost war es, zu wissen, daß alle Tiere in den Himmel kamen. Jene unendliche Reihe von geköpften Hühnern, geschlachteten Kälbern und alle altersschwachen Pferde und Hunde. Auch die arme Kröte mußte dort sein. Manchmal glaubte Marili deutlich, die himmlische Höhle zu sehen, in der sie jetzt hocken mochte, die gelben Augen geschlossen, ein graubrauner Klumpen mit lichter Kehle, die sich sanft auf und nieder bewegte – in alle Ewigkeit.

Im Herbst, als es abends plötzlich kühl wurde, kam die gefährliche Zeit für die Bienen. Wenn die Sonne sank, stieg eine heimtückische Kälte auf und lähmte ihre Flügel. Marili bekam damit eine neue Aufgabe. Mit einer Zigarrenschachtel lief sie auf die Wiese und zu den lilablühenden Herbstastern am Gartenzaun und setzte die erstarrten Tiere hinein. Am nächsten Morgen, wenn die Sonne aufs Fensterbrett fiel, öffnete sie die Schachtel und erlebte das Erwachen der Bienen: das erste Regen der Flügel, das Strecken der Beinchen und das vorsichtige Tasten der schlaferstarrten Fühler. Und endlich vernahm sie jenen schwachen, summenden Laut, der eine Welle von Zärtlichkeit in ihrer Brust löste.

Die Bienen waren nun völlig erwacht, sie hoben ihre zitternden Flügel und schwebten, noch ein wenig taumelnd, aus dem Fenster – gerade in den Apfelbaum, der vor Tau und Sonne glitzerte.

Immer durchsichtiger wurde die Luft und immer dunkler der Himmel. Da geschah es eines Nachmittags, daß die Großmutter Marilis gutes blaues Samtkleidchen hervorholte und auch selbst ein schwarzes Wollkleid anzog.

»Wir machen einen Besuch«, sagte sie und glättete mit ihren langen gelben Fingern ihr schwarzes Haar, bis es glänzend um den Kopf lag.

Sie faßte die Kleine an der Hand und verließ mit ihr das Haus. Ein frischer Wind fuhr über die Gräser, und die Sonne stand klar am Himmel. Neugierig trabte Marili neben der alten Frau dahin. Auf der hügeligen Wiese neben dem Weg wuchs in lilafarbenen Büschen ein niedriger Enzian. Marili pflückte einen so großen Strauß davon, daß sie ihn mit den Händen nicht umspannen konnte.

»Gehen wir denn in die Kirche?« fragte sie, als sie den spitzen roten Turm auftauchen sah.

»Du wirst es gleich sehen, mein Kind.«

Marili schwieg. Die alte Frau begann nun, wie von einer unsichtbaren Gewalt gezogen, fast zu laufen, so daß das Kind an ihrer Seite kaum Schritt halten konnte.

Endlich hielten sie vor dem Friedhofstor.

Die Großmutter tauchte die Finger in den Weihbrunnkessel und besprengte ihre kleine Begleiterin mit Wasser. Die Tropfen rannen über Marilis Stirn und Schläfen, und sie zitterte, als der kühle Wind über ihr Gesicht fuhr. Nun wußte sie, daß das kein Besuch werden sollte mit Bäckereien und Milchkaffee, und leichtes Bedauern erfüllte sie.

Inzwischen schritt die Großmutter zwischen den Gräbern dahin, und das hohe, dunkle Friedhofsgras raschelte an ihrem Kleid. Endlich blieb sie vor einem Grab an der Mauer stehen und legte die Hand auf die Schulter des Kindes.

»Hier«, sagte sie, »liegen sie, Hans und Franz und deine Mutter. Nur von Stefan und von deinem Vater wissen wir nichts, sie liegen irgendwo in Rußland.«

Marili sah das große Schmiedeeisenkreuz und dahinter einen Baum, der so grün war, daß er fast schwarz aussah.

»Das ist eine Zypresse«, sagte die Großmutter, die sich über den Hügel beugte und ein wenig Unkraut auszupfte.

»Zypresse«, dachte Marili benommen. Sie hob die Hand und berührte die seltsamen Zweige, die einen zarten, herben Duft ausströmten, den sie nicht kannte. »Hoffentlich«, überlegte sie, »ist es ein braver Baum.« Er sah sehr ernst und abweisend aus, aber nicht unfreundlich. Sie erinnerte sich plötzlich der Gesichter ihrer Onkel, die sie von Bildern kannte, ihrer schmalen Augen und der großen, ernsthaften Münder. Sie waren Zwillinge gewesen und hatten ausgesehen wie die Großmutter. Und jetzt lagen sie also hier in der Erde mit der Lisl-Mutter. Sie versuchte, sich das heitere, sanfte Gesicht mit den weit geöffneten Augen vorzustellen, aber es wollte nicht gelingen. Dieses Gesicht gehörte in den vergoldeten Rahmen unter spiegelndes Glas, nicht unter den Zypressenbaum.

Die Großmutter saß nun auf den Steinen, die das Grab umfriedeten, und sah auf ihre Hände nieder. Marili legte zögernd den Enzianstrauß unter das Kreuz – viel lieber hätte sie die seidenglänzenden Blumen mit nach Hause genommen. »Jetzt mußt du beten für die Toten«, sagte die Großmutter. »O Herr, gib ihnen die ewige Ruhe und das ewige Licht leuchte ihnen.« Marili wiederholte die Worte. Es war sehr feierlich, und sie folgte der Großmutter auf Zehenspitzen, um niemanden zu stören, durch das rauschende Friedhofsgras.

Am anderen Ende des Friedhofes blieb die alte Frau vor einem winzigen Hügel stehen, auf dem ein weißer Steinengel kniete, der wie im Schlaf eine Wange in die Hand geschmiegt hatte. »Hier«, sagte die Großmutter, »liegt der kleine Max.« Sie nahm ein paar Enzianblüten, die sie vom großen Grab mitgenommen hatte, und legte sie zu Füßen des Engels. Marili hätte gerne gewußt, warum der kleine Max nicht bei seinen großen Geschwistern liegen durfte, aber sie wagte nicht zu fragen, denn die Großmutter kniete im Gras und sah von ihr weg, gerade auf die Friedhofsmauer, wo es doch gar nichts zu sehen gab. Marili fühlte sich bekümmert und verlassen. Sie begriff, daß die Großmutter von ihr weggegangen war, zu jenem kleinen Kind, von dem sie wußte, daß es blaue Augen und Grübchen gehabt hatte. Sie, Marili, hatte keine Grübchen, ihre Wangen waren rund und glatt, und das schien plötzlich ein arger Mangel zu sein.

Eine Weile stand sie unschlüssig vor dem kleinen Hügel, dann, als die alte Frau keine Anstalten zeigte, zu ihr zurückzukommen, wanderte sie langsam weiter bis zu einem großen Grab, auf dem eine riesige Trauerweide stand. Sie schlüpfte unter die hängenden Zweige und kauerte sich eng zusammen. In ihrem Kopf war plötzlich eine schreckliche Leere. Sie konnte gar nichts mehr denken. Alles war so fern, die Großeltern, Rosa und Kajetan, alle hatten sie sich hinter einer großen, schweren Tür versteckt. Gedankenlos nahm sie einen Zweig der Weide zwischen die Zähne und biß zusammen. Bitternis erfüllte ihren Mund und durchdrang ihren kleinen Körper. Sie sah den dunkelblauen Himmel zwischen silbrigen Weidenblättern und begann laut und verzweifelt zu weinen.

Als die Großmutter vor ihr stand, wußte sie über nichts anderes zu klagen, als über die Bitterkeit der Weidenrinde. Die alte Frau streichelte begütigend ihre Wange. »Wer wird auch Weidezweige essen?« sagte sie. »Es gibt nichts Bittereres als sie.«

Marili erhob sich. Die Rückseite ihres Kleidchens war feucht geworden, und sie fröstelte. Ihre Wangen brannten vom Oktoberwind und den raschen Tränen. Auf dem Heimweg drückte sie sich dicht an die alte Frau und fühlte beglückt, wie der Wind sie in die Falten des langen schwarzen Kleides einhüllte.

Das Ende des Monats brachte kühle Tage. Erst gegen Mittag wurden die Nebel durchsichtiger, und die verfärbten Wälder und Wiesen schimmerten gelb und rötlich durch die milchigen Schleier.

Marili pflegte jetzt länger zu schlafen als im Sommer. Auch Rosa war stiller geworden. Sie hatte den ganzen Sommer hindurch schwer gearbeitet, und ihre Arme und Beine waren braun und sahen aus wie Holz. In ihren Handflächen saßen derbe Schwielen, an denen sich Marilis feines Haar beim Kämmen verfing wie ein Seidengespinst.

Der Großvater verbrachte halbe Tage im Wald, er erlebte wohl neue Abenteuer, um im Winter wieder Stoff für die langen Nachmittage zu haben. Manchmal durfte ihn Marili bis zum Holzlagerplatz begleiten. Dort gab es ungezählte Ameisburgen aus Kiefern- und Lärchennadeln. Sie strömten in der Mittagssonne einen scharfen Geruch aus, der in der Nase biß und brannte. Der Großvater zeigte dem Kind die verschiedenen Arten, die riesigen Waldameisen, die bissigen roten und die harmlosen schwarzen Ameisen und jene winzigen gelben Tierchen, die niemals dazukamen, Burgen zu bauen, weil sie von allen anderen verfolgt und gefressen wurden. Sie schienen wirklich sehr hinfällig, mit ihren fadenartigen Beinchen, und Marili fühlte Mitleid mit ihrer Schwäche, aber im innersten Herzen liebte sie doch die großen Ameisen, die der Großvater »Waldbären« nannte, am meisten.

Die aufgestapelten Lärchenstämme schwitzten ein helles Harz aus, und Marili konnte der Versuchung nicht widerstehen, die glitzernden goldfarbigen Tropfen anzufassen.

Aber wie durch einen bösen Zauber verwandelten sie sich in ihren Händen in eine zähe, klebrige Masse von schmutzigem Graugelb, die man nicht von den Fingern brachte.

Manchmal kauerte sie lange vor einem der hohen Holzstöße und sah mit hungrigen Augen auf die verzauberten Tropfen. Einmal nahm sie einen davon zwischen die Zähne und biß zusammen. Es schmeckte kräftig, wie Medizin, aber leider konnte sie es nicht mehr aus dem Mund bringen und mußte es mit den Nägeln von den Zähnen kratzen.

Den ganzen Tag hindurch behielt sie den Geschmack im Mund und fühlte sich glücklich und erregt, als wäre sie einem Geheimnis auf die Spur gekommen.

Und inzwischen ging der Großvater zwischen den Holzstößen auf und nieder, und Marili hörte ihn mit lauter, hallender Stimme zu den Arbeitern sprechen. Es war nur der Ton seiner Stimme, den sie zu hören wünschte; es war ganz unwichtig, zu wissen, was er jenen Männern erzählte, die so stark nach Pech, Schweiß und Tabak rochen. Meist endeten die Gespräche damit, daß der Großvater Marili plötzlich auf die Schultern setzte und nach Hause trug. Sehr sonderbar und verändert erschien die Welt, von solcher Höhe aus gesehen. Die Kronen der Bäume waren ganz nahe, sie streckten die Zweige aus und zupften Marili an den Haaren oder stießen sie sanft in die Wangen. Wenn sie den Kopf zurücklegte, sah sie nur den blauen Himmel, auf dem die weißen Wolken langsam dahinschwammen. Sie fürchtete sich ein wenig, aber sie verharrte in ihrer unbequemen Lage, bis ihre Augen vor Tränen schwammen.

Es war noch nicht die rechte Zeit, um nachmittags mit dem Großvater zu schlafen. Die milde Sonne lockte sie aus dem stillen Zimmer.

Niemals war der Bach so freundlich gewesen wie in diesen Tagen: klein und durchsichtig lief er über die grün bemoosten Kiesel dahin. Marili liebte sein sanftes Gemurmel, sie saß auf einem Stein, in einem Meer von riesigen Lattichblättern, und warf kleine Steine in den Tümpel. Dort lag das Wasser ruhig und geheimnisvoll, und man konnte seinen Grund nicht sehen. Dieses dunkle Wasserloch verschlang die weißen Kiesel wie das samtene Maul einer großen schwarzen Kuh. Manchmal vernahm sie das dumpfe Aufschlagen, aber meist versanken die Steine völlig lautlos.

Es war ein reizvolles Spiel, die große Wasserkuh zu füttern, und Marili setzte es oft noch im Schlaf fort. Aber dem Traum haftete immer etwas Unheimliches an. Es war dann so, daß sie plötzlich wußte: Das Wasser begann nun böse zu werden. Aber immer wieder mußte sie noch ein Steinchen werfen, bis das Schreckliche geschah, die glatte Fläche sich zu teilen begann und drohende, gurgelnde Laute aus dem grünlichen Loch drangen, die das Kind vor Angst aufschreien ließen.

Niemals wurde dieser Traum zu Ende geträumt, denn es endete stets mit dem Schimmer von Großmutters Kerze und dem tröstenden Licht in ihren braunen Augen. Die gelben Finger ihrer alten Hände hatten Macht über alle bösen Träume, sie strichen die Polster glatt, wendeten die heiße Decke, und in den neuen Schlaf sickerte das Licht der gelben Kerze.

Manchmal berührte ein leiser Schauder dieses Traumes das Kind, wenn es stundenlang zwischen den großen Lattichblättern saß und die glatten Kiesel in den Händen wog.

Alles schien so friedlich und ohne Hinterhalt.

Die Hollerstaude nickte über den Bach; ihr Schatten spielte auf dem kaum bewegten Wasser, und man konnte nichts hören als das immerwährende Gerede der kleinen Wellen.

Sonst war es zu diesen Stunden ganz still.

Die Vögel schienen in den gelben Bäumen entschlafen, manchmal sank ein Blatt lautlos nieder und landete auf dem Wasser.

Und doch war es nicht ganz geheuer.

Der freie Platz hinter ihrem Rücken war Marili unbehaglich; und war es nicht sonderbar, daß ab und zu eine große weiße Blase aus dem Tümpel aufstieg und, leise seufzend, zersprang?

Eine leichte Lähmung stieg vom Wasser auf. Es kostete Marili große Mühe, sich aufzurichten und über die Wiese zu gehen, mit dem Rücken zum Wasser, ohne sehen zu können, was sich dort zutrug, denn daß etwas geschah, stand für das Kind fest.

An jenen späten Herbstnachmittagen schien sich alles vor Marili zu verbergen. Wo waren die glitzernden Schlangen und Eidechsen geblieben und wo das vertraute Gezwitscher in den Bäumen und die wogende Grasflut, die ihr bis über die Schultern gereicht hatte? Alle Lebewesen schienen plötzlich von scheuer Furcht befallen, stumm wie Schatten huschten sie durch die Stoppelwiesen.

Vielleicht konnte es helfen, wenn man Rosa aufsuchte, die die Kühe weidete. Sie saß auf einem Holzstock und strickte an einem grauen Wollstrumpf, der unendlich lang zu werden schien. Der zweite Strumpf lag hinter ihr auf der Erde, und sie nahm ihn von Zeit zu Zeit auf und bewegte leise zählend die Lippen. Die Wolle blieb an ihren rissigen Fingern haften, und das machte sie so ärgerlich, daß sie den Mund verzog wie ein weinerliches Kind.

Rund um sie standen oder lagen die Kühe und bewegten malmend die Kiefer. Die Wiese war fast völlig abgegrast, nur gelbe, zerrupfte Grasbüschel standen noch da und dort und ein paar Herbstzeitlosen im Schatten der Büsche.

Marili wünschte verzweifelt, die strickende Rosa möge aus ihrer Versunkenheit erwachen, aber sie saß wie hinter einer Mauer von schlechter Laune und zählte die grauen Maschen auf ihren Nadeln. So blieb dem Kind nichts übrig, als den Kühen über den Rücken zu streicheln und ihre Flanken zu tätscheln. Die Wärme der großen Leiber tröstete sie ein wenig, und als ihr eines der Tiere dankbar die Hand leckte, fühlte sie sich beinahe glücklich. Sie hatte genug Trost gefunden, um die Einsamkeit der großen Wiese wieder ertragen zu können, und machte sich gestärkt auf den Weg dahin.

Während sie den steilen Hang hinaufkletterte, wurde ihr warm, die Abendsonne lag auf ihrem Rücken, und sie mußte sich an den Wurzelstöcken der großen Gräser festhalten, um nicht abzurutschen. Endlich saß sie in einer kleinen Mulde unter einer Birke und sah vor sich das ganze Tal liegen; den glitzernden Faden des Baches und zu seinen Seiten die Häuser und Keuschen, aus denen silbergrauer Rauch zum verblassenden Himmel stieg. Auch das Haus des Großvaters sah sie zu ihren Füßen liegen, und auch aus ihm stieg eine Rauchsäule auf, die Großmutter stand wohl vor dem Herd und rührte die Suppe um.

Dann schritten die Kühe langsam und feierlich über die Schwelle des Stalles. Die große Weiße stolperte, denn sie war schon alt, und ihre Klauen waren so lang und verhornt, daß man sie nicht mehr beschneiden konnte. Zuletzt kam Rosa und schloß die Stalltür hinter sich. Marili hätte gerne gewußt, ob sie noch immer den Mund so weinerlich verzogen hatte.

Rosa hatte eine sonderbare Art zu weinen. Sie riß dann den Mund weit auf. Tränen sprangen wie Gießbäche aus ihren Augen, und sie schrie und schluchzte in langgezogenen Tönen. Marilis Atem stockte beim Anblick dieses Gesichtes, es war dann gar nicht mehr Rosa, die da so schrie, sondern ein fremdes, großes Tier, das sich nur von der Großmutter durch Streicheln und Auf-den-Rücken-Klopfen beruhigen ließ.

Plötzlich erstarrte das Kind mitten im Gedanken. Wenige Schritte von seinen Fußspitzen entfernt saß eine Maus und sah es unverwandt aus schwarzen, glänzenden Augen an.

Noch nie hatte es eine so dicke kleine Maus gesehen, sie schien besonders liebenswert zu sein, ihre Schnauze war nicht spitz, sondern rundlich und ein wenig erstaunt.

Plötzlich begann Marilis Herz laut zu pochen, und sie fürchtete, das kleine Geschöpf könnte sich in seinem Mäuseherz ängstigen und fortlaufen vor dem Lärm. Sie versuchte den Atem anzuhalten, aber da wurde es nur noch schlimmer: wildes Gehämmer ließ ihren ganzen Körper bis in die Zehenspitzen erzittern.

Die Maus machte einen kleinen Sprung, überschlug sich und kollerte den steilen Abhang hinunter.

Marili brach in lautes Lachen aus, aber der Wald warf ihr Gelächter spottend zurück und ließ sie jäh verstummen.

Der Abendwind trug den Geruch von Rauch und feuchter Erde mit sich, und Marili fröstelte. Ein wenig steif vom Sitzen kletterte sie die Wiese hinunter. Die Maus hatte wohl auch schon in ihr Loch gefunden, und man konnte beruhigt sein.

Und unter der Haustür stand die Großmutter und wartete geduldig auf das kleine Mädchen.

Wenige Wochen später begann es zu regnen.

Die Zeit der Wollstrümpfe und gestrickten Unterleibchen war gekommen. Die ganze Nacht hindurch hatte der Regen auf das Dach geprasselt, aber Marili hatte fest und tief geschlafen.

Nun saß sie auf der Stiege und fühlte sich unbehaglich. Die Wollstrümpfe kratzten auf den Beinen, und das warme Kleid beengte sie auf den Schultern. Sie starrte durch das Gangfenster auf den Hof, wo die Regentropfen im Brunnentrog zu kleinen Kreisen zerflossen.

Grau und mit Nebel verhängt stand der Berg vor dem Fenster.

Nun sollte wohl der Winter kommen, der Winter war nicht schlimm, aber bis dahin fehlte noch so vieles. Das ganze Haus roch nach feuchter Mauer, und alle Öfen rauchten.

Auch zum Großvater konnte sie nicht flüchten, er saß in seinem Zimmer und starrte auf die Platte des großen Schreibtisches, obwohl dort gar nichts zu sehen war, seine blauen Augen hatten alle Kraft verloren und blickten trübe und verschleiert. Marili wußte, daß er an »Früher« dachte. Man durfte ihn also nicht stören. Rosa und Kajetan machten sich auf dem Heuboden zu schaffen, und die Großmutter quälte sich mit den rauchenden Öfen ab und war so bekümmert, daß sie kleiner und gebeugter aussah als je zuvor.

So stieg Marili schließlich auf den Dachboden, dort stand ein großer Sack mit getrockneten Pflaumen, Zwetschken und Birnen. Sie knabberte an ihnen herum, es schmeckte säuerlich und ein wenig fade. An den schiefen Wänden hingen riesige Wespennester aus grauem Papier. Marili begann in den alten Kisten und Schachteln zu kramen. Zerbrochenes Geschirr kam zum Vorschein, eine Schwarzwälder Uhr und ein mit rosa Blüten bemaltes Kuchenkörbchen aus weißem Porzellan. Sie reinigte das zarte Gebilde mit ihrem Taschentuch von Staub und Spinnweben und strich immer wieder mit der Hand über das zierliche Gitter auf dem Boden des Körbchens. Obgleich ein langer feiner Sprung darüber hinlief, schien es ihr kostbar zu sein, und bebendes Entzücken ergriff sie beim Anblick der rosenfarbigen Blumenblätter auf der weißen Glasur. Sie preßte die Wange daran und fühlte mit einer Spur von Enttäuschung das kalte Porzellan an ihrer warmen Hand. So oft hatte ihr der Großvater von verborgenen Schätzen erzählt, nun wußte sie endlich, wie es war, wenn man einen Schatz gefunden hatte.

Eine fremde Stimme riß sie aus ihrer Versunkenheit. Sie steckte den Kopf durch die Fensterluke und sah einen Mann vor der Haustür stehen und von der Großmutter ein Butterbrot entgegennehmen. Der Regen lief aus seinem grauen Haar und über das große dunkle Gesicht. Die Hast, mit der er das Brot an sich riß, erschreckte das Kind – er mußte sehr hungrig sein, so hungrig, wie man sich's gar nicht vorstellen konnte.

Ohne ein Wort des Dankes wandte er sich ab und ging in den strömenden Regen hinein. Sein Mantel glich einem zerrissenen Sack, und der ganze Mann sah wie eine Vogelscheuche aus mit seinen hängenden Schultern und den großen, unförmigen Schuhen.

Plötzlich spürte Marili das heftige Verlangen, sein Gesicht ganz nahe und deutlich zu sehen. Sie glitt von der Kiste, schlich die Stiege hinunter und drückte lautlos die Schnalle der hinteren Türe nieder. Dann stand sie im Regen. Er fiel mit klatschenden Tropfen über sie her und durchnäßte sie bis auf die Haut. Aber sie hatte keinen Gedanken für den Regen und lief eilig auf die Straße zu, wo sie unter grauen Regengüssen die dunkle Gestalt des Bettlers sah.

Auf der Straße rann das Wasser in einem reißenden Bächlein. Marili hatte nicht Zeit auszuweichen und tappte mitten hinein. Immer schneller schien der Mann zu gehen, sie versuchte zu laufen, aber der Weg war glitschig, und sie fürchtete hinzufallen und Zeit zu verlieren. Das große Haus war jetzt hinter der Biegung verschwunden, und der Bettler war in die lange Allee von Obstbäumen eingebogen, die zum Dorf führte. Marili keuchte vor Anstrengung, sie lief nun doch, alle Vorsicht außer acht lassend, und erreichte ihn am Ende der Allee.

Da blieb der Mann stehen, beugte sich über sie und sagte etwas, was sie vor Erregung nicht verstehen konnte. Niemals hatte sie ein ähnliches Gesicht gesehen; sein Mund war wie eine große Wunde, voll blutiger Risse und Schrunden und an den Winkeln tief herabgezogen. Dieser Anblick überwältigte sie. Sie wollte fliehen, aber gleichzeitig fühlte sie sich von einem starken Strudel gezogen, gerade in den großen, häßlichen Mund hinein, der wie eine dunkle Drohung über ihr hing.

Plötzlich fühlte sie, daß sie noch immer das Porzellankörbchen an die Brust gedrückt hielt; mit einer beschwörenden Geste steckte sie dem großen Gesicht das zarte Gebilde entgegen, als erwarte sie eine wunderbare Verwandlung von diesem Anblick.

Der Mann lachte rauh auf, riß das Ding an sich, drehte es in den Händen herum und warf es an den nächsten Stein. Dann stapfte er weiter in den grauen Regentag.

Das Kind stand wie gelähmt, es sah die weißen Scherben langsam in die aufgeweichte Erde versinken.

Endlich wandte es sich ab und ging zurück. Obgleich es die Augen weit aufgerissen hatte, stieß es einmal gegen einen Baum und fiel in die nasse Wiese. Es schien ein endloser Weg zurück, und Marili wußte nicht genau, wohin er führte, es war alles wie im Traum. Auch die angstvollen Fragen der Großmutter ließ sie über sich ergehen, ohne zu antworten, sie verstand nicht, wovon die Rede war. Erst als sie neben dem Großvater vor ihrem Teller saß, ließ sie plötzlich den Löffel fallen und begann zu weinen, die kleinen Fäuste fest in die Augen gepreßt.

»Sie ist krank«, hörte sie die Stimme der alten Frau, dann verkroch sie sich in eine dunkle Höhle und wußte nichts mehr.

Als Marili die Augen aufschlug, saß die Großmutter an ihrem Bett und strickte. Ein feiner roter Schleier lag über dem ganzen Zimmer, und sie konnte nichts deutlich sehen. Auch das Bett stand nicht still, sondern schien sich fortwährend zu verändern. Sie versuchte mit einer Hand den roten Nebel von den Augen wegzuschieben, aber es war ein zu weiter Weg von der Bettdecke bis zu ihrem Gesicht. Dann wurde es wieder finster, und sie fiel in einen tiefen Graben.

Später stand ein großer Herr neben dem Bett und redete auf die Großeltern ein, die sehr traurig schienen. Aber Marili hatte nicht Zeit, darauf zu achten, sie hatte etwas Wichtiges verloren und mußte es suchen. Gesichter kamen auf sie zu und zerflossen, sobald sie nahe waren, aufgerissene Münder, rote, blaue und gelbe Augen. Immer wieder Gesichter, es machte so müde und schwindlig, ihnen auszuweichen, und sie war doch so in Eile und der Weg noch so weit.

Manchmal stand die Großmutter da und hielt ihr ein Glas an die Lippen. Marili schluckte durstig und schwamm weiter gegen den Strom der drohenden Gesichter.

Plötzlich verwandelten sie sich in Waldameisen, die auf der Straße dahinmarschierten. Das eintönige Getrappel der vielen Füße, die in unförmig großen Schuhen staken, peinigte sie so sehr, daß sie verzweifelt zu schluchzen anhob.

Sie kletterte über Hügel und Wiesen, und alles war böse zu ihr. Die Bäume standen riesig und drohend gegen den Himmel und versperrten ihr den Weg. Aber das kam nur daher, daß sie jenes Wichtige und Kostbare verloren hatte. Und sie war schon so müde, ihr Kopf wackelte wie auf einem dünnen Stengel, sie hatte die größte Angst, ihn zu verlieren.

»Laßt mich rasten«, bettelte sie, aber das feindselige Schweigen der Bäume trieb sie weiter. Irgendwo wohnte der liebe Gott, aber auch er wollte nicht helfen, und ein wilder Trotz überfiel sie.

»Und ich mag nicht mehr«, sagte sie laut, »ich will jetzt heimkommen«, und sie fiel mit dem Gesicht auf die Wiese und schloß die Augen. Aber da war es plötzlich nicht mehr die Wiese, sondern ihr weißes Bett, und die Großmutter stand über sie gebeugt und sah mit gespanntem Ausdruck auf sie nieder. Es war sehr heiß im Zimmer, und sie fühlte etwas Warmes über ihre Brust laufen. Der Großvater steckte seinen Kopf durch den Türspalt und sah auf ihr Bett. Die alte Frau lächelte und sagte: »Sie ist ganz naß vor Schweiß.«

Und dann holte sie ein frisches Hemdchen und zog Marili um.

Es war ein heller, stiller Morgen, vor dem Fenster stand eine weiße Wolke mit rosigen Bändern, die wuchs und bald den ganzen Himmel bedeckte.

Und dann begann es zu schneien.

»Du hast uns große Sorgen gemacht«, sagte der Großvater, »aber jetzt ist alles wieder gut.«

Marili sah auf ihre Hände, die sonderbar gelb und winzig auf der Decke lagen. Sie waren matt und so mager, daß man jedes Knöchelchen sehen konnte, aber doch ihre eigenen Hände, mit denen sie Eidechsen und Frösche gestreichelt hatte und die so gern in der feuchten Erde gewühlt hatten.

Nun waren ihre Nägel sauber und durchsichtig, es war alles ein wenig fremd und verändert.

Der nackte Sohn Gottes sah aus seinem Bild auf sie nieder. Er war heute nicht erzürnt, nur traurig. Immer noch schien er auf etwas zu warten. Marili fühlte sich bedrängt und wandte ratlos den Kopf zur Seite.

Erst beim Anblick der beiden alten Gesichter an ihrem Bett begann laue Wärme aus ihrem Herzen zu tropfen und durch den ganzen Leib zu sickern bis in die Finger und Zehenspitzen. Ihre Augen wanderten von einem zum andern und ruhten auf dem weißen Wolkenhimmel aus. Und plötzlich schien es ihr, als habe sie diesen weißen Himmel mit den rosigen Streifen schon immer gesucht. Ein schwaches Entzücken erfüllte sie ganz, sie streckte die mageren Arme nach dem Fenster aus und lachte leise und glücklich.

Der Großvater putzte sich die Nase und ging rasch aus dem Zimmer. Der Duft seines Schlafrockes war noch eine Weile im Raum, und das kleine Mädchen schlief lächelnd ein.

Die Großmutter blieb noch ein wenig sitzen, dann erhob sie sich und trat ans Fenster.

Die großen Flocken sanken lautlos nieder und blieben auf dem Mauervorsprung liegen; ein zarter weißer Schleier, durch den man noch das Grau des Steines sah, aber bald würde auch dieses Grau verborgen sein. Auch morgen würde es schneien und den ganzen langen Winter hindurch.

WIR TÖTEN STELLA

Ich bin allein, Richard ist mit den Kindern zu seiner Mutter gefahren, um das Wochenende dort zu verbringen, und die Bedienerin habe ich abbestellt. Natürlich hat mich Richard aufgefordert, mitzukommen, aber nur weil er wußte, ich würde nein sagen. Meine Anwesenheit hätte ihn und Annette nur gestört. Und ich wollte ja endlich allein sein.

Zwei Tage liegen nun vor mir, zwei Tage Zeit, um niederzuschreiben, was ich zu schreiben habe. Aber ich kann mich schlecht sammeln, seit dieser Vogel in der Linde schreit. Es wäre mir lieber, ich hätte ihn heute früh nicht entdeckt. Das verdanke ich meiner schlechten Gewohnheit, stundenlang am Fenster zu stehen und in den Garten zu starren. Hätte ich nur einen flüchtigen Blick hinausgeworfen, wäre er mir nie aufgefallen. Sein Gefieder ist so grüngrau wie die Rinde des Baumes. Erst nach einer halben Stunde bemerkte ich ihn, weil er zu schreien und zu flattern anfing. Er ist noch so jung, daß er nicht fliegen und noch viel weniger Mücken fangen kann.

Zunächst dachte ich, seine Mutter werde sogleich kommen und ihn ins Nest zurückbringen, aber sie kommt nicht. Ich habe das Fenster geschlossen und höre ihn noch immer schreien. Aber sie wird bestimmt kommen und ihn holen. Wahrscheinlich hat sie noch andere Junge zu versorgen. Er schreit übrigens so laut, daß sie ihn, wenn sie am Leben ist, unbedingt hören muß. Es ist lächerlich, daß dieser winzige Vogel mich so irritiert – ein Zeichen für den schlechten Zustand meiner Nerven. Schon seit einigen Wochen sind meine Nerven in diesem elenden Zustand. Ich kann keinen Lärm hören, und manchmal, wenn ich einkaufen gehe, fangen plötzlich meine Knie zu zittern an und der Schweiß bricht mir aus. Ich spüre, wie er in Tropfen über Brust und Schenkel rinnt, kalt und klebrig, und ich fürchte mich.

Jetzt fürchte ich mich nicht, denn in meinem Zimmer kann mir nichts geschehen. Außerdem sind sie ja alle fortgegangen. Nur das Fensterglas sollte viel stärker sein, daß ich dieses Geschrei nicht mehr hören müßte. Wäre Wolfgang hier, würde er versuchen, den Vogel zu retten, aber natürlich wüßte er ebensowenig wie ich, was man tun könnte. Man muß eben abwarten, die Vogelmutter wird noch kommen. Sie muß kommen. Ich wünsche es mit meiner ganzen Kraft.

Übrigens kann mir ja auch auf der Straße nichts geschehen. Wer, in Gottes Namen, sollte mir denn etwas antun? Und selbst wenn ich in ein Auto liefe, wäre es nicht schlimm, ich meine, nicht wirklich schlimm.

Aber ich bin ja so vorsichtig. Ich schaue jedesmal nach links und rechts, ehe ich über die Straße gehe, aus Gewohnheit; wie man es mir beigebracht hat, als ich noch ein kleines Mädchen war. Nur der freie Raum um mich herum macht mir Angst. Man merkt es mir aber nicht an, niemand hat es noch bemerkt.

Sie kann doch höchstens im nächsten Garten sein, oder im übernächsten. Jedes Haus hier hat einen Garten, unserer ist einer der größten und ungepflegtesten. Er ist nur dazu da, damit ich ihn vom Fenster aus sehen kann. Jetzt sind endlich die Lindenblätter herausgekommen, seit es so warm geworden ist. Alles ist ja heuer um Wochen verspätet. Ja, es scheint mir seit einigen Jahren, daß unser Klima sich allmählich verschiebt. Wo sind die glühenden Sommer meiner Kindheit, die schneereichen Winter und der zögernde, sich ganz langsam entfaltende Frühling?

Wenn es plötzlich wieder kalt würde, wäre das sehr böse für den kleinen Vogel. Aber ich mache mir unnötige Sorgen, es ist ja sogar ein wenig föhnig. Es kommt ja auch gar nicht an auf diesen winzigen Vogel, es gibt ja so viele von ihnen. Wenn ich ihn nicht gesehen und gehört hätte, wäre er mir ganz gleichgültig.

Ich wollte ja auch gar nicht über diesen unglückseligen Vogel schreiben, sondern über Stella. Ich muß über sie schreiben, ehe ich anfangen werde, sie zu vergessen. Denn ich werde sie vergessen müssen, wenn ich mein altes ruhiges Leben wieder aufnehmen will.

Denn das ist es, was ich wirklich möchte, in Ruhe leben können, ohne Furcht und ohne Erinnerung. Es genügt mir, wie bisher, meinen Haushalt zu führen, die Kinder zu versorgen und aus dem Fenster in den Garten zu schauen. Wenn man sich ruhig verhält, so dachte ich, kann man nicht in die Angelegenheiten anderer verstrickt werden. Und ich dachte an Wolfgang. Es war so angenehm, ihn täglich um mich zu haben. Vom Tag seiner Geburt an hat er immer zu mir gehört. Hätte ich Stellas wegen unser friedliches Beisammensein gefährden sollen?

Nun, es hätte nicht schlimmer für mich enden können, wenn ich es getan hätte. Stella rächt sich an mir und nimmt mir das einzige, an dem mein Herz noch hängt. Aber das ist Unsinn. Stella kann sich ja gar nicht rächen, sie war schon als Lebende so hilflos, wie hilflos muß sie erst jetzt sein. Ich selber räche Stella an mir, das ist die Wahrheit, und es ist auch ganz in Ordnung so, so sehr ich mich dagegen sträube.

Freilich habe ich immer schon gewußt, es würde einmal der Tag kommen, es hätte dazu nicht Stellas bedurft. Früher oder später wäre Wolfgang für mich verloren gewesen. Er gehört zu den Leuten, die sich keine Illusionen machen und die Konsequenzen ziehen. Auch ich mache mir keine Illusionen, aber ich lebe so, als machte ich mir welche. Früher dachte ich, ich könnte noch einmal von vorne anfangen, aber dazu ist es jetzt viel zu spät, dazu war es eigentlich immer zu spät, nur wollte ich das nicht zur Kenntnis nehmen.

Nichts könnte sich mehr lohnen, denn Wolfgang ginge doch von mir weg. Und das ist gut für ihn.

Irgendwo las ich, daß man sich an alles gewöhnen könne und Gewohnheit die stärkste Kraft in unserem Leben sei. Ich glaube es nicht. Es ist nur die Ausrede, die wir gebrauchen, um nicht über die Leiden unserer Mitmenschen nachdenken zu müssen, ja, um nicht einmal über unsere eigenen Leiden denken zu müssen. Es ist wahr, der Mensch kann vieles ertragen, aber nicht aus Gewohnheit, sondern weil ein schwacher Funke in ihm glimmt, mit dessen Hilfe er in aller Stille hofft, eines Tages die Gewohnheit zerbrechen zu können. Daß er es meist nicht kann, aus Schwäche und Feigheit, spricht nicht dagegen. Oder sollte es zwei Sorten Menschen geben, die einen, die sich gewöhnen, und die anderen, die es nicht können? Das kann ich nicht glauben; wahrscheinlich ist es nur eine Frage der Konstitution. Wenn wir in ein gewisses Alter kommen, befällt uns Angst und wir versuchen etwas dagegen zu tun. Wir ahnen, daß wir auf verlorenem Posten stehen, und unternehmen verzweifelte kleine Ausbruchsversuche.

Wenn der erste dieser Versuche mißlingt, und er tut es in der Regel, ergeben wir uns bis zum nächsten, der schon schwächer ist und uns noch elender und geschlagener zurückwirft.

So trinkt Richard regelmäßig seinen Rotwein, ist hinter Frauen und Geld her, meine Freundin Luise verfolgt junge Männer, deren Mutter sie sein könnte, und ich stehe vor dem Fenster und starre in den Garten hinaus. Stella, dieser dummen jungen Person, ist gleich der erste Ausbruchsversuch geglückt.

Es wäre mir viel lieber, ich könnte mit ihr tauschen und müßte nicht hier sitzen und ihre jämmerliche Geschichte schreiben, die auch meine jämmerliche Geschichte ist. Viel lieber wäre ich tot wie sie und müßte den kleinen Vogel nicht mehr schreien hören. Warum schützt mich niemand vor seinem Geschrei, vor der toten Stella und dem quälenden Rot der Tulpen auf der Kommode? Ich mag rote Blumen nicht.

Meine Farbe ist Blau. Es gibt mir Mut und rückt alle Menschen und Dinge von mir ab. Richard glaubt, ich trage meine blauen Kleider nur, weil sie mir zu Gesicht stehen; er weiß nicht, daß ich sie zum Schutz trage. Niemand kann mich in ihnen verletzen. Das Blau hält alles von mir fern. Stella liebte Rot und Gelb, und sie lief in dem roten Kleid, das ich ihr geschenkt hatte, in einen gelblackierten Lastwagen.

Dieser strahlend gelbe Tod, der wie eine Sonne auf sie zustürzte, ich glaube, er war schön und schrecklich, wie wir ihn aus den Sagen der Alten kennen.

Ich mußte sie identifizieren. Ihr Gesicht war unverletzt, aber grünlich weiß und viel kleiner, als es mir im Leben erschienen war. Der verstörte und halb wahnsinnige Ausdruck der letzten Tage war daraus gewichen und hatte einer eisigen Stille Platz gemacht.

Stella war immer ein wenig schwerfällig und scheu gewesen, auch wenn sie froh war, blieb ihr regelmäßiges, großflächiges Gesicht unbewegt. Es blühte dann von innen her auf bis in die Lippen. Stella war eine kurze Zeit hindurch sehr glücklich gewesen, aber sie war unfähig, die Spielregeln zu erlernen, sie konnte sich nicht anpassen und mußte untergehen.

Von einer leichtfertigen und habgierigen Mutter war sie schon als Kind in ein Internat gesteckt worden. Ich erinnere mich, sie damals, vor etwa fünf Jahren, in der Kirche beobachtet zu haben. Sie kniete neben mir, das Gesicht der Monstranz zugewandt, die Augen weit geöffnet, die Lippen ein wenig vorgewölbt, hingegeben und offen. Und mit demselben Ausdruck starrte sie später auf die Abendzeitung, hinter der sich Richards Gesicht verbarg. Auch Wolfgang sah es. Er errötete und erblaßte, und schließlich verschluckte er sich, um meine Aufmerksamkeit von Stella abzulenken. Mit seinen fünfzehn Jahren wußte er ebensogut wie ich, was vor unseren Augen geschah, und er versuchte verzweifelt, mich vor diesem Wissen zu schützen, während ich einzig und allein bestrebt war, ihn aus dem Spiel zu halten, und so genau das tat, was ich nicht hätte tun dürfen, nämlich nichts.

Während Stella, unfähig, ihr einziges großes Gefühl zu verbergen, unaufhaltsam in ihr Unglück glitt und Richard uns mit seiner glatten Bonhomie zu täuschen versuchte, bemühte ich mich, nichts zu sehen und zu hören. Wolfgangs wegen und auch mir selbst zuliebe, denn ich hasse nichts mehr als Auftritte, Auseinandersetzungen, und schon eine gespannte Stimmung genügt, um mich auf Wochen verstört und unruhig zu machen.

Die Einsamkeit und Ruhe meines Zimmers, die Aussicht auf den Garten, die Zärtlichkeit, die mich bei Wolfgangs Anblick erfüllt, hätte ich das alles – und es ist alles für mich – aufs Spiel setzen sollen, um eines Mädchens willen, das dumpf und unaufhaltsam in sein Schicksal rannte, von Anbeginn verurteilt, mit seinem einfachen, törichten Gefühl an unserer zerfallenden, gespaltenen Welt zu scheitern?

Nun, es war mir nicht der Mühe wert, aber es hätte mir der Mühe wert sein müssen, denn Stella war das junge Leben und ich ließ es in eine dieser mordenden Blechmaschinen laufen.

Man kann auf ganz verschiedene Weise zugrunde gehn, aus Dummheit ebensogut wie aus übertriebener Vorsicht; die erste Art erscheint mir würdiger, aber sie ist nicht die meine.

Luise, Stellas Mutter, kam erst nach dem Begräbnis. Sie war verreist gewesen, und kein Mensch in der kleinen Provinzstadt, in der sie lebt, wußte, wohin. Als wir sie endlich erreichen konnten, war schon alles vorüber. Richard hatte diese Sache erledigt, gut und passend, wie er alles zu erledigen pflegt. Luise, sie war übrigens mit ihrem Freund, einem jungen Magister, in Italien gewesen, saß uns nun in unserem Wohnzimmer gegenüber und schluchzte.

Richard sagte ihr Gemeinplätze, die aus seinem Mund viel überzeugender klingen als aus dem meinen, Worte der wahren Anteilnahme. Seine Augen wurden tiefblau und feucht, sie werden es auch, wenn er erregt oder betrunken ist, und ich mußte an die Kränze auf dem kahlen Hügel denken. Es waren übrigens nicht viele Kränze, denn Stella hatte in dieser Stadt nur uns und ein paar Schulfreundinnen. Ich dachte an den Hügel und an Stellas ausgebluteten, zerquetschten Körper in seinem hölzernen Gefängnis. Zum erstenmal überfiel mich das Mitleid. Es war töricht und absurd, denn Stella war tot, und doch schwoll das Mitleid in mir an wie ein körperlicher Schmerz, der wie ein Klumpen in meiner Brust saß und bis in die Finger ausstrahlte. Aber dieser Schmerz galt nicht mehr Stella, sondern ihrem toten Körper, der nun zum Zerfall verurteilt war.

Ich hörte Richard reden, verstand aber nicht, was er sagte. Von Entsetzen gepackt, sah ich nur seine Augen, die so feucht und lebendig waren. Jedes Haar an ihm lebte, seine Haut, sein Atem, seine Hände, und ich konnte nicht mehr atmen bei diesem Anblick.

Von außen gesehen waren wir ein Ehepaar in mittleren Jahren, das versuchte, eine schmerzgebeugte Mutter zu trösten. Nur ist Luise keine schmerzgebeugte Mutter. Stellas Tod kam ihr sehr gelegen. Das wußten wir, und sie wußte, daß wir es wußten, aber sie seufzte und weinte, wie es ihre Rolle verlangte.

Nun, da Stellas Erbteil, die Apotheke, an sie fällt, kann sie ihren Magister heiraten, der sie ohne diese Morgengabe nie genommen hätte. Sie kann sich diesen jungen, kräftigen Mann kaufen und sich eine Zeitlang einreden, daß sie Glück gehabt hat.

Stella war für uns alle eine Last gewesen, ein Hindernis, das nun endlich aus dem Weg geräumt war. Noch besser wäre es natürlich gewesen, sie hätte sich glücklich verheiratet, wäre ausgewandert oder sonst auf irgendeine Weise aus unserem Gesichtskreis verschwunden. Aber verschwunden war sie auf jeden Fall, und man konnte sie endgültig vergessen.

Ich bemerkte an Richard, wie sehr er sie schon vergessen hatte, da bei ihm Vergessen eine Sache des Körpers ist. Sein Körper hat Stella vergessen; groß, breit und hungrig nach neuen Frauen und Sensationen saß er neben mir und tätschelte Luises magere Vogelfinger mit seiner breiten gepflegten Hand, die sich immer trocken, warm und angenehm anfaßt.

Und Luises Gewimmer verstummte unter dieser Wärme und unter dem Klang seiner beruhigenden Stimme.

»Immer«, stöhnte sie, »hab' ich ihr gesagt, gib acht, wenn du über die Straße gehst. Ich möchte nur wissen, wo sie ihre Gedanken gehabt hat.«

»Ja«, sagte Richard bekümmert, »das möchten wir auch wissen, nicht wahr, Anna?«

Er sah mich an, und ich nickte. Keine Spur von Ironie schwang in seiner Stimme mit. Ich entschuldigte mich und sagte, daß ich in die Küche sehen müsse. Ich ging aber nicht in die Küche, sondern ins Badezimmer, und fing an, ein wenig Rouge aufzulegen. Die Blässe kleidet mich nicht.

Auch Stella war in den letzten Wochen blaß, aber sie war neunzehn und das Leiden verfeinerte ihr Gesicht und machte es erwachsen und reizvoll. Eine Frau über Dreißig müßte aufhören können zu leiden, es tut ihrem Aussehen dann nicht mehr gut.

Als Stella zu uns kam, war ihre Haut leicht gebräunt. Sie war schön, aber ganz ohne Scharm und Grazie. Für den modernen Geschmack war sie ein wenig zu gesund und kräftig. Es hat ja später auch eines schweren Lastwagens bedurft, um das Leben aus ihrem Körper zu quetschen. Es war so rücksichtsvoll von Stella, wie zufällig vom Gehsteig zu treten, so daß man ein Unglück annehmen konnte. Und es zeigt, wie wenig Luise ihre Tochter gekannt hatte, daß sie an dieses Unglück glaubte. Denn Stellas Verträumtheit war die eines schläfrigen, starken jungen Tieres, das wie im Traum seinen Weg durch das Gewühl der Stadt findet. Nicht einmal der Fahrer des Lastwagens, ein junger primitiver

Mensch, hat an das Unglück geglaubt. Stella wollte tot sein, und mit der gleichen besinnungslosen Selbstaufgabe, mit der sie sich ins Leben hatte fallen lassen, fiel sie aus dem Leben, das vergessen hatte, sie festzuhalten mit ein wenig Liebe, Güte und Geduld. Wir haben Ursache zur Dankbarkeit. Wie peinlich wäre es gewesen, hätte sie Schlafpulver genommen oder sich aus einem Fenster gestürzt. Ihre Vornehmheit, die eine Vornehmheit des Herzens war, zeigte sich in der Art, in der sie starb, uns allen die Möglichkeit schenkend, an ein sinnloses Unglück zu glauben.

Aber was nützt mir das, wenn der einzige, der es wirklich hätte glauben müssen, es nicht glaubt und niemals glauben wird. Immer wird Stella zwischen mir und Wolfgang stehen. Die Zeit der kindlichen Zärtlichkeit und des Vertrauens ist vorüber. Wolfgang verabscheut seinen Vater und verachtet mich wegen meiner Feigheit. Erst viel später wird er mich verstehen, dann nämlich, wenn er wie ich von einem Zimmer ins andere gehen wird, allein mit der Unruhe und dem Wissen um die völlige Ausweglosigkeit des Kerkers. Aber dann werde ich nicht mehr sein, so wie mein Vater nicht mehr ist, dessen ironisches Gewährenlassen mich als Kind mit Unsicherheit erfüllte. Der Blick, der mich traf, wenn ich mit meinen Puppen spielte, ist der Blick, mit dem ich Wolfgang folge, wenn er mit seinem Freund zum Tennis geht und mit dem er schon jetzt die Spiele seiner kleinen Schwester beobachtet.

Wenn Wolfgang jetzt bei mir wäre, würde er versuchen, den Vogel in der Linde zu retten, und ich müßte ihn davon abhalten, denn wenn die Vogelmutter nicht mehr kommt, ist dem Kleinen nicht zu helfen, weil er noch nicht allein fressen kann. Nur seine Mutter könnte ihn retten, und ich fange an, an ihrem Kommen zu zweifeln. Er schreit so jämmerlich, daß es mich ans Fenster treibt. Er ist entschieden noch kleiner geworden, als er war, obgleich er schon am Morgen so winzig war, daß ich mir einen kleineren Vogel gar nicht vorstellen konnte. Ich sehe ihn jetzt deutlich, ein Federhäufchen, das wild vor Angst und Hunger Schnabel und Augen aufreißt. Seine Mutter wird nicht mehr kommen. Ich habe das Fenster wieder geschlossen. Die Sonne bescheint ihn jetzt. Vielleicht wird er einschlafen und ich werde ein paar Stunden Ruhe haben, wenn ich ihn in Sicherheit weiß. Durch dieses Geschrei verliert er auch viel zu früh die Kraft. Vielleicht ist er durstig, bestimmt sogar. Aber es ist lächerlich, sich von einem Vogel stören zu lassen. Richard würde mich auslachen. Ich muß einfach glauben, daß seine Mutter ihn finden wird. Manchmal scheint es mir, daß meine Unfähigkeit zu glauben das Unheil erst anzieht. Vielleicht wäre Richard nie der geworden, der er heute ist, hätte ich ihm blind geglaubt, vielleicht wäre alles anders gekommen, hätte mein Vater, damals, als ich Richard ins Haus brachte, uns nicht so merkwürdig angesehen. Woher konnte er wissen, wer gab ihm das Recht zu wissen, was kommen würde, und wer gibt mir das Recht, Wolfgang mit meinen Blicken zu verfolgen, wie ich auch Richard und Stella damit verfolgt habe.

Man müßte sich angewöhnen, an den Menschen und Dingen vorbeizuschauen, man dürfte niemals seine Gedanken ins Auge treten lassen. Noch besser wäre es freilich, man könnte aufhören zu denken, denn schon unsere Gedanken töten. Ich dachte: »Er wird Stella zugrunde richten.« Ich dachte es so lange, bis es geschah. Ich weiß, daß Richard vor meinen Gedanken Angst hat. Abergläubisch, wie alle vitalen Naturen, fürchtet er nur, was er mit seinen Mitteln nicht erfassen und verstehen kann. Aber er ist stark genug, um diese Angst beiseite zu schieben, wie er alles beiseite schiebt, was ihn in seinen Plänen behindern würde.

Warum hat mich nichts gewarnt an jenem Septemberabend, als Stella zu uns kam? Warum schlug ich Luise ihre Bitte nicht einfach ab? Es paßte mir doch gar nicht, daß ich dieses fremde junge Mädchen bei uns aufnehmen sollte, und auch Richard war nicht erbaut von diesem Gedanken. Er gab seine Zustimmung nur mir zuliebe und weil Stellas Aufenthalt ja nur zehn Monate dauern sollte. Luise ist meine Freundin, das heißt, sie behauptet seit dreißig Jahren, es zu sein. Gar nie hab' ich sie gemocht, schon in der Schule nicht, denn schon als Kind war sie geizig, intrigant und bösartig. Immer wollte Luise meine Sachen haben, damals brachte sie mich um meine Radiergummis, Lackgürtel und Wurstbrote, später wollte sie die Männer, die mir den Hof machten, und jetzt hat sie schließlich mit Hilfe ihrer Tochter meine so mühsam errungene Ruhe zerstört. Ein Unglücksrabe ist diese Luise, häßlich, vertrocknet und mannstoll. Aber nie ist es mir gelungen, Richard davon zu überzeugen, daß sie mir nur lästig ist. Er begreift einfach nicht, daß es Leute gibt, die man verabscheut und denen man doch nicht entgeht. Nie im Leben wäre Richard in eine derartige Lage gekommen. Er schüttelt jeden Menschen ab, der nicht auf irgendeine Weise für ihn von Nutzen ist. Auch Stella konnte er nicht lange brauchen; einige Wochen, nicht länger. Sie war ihm viel zu unbequem. Was konnte ein Spieler wie er mit diesem schwerfälligen und ernsthaften Kind anfangen? Keine Frau hat ihn so bald gelangweilt wie Stella.

Richard hatte sie nie zuvor gesehen. Luise pflegte stets ohne ihre Tochter zu verreisen, und er hatte sich eine ganz falsche Vorstellung von ihr gemacht. Ich kann heute noch nicht glauben, daß Stella wirklich Luisens Tochter war, obgleich daran kein Zweifel möglich ist. Stellas Vater muß ein gewissenloser Patron gewesen sein, daß er es fertigbrachte, mit Luise ein Kind zu zeugen. Später scheint er diese Anwandlung bereut zu haben und versuchte durch ein ebenso raffiniertes wie kurzsichtig abgefaßtes Testament sein Kind vor seiner Frau zu schützen, indem er Luise nur zur Nutznießerin des Vermögens einsetzte und Stella die Apotheke vererbte. Es wäre aber doch besser gewesen, er hätte das nicht getan, denn damit schuf er seiner Tochter eine *unerbittliche* Feindin. Das Beste, was Luise je für Stella getan hat, war, daß sie das Kind, das bei ihr verschüchtert in einem Winkel zu sitzen pflegte, als es ihr immer hinderlicher wurde, in eine Klosterschule steckte. Dort fand Stella immerhin so viel Liebe, daß sie acht Jahre hindurch davon leben konnte. Eigentlich hätte sie ja Pharmazie studieren sollen, aber diese Ausbildung lag nicht in Luises Sinn – je weniger Stella verstand von dem, was sie verstehen sollte, desto besser für Luise. Da Stella aber schließlich irgend etwas tun mußte und ihre Mutter sie einfach nicht brauchen konnte neben ihren Freundinnen, Hunden und Liebhabern, verfiel sie auf den Gedanken, Stella an mich abzuschieben, wenigstens für ein Jahr, solange eben der Handelskurs dauert. Luise muß sich damals in stiller Verzweiflung immer wieder gesagt haben, daß der Tag von Stellas Großjährigkeit immer näher rückte. Natürlich wäre auch das nicht ihr Untergang gewesen, denn es verblieb ihr ein Legat, und gewiß hatte sie sich in den vergangenen Jahren genug bereichert, kaum behindert von einem alten, halb schwachsinnigen Vormund. Aber es gab ja auch noch diesen jungen Menschen, den sie unbedingt heiraten wollte, den sie sich aber, wie sie wohl wußte, nur *erkaufen* konnte. Ich gebe zu, es war für sie eine aussichtslose Situation.

So kam Stella zu uns, wieder einmal von ihrer Mutter zur Seite geschoben und auch von uns nicht freudig erwartet.

Unser Haushalt ist nämlich so beschaffen, daß er einen Eindringling oder selbst einen Gast nicht verträgt. Aus Gründen, die nur zu einleuchtend sind. Richards Freunde können niemals meine Freunde sein, und meine Freunde sind Richard unbehaglich. Außerdem kennt ein anderer nicht die unzähligen Tabus, die wir im Umgang miteinander beachten müssen, und die sogar von den Kindern schon respektiert werden. Unser Gesprächsstoff ist dadurch etwas beschränkt, aber das ist besser als unaufhörliche Reibereien. Dazu kommt noch, daß ein Fremder mein Verhältnis zu Wolfgang gestört hätte. Alle störten sie uns damals, sogar die kleine Annette und natürlich auch Richard. Deshalb habe ich auch kein Mädchen, sondern eine *Bedienerin* aufgenommen, eine schweigsame, mürrische Person, die sich nicht für uns interessiert, für die wir nur die Leute sind, für die sie um guten Lohn Fußböden zu putzen hat. Ganz beherrscht von Gedanken und Sorgen um Menschen, die wir nicht kennen, geht sie schweigend ihrer Arbeit nach. Mondmenschen könnten ihr nicht fremder sein, als wir es sind. Ohne daß darüber gesprochen wurde, gab es zwei Parteien bei uns: Richard und Annette – Wolfgang und mich, und wir hielten uns streng an die Spielregeln. Richard führte kurze und ein wenig zu herzliche Gespräche mit seinem Sohn, auf die Wolfgang mit vollendeter Höflichkeit einging, und Annette saß zuweilen auf meinem Schoß, und natürlich brachte ich sie zu Bett und sie küßte und umarmte mich. Aber das stimmt doch nicht ganz. Ich glaube, daß Wolfgang immer seinen Vater geliebt hat, obgleich er ihn immer durchschaute, und wenn es einen heimlichen Schmerz in Richards Leben gibt, so heißt er Wolfgang. Sicher leidet er unter der Andersartigkeit des Sohnes, soweit er sich eben gestattet zu leiden, denn Richard sucht in Wahrheit einen Freund, und Wolfgang wird nie sein Freund sein. Was die kleine Annette betrifft, so müßte ich sie wohl instinktiv lieben, wenn sie nicht so sehr ihrem Vater gliche. Es ist nicht ihre Schuld, daß mich ihr Anblick manchmal mit Entsetzen erfüllt. Ich sehe ihr blühendes Gesichtchen, spüre ihre Wärme und höre ihr Lachen und weiß, daß sie ebenso nichts bedeuten wie Richards Wärme und sein Lachen. Die beiden, Annette und ihr Vater, sind die geborenen Lockvögel, Fallen, die Gott, oder wer immer, den anderen gestellt hat, den Schweren, Treuen, Phantasie- und Gefühlvollen. Vielleicht ist Annette auch zu gesund und glücklich, als daß man sie wirklich lieben könnte. Dieses Kind wird immer alles erreichen, was es sich wünscht, und nie etwas Unerreichbares wünschen. Sie ist gerade so schwach und hilflos wie ein junger Tiger oder eine fleischfressende Pflanze. Richard ist stolz auf diese Tochter, aber im Grunde weiß er genau, wer sie ist, ein gutgelaunter Spießgeselle, solange er allen ihren Launen nachgibt.

Aber da er nichts so liebte wie sich selbst, muß er auch sein kleines Abbild lieben.

Manchmal versetzt er Annette einen kräftigen Klaps, den sie leise jaulend hinnimmt. Wolfgang hat er nie geschlagen, der gehört zu den Kindern, die man nicht schlägt. Richard ist viel zu klug, um sich eine Blöße zu geben und sich selbst ins Unrecht zu setzen.

In den ersten Wochen ihres Hierseins war Stella für uns alle eine arge Störung. Richard, der es liebte, am Abend seinen Rotwein zu trinken, zu rauchen und zu lesen, fühlte sich gezwungen, Konversation zu machen, mit einem Mädchen wie Stella, schrecklich ermüdend und ganz aussichtslos. Annette war einfach eifersüchtig, wie auf jeden Menschen, der das Interesse ihrer Umgebung beansprucht. Wolfgang fühlte sich gestört durch die Veränderung der Atmosphäre, und ich hatte das Gefühl, zu schweigsam zu sein und nicht zu wissen, wie man mit jungen Mädchen umgeht. Es schien mir unmöglich, Stellas Gedanken zu erraten und auf sie einzugehen. Dieses große, schöne, ein wenig zu kräftig gebaute Mädchen war ein Fremdkörper in unserem Haus, und sicher spürte sie das auch selbst. Sie war eher scheu als schüchtern, gehemmt durch das jahrelange Leben im Internat, und ich dachte, daß sie auch dort ein wenig fremdartig gewirkt haben mochte. Sie war gar nicht niedlich, kindisch und albern, wie junge Mädchen zu sein pflegen. Eigentlich sah sie aus wie eine Frau, die zufällig noch Kind ist. Und so still sie war, man konnte sie nicht übersehen. In den abscheulichen braunen Kleidern, die Luise für sie gekauft hatte, sah sie unvorteilhaft genug aus, aber man konnte sie einfach nicht übersehen.

Ich hatte versucht, das Fremdenzimmer, in dem Stella wohnen sollte, ein wenig seiner jungen Bewohnerin anzupassen, hatte ein paar Nippes hineingestellt, wie junge Mädchen sie gern haben, und die dunklen Möbel mit Spitzendecken belegt. Als ich Stella dann sah, hätte ich diesen Kram am liebsten gleich wieder weggeräumt, aber da sie ihn schon gesehen hatte, war es mir nicht mehr möglich. So blieben die Schimmel, Hunde und Ballerinen auf der Kommode stehen und nahmen sich seltsam genug aus, neben dem großen ernsthaften Mädchen. Ich vermute, daß Stella nie wirklich gelernt hat. Sie saß vor ihren Heften und Büchern und langweilte sich offensichtlich. Sie konnte schlecht rechnen und war wohl die Langsamste ihrer Klasse in Stenographie. Eigentlich wüßte ich gar nicht, wozu sie wirklich getaugt hätte. Sie konnte mit Tieren und Pflanzen umgehen, verrichtete gern grobe Arbeiten und strickte aus grauer derber Wolle Jacken und Socken für irgendwelche arme Leute. Diese ziemlich unförmigen Dinger schickte sie dann an ihr altes Kloster. Richard pflegte sie wegen ihrer Wohltätigkeit zu necken. Dann hob sie die weißen breiten Lider und lachte leise und ungeschickt, wie ein Mensch, der erst lernen muß zu lachen. Sie strickte sie nur, um, ohne in den Ruf der Faulheit zu geraten, stundenlang mit ihren Gedanken allein sein zu können.

Über diese Gedanken wußte ich gar nichts. Manchmal zweifelte ich daran, daß sie überhaupt etwas dachte, so unbewegt blieb ihr Gesicht. Mit Annette gab sie sich gern ab, und das Kind fing schließlich an, diese Zuneigung zu erwidern. Wolfgang beobachtete sie zunächst noch mit einer Mischung aus Neugierde, Scheu und Voreingenommenheit. Auch darin ganz mein Sohn, wäre er nie auf den Gedanken gekommen, sich einer fremden Person zu nähern. Als mir klar wurde, daß ich zu Stella doch nie ein richtiges Verhältnis finden würde, fing ich an, meine Bemühungen einzustellen und so zu leben wie bisher, als gebe es kein junges Mädchen in meinem Fremdenzimmer. Sie störte mich zwar immer noch, aber ich wußte ja, daß diese Störung nicht allzulang dauern werde. Ich war immer freundlich zu Stella, ebenso freundlich, wie ich zu meiner Bedienerin, dem Briefträger oder Wolfgangs Schulfreunden bin.

Ich fing wieder an, meinen alten Gedanken nachzuhängen, von einem Fenster zum andern zu gehen, rauchend oder die Hände in die Ärmel geschoben, und in den kahl gewordenen Garten zu schauen. Ich kaufte Blumen, die mit der fortschreitenden Kälte immer teurer wurden, ging pflichtschuldig mit Annette spazieren und unterhielt mich mit Wolfgang über die Bücher, die er fortwährend verschlang und die vielleicht nicht alle für ihn passen mochten. Natürlich versorgte ich auch den Haushalt, ärgerte mich über Annette, die in der Schule faul und schlampig war, und besprach, wie üblich, mit Richard alle Angelegenheiten, die die Kinder und den Haushalt betrafen. Alles tat ich mit Routine, die Wirklichkeit war das In-den-Garten-Starren, das ruhelose Umherwandern im Haus und die Wärme in der Brust bei Wolfgangs Anblick.

Vor Jahren war mir etwas geschehen, das mich in einem reduzierten Zustand zurückgelassen hatte, als einen Automaten, der seine Arbeit verrichtet, kaum noch leidet und nur für Sekunden zurückverwandelt wird in die lebendige junge Frau, die er einmal war. Wolfgangs rührende Nackenlinie, die Rosen in der weißen Vase, ein Luftzug, der die Vorhänge bauscht, und plötzlich spüre ich, daß ich noch lebe.

Und dann gibt es noch das andere, das mich mit Furcht erfüllt, mit Entsetzen, mit dem Gefühl, im nächsten Augenblick werde etwas auf mich zuspringen und die unsichtbare Wand zerschlagen.

Ich weiß, das darf nicht geschehen, aber immer wieder drängt es sich an mich, es starrt mich an aus den fremden Gesichtern auf der Straße, erhebt sich im Geheul eines Hundes, steigt mir im Fleischerladen als Blutgestank in die Nase und berührt mich als eine kalte Hand beim Anblick von Richards vollem, heiterem Gesicht.

Etwas muß mir vor Jahren geschehen sein, seither glaube ich es nicht ertragen zu können, daß, unfaßbar für mein Hirn und Herz, Gut und Böse eins sind. Um dieses Wissen zu ertragen, bedürfte man der Lebenskraft eines Riesen. Aber die Riesen kommen gar nicht in diese Lage, ein handfester Knüttel ersetzt ihnen das Denken. Sie ziehen es vor zu leben. Immer müssen die Denkenden darauf verzichten zu leben, und die Lebenden haben es nicht nötig zu denken. Die erlösende Tat wird nie getan werden, denn der die Kraft hätte, sie zu tun, weiß nicht, daß er sie tun muß, und der Wissende ist unfähig zu handeln.

Stella gehörte zu den Lebenden. Viel mehr als einem Menschen glich sie einer großen, grauen Katze oder einem jungen Laubbaum. Gedankenlos und unschuldig saß sie an unserem Tisch und wartete auf das Schicksal. Richard brauchte nur die Hand auszustrecken, um ihr bräunliches Gelenk zu umfassen. Er tat es nicht, aber er lächelte, während er ruhig und voll Genuß das Fleisch auf seinem Teller zerschnitt.

Richard ist der geborene Verräter. Mit einem Körper ausgestattet, der ihn zum unaufhörlichen Genuß befähigt, könnte er zufrieden leben, wenn er nicht obendrein mit einem blendenden Verstand begabt wäre. Dieser Verstand erst macht die Vergnügungen seines genußsüchtigen Körpers zu Untaten. Richard ist ein Ungeheuer: fürsorglicher Familienvater, geschätzter Anwalt, leidenschaftlicher Liebhaber, Verräter, Lügner und Mörder.

Alles dies weiß ich seit Jahren, und wenn ich wüßte, wen ich für dieses Wissen verantwortlich machen könnte, würde ich ihn umbringen. Früher sah ich die Schuld nur bei Richard, und ich fing an, ihn zu hassen. Aber jetzt weiß ich längst, es ist nicht seine Schuld, daß ich auf die Tatsache seines Vorhandenseins auf diese Weise reagiere. Es gibt so viele von seiner Art, alle Welt weiß es offenbar und nimmt es hin, und niemand macht ihnen den Prozeß. Wer macht es, daß ich es nicht ebenso hinnehmen kann? Ich höre langsam auf zu hoffen, daß sich dieser Jemand eines Tages stellen wird, und selbst wenn er es täte, ich wüßte nichts mit ihm anzufangen. Mein Zorn ist längst verraucht, geblieben ist nur das Grauen, das mich ganz beherrscht und in dem ich wohne wie in einem verhaßten Raum. Es ist in mich eingedrungen, es hat mich ganz durchtränkt und begleitet mich überallhin. Es gibt keine Flucht. Mein schlimmster Gedanke ist, daß auch der Tod nicht tödlich genug sein könnte, um es endlich auszulöschen.

Aber das Grauen und das Wissen um die Wahrheit, die man nicht wissen sollte, sind eingefügt in die Ordnung des Alltags. Ja, ich klammere mich an diese Ordnung, an die regelmäßigen Mahlzeiten, die täglich wiederkehrende Arbeit, die Besuche und Spaziergänge. Ich liebe diese Ordnung, die es mir möglich macht zu leben.

Eines Tages fiel mir auf, mit welch rührendem Gleichmut Stella ihre Kleider trug, diese braunen, weinroten und lila Scheußlichkeiten, die ihr zu weit oder zu eng waren und von Luises Bosheit zeugten. »Man müßte ihr anständige Kleider kaufen«, sagte ich zu Richard, »und sie wäre eine Schönheit.« Er hob den Blick von der Zeitung, sah mich erstaunt an und sagte: »Glaubst du?«

Ich kenne seine Schwäche für zierliche, aparte Frauen und fuhr fort, Stellas Vorzüge zu preisen. Er lachte dazu, wiegte den Kopf bedauernd hin und her und meinte schließlich, es sei nicht unsere Sache, ihr Kleider zu kaufen. In zwei Jahren, einmal im Besitz der Apotheke, werde sie schon anfangen, sich anständig anzuziehen. »Luise«, sagte ich, »ist ein Scheusal.« Richard zog die Schultern komisch hoch, schüttelte sich ein bißchen und lachte. Plötzlich kam mir ein Einfall. Wie, wenn ich Stella beibrächte, sich anzuziehen? Ich schloß die Augen und sah sie in einem weißen Kleid eine Stiege herunterschreiten, lächelnd mit gewölbten Lippen, das rotbraune Haar glänzend und locker, jung, schön und verlockend. Ich sah Richards weiße, feste Hände die Zeitung halten, und eine Art Genugtuung darüber erfüllt mich, daß er nicht fähig war, diese Schönheit zu sehen, verdorben von seiner Neigung zu einer künstlichen, raffinierten Hübschheit.

In der folgenden Woche kam die Schneiderin ins Haus und nähte ein paar Kleider für Stella, aus billigen Stoffen, aber in hellen Farben, wie sie für ein junges Mädchen passen.

Die Verwandlung war vollkommen. Stella stand vor dem Spiegel und sah sich zum erstenmal selbst. »Du bist schön, Stella«, sagte ich und zupfte eine Falte zurecht. Sie sah mich nicht an und sprach ernsthaft in den Spiegel hinein, »ich bin schön«, verwundert, überrascht und schließlich überwältigt von dem neuen Gefühl, das meine Worte und ihr Bild in ihr geweckt hatten, und noch einmal, »ich bin schön«.

Nun hätte ich eigentlich triumphieren können. Luise, der Drachen, war überlistet. Es war durchaus möglich, daß die verwandelte Stella einen Verlobten nach Hause brachte, der dafür sorgte, daß in Zukunft Stellas Vermögen nicht mehr in Luises Kleider, Hüte und Liebhaber umgesetzt wurde. Aber seltsamerweise konnte ich mich nicht mehr freuen. Übrigens hat mich noch nie ein Triumph befriedigt, er versetzt mich meist in Verlegenheit oder sogar in eine leichte quälende Trauer. Vielleicht kommt es daher, daß mein Triumph die Niederlage eines anderen bedeutet, in den ich mich verwandle und nun mit ihm leiden muß. Luise war mir aber so zuwider, daß ich dieses Gefühl für sie nicht aufgebracht hätte. Was mich störte in meiner Freude, war Stellas Gesicht im Spiegel, dieses leuchtende Gesicht, das junge blühende Fleisch und der hingegebene Blick, der ganz diesem neuen Glanz verfallen war. Unbehagen kroch an mir hinauf. Stella hatte aufgehört, das Kind Stella zu sein. Eine Leere war in ihrer Brust und würde die Welt an sich ziehen. Und das gefiel mir nicht. Denn es lag nicht in meiner Macht, den Strom zu lenken, der diese Leere erfüllen sollte. »Stella«, sagte ich rasch, »Stella, mußt du nicht noch Stenographie üben heute?«

Sie legte die Hände über die Augen, in einer rührend kindlichen Bewegung und wandte sich zu mir. Ihre Arme fielen herab, der Glanz in ihren Augen erlosch, und seufzend wandte sie sich zur Tür.

An diesem Abend merkte Richard noch nicht, daß eine neue Stella ihm gegenübersaß. Aber Annette merkte es und auch Wolfgang, der mich fragend und nachdenklich ansah.

Stella aber, in ihrem erdbeerfarbigen Kleid, aß fast nichts und sah verträumt vor sich hin. Völlig eins mit ihrem gesunden, jungen Körper, trank sie selbstvergessen, in kleinen Schlucken, ihren Tee.

Der Vogel sitzt noch immer in der Linde. Die ganze Nacht hat er sich nicht vom Fleck gerührt. Er schreit nicht mehr, piepst nur noch ganz schwach. Wenn ich das Fenster schließe, höre ich ihn nicht mehr. Er ist jetzt so winzig, daß man ihn kaum noch einen Vogel nennen kann. Seine Mutter ist nicht gekommen, und ich glaube, sie wird auch nicht mehr kommen.

Wenn ich allein im Haus bin, wird mir immer bewußt, daß das nicht mein Haus ist. Ich fühle mich manchmal wie ein Logiergast darin. Mir gehört nur die Aussicht in den Garten, sonst nichts. Früher hab' ich mir manchmal eingebildet, ich hätte wenigstens ein Heim, aber seit Stella tot ist, hat sich der goldene Käfig in einen Kerker verwandelt. Wenn ich mich nicht irre, ist auch der Garten vom Haus abgerückt. Er geht von mir fort, langsam, fast unmerklich, eines Tages wird er verschwunden sein, und ich werde aus dem Fenster in die Leere starren und denken, hier war früher die Linde und dort der Rasenfleck mit den Schneeballsträuchern. Vielleicht liegt es an den Fenstern. Sie trüben sich allmählich, bis sie mir die Aussicht versperrt haben werden.

Es hat angefangen zu regnen, das ist gut für den Vogel, solange der Regen nicht kalt ist. Es wird ihn ein wenig erfrischen, er muß ja am Verdursten sein. Ich glaube nicht, daß er sehr leidet. Gewiß macht ihn die Schwäche matt und schläfrig. Er ist aus seiner Welt, aus der Hand des Vogelgottes gefallen: ich kann ihm nicht helfen und muß versuchen, ihn zu vergessen.

Aber ich will ja über Stella schreiben und über die Art, auf die wir sie umgebracht haben.

Es fing mit den verwünschten neuen Kleidern an, nein, nicht mit den Kleidern, es fing damit an, daß ich sie in unser

Haus aufnahm. Ich hätte wissen müssen, daß es für Richard keine Grenzen gibt, daß er nichts respektiert und daß ein großes, einfaches Kind eine sehr reizvolle Abwechslung sein kann für einen Mann, der von jeder Art von Liebe übersättigt ist. Man darf das Lamm nicht in die Höhle des Wolfes bringen, und genau das hab' ich getan. Ich frage mich, warum mich das so quält. Wem bin ich Rechenschaft schuldig, und vor wessen Strafe müßte ich Angst haben? Ich weiß, daß es nicht moralische und ethische Bedenken sind, die mich verfolgen. Ich glaube, jeder Mensch trägt sein Gesetz in sich, und es sind ihm Grenzen gezogen, die er nicht überschreiten kann, ohne sich selbst zu zerstören. Mein Gesetz war die Unantastbarkeit des Lebens, und ich habe meine Grenze überschritten, indem ich ruhig und gedankenlos zuließ, daß Stellas Leben vor meinen Augen vernichtet wurde.

Es ist nicht meine Sache, Richard anzuklagen. Meine Aufgabe wäre es gewesen, das Leben zu behüten und vor mörderischen Zugriffen zu schützen. Und was habe ich tatsächlich getan? Ich habe das Leben einer Frau in guten Verhältnissen geführt, bin am Fenster gelehnt und habe den Duft der Jahreszeiten geatmet, während rings um mich getötet und verletzt wurde.

Es darf mich nicht wundern, wenn der Garten anfängt, mich zu verstoßen. Die geheimnisvolle Kraft, die die Blätter der Linde grünen läßt, war es ja auch, die das Blut durch Stellas jungen Körper trieb, diesen sanften roten Saft, der in großen Lachen auf den Pflastersteinen stand.

Die Linde weiß von meinem Verrat, auch der sterbende Vogel weiß es. Sie wollen mich nicht mehr. Ich lese es in den Augen der Kinder, ich spüre es, wenn ich fremde Hunde und Katzen streichle, und wenn ich mich der Hyazinthe auf meinem Tischchen nähere, erstarrt sie in Abwehr und Furcht. Verrätern wird nicht verziehen, sagen mir ihre glänzenden Blüten, und ihr Duft erinnert mich an den süßlichen Geruch, der von Stellas Bahre aufstieg.

Natürlich könnte ich weiterhin davonlaufen vor dem Wissen, aber ich habe es satt davonzulaufen. Ich weiß, es wird nichts besser davon, daß ich meine Schuld bekenne. Es wird mich nicht einmal erleichtern. Nie hab' ich die Wohltat der Beichte begriffen. Sie mag es für andere sein, und ich hoffe, daß sie es ist, aber die Mächte, denen ich unterstehe, vergessen und verzeihen nicht. Sie verstoßen endgültig das unbotmäßige Kind.

Ich erinnere mich, einmal winzige Pfingstrosenknospen von den schon verwelkten Sträuchern abgeschnitten zu haben. Ich hoffte, sie noch ein paar Tage am Leben erhalten zu können, und wirklich fingen sie am nächsten Tag an, sich zu öffnen. Vor meinen Augen dehnten sich die kleinen Blätter, und dann geschah das Erschreckende: als hätten die grünen Hände ihrer toten Mütter sie plötzlich losgelassen, fielen sie als kleine rosa Bälle auf das Tischtuch nieder.

So hat auch mich die große grüne Hand, aus der ich gekommen bin, losgelassen. Ich falle und falle, und niemand wird mich auffangen.

Stella, noch in der feuchten Erde geliebt und gehalten von hundert kleinen Wurzelfingern, um wieviel endgültiger bin ich tot als du!

Zwei Monate, nachdem Stella zu uns gekommen war, sah ich zum erstenmal jenen wachen, abschätzenden Ausdruck in Richards Augen, mit dem er die Frauen zu verfolgen pflegt. Wahrscheinlich hatte er sie schon früher auf diese Weise angesehen, und ich hatte es nur nicht gemerkt. Niemand ist leichter zu hintergehen als ich. Es langweilt mich, wenn ich mich in die Angelegenheiten anderer Leute mischen soll, und es ist mir in tiefster Seele zuwider.

Damals, Mitte November, war ich ganz mit Wolfgang beschäftigt. Wir übersetzten gemeinsam die Ilias, und diese Beschäftigung und der Anblick von Wolfgangs eifrigem jungen Gesicht machte mich so ruhig und zufrieden, wie es ein Mensch von meiner Art nur sein kann. Ich weiß, es war nicht das Glück, es war etwas ganz anderes, ein Glücksersatz für Leute, die aus irgendeinem Grund auf das richtige Glück verzichtet haben. Mein Zimmer war unser kleines Schiff, und während wir vor Troja standen, versank die Wirklichkeit um uns. Achill, so behauptete Wolfgang, sei einfach hysterisch gewesen. Er zog mißbilligend die Nase kraus, und ich verstand ihn nur zu gut, obgleich ich immer bedauert habe, daß sich der schöne Wahnsinn der Alten in unserer Zeit so schmählich als Hysterie entpuppt hat. Wolfgang kann natürlich noch nicht ahnen, daß sich diese unsere billige Hysterie in nicht zu ferner Zeit wieder in den schönen Wahnsinn verwandeln wird.

Sein Herz schlug damals für Kassandra, zu meiner größten Verwunderung, denn ich fand sie keine anziehende Figur für einen Halbwüchsigen. Aber warum eigentlich sollte er nicht geahnt haben, daß sie die wahre Heldin ist? Warum unterschätzen wir unsere Kinder so sehr? Vor einiger Zeit fiel mir einer meiner alten Schulaufsätze in die Hände und versetzte mich in größte Verwunderung. Ich konnte mich nicht entsinnen, ihn geschrieben zu haben. Aber es war die wohlbekannte Kinderschrift, die Schrift einer gläubigen, ungebrochenen Persönlichkeit von vierzehn Jahren. Wo war sie in den folgenden Jahren hingekommen? Ich weiß es nicht, voll Neid und Bewunderung starrte ich, eine vierzigjährige Frau, auf das Blatt Papier nieder mit der Gewißheit eines großen Verlustes im Herzen.

Manchmal sagt Wolfgang etwas Geniales. Er wird es mit den Jahren immer seltener tun, und endlich wird er wie jetzt ich an einem Fenster stehen, erfüllt von dumpfer Trauer um das halb Vergessene und nie Gekannte. Ein großer, ein wenig zu hagerer Mann mit nachdenklichen grauen Augen und nervösen Händen, die eine Zigarette nach der anderen entzünden und wieder zerdrücken, hilflos, wie ich es bin, wie mein Vater es war und jener ferne Urahn, der als erster das Ticken der Unrast spürte und an das Fenster seiner Hütte trat.

Damals also, im November, als ich so sehr mit der Ilias

und Wolfgang beschäftigt war, sagte mir Stella eines Abends, daß sie einen Italienischkurs besuchen werde, und dreimal in der Woche erst um neun Uhr nach Hause kommen könne. Ich sah sie an, wie sie so vor mir stand, eine zarte Röte auf den ein wenig zu hohen Backenknochen, die langen Finger ineinandergeschlungen und meinem Blick ausweichend. Ich dachte, daß sie das Italienische doch nie erlernen werde, denn sie hatte gar kein Sprachtalent, aber ihr Vorsatz war sicher lobenswert. Es war mir auch ganz einerlei, meinetwegen mochte sie Kirgisisch lernen, was übrigens viel besser zu ihr gepaßt hätte. Stella war nicht mein Kind, mochte sie tun und lassen, was ihr gefiel. Ich sagte irgend etwas von kaltem Abendessen und tauchte zurück in die Welt Trojas.

Und Stella besuchte ihren Abendkurs mit größter Regelmäßigkeit. Damals fing sie an, zu einer jungen Frau aufzublühen. Ihre eckigen Bewegungen wurden weicher, und ihr Gesicht rundete sich ein wenig. Sie war jetzt eher hübsch als schön, und so erfreulich sie anzusehen war, hatte sie mir früher in ihren braunen Kleidern fast besser gefallen.

Dann fing Richard an, mit ihr auszugehen. Übrigens, ich erinnere mich, geschah das auf meine Veranlassung. Ich hasse es, auf gewisse Unterhaltungen zu gehen, und war froh, eine Partnerin für ihn gefunden zu haben. Ich glaube, er sträubte sich anfangs sogar dagegen, aber ich habe ja schon erwähnt, daß Richard sehr klug ist. Die Hausschneiderin nähte für Stella ein Kleid aus billigem weißen Taft, und Stella sah aus wie die Prinzessin aus dem Farbfilm. Richard war sichtlich stolz und benahm sich wie ein wohlwollender Onkel. Übrigens ist diese Onkelhaftigkeit nicht einmal gespielt, sie liegt in seiner Natur, neben ganz entgegengesetzten Eigenschaften, und er weiß sich ihrer sehr geschickt zu bedienen. Richard ist Diplomat und Gewaltmensch, kein Wunder also, daß er fast immer Erfolg hat. Mit der größten Geduld und Hartnäckigkeit versucht er auf liebenswürdige Art, sein Ziel zu erreichen. Erst wenn sein Scharm versagt, beginnt er, brutal zu werden. Aber das wissen nicht viele, und die es wissen, hat er so sehr in der Hand, daß sie nicht wagen können, gegen ihn aufzutreten.

So gingen sie also zum Fest, der gute Onkel und das törichte junge Mädchen.

Nachdem die beiden fort waren, ging ich in die Küche und richtete das Abendessen für die Kinder, stellte alles auf ein Tablett und trug es ins Kinderzimmer. Annette lag auf dem Teppich, die Beine in der Luft, und las die Micky-Maus. Sie lachte laut, und ich zuckte zusammen. Immer versetzt mir ihr Lachen einen leichten Schock. Ich begreife nicht, daß ein achtjähriges Kind wie Richard lachen kann, oder, besser gesagt, wie Richard lachen würde, wäre er ein kleines Mädchen. Annette ist die einzige von uns, die an Stellas Tod unschuldig ist. Wolfgang war, ohne es zu ahnen, ein Werkzeug dazu. Ihm zuliebe, um ihn in der Illusion zu erhalten, er wachse in einer geordneten Familie auf, habe ich zu allem geschwiegen. Aber nicht nur Wolfgang zuliebe, sondern auch einfach aus Feigheit und Bequemlichkeit.

Wolfgang kam jetzt aus seinem Zimmer, nahm mir das Tablett mit der Milch ab und begleitete mich zum Tisch. Dieses Kind hat von seinem ersten Tag an etwas Rührendes an sich. Er war, wenn es das gibt, schon als Baby rücksichtsvoll und nachdenklich.

Und obgleich er sich nicht viel anders benimmt als alle Jungen seines Alters, hat es für mich manchmal den Anschein, als tue er das nur aus Kameradschaftlichkeit und aus einem Gefühl für das Passende heraus. Es gibt Augenblicke, in denen plötzlich die Rollen vertauscht sind und ich zu einem törichten Kind werde, während seine dunkelgrauen Augen mild und nachsichtig auf mir ruhen, wie die Augen eines Vaters. Unter seiner Fügsamkeit und seinem äußeren Gehorsam verbirgt sich etwas ganz anderes.

Wolfgang ist der einzige Mensch, der Richard unsicher machen kann. Im übrigen gehen sie einander aus dem Weg, sogar wenn sie am selben Tisch sitzen.

Ich legte meinen Arm um Wolfgangs Rücken und sagte: »War Stella heute nicht hübsch, wie eine Prinzessin?« Er sah mich zornig an. »Wie eine Prinzessin? Lächerlich, eine dumme Gans ist sie. Du bist hundertmal schöner.« Ich lächelte geschmeichelt. »Lieb von dir«, sagte ich, »aber es stimmt nicht, und sie hat wirklich ausgesehen wie eine Prinzessin.« Er schwieg und sah an mir vorüber.

Später setzte ich mich an den Rand seines Bettes. Das Licht der Straßenlaterne fiel auf sein Gesicht. Ich sah, daß er angestrengt nachdachte. »Was ist los?« sagte ich, noch immer im scherzenden Ton. Sein Gesicht, eben noch ernst und angestrengt, wurde mit einem Schlag weich und kindlich. »Warum«, sagte er, »kannst du nicht im Sommer mit mir wegfahren, nur mit mir allein? Annette kann zur Großmama gehen, und Papa ist alt genug, daß er einmal allein wegfährt.«

Ich dachte nach. Wolfgang hatte recht. Wir hätten zusammen eine herrliche Zeit haben können an irgendeinem See oder im Gebirge. Warum mußte ich jedes Jahr mit Richard wegfahren, der sich viel besser ohne mich hätte unterhalten können? Richard liebt es, im Auto zu rasen, an einem Tag fünf Städte zu »machen« und am Abend noch auszugehen. Jeder Urlaub mit ihm verbraucht meine Kräfte bis auf den letzten Rest, und es dauert dann bis in den Winter hinein, ehe ich mich davon erholt habe. Jedes Jahr fürchte ich mich vor dieser Reise, und jedes Jahr fahre ich widerstandslos mit ihm. Tatsächlich, warum sollte ich nicht endlich tun dürfen, was mir gefiel und was schon lange mein Wunsch war?

»Ich werde mit Papa darüber reden«, sagte ich. Ich wußte, es war schwierig. Richard fühlt sich verpflichtet, seinen Urlaub mit mir zu verbringen. Er haßt nichts mehr als Zustände, die er als schlampig und unsolid bezeichnet, vielleicht, weil er selbst sich ununterbrochen in diesem Zustand befindet. Unsolid und überspannt ist es seiner Meinung nach, getrennte Schlafzimmer zu benützen, den Urlaub nicht mit der Gattin zu verbringen und am Sonntag nicht mit den Kindern in den Zoo oder ins Kino zu gehen. Er würde sich auch niemals von mir trennen. Ich bin die Hüterin seines Hauses und seiner Kinder, und als ein Mensch, der im geheimen in der tiefsten Anarchie lebt, schätzt er nichts mehr als die äußere Ordnung und Genauigkeit. Keiner hütet die Moral strenger als der heimliche Gesetzesbrecher, denn es ist ihm klar, daß die Menschheit untergehen würde, hätte jeder Mensch die Möglichkeit, so zu leben, wie er es tut.

Als ganz junge Frau fragte ich ihn einmal: »Warum liebst du mich?« Seine Antwort kam rasch und sicher: »Weil du mir gehörst.«

Nicht wegen meines Aussehens also oder wegen meiner liebenswerten Eigenschaften liebte er mich, sondern nur als seinen Besitz.

Eine beliebige Person an meiner Stelle hätte er ebenso geliebt, und auf diese Weise liebt er seine Kinder, sein Haus, kurz alles, was zu seiner Person gehört. Etwas in mir sträubte sich schon damals gegen diese Art von Liebe, aber ich schwieg, weil ich schon erfahren hatte, daß ein Gespräch zwischen uns unmöglich war.

Keine seiner Geliebten wird ihn je dazu bringen, seine Familie, das heißt seinen Besitz, aufzugeben, und wenn es mir eines Tages einfallen sollte, ihn zu verlassen, wird er hartnäckig und rachsüchtig mein Leben zerstören. Aber Richard gehört zu den Männern, die ihren Frauen den Geschmack an Liebhabern verderben. Es wäre mir unmöglich, von einem anderen Mann auch nur die leiseste Liebkosung hinzunehmen. Ich bin einzig und allein Richards Frau, und seit ich das nicht mehr ertragen kann, bin ich dazu verurteilt, allein zu bleiben.

Eine Zeitlang konzentrierte sich mein ganzes Gefühl auf Wolfgang. Ich wurde eine närrische Mutter und erkannte es bald selbst. Dann fing ich an, mich streng zu kontrollieren. Niemand weiß, wie oft ich die schon halb erhobene Hand zurückzog, die sich danach sehnte, sein Haar und seine Stirn zu berühren. Niemand weiß, wie oft ich, vor der Tür des

Kinderzimmers stehend, mich lautlos abwandte und zurück in mein Zimmer ging. Ich habe mich verschlossen, gegen den Duft seiner Haut, gegen seine Stimme und die Verlokkung der schwarzen Wimpern über gerundeten Wangen. Das Maß an Zärtlichkeit, das ich mir gestattete, ist genau so viel, daß ich davon leben kann und Wolfgang keinen Schaden erleidet.

Aber, wer weiß, vielleicht schade ich ihm trotzdem, vielleicht habe ich ihm immer geschadet.

Ich sagte: »Du mußt jetzt schlafen, Wolfgang.« Er legte die Arme um meinen Hals, drückte seine kühle Nase gegen meine Wange und sagte: »Und Stella ist doch eine dumme Gans.« Ich machte mich sanft von ihm los und ging aus dem Zimmer. Es tat mir leid, daß Wolfgang Stella nicht mochte, denn ich hatte angefangen, mich an ihre Gegenwart zu gewöhnen.

Richard und Stella kamen spät nach Hause, und ich stellte mich schlafend, um durch ein Gespräch nicht wieder hellwach zu werden. Durch schmale Lidspalten sah ich, wie Richard sich auszog, die Kleider säuberlich hinlegte – er ist in diesen Dingen sehr ordentlich – und dann ins Badezimmer ging. Nach einer Weile erschien er wieder, nach Seife und Zahnpasta duftend, und rückte an meine Seite. Er schob die Hand unter meine Schulter und schlief auf der Stelle ein. Diese Bewegung bedeutet: Da bin ich also wieder, und ich hoffe alles in Ordnung vorzufinden, in der Ordnung, die für mich zufällig Anna heißt und in meinem Bett schläft.

Längst hab' ich es aufgegeben, von seiner Hand abzurükken, ich blieb auch damals ruhig darauf liegen, spürte ihre Wärme durch die Seide des Nachtgewandes und starrte in die Dunkelheit. In jener Nacht träumte ich, ich hätte der armen Kassandra auf offener Straße einen Stein nachgeworfen, erbittert von ihren Weissagungen. Was sie mir aber gesagt hatte, vergaß ich im Moment des Erwachens vollkommen.

Richard besuchte mit Stella noch zwei oder drei Unterhaltungen, und das Mädchen fing an, sich sicherer zu bewegen, freier zu sprechen und ihren Altersgenossen ähnlicher zu werden. Auch damals konnte ich keinen rechten Kontakt zu Stella finden. Ich hörte sie manchmal in der Küche mit der Bedienerin reden, sah, wie sie mit Annette spielte, und ärgerte mich darüber, daß mir nichts einfiel, was ich ihr hätte sagen können. Wolfgang ging ihr sichtlich aus dem Weg, und Richard schien sich kaum um sie zu kümmern. Er ist ja auch so wenig zu Hause. Da sein Büro in der inneren Stadt liegt, kommt er nur am Abend zum Essen, und auch da wird es oft sehr spät. Ich weiß nicht, wie er viele seiner Abende verbringt, und möchte es auch nicht wissen.

Am Sonntag fahren wir mit den Kindern meist weg, oder Richard geht mit ihnen ins Kino, in den letzten Monaten mit Annette allein, da Wolfgang anfängt, seine eigenen Wege zu gehen. Um Stella also kümmerte er sich nicht. An Sonntagen blieb sie lieber daheim, stopfte und wusch, manikürte ihre Nägel und lernte ein wenig. Wahrscheinlich langweilte sie sich sehr dabei, denn sie las nicht. Manchmal gab ich ihr ein Buch. Sie dankte, blätterte ein wenig darin und legte es wieder zurück. Die größte Freude schien sie noch am Kino zu haben, von wo sie erhitzt und mit roten Wangen zurückkam. Damals hatte ich oft den Eindruck, Richard warte nur auf den Tag, an dem dieser Fremdkörper wieder aus unserem Haus verschwinden werde. Dann tat mir Stella leid, aber sie schien seine gleichgültige Haltung kaum zu merken.

Ich habe mit Stella nie über etwas anderes als über die alltäglichsten Dinge geredet. Manchmal versuchte ich, sie ins Gespräch zu ziehen, fand aber nicht den leisesten Widerhall. Sie konnte, wie es schien, ihre Befangenheit mir gegenüber nicht ablegen. Ich führte diese Tatsache auf Luises schlechte Behandlung zurück. Jede Frau in Luises Alter, überhaupt jede Mutter mochte Stella gefährlich erscheinen.

An einem Märzabend saßen Wolfgang und ich am Tisch, Annette hatte ich schon zu Bett gebracht. Es war ganz still im Zimmer, wir lieben es beide nicht, beim Lesen Musik zu hören. Ich dachte daran, daß gleich Richard nach Hause kommen und unsere schöne Stille mit Betrieb erfüllen werde, und dieser Gedanke machte mich so unruhig, daß ich mich nicht mehr richtig auf mein Buch konzentrieren konnte. Wolfgang hatte das Gesicht gesenkt, eine dunkle Strähne war ihm in die Stirn gefallen und glänzte im Lampenlicht rötlich. Wie immer, wenn ich ihn beim Lesen beobachtete, hatte ich das Verlangen, ihn zu streicheln. Ich tat es aber nicht, denn wer weiß, ob er es gemocht hätte. So begnügte ich mich damit, ihm ein Stück Konfekt zuzuschieben, das er, einen Dank murmelnd, neben sein Buch legte. Auch mit Süßigkeiten ist er nicht zu bestechen. Er nimmt sie wohl an, aber dann liegen sie in seinem Zimmer, bis die kleine Annette sie findet und aufißt.

Ich war aufgestanden und ans Fenster getreten. Es regnete schon tagelang. Und dann sah ich Stella über den Gartenweg kommen, den Kopf gesenkt und ein wenig taumelnd, als sei sie betrunken oder entsetzlich müde.

»Stella kommt«, sagte ich und wandte mich um. Wolfgang schien nicht zu hören. Stella sperrte die Tür auf und verschwand im Haus. Ich hörte sie die Stiege heraufkommen, die Wohnungstür aufsperren und im Vorzimmer ablegen. Es dauerte fünf Minuten, bis sie hereinkam. Geblendet vom hellen Licht, schloß sie die Augen.

»Du bist ja ganz naß«, sagte ich mißbilligend, »hast du den Schirm vergessen?«

»Ja«, sagte Stella noch ganz atemlos, »den Schirm vergessen.« Ihr Haar lag feucht und glänzend um den Kopf. Ich schenkte ihr Tee ein, und sie setzte sich zu uns und trank in langen Zügen wie eine Verdurstende. »Aber Stella«, sagte ich, »du zitterst ja, was hast du denn?«

Sie sah mich fast zornig an: »Nichts«, sagte sie. »Gar nichts, ich bin nur so gelaufen, die Elektrische ist mir weggefahren.« Mit abgewandtem Gesicht zerkrümelte sie ein Brötchen.

Plötzlich sah ich, daß Wolfgang nicht mehr las. Aus halbgesenkten Augen sah er Stella von der Seite an und errötete langsam bis in die Stirn. Ich folgte seinem Blick und sah, daß an ihrer Bluse zwei Knöpfe fehlten und ihr Hals merkwürdig gefleckt aussah.

»Es wird spät, Wolfgang«, sagte ich, »geh lieber schlafen.« Ohne Widerrede stand er auf und ging aus dem Zimmer. Als er gegangen war, überlegte ich, ob ich zu Stella etwas sagen sollte, unterließ es aber dann. Sie würde es ja beim Ausziehen selbst bemerken oder hatte es schon im Vorzimmer bemerkt. Offenbar war sie schon so müde, daß sie nicht mehr gerade sitzen konnte. Sie ging auch sofort zu Bett, und ich wandte mich wieder meinem Buch zu. Richard kam nach einer Viertelstunde in bester Laune nach Hause. So klug er ist, gibt es doch eine Menge Kleinigkeiten, die ihn immer verraten. Diese blendende Laune und Aufgeräumtheit bedeutet bei ihm, daß er getrunken hat oder von einer Frau kommt. An diesem Abend hatte er nicht getrunken, ich roch es an seinem Atem. Er hatte Appetit und aß mehr, als ihm, meiner Meinung nach, am Abend guttut. Während er aß, erzählte er mir angeregt von der Verhandlung, der er vormittags beigewohnt hatte und bei der sein Klient freigegangen war. Es sollte den Anschein erwecken, diese Tatsache habe ihn in so blendende Laune versetzt.

Aber er konnte mich nicht täuschen, ich kenne die fröhliche Stimmung nach Berufserfolgen, die Aufgeräumtheit nach Herrenabenden und das gesteigerte Lebensgefühl nach einem Liebesabenteuer, diesen Triumph des Männchens, das sein Weibchen gehabt hat. Immer wenn Richard versucht, mich irrezuführen, überfällt mich ein unbegreifliches Schamgefühl. Dabei bin doch nicht ich es, die sich zu schämen hat. Aber gerade seine Schamlosigkeit macht mich stumm vor Scham. Ich kann ihm dann nicht in die Augen schauen und bin unfähig, auf den leichten Konversationston, den er in diesem Fall für angebracht hält, einzugehen. Ich bin eine sehr schlechte Schauspielerin, aber Richard spielt ja für uns beide. Schließlich hörte er auf, mir zu erzählen, wandte sich der Zeitung zu und trank mit heimlichem genießerischen Lächeln seinen Rotwein.

Ich ging zu Bett und stellte mich schlafend, als er nachkam. Er drehte rücksichtsvoll das Licht ab und schob die Hand unter meine Decke. Sie blieb auf meiner Schulter liegen, und ich bewegte mich nicht. Diese Hand war so warm und lebendig. Noch vor ein paar Stunden hatte sie eine fremde Frau gestreichelt, aber ich ekelte mich nicht vor ihr. Nichts an Richard ist so, daß man sich davor ekeln könnte. Wenn ich mein Wissen über seine wahre Natur zur Seite schieben könnte, unserem Glück würde nichts im Wege stehn. Und noch heute erfüllt mich manchmal das Verlangen, alles zu vergessen und mich seinem großen starken Körper anzuvertrauen, diesem Körper, der dazu gemacht ist, Lust zu nehmen und zu schenken.

Nicht Ekel war es, was mich erfüllte unter dem leichten Druck seiner Hand, sondern jene Furcht, die ich nur zu gut kenne. Die Furcht vor dem oberflächlich gezähmten Raubtier, das sich bei guter Fütterung und Wartung damit begnügt, kleine nächtliche Raubzüge zu unternehmen, nach denen es wieder zufrieden schnurrend auf sein Lager zurückkehrt. Und manchmal vergaß dieses Tier, die Spuren seiner Raubzüge rechtzeitig zu tilgen. Es roch dann nach dem fremden Parfüm seiner Opfer und trug blutrote Lippenstiftflecken auf dem weißen Hemdkragen.

Natürlich hätte ich flüchten können und habe auch jahrelang mit diesem Gedanken gespielt, aber es ist in Wahrheit unmöglich zu flüchten. Das Leben mit Richard hat mich verdorben und unbrauchbar gemacht. Alles, was ich anfinge, wäre sinnlos, seit ich weiß, daß es gütige Mörder gibt. Rechtsvertreter, die täglich das Recht verletzen, mutige Feiglinge und treue Verräter. Die monströse Mischung von Engelsgesicht und Teufelsfratze war mir so vertraut geworden, daß jedes reine, unbefleckte Bild nur mein tiefstes Mißtrauen zu wecken vermochte.

Richard war eingeschlafen. Seine Hand lag noch immer auf mir, schwer jetzt, unerträglich schwer und warm.

Ich glitt aus dem Bett und ging in die Küche, um ein Glas Wasser zu holen.

Als ich an Stellas Tür vorbeikam, hörte ich sie stöhnen. Ich blieb stehen und lauschte. Stella weinte. Sie weinte nicht verhalten und unterdrückt, wie erwachsene Menschen zu weinen pflegen, nach den Regeln der Trauer, sondern wild und hemmungslos. Es klang sehr häßlich. Die Flecken auf ihrem Hals fielen mir ein. Kein Zweifel, Stella befand sich auf Abwegen. Es wäre meine Pflicht gewesen, sie zu warnen, ihr gut zuzureden, oder sie wenigstens zu trösten.

Nichts von alldem tat ich. Ich hasse hemmungslose Gefühlsausbrüche, außerdem war es mir klar, daß ich dieses Mädchen, einmal geweckt, nicht mehr zurückhalten konnte. Man hatte sie jahrelang in einer dumpfen künstlichen Kindheit eingesperrt und ihr jede Zärtlichkeit vorenthalten. Der Ausbruch durfte mich nicht überraschen. Ich verwünschte meine Gedankenlosigkeit, die mir eingegeben hatte, ihr neue Kleider zu schenken und sie auf Unterhaltungen zu schikken. Ich kannte die Männer, die auf diesen Unterhaltungen zu treffen waren, keiner besser als Richard, aber die meisten nicht von seinem Format, kleine abscheuliche, geile Lügner. Und jedem von ihnen wäre es eine Leichtigkeit, ein dummes unerfahrenes Geschöpf wie Stella zu verführen.

Ihr Abendkurs fiel mir ein, und ich beschloß, ihr einmal unauffällig zu folgen, um zu sehen, mit wem sie sich traf.

Während ich diesen Entschluß faßte, wußte ich schon genau, daß ich ihn doch nicht durchführen würde. Es war alles zu widerwärtig und erbärmlich.

Als ich wieder im Bett lag, fiel mir auf, daß Richard nur nach seinem Rasierwasser roch. Die Frau, mit der er zusammen gewesen war, benützte kein Parfüm. Ich setzte mich auf und starrte auf das Gesicht an meiner Seite, das mit dem Kissen verschwamm, und plötzlich wurde mir übel. Ich fiel zurück und spürte ein paar Sekunden gar nichts. Als ich wieder denken konnte, suchte ich im Dunkeln ein Schlafpulver aus dem Nachttischchen und trank das Wasserglas leer. Wie schon oft in längst vergangenen Nächten hatte ich das Gefühl, etwas Grauenhaftes sei meiner zerbrechlichen Glaswand so nahe gekommen, daß ich seinen Atem und Gesank spüren konnte.

Am nächsten Morgen war Stella blaß und hatte rote Lider. Richard war etwas später dran als gewöhnlich, und sie bat ihn, sie im Wagen ein Stück mitzunehmen. Er schien nicht sehr erfreut von dieser Bitte zu sein, ließ sich aber seinen Ärger nicht anmerken und lud auch Wolfgang ein, mitzufahren. Ich wußte, daß er nicht mit Stella allein sein wollte. Die Situation mochte selbst für ihn unbehaglich sein. Wolfgang aber lehnte ab, er hatte versprochen, einen Freund abzuholen. Er sprach sehr höflich zu seinem Vater, aber ich spürte die leise Aufsässigkeit, die in seiner Stimme mitschwang. Richard zog die Brauen hoch und schien etwas sagen zu wollen, überlegte es sich dann und sah nur geflissentlich auf die Uhr.

Als schließlich, wie immer als letzte, sich auch Annette getrollt hatte, setzte ich mich erst zum Frühstück und blätterte die Zeitungen durch. Dann stellte ich den Speisezettel für die ganze Woche auf und fing an, die Blumen zu gießen. Das dauert immer eine gute halbe Stunde, wir haben eine Menge Blumen umherstehen, und dies ist eine Beschäftigung, die mich in die Illusion versetzt, etwas Nützliches und Richtiges zu tun. Ich weiß aber sehr gut, daß ich mein Gefühl an Dinge verschwende, die es gar nicht nötig haben. Stellas Schluchzen in der Nacht hatte mich eigentlich nicht gerührt, mich nur angewidert und in Verwirrung versetzt. Daß der junge Kaktus eingegangen war, machte mir echten Kummer.

Ich liebe die Blumen noch mehr als die Tiere, weil sie stumm sind, nicht umherspringen können und mich nicht stören in meinen fruchtlosen manischen Gedanken.

Die Bedienerin kam und wirtschaftete in der Küche, und

ich stand vor dem Fenster im Wohnzimmer, die kleine Gießkanne in der Hand, und starrte in den Garten hinaus. Der Morgenwind wühlte in den noch ganz kahlen Sträuchern, und es schien mir, dieses immerwährende Gezitter der Äste, diese leise heimliche Unruhe wolle mir etwas sagen, etwas, was ich nicht verstehen konnte und was von großer Wichtigkeit war. Ich erinnerte mich an gewisse Tage meiner Kindheit ohne Trauer und Wehmut, ja selbst ohne Sympathie. Das kleine Mädchen von damals war tot, erwürgt und verscharrt von großen geschickten Händen. Es war nicht schade darum, denn es hatte sich kaum gewehrt, und um Dinge und Menschen, die sich nicht wehren, braucht man nicht zu trauern.

Schließlich kam die Frau ins Zimmer, und ich ging in den nächsten Raum und sah von dort aus in den Garten.

Der Briefträger kam. Ich hörte die Post durch den Schlitz fallen, rührte mich aber nicht. Ich erwarte keine Post. Niemals erwarte ich Briefe. Der einzige Mensch, der mir einen wichtigen Brief schreiben könnte, bin ich selbst, und so wird er auch nie geschrieben werden. Ich hörte, wie das Mädchen die Post ins Wohnzimmer trug, und sah immer noch in das Gewirr der Äste. Die Knospen auf den Bäumen und Sträuchern waren ein wenig runder geworden nach dem Regen, und das junge Gras glänzte feucht.

Früher habe ich manchmal der Versuchung nachgegeben und bin in den Garten hinuntergegangen, aber es war immer eine Enttäuschung für mich daraus geworden. Hier vom Fenster aus ist er gerade in der richtigen Entfernung für mich.

Ich stand also am Fenster und wußte, daß ich Richard zur Rede stellen mußte. Ich hörte schon jetzt seine erstaunte und protestierende Stimme. Niemals, das gehört zu seiner Taktik, gibt er etwas zu. Und das ist seine Stärke, denn damit erreicht er, daß die Leichtgläubigen ihm restlos vertrauen und die Mißtrauischen an der glatten Mauer seines Leugnens abprallen. Wenn ihm an Stella etwas lag, das heißt, solange ihr junger gesunder Körper ihn noch reizte, würde er sie nicht aufgeben, war aber die Zeit seiner Leidenschaft vorüber, würde nichts ihn hindern können, sie fallenzulassen. Und ich wußte auch, daß sie ihm völlig ergeben und hörig war und sich eher totschlagen lassen als ihn verraten würde.

Ich sah in das Gewimmel der knospenden Äste und dachte an die kurze Zeit, die für Stellas Glück bleiben würde, und es schien mir plötzlich sinnlos, auch diese kurze Zeit noch durch mein Eingreifen zu zerstören.

In der Tat war ja nichts mehr gutzumachen. Stella würde eine Zeitlang heftig leiden und dann anfangen, sich zu beruhigen, wie wir uns alle beruhigen müssen, wenn wir am Leben bleiben wollen. Sie würde einen jener Männer heiraten, die man nach einer Enttäuschung heiratet, und Kinder bekommen und langsam vergessen. Aber sie würde nie wieder die sein, die sie war, ehe sie in unser Haus gekommen war und Richards Verlangen erregt hatte.

Ich haßte und fürchtete Auftritte mit Richard. Er ist rachsüchtig und grausam in den Strafen, die er für mich ersinnt. Alle diese Strafen haben mit Wolfgang zu tun. Er ist so klug wie der Teufel, und ich habe Angst. Natürlich wußte ich, daß das eine schäbige Überlegung war. Meine Ruhe und Bequemlichkeit, ja selbst Wolfgangs Ruhe waren unwichtig im Vergleich dazu, daß ein junger hilfloser Mensch vor meinen Augen ruiniert wurde um eines Vergnügens willen, das jedes Straßenmädchen Richard hätte bieten können.

Ich schloß das Fenster und wußte, daß ich nicht mit Richard reden würde.

Der Frühling kam. Stella war wieder ruhiger geworden und ganz von ihrem heimlichen Glück erfüllt. Sie sah jetzt aus wie eine junge Frau, und das machte sie alltäglicher, als sie es früher gewesen war. Sie zog sich viel in ihr Zimmer zurück. Niemand vermißte sie übrigens, außer der kleinen Annette, die oft vergeblich an ihre Tür pochte und schließlich sich anderen Spielen zuwandte.

Wolfgang wich ihr nach wie vor aus, und Richard hatte sich ja nie um sie gekümmert. Er sah sie auch kaum daheim, fast nur an den Sonntagen. Er war in diesen Wochen von einer quälenden Rastlosigkeit, kam immer spät nach Hause, und seine ständige Aufgeräumtheit fing an, mir auf die Nerven zu fallen. Er ist einer der Menschen, die ein Zimmer so mit ihrer Vitalität erfüllen, daß man glaubt, ersticken zu müssen in ihrer Nähe.

Annette als einzige von uns spürte das nicht. Seine Nähe steigerte ihre Lebhaftigkeit bis zum Übermut, und Richards Wohlgefallen an ihr war nicht zu übersehen. Sie kann alles von ihm erreichen und nützt diese Tatsache mit liebevoller Schamlosigkeit aus, auch darin ganz seine Tochter. Wolfgang dagegen fing damals an, ihm unheimlich zu werden mit seiner stillen Höflichkeit, die neben Richards Jovialität eine Spur von Hochmut annahm.

Wolfgang stand am Fenster und sah in den Garten. Als er mich hörte, wandte er sich um, und ich sah, daß seine Augen ganz dunkel waren, vor Zorn, Kummer oder auch nur vom Nachdenken.

Sogleich lächelte er aber jenes schüchterne Lächeln, das mich täuschen sollte über seinen Zustand. »Was denkst du denn?« fragte ich.

»Eigentlich, Mama«, sagte er, »hab' ich gedacht, daß irgendein kleiner Hund oder auch nur eine Biene viel wertvoller ist als alles andere, ich meine, ein Dom zum Beispiel oder ein Flugzeug.«

Ich starrte ihn an voll Verwunderung und Freude. War es nicht unglaublich, daß dieser Gedanke, den ich nie ausgesprochen habe, in seinem Hirn gewachsen war? Es machte mich froh und traurig zugleich, aber schon schwächte er seine Worte ab. »Vielleicht ist es aber doch nicht ganz so, denn einen Hund bekommt man ja fast geschenkt, nicht?« Irgend etwas an dieser Tatsache schien ihm nicht ganz in Ordnung, wie es ja wirklich nicht ganz in Ordnung ist. Ich konnte die Zweifel hinter seinen Augen arbeiten sehen, seine Verwirrung war offensichtlich. Rasch sagte ich: »Du hast ganz recht, die Dinge haben nicht nur Geldeswert, sondern auch einen natürlichen Wert, der unverändert bleibt durch Tausende von Jahren. Alles andere ist nichts, nur das Leben zählt wirklich.« Es war mir nicht ganz wohl bei diesen Worten und ich wünschte, er hätte noch eine Zeitlang ohne diese Gedanken leben können unbeschwert und ohne Zweifel.

Sehr bald, das wußte ich, würde auch er anfangen zu leiden. Vielleicht hänge ich zu sehr an diesem Kind, weil ich es in ungezählten Kriegstagen und -nächten in den Keller geschleppt habe, eng an mich gepreßt, um ihm die nötige Wärme zu geben, nichts in mir als den Gedanken, diesen kleinen Lebenskeim zu retten. Damals glaubte ich auch noch an die Liebe und an Richard, was für mich ein und dasselbe bedeutete. Aber Wolfgang ist mir geblieben, und noch immer schleppe ich in meinen Träumen das kleine Bündel in finsteren Kellern durch den Staub und Brandgeruch einstürzender Häuser.

Wie leicht war dagegen alles mit Annette, die Geburt in einer sauberen ruhigen Klinik, das Stillen bei guter Ernährung, alles so mühelos und fast nebenbei, als hätte man sich eine kleine Katze angeschafft, die anfing, durch die Zimmer zu krabbeln und bald auf eigenen Beinen stand. Annette hätte ebensogut das Kind einer Bekannten sein können, das zu Besuch bei mir war, ein Kind, dem man zu essen gibt, das man badet und kämmt, dem man weiße Söckchen anzieht und an dessen gesunden jungen Duft man sich leise erwärmt.

Nie war Annette ein Problem gewesen, und nie würde sie eines sein. Das leise Unbehagen, das mich manchmal in ihrer Nähe beschleicht, wenn sie auf meinen Schoß klettert und mich abküßt, gilt nicht ihr, und ich verscheuche es, sobald es auftaucht.

Es ist angenehm, von Annette geküßt zu werden, auch wenn ich weiß, daß sie ihren Vater, die Milchfrau, den Doktor und den Hund von nebenan ebenso leidenschaftlich abküßt wie mich zuweilen. Ihre Küsse sind nur eine plötzliche Aufwallung und bedeuten nichts, sie sind vollkommen unverbindlich und im nächsten Moment vergessen.

Wolfgang küßt niemanden. Wenn er seine Nase einen Moment lang auf meine Wange drückt, so ist das von unerhörter Bedeutung, im Vergleich zu Annettes Küssen.

Er hatte sich jetzt wieder dem Fenster zugewandt, und aus irgendeinem Grund hielt ich es für angebracht, ihn auf andere Gedanken zu bringen.

»Hättest du nicht Lust, Fritz zu besuchen«, sagte ich, »oder Tante Ella?« Aber er wollte nicht. Ich merkte deutlich, daß ich anfing, ihn zu stören, so verließ ich ihn, und er blieb am Fenster stehen und rührte sich nicht.

Nach einer Viertelstunde fand ich ihn noch immer in dieser Haltung und ich mochte das nicht. »Wir könnten uns den Kulturfilm anschauen«, schlug ich ihm vor, »und nachher Papa von der Kanzlei abholen.«

Er drehte sich scharf um. »Nein«, sagte er, »nicht zu Papa. Aber wir könnten spazierengehen, Auslagen anschauen und so.« Es war mir einerlei. Im Bewußtsein, eine wichtige Pflicht zu erfüllen, zog ich den Mantel an und setzte den Hut auf. Ich konnte zwar nicht verstehen, warum Wolfgang, der mir erst gestern erzählt hatte, wie gern er den Film sehen würde, jetzt plötzlich Auslagen anschauen wollte, noch dazu bei so unfreundlichem zugigen Wetter, aber wer weiß, vielleicht würde uns beiden die frische Luft guttun.

Wir bummelten etwa eine Stunde lang durch die Straßen, und Wolfgang entwickelte eine fiebrige Heiterkeit, machte mich auf dies und jenes aufmerksam und spielte so offensichtlich Theater, daß mein Herz ganz schwer wurde vor Kummer. Etwas war mit ihm nicht in Ordnung. Mir summte der Kopf, als wir nach Hause kamen, und Wolfgang setzte sich an den Tisch und verfiel ganz plötzlich von einer Minute zur anderen. Blaß und mit dunklen Ringen um die Augen, saß er vor seinem Kakao und schien unsagbar müde zu sein. Ich brachte ihn selbst zu Bett und wartete, bis er eingeschlafen war. Dann erinnerte ich mich, daß der Frühling für ihn immer eine anstrengende und ungute Zeit ist, die ihn sehr mitnimmt.

Ich war übrigens auch müde und wartete nicht auf Richard. Annette war bei der Großmama, und so konnte ich mich ruhig hinlegen. Ich hörte Richard nicht kommen, und auch Stella sah ich erst beim Frühstück.

An einem der folgenden Tage geschah die Sache mit den Veilchen. Ich erinnere mich genau, es war an einem Mittwoch, an einem der Tage also, an denen Stella ihren Italienischkurs nicht besuchte. In ihrem schwarzen, ein wenig zu engen Kleid stand sie plötzlich vor mir im Zimmer und streckte mir einen kleinen Veilchenstrauß entgegen. »Wunderschön sind die Blumen«, sagte ich ihr und nahm sie ihr ab. Sie tat mir leid. Ich hatte eine Ahnung davon, was in ihr vorging. Ihr Blick war gedrückt und flehend, und mit einemmal sah sie wieder aus wie das ungeschickte große Kind, als das sie zu uns gekommen war. Ich beugte mich ein wenig vor und küßte sie auf die Wange. Sie zuckte erschreckt zurück und sah dann einen Moment lang aus, als werde sie sich schluchzend an meinen Hals werfen. Eine unbeherrschte Bewegung von mir, instinktiv war ich einen Schritt zurückgetreten, brachte sie wieder zu sich. Und nichts geschah. Stella ging in ihr Zimmer und ich in das meine, und ich verscheuchte, wie seit Wochen, den Gedanken an sie.

Ein wenig später fragte mich Wolfgang, von wem die Veilchen wären. Als er Stellas Namen hörte, sah er plötzlich böse und erbittert aus wie ein uralter Mann und ging gleich wieder weg.

Ich stellte die Veilchen vom Tisch auf die Kommode und fühlte mich hilflos und unglücklich. Dann fiel mir ein, daß ich ja nach dem Essen sehen mußte.

Und später, im Bett liegend und lesend, vergaß ich Stella, die Veilchen und mich selbst. Aber Wolfgang vergaß ich nicht, als quälendes Unbehagen lag er ganz seicht unter meinem Bewußtsein.

Der April kam. Ich tat meine Arbeit wie immer, der Haushalt lief wie am Schnürchen. Annette brachte schlechte Noten nach Hause, und ich gab ihr täglich ein Diktat. Wolfgang hielt sich auffallend viel bei seinem Freund auf, und an Richard erinnere ich mich tatsächlich nicht, er muß gewesen sein wie immer. Für ihn spielte sich ja auch nichts Außergewöhnliches ab. Er war im Begriff, ein Liebesverhältnis zu liquidieren, ein Vorgang, den er schon so oft erlebt hatte, daß er ihn unmöglich aus dem Gleichgewicht bringen konnte.

Stellas Kurs war zu Ende gegangen, ganz unmotiviert, mitten im Jahr. Sie machte sich gar nicht mehr die Mühe, mich zu belügen, und ich fragte nicht. Ich war bedacht, sie zu schonen und nicht auch noch mit unnützen Fragen zu quälen. Sie verbrachte nun jeden Abend zu Hause, und ich saß öfters mit ihr beim Tee und wartete auf Richard. Aber der war mit Arbeit überlastet und kam stets spät nach Hause. Manchmal roch er jetzt nach einem mir unbekannten Parfüm und hoffte, Stella werde es nicht bemerken. An diesem Abend wäre es mir lieber gewesen, sie wäre zu Bett gegangen, aber sie blieb sitzen und las die Zeitung, obgleich ihr die Augen schon zufielen vor Müdigkeit.

Sie las aber die Zeitung gar nicht, sie hielt das Blatt vor ihr Gesicht und regte sich nicht. Sie vergaß ganz, daß man beim Zeitunglesen von Zeit zu Zeit umzublättern hat. Ich wußte, was in ihr vorging. Wild vor Sehnsucht und Verzweiflung wartete sie darauf, Richard wenigstens zu sehen, seine Stimme zu hören und einen Blick von ihm zu erhaschen. Ich konnte die Demütigungen ahnen, die sie schon hinter sich hatte und die ihr noch bevorstanden. Und hundertmal überlegte ich, ob ich zu ihr sprechen sollte oder nicht. Ich wollte kein Geständnis hören, denn es gab keine Antwort darauf, und ich hatte es satt zu lügen.

Eines Abends, Richard war endlich gekommen, ging ich noch einmal in die Küche, um frischen Tee zu kochen. Als ich zurückkam und vor der Tür stand, hörte ich Richard zu Stella sprechen. Unsere Türen schließen sehr gut, und ich konnte kein Wort verstehen, aber der schneidend kalte und böse Ton seiner Stimme entging mir nicht. Stella mußte von ganz besonderer Hartnäckigkeit sein, denn es ist nicht Richards Art, auf diese Weise zu einer Frau zu sprechen; die glatte, unverbindliche Liebenswürdigkeit liegt ihm viel mehr. Ich stieß mit dem Teebrett gegen die Tür und trat endlich ein, ein möglichst gleichgültiges Lächeln um den Mund.

Stella stand an den Ofen gelehnt und zerknüllte ein Taschentuch in der Hand. Ihr Gesicht war weiß wie die Mauer, und ich schaute sofort weg.

Sie sagte »gute Nacht« mit einer Stimme, die mich frösteln ließ, und ging mit eiligen blinden Schritten aus dem Zimmer.

»Stella sieht elend aus«, sagte ich. Richard zuckte mit den Schultern. »Wer weiß, wo sie sich herumtreibt«, sagte er. »Ich werde froh sein, wenn sie glücklich wieder bei ihrer Mutter ist. Die Verantwortung ist zu groß für uns. Man hat ja nicht Zeit, daß man sie richtig überwacht.«

Ich schwieg, was hätte ich darauf antworten können? Das Lampenlicht lag auf seinem blühenden, glatten Gesicht, und als ich mich zu ihm beugte, um den Tee einzuschenken, stieg mir ein zarter fremder Duft in die Nase. Während ich ihm dann gegenübersaß und die vollkommene Unberührtheit und Ruhe seines Gesichts betrachtete und an Stella dachte, die in ihrem Zimmer schluchzend auf dem Bett liegen mochte, überfiel mich eine Welle von Übelkeit und Schwindel. »Es ist nicht möglich«, dachte ich, »das gibt es einfach nicht.« Aber ich wußte, daß es möglich war und daß ich nur nicht fähig bin, es zu begreifen.

Als wir endlich schlafen gingen, war es sehr spät.

Am nächsten Tag kam Stella schon um vier Uhr von der Schule heim und ging sofort in ihr Zimmer. Als sie nicht zum Abendessen erschien, brachte ich ihr ein Tablett mit Tee und Brötchen ins Zimmer. Sie war totenblaß, die Lippen wund und merkwürdig rot und wie verschwollen. Sie sagte etwas von wahnsinnigen Kopfschmerzen und drehte sich zur Wand. Ich gab ihr ein Pulver und ließ sie allein. Am andern Tag blieb sie liegen, aß nicht und hielt das Gesicht zur Wand gekehrt. Sie hatte kein Fieber, und der Puls war normal. Als sie wieder aufstand und zur Schule ging, war sie völlig verändert. Sie kam kaum noch ins Wohnzimmer, lag viel auf ihrem Bett, und manchmal sah sie mich an wie eine Verrückte. Und wieder fragte ich sie nicht, aus Angst vor dem, was ich hören würde. Immer noch war ich in der lächerlichen Meinung, mich und damit Wolfgang aus Richards dunklen Machenschaften heraushalten zu können. Ich fühlte ehrlichen Kummer bei dem Anblick ihres schönen Gesichtes, das von einem wilden, stummen Schmerz besessen war, aber ich wünschte nicht, die Wand zu durchbrechen, die mich von diesem Schmerz noch trennte.

Eines Nachmittags lud ich sie ein, mit mir in die Stadt zu fahren, in der Hoffnung, sie ein wenig ablenken zu können. Wir machten ein paar kleine Besorgungen. Stella ganz geistesabwesend in ihrem neuen wahnsinnigen Zustand und ich verzagt, ungeschickt und ein wenig angewidert. Ich bemerkte, daß uns die Leute nachstarrten, und brachte Stella schließlich in ein Café, in dem Richard manchmal seine Schachbekanntschaften trifft. Ich fühlte mich schrecklich unbehaglich neben dieser wandelnden Göttin des Unglücks und hätte sie am liebsten geschlagen, um sie aus ihrer Trance zu wecken.

»Stella«, sagte ich scharf, »Stella.« Sie hörte mich gar nicht. Mit entsetzt aufgerissenen Augen sah sie an mir vorbei. Ich folgte ihrem Blick und sah, daß mich am Nachbartisch jemand grüßte. Es war ein Bekannter Richards, ein gewisser Doktor W., ein Frauenarzt, der seine Ordination in der Nähe von Richards Kanzlei hat. Richard hatte ihn einmal in einer Scheidungssache vertreten und gut vertreten. Dieser Doktor W. wollte seine Frau loswerden und arrangierte es so, daß sich einer seiner Freunde mit ihr überraschen ließ. Es ist natürlich ein alter Trick, und jedermann wußte, wie es gemacht wurde, und belustigte sich darüber. Aber er wurde schuldlos geschieden und brauchte keine Alimente zu zahlen.

Jedesmal, wenn ich diesen Menschen sehe, wird mir übel.

Stella sah jetzt krampfhaft in ihre Tasse. Ich zahlte und sagte: »Gehen wir, Stella.« Sie nickte und stand auf. Als wir auf der Straße waren, hängte ich mich in sie ein und spürte, wie sie zitterte.

Was soll aus diesem großen unglücklichen Kind an meiner Seite werden? Zorn und Scham trieben mir das Blut zum Herzen. Aber ich schwieg. Zu Hause schickte ich Stella sofort zu Bett und gab ihr eines meiner Schlafpulver. Sie sah mich dankbar an und drückte das Gesicht auf meine Hand. Ich zog die Hand rasch zurück. Nun, Stella hatte wirklich keine Ursache, mir dankbar zu sein.

Richard kam in bester Stimmung nach Hause. Seine Augen waren blau, feucht und erregt. Er küßte mich auf die Wange, und ich wunderte mich darüber, daß ich keinen Ekel empfand.

»Was hast du den ganzen Tag getrieben?« fragte er heiter. »Ich war mit Stella in der Stadt«, sagte ich. »Übrigens, wir haben deinen Freund Doktor W. getroffen.«

Schweigen, dann seine Stimme mit einer Nuance Mißtrauen und Vorsicht. »Freund ist übertrieben, ich hab' ihn schon eine Ewigkeit nicht gesehen. Sonst was Neues?« »Sonst nichts«, sagte ich und sah ihn an. Ich habe das Unglück, daß man in meinen Augen lesen kann. Was Richard in meinen Augen lesen konnte, mußte ihn erschrecken und tat es auch.

Er sah sofort von mir weg und sagte mit seiner ruhigen, angenehmen Stimme, mit dieser Stimme eines Ehrenmannes: »Und was treibt Wolfgang die ganze Zeit, ich hoffe, es gibt keine Klage.« »Nein«, sagte ich, »es gibt keine Klage.« Ich hätte ihm ins Gesicht lachen können. Gern hätte ich gesagt: »Mein Lieber, du mußt mich nicht daran erinnern, daß du mich mit Wolfgang erpressen kannst. Ich weiß es schon, wie sehr ich dir ausgeliefert bin.« Aber ich sagte es nicht. Er würde mich unerbittlich bestrafen, mich und Wolfgang, der doch ganz unschuldig war. Stella war nicht mein Kind. Es war ihr auch nicht zu helfen. Nichts, was ich tat, konnte ihr noch helfen. Ich hoffte, sie werde in kurzer Zeit in die kleine Stadt, aus der sie gekommen war, zurückkehren, und ich brauchte sie nicht mehr zu sehen, nie mehr.

Angeekelt und plötzlich sehr müde ging ich zu Bett. Ein wenig später spürte ich Richards Hand auf der Schulter und roch seinen sauberen Atem. Er erzählte mir von einem Ring, den er gesehen hatte und der wunderbar zu meinem Abendkleid paßte. Ich rührte mich nicht, aber er zog die Hand nicht zurück, und so blieben wir liegen, bis wir eingeschlafen waren. In dieser Nacht träumte ich, ich sei in einem Keller verschüttet. Eine riesige Last verkohlter Mauern lag auf mir und erdrückte mich langsam.

Die nächste Woche verging verhältnismäßig schnell. Die Maler kamen ins Haus und strichen alle Fensterrahmen. Das war ein Anlaß für Richard, um überhaupt nur noch zum Schlafen nach Hause zu kommen, und ich war ihm dankbar für sein Fernbleiben. Es war ja auch für Stella besser, wenn sie ihn eine Zeitlang nicht sah.

Gerade diese Woche war sehr kühl und regnerisch, und wir froren erbärmlich bei einfachen Fenstern. Unbehagen und Feuchtigkeit erfüllten das Haus vom Keller bis zum Dachboden. Fortwährend war ich hinter Annette her, bedacht darauf, sie von den klebenden Türen und Fenstern fernzuhalten, aber es endete doch damit, daß sie mit breiten weißen Streifen auf ihrem grünen Samtröckchen daherkam, die sich weder von Terpentingeist noch von irgend etwas anderem vertreiben ließen.

Mit Flecken ist es überhaupt eine merkwürdige Sache. Noch nie im Leben ist es mir gelungen, einen von ihnen wegzubringen. Zutiefst mißtraue ich den Frauen, die vorgeben, Flecken wegputzen zu können. Entweder sie lügen oder es geht bei ihnen nicht mit rechten Dingen zu. Unsere Kleider jedenfalls wandern alle in die Reinigungsanstalt, von wo ich sie zwar sauber, aber in durchsichtige Fähnchen verwandelt zurückbekomme. Wahrscheinlich werden dort Flecken mit Rasiermessern und Schmirgelpapier entfernt. Auch Annettes grünes Röckchen ist verloren und wird nach der Reinigung kaum noch zu gebrauchen sein.

Aber nach allem, was geschehen ist, kommt es wirklich nicht darauf an. Annette bekam einen Klaps und saß verheult und bockig in der Küche auf der Kohlenkiste, das Unterröckchen über die Knie gezogen. Endlich erbarmte sich Wolfgang und ging mit ihr spazieren. Das geschah schon am ersten Tag dieser Heimsuchung. Die folgenden Tage verliefen nicht anders.

Letzten Endes, als wir alle schon aufatmeten, stellte sich heraus, daß die Maler alle Fenster vertauscht hatten und sich keines mehr schließen ließ. Wolfgang und ich arbeiteten einen halben Tag, um das in Ordnung zu bringen, und fielen am Abend erschöpft in unsere Betten.

Die ganze Zeit über hatte Stella sich nicht um uns gekümmert. Vormittags ging sie wie bisher zur Schule, und am Nachmittag lag sie auf ihrem Bett und starrte auf die Wand.

Die Arbeit, so lästig und widerlich sie mir war, kam mir gerade recht. Sie machte es mir einfach unmöglich, mich mit Stella zu befassen. Ich begriff ihre Lage sehr gut, aber ich konnte mir einfach nicht vorstellen, was nun zu geschehen hatte, und am allerwenigsten konnte ich in dieser Sache von Richard Hilfe erwarten. Für ihn war Stella gar nicht mehr vorhanden. Er hatte alles geregelt, was zu regeln war, und ging seiner Wege mit der Miene des überbeschäftigten Mannes, den man einfach nicht stören darf in seinen wichtigen Geschäften.

Am Sonntag fuhren wir mit dem Wagen, es hatte endlich aufgehört zu regnen, aufs Land. Stella schlug meine Einladung aus und entschuldigte sich damit, daß sie zu lernen hätte. Ich war froh, sie einen Tag lang nicht zu sehen. Neben Richard im Wagen sitzend, entspannte ich mich ein wenig und vergaß sie für einige Stunden vollkommen. Richard war von bezaubernder Heiterkeit und sichtlich bestrebt, mir den Tag so angenehm wie möglich zu machen. Niemand versteht das so gut wie er, und nicht einmal der Gedanke, daß er es mit einer ganz bestimmten Absicht tat, konnte mich, müde und erschöpft, wie ich war, ernstlich stören. Wir waren eine glückliche Familie, und ich wollte nicht merken, daß Wolfgang sich auf dem Rücksitz allzu ruhig verhielt und nicht wie sonst auf Annettes Gezwitscher einging.

Am Abend ging ich nicht mehr in Stellas Zimmer; ich fand, sie hätte wenigstens in die Küche kommen und mich begrüßen können. Der Gedanke, daß ich sie nun wieder täglich vor Augen haben werde, machte mich ganz schwach vor Ärger und Ungeduld.

Ich fing an, Richard zu begreifen, der so rücksichtslos den Umgang mit kranken und unglücklichen Leuten vermeidet.

Am Montagmorgen, ich hatte gerade gefrühstückt, klingelte das Telephon. Widerwillig riß ich mich los vom Anblick des zartblauen Himmels über der Lindenkrone und ging ins Vorzimmer.

Zunächst begriff ich gar nichts, aber die fremde Männerstimme wiederholte mir alles sehr genau, deutlich und langsam. Ich zog mich an und fuhr in die Unfallklinik. Während sie Stella operierten, saß ich in einem kleinen Besuchsraum und wartete. Man hatte mir kaum Hoffnung gelassen, es war nicht zu erwarten, daß sie wieder zu Bewußtsein kommen werde. Ich starrte auf das Muster im Fußboden und versuchte, meine quälende Erstarrung abzuschütteln.

Auf einem Tischchen stand eine Zimmerlinde, und ich fing an, ihre lichten herzförmigen Blätter zu zählen. Stella, dachte ich, sechs, sieben, acht und immer wieder Stella. Das Bäumchen schwankte und neigte sich mir entgegen, dann stürzte der Fußboden auf mich zu.

Jemand wischte mir das schmerzende Gesicht ab. »Sie sollten einmal ihr Herz anschauen lassen«, sagte die Schwester. Ich lachte laut. Sie sah mich streng an und stach mich mit einer Nadel in den Arm. »Da gibt es nichts zu lachen«, sagte sie. Ich verstummte erschrocken, ich wußte gar nicht, daß ich gelacht hatte. Mein Herz war durchaus in Ordnung, es war sogar sehr stark und kräftig, niemand wußte das besser als ich. Ich setzte mich auf und fragte nach Stella. Die Schwester wußte noch nichts, sie war von der Ambulanz und hatte nichts zu tun mit dem Operationssaal.

»Ist sie ihre Tochter?« fragte sie ein wenig besänftigt und offenbar geneigt, mir mein unpassendes Gelächter zu verzeihen.

Ich sagte »nein«, und sie schien ihre Milde sogleich zu bereuen. »Legen sie sich zurück«, kommandierte sie böse, »und bedenken sie, daß diese Dinge zu unserem Besten geschehen, wenn wir es auch nicht begreifen.« Ich gehorchte. Gewiß hatte die Schwester recht, und selbst wenn sie nicht recht gehabt hätte, ich war nicht in der Lage, meine Argumente vorzubringen. Sie hatte den Kragen meiner Hemdbluse aufgeknöpft, und als sie wegsah, knöpfte ich ihn rasch wieder zu. Mit dieser Handlung kehrte auch meine Kraft und Haltung zurück. »Mir ist schon besser«, wagte ich zu sagen. Sie sah mich zweifelnd an und verließ mich dann mit der Drohung, sie werde bald wieder nach mir sehen. Ich setzte mich auf und wartete.

Als der Arzt kam, sah ich schon an seinem Gesicht, daß Stella tot war. Man hatte sie nur noch der Form halber operiert. Ich hatte eigentlich nichts anderes erwartet, überzeugt von der Gründlichkeit ihrer Unternehmungen. »Soll ich ein Taxi bestellen?« fragte der große fremde Mann im weißen Mantel. Ich nickte, und er gab einer Schwester den Auftrag. Er meinte noch, ich sollte sie, angegriffen wie ich war, lieber nicht ansehen. Aber ich bestand darauf, und achselzuckend führte er mich zu ihr.

Daß dieses weiße fremde Bündel Stella sein sollte, die

mich vor zwei Stunden lebend verlassen hatte, war nicht zu begreifen. Ich legte meine Hand auf ihre Wange, die schon ganz kühl war, noch kälter als meine Hand. Dann war der Wagen da. Man händigte mir Stellas Tasche aus, und ich fuhr nach Hause.

Jetzt hätte ich eigentlich Richard anrufen müssen, aber ein dunkles Schamgefühl hielt mich davon ab. Nicht weil ich glaubte, ihn schonen zu müssen, sondern weil es mir ein Verbrechen an Stella schien, zu Richard über sie zu sprechen.

Drei- oder viermal ging ich ins Vorzimmer, hob den Hörer ab und legte ihn wieder hin. Schließlich fand ich mich rauchend und ohne einen Gedanken am Fenster stehen und blind in den Garten starren.

Nach der verregneten Woche war ein strahlendschöner Tag angebrochen. Wassertropfen zitterten an den jungen Lindenblättern, und die Luft strömte frisch und rein durchs Fenster.

Stella war tot, und große Erleichterung überfiel mich. Nie wieder mußte ich mir den Kopf darüber zerbrechen, was ich ihr sagen sollte, nie wieder würde ich ihr bleiches, zerstörtes Gesicht sehen. Stella war tot, und ich konnte zurückkehren in mein altes Leben mit Wolfgang, dem Garten und der guten täglichen Ordnung. Die Erleichterung war so stark, daß ich leise zu lachen begann.

Gegen Mittag kam Wolfgang nach Hause. Ich sagte ihm, was geschehen war, und er fragte, wie mir schien, ziemlich ungerührt: »Weiß Papa schon davon?« Später ging er ins Vorzimmer und telephonierte. Ich hörte ihn sagen: »Stella ist tot, Papa. Ja, ich bleib' zu Hause. Vielleicht kannst du früher kommen. Auf der Unfallklinik, ja, gut.« Plötzlich fing ich an zu frieren; der da draußen sprach, war nicht mein Kind, das ich an mein Herz gedrückt, durch die Bombentage geschleppt hatte, sondern ein fremder erbitterter Mann, völlig erwachsen, kalt und ohne Erbarmen.

Ich hörte, wie er in die Küche ging und mit dem Teegeschirr hantierte. Gehorsam trank ich den heißen Tee, den er mir brachte. Ich hatte das Verlangen, die Tasse hinzustellen, Wolfgang an mich zu ziehen und endlich zu weinen, aber ich schämte mich vor diesem neuen Wolfgang, der so streng und starr aufgerichtet neben mir saß und mich nicht ansah. Erst als er eine Decke über mich gebreitet hatte und aus dem Zimmer gegangen war, drehte ich mich zur Wand und fing an zu weinen. Ich weinte um Wolfgang, um Stella, um Richard und um mich, und es schien mir, als könnte ich nie mehr aufhören zu weinen. Ich spürte die Nässe auf meinen Wangen, auf meinen Händen und den salzigen Geschmack der Tränen im Mund. Langsam wurde ich matt, leer und friedlich.

Gegen Abend kam Richard nach Hause. Er war schon im Krankenhaus gewesen und hatte mit dem Primarius, den er gut kannte, alles geregelt. Ich fragte ihn nicht, ob er Stella gesehen hatte, wahrscheinlich nicht. Zum erstenmal war ich froh darüber, nicht mehr mit Wolfgang allein sein zu müssen.

Er ging übrigens sogleich weg, als sein Vater kam, um Annette von der Großmama abzuholen, wohin er sie mittags geschickt hatte.

Richard setzte sich zu mir und gab mir eine Zigarette. Ich sah, daß er ärgerlich war über Stellas unpassendes Verhalten. Immer hatte sie getan, was er von ihr verlangte, und nun, als er schon alles in bester Ordnung geglaubt hatte, mußte sie ihm Scherereien machen. »Es war ein Unfall«, sagte er, »ganz eindeutig ein Unfall.«

Ich nickte nur und sagte nichts. Die Wärme seiner Hand drang durch mein Kleid und erfüllte mich mit Ruhe und Behagen. Mein Hirn wußte, wer Richard war, aber mein elender geschwächter Körper sog gierig die Wärme und das Behagen ein, das von ihm ausströmte.

Übergangslos schlief ich ein.

Am folgenden Tag nahm ich meine Beschäftigung wieder auf. Nach dem Begräbnis und nach Luises eiliger Abreise war es manchmal für Stunden, als wäre Stella nie in unser Haus gekommen. Luise hatte ihre Sachen mitgenommen, das Fremdenzimmer stand leer, und das Bett war frisch bezogen. Nichts darin erinnerte an Stella.

Ich fange an, müde zu werden. Zwei Tage habe ich geschrieben. Bald wird Richard mit Annette heimkommen und ein wenig später Wolfgang. Und ich weiß nicht, was weiter mit uns geschehen soll. Ich weiß es nicht. Ich möchte die Augen zumachen, schlafen und vergessen, aber es gelingt mir nicht.

Ich werde das Fenster öffnen und Luft ins Zimmer lassen. In den letzten Stunden habe ich vergessen auf den Vogel in der Linde. Er sitzt nicht mehr auf seinem Ast. Seine Mutter ist nicht gekommen. Wahrscheinlich liegt sein kleiner Balg unten im Gesträuch; in wenigen Tagen wird er verschwunden sein, aufgelöst, als hätte es ihn nie gegeben. Ich wollte, seine Mutter hätte ihn gefunden und in Sicherheit gebracht, aber ich habe nie wirklich daran geglaubt.

Jetzt wünsche ich mir, daß ein Wunder geschieht, daß der kleine Vogel noch warm und sicher im Nest sitzt, daß Stella in ihrem fröhlichen roten Kleid ins Zimmer tritt, jung, lebendig und noch unberührt von Tod und Liebe, und daß Wolfgang wieder sein Gesicht an meines drückt und mein Herz vor Zärtlichkeit beben macht. Und ich wünsche, ich könnte in Richards Armen liegen, ohne Furcht und Grauen, ganz der besänftigenden Wärme seines großen Körpers hingegeben.

Und dann erwache ich aus meinen Gedanken, und das Wissen überfällt mich als ein Schlag gegen die Brust.

Nichts kann den Tag ungeschehen machen, an dem Wolfgang mit dem Rücken zu mir sagte: »Kannst du Papa beibringen, daß ich im Herbst in ein Internat auf dem Land möchte?«

Ich starrte auf den schmalen eigensinnigen Nacken, unter dem glänzenden dunklen Haar.

»Aber«, stammelte ich, »aber Wolfgang, warum denn?«

Er überging meine Frage, wie man als wohlerzogener Mensch unpassende Fragen übergeht.

»Es ist doch zu spät für die Anmeldung«, sagte ich hastig, »das hätten wir früher machen sollen.«

Plötzlich drehte er sich zu mir. »Ich hab' selbst hingeschrieben, Mama. Du hast doch immer gesagt, daß mir die Stadtluft nicht guttut. Es sind noch Plätze frei. Ich denke, es wird Papa recht sein.«

O ja, und wie recht es ihm sein wird, dachte ich erbittert. Da war es wieder, dieses Gefühl der Scham dem Knaben gegenüber, der mein Kind gewesen war. Ich atmete tief und sagte: »Vielleicht hast du recht. Papa wird es schließlich gutheißen. Deine Gesundheit ist ja wirklich nicht die beste. Und in den Ferien«, fügte ich hinzu, »wird es dann um so schöner sein.«

Er senkte die langen Wimpern auf die Wangen und sagte: »Natürlich, Mama.« Dann kam er auf mich zu und legte seine Wange einen Moment lang auf die meine. Das kühle, angeekelte Wissen in seinen Augen war getrübt von ein wenig Mitleid und Trauer.

Aber ich mag kein Mitleid. »Ist schon gut«, sagte ich, »ich werde mit Papa sprechen.«

Er ging zur Tür hinaus, und ich blieb, für alle Zeiten, allein zurück.

Der Gedanke überfiel mich, meine Koffer zu packen und mit Wolfgang zu verreisen. Ich könnte in einer anderen Stadt zwei Zimmer mieten, für mich und die Kinder, und noch einmal von vorne anfangen.

Aber ich wußte natürlich, daß es unmöglich war.

Einmal war alles gut und in Ordnung, und dann hat jemand die Fäden verwirrt. Ich kann den Anfang nicht mehr finden, und das Gespinst unter meinen Händen verwirrt sich von Tag zu Tag mehr, es wächst und wuchert, und eines Tages wird es mich begraben und ersticken.

Ich fürchte mich. Jeden Tag rufe ich mich hundertmal zurecht und sage mir: Hör auf zu denken, geh weg vom Fenster, gib deine erbärmlichen Gewohnheiten auf, dieses In-den-Garten-Starren und von einem Zimmer ins andere zu gehen. Es gibt nichts zu sehen im Garten für dich.

Kümmere dich um das Haus, um Annette, und denk an deine Pflichten.

Dann nehme ich die Tasche und gehe einkaufen, und etwas springt mich an, aus den Augen der toten Fische und aus dem rosig-blassen Fleisch der geschlachteten Kälber, und ich laufe aus dem Geschäft, und wenn ich über die Straße gehe, spüre ich es im Rücken. Aber ich schaue nicht zurück, denn es lohnt sich nicht zurückzuschauen. Erschöpft und zitternd setze ich mich wieder auf den Diwan, und meine Gedanken fangen an fortzulaufen, und alles fängt von vorne wieder an. Luise tritt ins Zimmer und fragt mich, ob ich Stella für ein Schuljahr zu mir nehmen könnte, und ich wage nicht, nein zu sagen, in ihr kleines, böses Frettchengesicht. Ich lege wieder Spitzendeckchen auf die Kommode und stelle die Windhunde darauf, die Pferde und die Tänzerinnen, und wir holen Stella von der Bahn ab, ein wenig betrübt über die Störung, die sie für uns bedeutet. Richard verschwendet kaum einen Blick an sie, er riecht manchmal nach Chanel N° 5, und Stella ist noch nicht in Gefahr. In ihren braunen Kleidern sitzt sie über ihren Heften und langweilt sich oder strickt Socken für die Armen.

»Man müßte ihr Kleider kaufen, und sie wäre eine Schönheit«, sage ich zu Richard, und dann kommt der Tag, an dem er zum erstenmal Stella sieht.

Ja, ich weiß, wie alles gekommen ist. Ich wickelte die Spule verkehrt ab und sehe, es hat so kommen müssen. Ich erlebe wieder die Abende mit Wolfgang, wir sprechen von Achill und Kassandra, und ich bin glücklich.

Natürlich könnte ich auch an die Zukunft denken, aber das tue ich nie. Sie wird ganz ohne mein Zutun kommen und uns auf unheimliche Weise zu dem machen, was wir nie sein wollten. Jede Minute, jede Sekunde verwandelt uns weiter fort von uns.

Und nichts fürchte ich mehr als den Tag, an dem ich vergessen werde, daß einmal alles anders war. Ich versuche, mir das Gefühl zurückzurufen, das ich hatte nach dem Zubettgehen, diese schwingende Stille, das langsame Versinken in den Schlaf, noch ohne Angst und Reue, und das Erwachen in der Dämmerung, allein, glückselig und eins mit mir selbst. Wann werde ich die Zärtlichkeit vergessen, die mich vom Herzen her überschwemmte, wenn ich Wolfgang in den Armen hielt.

Ich höre Schritte auf dem Kiesweg, Richards Schritte und die eiligen kleinen von Annette. Ohne ans Fenster zu treten, sehe ich ihn, wie er langsam geht, um sie nicht zu ermüden, wie seine Hand ihre runde Kinderhand umschließt und wie er geduldig ihre Fragen beantwortet.

Für einen Herzschlag lang bin ich verwandelt in das kleine Mädchen, in einer Welt der süßen heiteren Wärme, an der Hand eines allmächtigen und gütigen Vaters.

Und während Stellas Fleisch sich von den Knochen löst und die Bretter des Sarges tränkt, spiegelt sich das Gesicht ihres Mörders im blauen Himmel unschuldiger Kinderaugen.

DER ERBE

Fräulein Röder war die interessanteste Person in Andis Leben. Das kam daher, daß sie sich im glücklichen Besitz der goldenen Bienen und des gelben Löwen befand. Alle anderen Leute waren im Vergleich zu ihr langweilig und alltäglich. Es gab zwei Welten: die Zauberwelt Fräulein Röders und die ganz gewöhnliche Welt, und dazwischen gab es keine Brücke.

Andis Mutter sah es nicht gern, daß ihr Sohn immer bei der alten Dame steckte. Doch sie hatte einfach keine Zeit, jeden Tag mit ihm auf den Spielplatz zu gehen, sie arbeitete nämlich an ihrer Dissertation, Fräulein Röder war, wie der Arzt meinte, harmlos und gutartig, aber wer wußte, was plötzlich über sie kommen mochte?

Es verhielt sich nämlich so, daß sie von Zeit zu Zeit in einer Anstalt verschwand, wo sie sich einer Kur unterziehen mußte. Andis Eltern verstanden wenig von Medizin, ihre Studien ließen ihnen auch keine Zeit, sich dafür zu interessieren, und so blieb ihnen die Krankheit der alten Dame stets ein wenig rätselhaft. Aber da sie zwei Räume von ihr gemietet hatten, fühlten sie sich verpflichtet, sich um sie zu kümmern.

Es fing immer damit an, daß Fräulein Röder sich weigerte, ihr Bett zu verlassen und Nahrung zu sich zu nehmen, weil sie den Krieg über die Welt gebracht hätte. Von dieser Idee war sie nicht abzubringen. Später sagte sie gar nichts mehr, drehte sich zur Wand und verfiel in Schweigen. Anfangs hatten die jungen Leute sich sehr bemüht, ihr gut zuzureden, aber sie konnten ihr nicht einmal eine Antwort entlocken. Andis Mutter hatte versucht, sie zu füttern und anzuziehen, doch das arme Geschöpf machte sich steif wie eine Puppe und hielt die Zähne aufeinandergepreßt. Innerhalb einer Woche war sie völlig abgemagert und ganz unansprechbar.

Dies war nur einmal geschehen. Später rief man schon am ersten Tag den Arzt; ein Krankenwagen kam und holte Fräulein Röder zu ihrer Kur. Nach Wochen kehrte sie aufgefüttert und munter zurück und bedankte sich für die Pflege ihrer Katze. Ihre Zustände waren ein wenig lästig und beängstigend, andererseits verlangte sie wenig Geld für die beiden Zimmer und ließ den jungen Leuten jede Freiheit. Sie durften Küche und Bad benutzen, und Andi mußte nicht auf Zehenspitzen durch die Wohnung schleichen. So gesehen, war sie ein wahrer Segen.

In ihren guten Zeiten lud sie manchmal die kleine Familie in ihr Zimmer zum Tee. Dann unterhielt sie sich sehr gewandt, und es zeigte sich, daß sie eine belesene und weitgereiste Frau war, jedenfalls viel belesener und weitgereister als ihre Untermieter. Vielleicht waren ihre Gedankensprünge ein wenig exzentrisch, aber sie mochte einer Gesellschaftsschicht entstammen, in der es normal war, exzentrisch zu sein. Die jungen Leute konnten das nicht beurteilen.

Andis Mutter allerdings fühlte sich nicht ganz wohl bei diesen Gesprächen; es war ihr, als mache die alte Dame sich ein wenig lustig über sie, auf eine sehr diskrete Weise zwar, aber nicht zu übersehen. Blitzte nicht manchmal leiser Triumph in den schmalen schwarzen Augen auf, und huschte nicht ein Zucken um die welken Lippen, das an die zitternden Flügel einer großen, wachsgelben Motte denken ließ? Die junge Frau hatte Motten nie gemocht. Es schien ihr, als sei die alte Dame nur ganz oberflächlich anwesend, während ihr Geist in weiten und leeren Räumen schweifte.

Auch ihr Aussehen war befremdend. Sie hatte etwas Chinesisches an sich, diese Röcke bis zu den Knöcheln, die viel zu weiten Jacken, alles dunkel, weich und dick, man mußte zweimal hinschauen, um sicher zu sein, daß es nicht gesteppte und gefütterte Seide war. Dazu trug sie um das üppige grauschwarze Haar, was für eine Masse von Haar, einen vergilbten weißen Turban geschlungen. Das Gesicht wirkte dagegen farblos, teigig und maskenhaft. Die schwarzen Augen schienen von den äußeren Winkeln her zuzuwachsen.

Es war nicht recht zu verstehen, daß Andi, der nach allen Regeln der Vernunft erzogen wurde, sie so anziehend zu finden schien. Andi, dem niemand furchterregende Märchen erzählte (seiner Großmutter hatte man es streng verboten), fühlte sich in dem großen Zimmer mit den altersdunklen Möbeln, den raschelnden verstaubten Vorhängen und Draperien wie in einem Zauberland. Und immer wieder lud die alte Dame ihn ein und bot sich an, auf ihn achtzugeben, wenn seine Mutter nachmittags schreiben mußte. Es war unmöglich, dieses Anerbieten abzulehnen, außerdem konnte Andi so nachmittags zu Hause sein, er langweilte sich offensichtlich im Kindergarten. Und es ließ sich nicht bestreiten; Fräulein Röder hing mit großer Zuneigung an dem Kleinen.

Einmal belauschte die junge Frau die beiden durch den Türspalt, um wirklich sicherzugehen, daß Fräulein Röder nicht blutrünstige Geschichten erzählte, wozu sie an den Teenachmittagen eine gewisse Neigung zeigte, schreckliche Geschichten, in einem Ton vorgebracht, als handle es sich um die alltäglichsten Vorfälle, unter leisem Gekicher an unpassenden Stellen. Auf keinen Fall durfte Andi erschreckt werden. So lauschte also seine Mutter hinter dem roten Samtvorhang, der überflüssigerweise die Tür verhüllte. Sie hörte nichts Verdächtiges. Vielleicht war es sonderbar, daß die beiden von gleich zu gleich miteinander verkehrten, aber Andi war eben noch zu klein, um Unterschiede zu machen, er war daran gewöhnt, in jedem Erwachsenen einen Spielkameraden zu sehen. Er saß auf dem Boden und spielte mit einem Ding, das man nicht sehen konnte, halbverdeckt von Fräulein Röders Schaukelstuhl, der unter ihrem Gewicht leicht auf und nieder wippte, und sie schienen sich über goldene Bienen und einen gelben Löwen zu unterhalten.

Die junge Frau stand noch eine Weile hinter der Tür und fühlte sich plötzlich ausgesperrt und ein wenig neiderfüllt. Ihre eigene Kindheit lag noch nicht so weit zurück, daß sie den Zauber dieses Zimmers nicht gespürt hätte. Das Gemurmel der alten Frau, die helle Kinderstimme, bräunliche Dämmerung und jener Geruch nach Mottenkugeln, Kölnischwasser und Staub, ein Geruch, der verhaßt und anziehend zugleich war, wie jede Erinnerung an die Kindheit.

Dann sah sie, wie Fräulein Röders Katze, eine bernsteinfarbene, langhaarige Katze, die ausgestreckt auf dem Klavier lag, den runden Kopf hob und sie aufmerksam anstarrte. Die Katze kannte sie und war geneigt, das Fressen von ihr anzunehmen, wenn ihre Herrin zur Kur weg war, aber jetzt sagte ihr Blick deutlich: Du hast hier nichts verloren. Ertappt und ein wenig verwirrt von den hochmütigen gelben Augen zog die junge Frau sich lautlos zurück.

Nach einer nächtlichen Unterredung mit ihrem Mann, der ihre Ängste als lächerlich abtat, erlaubte sie Andi, Fräulein Röder an vier Nachmittagen in der Woche zu besuchen. Und da er an den übrigen Nachmittagen im Park mit anderen kleinen Buben raufte und kleine Mädchen an den Haaren zog, da er fest schlief und bei gutem Appetit war, schienen ihm jene verdächtigen Nachmittage nicht zu schaden; jene Nachmittage, die er mit dem gelben Löwen, den goldenen Bienen und einem Wesen verbrachte, das aussah wie Fräulein Röder, in Wahrheit aber eine vertriebene Königin war. Andi zweifelte keinen Augenblick an dieser Geschichte. Seine Eltern hielten sich streng an die Regel, niemals in seiner Gegenwart zu lügen.

Nach einem schrecklichen Ereignis, einer Revolution, war es der Königin gelungen, mit ihren goldenen Bienen und dem treuen Löwen in diese Welt zu flüchten. Freilich, der

Löwe hatte sich in eine Katze verwandelt und sie selber sich in eine alte und häßliche Frau, aber nur an der Oberfläche. In der Katze pochte noch immer das feurige Löwenherz, und das Alte und Häßliche lag nur als dicke Haut um die Königin. Sie konnte ein scharfes Messer nehmen, die Hülle aufschlitzen und wie ein Schmetterling aus der toten Puppe schlüpfen. Aber die Zeit war noch nicht gekommen, sie mußte einen bestimmten Tag abwarten. »Kannst du es nicht gleich tun, ich hol' dir das große Küchenmesser.« Sanftes Wippen des Schaukelstuhls. »Nein, heute nicht und morgen nicht, wir wollen lieber die Bienen fliegen lassen.« Es hatte keinen Sinn, die Königin zu drängen. Andi holte den Schatz aus der Kommode, ein geigenförmiges Kästchen, in dem die Bienen schliefen, Bienen ganz aus Gold.

Die Königin klappte den Deckel auf, steckte einen kleinen Schlüssel ins Schloß, leises Schnarren, und dann ging ein Beben durch die Bienen, sie spreizten ihre goldenen Flügel, ein Summen erhob sich und wuchs zu einer Melodie, süß wie Honig. Andi weinte beinahe vor Verlangen. Das größte Glück der Welt war es, die Bienen zu besitzen. »Du möchtest sie gern haben?« flüsterte die Königin. »Dann mußt du schwören, gut zu ihnen zu sein, zu ihnen und zu meinem gelben Löwen.«

Sie bewegte die weiße Hand irgendwohin in die Dämmerung: »Du bekommst sie, wenn ich in meine Welt zurückkehre.« Andi überlegte. »Kannst du nicht gleich dorthin gehen?« und, als er sich bewußt wurde, etwas Unhöfliches gesagt zu haben: »Nein, bleib noch ein bißchen bei uns, du kannst dir ruhig Zeit lassen.«

Die Königin sah ihn aus schmalen Chinesenaugen an, wippte mit dem Stuhl und flüsterte: »Bald wird der Prinz sein Erbe antreten, bald, bald. Du bist mein Prinz, man sieht es, wenn das Licht auf dein Haar fällt, ein goldener Prinz, ein goldener Löwe und goldene Bienen. In meinem Reich war alles aus Gold.« – »Aber du hast keine goldenen Haare«, stellte Andi fest. Die Königin lachte verächtlich. »Natürlich hab' ich goldene Haare, unter den schwarzen, man sieht sie nur nicht. Übrigens, die Bienen wollen schlafen gehen.« Das Schwirren und Summen verstummte, die goldenen Flügel erstarrten, und das Kästchen wurde zugeklappt.

Andi seufzte, erhob sich vom Teppich, stützte seine kleinen Fäuste auf die Knie der Königin und betrachtete ihr Gesicht. »Warum wachsen dir denn die Augen zu?« Die Königin wackelte mit dem Turbankopf. »Ich hab' ihnen befohlen zuzuwachsen, damit sie diese abscheuliche Welt nicht sehen müssen.« – »Ist die Welt wirklich abscheulich?« – »Sehr abscheulich, ganz und gar, das darfst du nie vergessen.« Andi fing an, sich unbehaglich zu fühlen, er wollte nicht wissen, daß die Welt abscheulich war. Und die Königin sah ihn immerzu an aus diesen schmalen Schlitzen, hinter denen die Schwärze glitzerte, bis er sich matt und schwindlig fühlte.

Er schüttelte sein lockeres Haar und schrie: »Der Löwe soll Klavier spielen!« Und er öffnete den Deckel und hob die gelbe Katze auf die Tasten. Das Tier versuchte empört, den festen kleinen Händen zu entwischen, und entlockte dem Klavier kreischende Töne, dann flüchtete es auf den Schoß der Königin, rollte sich zusammen und wandte Andi den Rücken zu.

»Mein Löwe wird alt und müde«, sagte die Königin und ließ Andi schwören, daß er für das Tier sorgen würde, wenn sie es nicht mehr tun konnte. Dafür sollten ihm die Bienen gehören.

Diesen Eid ließ sie ihn bei jedem Besuch wiederholen. Andi erzählte kein Wort davon seiner Mutter. Er wußte nicht genau warum, aber es schien ihm, als habe alles, was sich im Zimmer der Königin abspielte, gar nichts zu tun mit der gewöhnlichen Welt kleiner Buben. Er fürchtete auch, seine Mutter könnte ihm verbieten, die Königin zu besuchen, und er wollte bestimmt lieber tot sein als die Bienen nie mehr sehen dürfen. Überhaupt war es viel besser, zu schweigen und ein Geheimnis zu haben.

Zeit verging, fünf Tage, eine Woche, zehn Tage oder noch viel mehr. Heute war die Königin traurig und ließ nur widerwillig die Bienen summen. Sie redete wirr; sosehr Andi sich bemühte, es wurde keine richtige Geschichte daraus. Sie redete immerzu von Tod, Blut, das in Bächen floß, und einem großen Krieg; und die Katze wollte nicht auf ihrem Schoß sitzen. Sie beantwortete Andis Fragen nicht, und er konnte nicht herausbekommen, was ein Schlachtopfer war. Schließlich war er fast froh, daß seine Mutter ihn zum Essen rief. Diesmal wußte er ganz sicher, daß er ihr kein Wort erzählen durfte. Dann kam ein Tag im Park, und als er wieder an die Tür der Königin pochte, erhielt er keine Antwort. Er stellte sich auf die Zehenspitzen und drückte die Klinke mit beiden Händen nieder. Es war ein trüber Oktobertag, und im Zimmer brannte die kleine Lampe nicht. Das war sehr merkwürdig. Der Schaukelstuhl stand, wie immer, mit der Lehne zur Tür. Die Königin sah gern aus dem Fenster auf die Ulme im Vorgarten. Der Stuhl schwang leicht auf und nieder und etwas machte klatsch ... klatsch ... in regelmäßigen Abständen, wie der Wasserhahn in der Küche, nur viel lauter.

Und dann sah Andi die schwarzen, dicken Tropfen vom Schaukelstuhl fallen und auf dem Boden zerspringen. Etwas schimmerte schwach auf dem Parkett, das mußte das große Küchenmesser sein. Die Königin hatte die Hülle zerschnitten und war »dorthin« zurückgegangen. Die goldenen Bienen gehörten jetzt dem Erben. Aber Andi konnte nicht um den Stuhl herumgehen und die Bienen holen, er wollte die tote graue Puppe nicht sehen. Immer noch machten die Tropfen klatsch ... klatsch ... und zersprangen auf dem Boden. Der Stuhl knarrte leise und ein Geruch lag im Zimmer, süßlich und böse.

Andi ging ganz leise in die Küche, setzte sich auf seinen Platz und sagte ernst: »Die Welt ist ganz abscheulich.«

Nach einer Zeit, die ihm sehr lang erschien, kamen seine Eltern nach Hause. Sie brachten ihn am Abend noch zu seiner Großmutter, und als er nach einer Woche zurück durfte, sagte ihm seine Mutter, Fräulein Röder wäre zu ihrer Kur gefahren. Andi sagte nichts dazu. Die gelbe Katze saß in der Küche und war nur eine Katze und sonst nichts. Sie fraß nicht, und nach einer Woche ging sie fort, ihre Herrin zu besuchen. Sie schien Andi nicht zu fehlen, und das fand seine Mutter ein wenig sonderbar.

Das große Zimmer war versperrt, aber die Bienen mußten noch darin sein. Manchmal lauschte Andi am Schlüsselloch, lange Zeit hörte er nichts, dann erklang das leise Schnarren des Schlüssels, und ein süßes Summen und Schwirren hob an. Die Bienen sangen ihr Jubellied. Aber Andi war nicht froh; er wußte, gleich würde etwas Schreckliches geschehen. Schon sickerte der böse Geruch aus dem Zimmer. Die Bienen verstummten, und dann fing es an ... klatsch ... klatsch ... und der Schaukelstuhl knarrte verstohlen dazu.

Andi schlief jetzt schlecht und schrie im Schlaf auf. Seine Eltern waren froh, als sie eine neue Wohnung bekamen, eine Wohnung ohne Samtvorhänge und alte braune Möbel. Andi schien die Königin, die goldenen Bienen und den gelben Löwen zu vergessen. Er weinte manchmal im Schlaf, aber wenn man ihn weckte, erinnerte er sich nicht an den Traum. Er wollte nun nicht mehr in den Kindergarten gehen, und so ließ man ihn zu Hause. Dann saß er auf dem Teppich und spielte mit den Bausteinen; und er störte seine Mutter niemals bei ihrer Arbeit. Manchmal vergaß er zu spielen und schien mit schiefgeneigtem Kopf und leichtgeöffneten Lippen einem fernen Geräusch zu lauschen. Es hieß, er wäre ein besonders liebes und angenehmes Kind, um das man seine Eltern beneiden könne.

DIE RATTE

Nach dem Mittagessen, Suppe, Kompott und eine Scheibe Zwieback, nickte die Kranke ein wenig ein und träumte. Sie war wieder zwölf und spielte mit einem Rudel Nachbarskinder auf jenem vergessen geglaubten Heuboden. Auf der Schaukel stehend, die Seile fest umklammernd, schwebte sie über den riesigen Heubergen, und eine Stimme schrie: »Spring doch endlich! Komm schon, spring!« Plötzlich weitete sich das graue Dach zu einer unendlich großen Kuppel. Die Heuberge waren jetzt ganz klein und sehr weit unten. Es war eine Lust, auf der Schaukel zu fliegen und den Wind um die nackten Knie zu spüren, aber sie durfte nicht einfach weiterschaukeln, sie mußte springen. Sie wußte nicht, warum, nur, daß alles auf diesen Augenblick wartete. Es kam ganz darauf an, den Absprung richtig zu erwischen. Vielleicht noch zwei, drei Schwünge. Sie sammelte sich, spürte, wie ihre Hände feucht wurden, und ging in die Knie. Das Heumeer unter ihr schlug Wellen, und »Spring! spring! laß los!« drangen die Stimmen zu ihr herauf. Sie konnte die aufwärtsgewandten Gesichter der rufenden Kinder nur als blasse Kreise sehen. »Ich komme«, schrie sie und stieß sich ab. Und dann die rasende, angstvolle Lust des Fallens. Die Heuberge stürzten auf sie zu, und endlich das Versinken, das Ruhen in gestaltloser Schwärze, das Glück, ohne Körper zu sein. Auf den Absprung war es angekommen, jetzt konnte ihr nichts mehr geschehen, sie war geborgen.

Etwas klirrte heftig, sie schlug die Augen auf und sah völlig unbegreifliche und fremde Formen, die sich vor ihren Augen bewegten, dann stieg sie unwillig und zögernd aus der dunklen Wärme des Traumes empor und wußte, wo sie war. Es gab keinen Heuboden und keine Schaukel. Sie lag in ihrem Spitalbett, und die Schwester stellte den Tee auf das Tischchen und klirrte mit dem Löffel.

Und noch jemand war im Zimmer, ihr Mann; er saß am Fußende des Bettes und hatte geduldig auf ihr Erwachen gewartet. Sie sah, wie er sofort ein heiteres Gesicht aufsetzte, aber, wie immer, war er viel zu langsam für sie gewesen, und sie mußte lächeln, obgleich es nichts gab, worüber man hätte lächeln können. Ihr Mann stellte eine Menge Fragen, zum Teil, weil er wirklich nichts vom Haushalt verstand, zum Teil, um sie auf andere Gedanken zu bringen und abzulenken. Wo denn seine Unterleibchen aufbewahrt seien, und die Schuhbänder könne er auch nicht finden, ob die letzte Kohlenrechnung eigentlich bezahlt sei, und was er seinem Neffen zur Hochzeit schenken solle. Es war sehr merkwürdig, daß es eine Welt gab, in der man Schuhbänder brauchte und die Leute heirateten, aber wahrscheinlich schien die Welt der Spitalbetten den Schuhbandverbrauchern und Hochzeitern ebenso merkwürdig.

Sie versuchte ihre Gedanken zu sammeln und vernünftige Antworten zu geben auf seine Fragen, die ihr so absurd erschienen. Schließlich, nachdem ihm nichts anderes mehr einfiel, fragte er sie, wie sie sich heute fühle, und streichelte ungeschickt ihre Hand. Sie empfand flüchtiges Mitleid mit ihm, aber das alles ging sie nichts mehr an. Sie sagte, es gehe ihr ganz gut, und sie habe keine Angst vor der Operation. »Das brauchst du auch wirklich nicht«, versicherte er eine Spur zu eifrig, »nachher wirst du endlich wieder gesund werden.«

Er war fünfzig, genauso alt wie sie, und sie kannte ihn seit dreißig Jahren. Wenn er zu lügen versuchte, und das tat er natürlich immer noch, merkte sie es an einem winzigen Zucken des linken Augenwinkels. Jetzt hatte er auch gelogen. Sie brauchte diese Bestätigung ihrer Angst nicht, insgeheim hatte sie aber doch gehofft, jenes verräterische Zucken nicht sehen zu müssen. Das wilde Verlangen überfiel sie, allein zu sein und keine Besuche empfangen zu müssen. Aber sie konnte nicht sagen: »Geh heim und laß mich in Ruhe, du wirst leben, und ich muß sterben, zwischen uns gibt es keine Gemeinsamkeit mehr.« Derartige Dinge sagte man nicht. Sie kramte aus der Lade des Nachtkästchens einen Zettel, auf dem sie verschiedene Dinge notiert hatte, die er unbedingt wissen mußte, und untersagte ihm zum letztenmal mit großer Entschiedenheit, die Kinder zu verständigen. Er versprach es, und sie wußte, er würde dieses Versprechen halten, zumindest bis zu einem Zeitpunkt, an dem es keine Rolle mehr spielte, wer an ihrem Bett saß und weinte.

Nach einer halben Stunde kam noch ihre Kusine, eine kleine, dickliche Blondine in ihrem Alter, aber gesund und viel jünger aussehend. Eine Witwe, die ihr Leben, in Grenzen, genoß. Sie streifte den Mann mit einem flüchtigen Blick und sah rasch wieder weg. Es war geradezu lachhaft, wie schlecht die Menschen sich verstellen konnten. Die Kranke hatte schon längere Zeit vermutet, daß die beiden, seit sie hier lag, einander nähergekommen waren. Anfangs hatte sie sich gekränkt darüber, jetzt wußte sie plötzlich, daß es ihr ganz einerlei war. Sie langweilte sich sehr und wünschte sehnsüchtig, allein gelassen zu werden. Vor Ungeduld begann sie, mit den Zehen leise auf dem Leintuch zu scharren. Ihre Kusine war dabeigewesen auf dem Heuboden. Sie hatte gerufen: »Spring, spring!«, war aber selber nie gesprungen, schon damals eine vorsichtige kleine Person. Jetzt beugte sie sich über die Kranke und fragte besorgt: »Hast du Schmerzen?« – »Es ist nicht schlimm.« Das war keine Lüge. Es war wirklich nicht schlimm, noch nicht. Nur gerade so, daß sie immer daran erinnert wurde. Manchmal fing tief drinnen etwas zu wühlen an, dann mußte sie die Hände gegen den Bauch pressen und seufzen.

Der Tod hatte für sie eine neue Gestalt angenommen. Er war nicht länger ein Gerippe oder ein dunkler Engel, er war eine kleine Ratte, mit langer, blutbeschmierter Schnauze.

Darüber hatte sie schon sehr oft gegrübelt. Warum konnte sie nicht den dunklen Engel haben, oder wenigstens das reinliche Gerippe. Und wie sollte sie es anstellen, der Ratte in ihrem Leib zu entkommen?

Geistesabwesend verabschiedete sie sich von ihren Besuchern. Sie küßte ihren Mann auf die Wange und war ihm nicht böse. Als sie den Kummer und das Schuldgefühl in seinen Augen sah, sagte sie sogar etwas Tröstliches. Grau, gebeugt und recht alt aussehend, ging er davon. Sie erinnerte sich, immer schon beim Anblick seines Rückens etwas wie Rührung empfunden zu haben; es war der Rücken eines Menschen, der wenig Glück gehabt hatte, weil er nie gelernt hatte, glücklich zu sein. Sie gönnte ihm die kleine Blondine, die sich warm und gesund anfühlen mochte, aber im Augenblick hatte sie nicht Zeit, daran zu denken.

Es gab jetzt nur ein Problem zu lösen. Da sie nicht mehr gesund werden konnte, mußte sie versuchen zu sterben, ehe die Ratte in ihrem Bauch Tag und Nacht wühlen würde. Den Gedanken an Selbstmord hatte sie längst aufgegeben. Sie wußte, daß sie nicht mehr die Kraft zu einer Gewalttat hatte, und Medikamente wurden ihr nur als Spritzen verabreicht. Ihr Herz war nicht sehr gesund, aber doch zu gesund, um während der Operation einfach stehenzubleiben. Vor etlichen Jahren hatte sie einmal ein Buch über Selbsthypnose in die Hand bekommen, aber es gelangweilt wieder weggelegt. Jetzt tat es ihr leid, so wenig Ausdauer besessen zu haben. Wie sie die Zeit vergeudet hatte, es war einfach unvorstellbar; die kostbaren vertrödelten Tage und Stunden, die ihr jetzt so bitter fehlten.

Man hatte sie eine Woche lang auf die Operation vorbereitet und ihr Herz gestärkt. Dagegen konnte sie gar nichts tun. Sobald die Nadel in ihre Vene gestoßen wurde, machte das Medikament sich auf den Weg, um wie ein kleiner Roboter seine Pflicht zu erfüllen. Manchmal ließ dieser Gedanke sie ganz schwach werden vor Ärger. Und es war nicht daran zu denken, mit einem Arzt ein vernünftiges Wort zu reden, jeder setzte sofort sein berufsmäßiges Grinsen auf und begann seine Lügen herzusagen, geradeso als habe man sie längst aus der Liste der vernunftbegabten Lebewesen gestrichen. Überhaupt empfand sie gegen Ärzte und Schwestern eine Feindseligkeit, die sie nur mit Mühe verbergen konnte. Es nützte gar nichts, wenn sie sich immer wieder sagte, daß sie doch nur ihre Pflicht taten und sagten, was ihnen vorgeschrieben war. Wenn die Pflicht es befahl, ein Herz zu stärken, so taten sie es ohne Zögern, mochte das Leiden des Kranken dadurch auch um Monate verlängert werden. Fing er an zu leiden, gebot es die Pflicht, ihm zu den herzstärkenden auch noch schmerzlindernde Mittel zu verabreichen. Sie nahm an, daß zumindest die Ärzte wußten, wie unsinnig diese Methode war, aber was nützte es, keiner von ihnen wagte es, von den Vorschriften abzuweichen. Sie litt sehr unter ihrer Feindseligkeit und unter ihrem Mißtrauen und merkte mit Entsetzen, wie sie sich von Tag zu Tag mehr von ihrem früheren Ich entfernte und ein ganz fremdes Wesen wurde.

In den letzten Tagen aber war auch dies in den Hintergrund getreten. Es gab für sie nur noch einen Gedanken, der Ratte in ihrem Leib zu entfliehen.

Stundenlang lag sie fast regungslos auf dem Rücken und befahl ihrem Herzen, während der Narkose stehenzubleiben. Wenn sie nur jenes Buch genauer gelesen hätte, sie mußte ihre eigene Methode finden, und sie durfte nicht versagen. Diese Arbeit war so anstrengend, daß sie manchmal vor Erschöpfung einschlief. Sie ärgerte sich maßlos über jede Störung, Besucher, Ärzte, Schwestern und gelegentliche Schmerzanfälle, die sie von ihrem Vorhaben abhielten. Nachts, wenn endlich Ruhe sich über die langen Korridore senkte, gelang es ihr am besten, sich zu konzentrieren und kurze, strenge Befehle in sich hineinzusenden, dorthin, wo ihr zu Unrecht gestärktes Herz ängstlich schlug.

Auch jetzt, am Abend vor der Operation, lag sie erschöpft von den peinlichen Vorbereitungen, die man getroffen hatte, lang ausgestreckt und schickte die letzten Beschwörungen aus: Sie bildete die magischen Worte in ihrem Hirn, in winzigen Lettern, die sie mit aller Kraft durch die Wände der Gefäße preßte, in den Blutstrom, der sie zu ihrem Herzen trug: »Steh still, steh still, hör auf zu schlagen, steh still!« Immer und immer wieder.

Müde und voll heimlicher Zuversicht schlief sie nach Mitternacht ein. Am frühen Morgen nahm sie ihre Übungen sofort wieder auf: Steh still, steh still, hör auf zu schlagen, steh still!

Sie spürte kaum die Beruhigungsspritze, und später, als sie auf den Operationstisch gehoben wurde, formte ihr Hirn noch immer die winzigen tödlichen Lettern. Der Narkosearzt schob die Nadel in ihre Armvene und ein letztes »Steh still« sickerte träge in den Blutstrom.

Sie erwachte und wußte, sehr viel Zeit war vergangen. Die Ratte wühlte wie rasend in ihrem Leib. Jemand kam mit einer Spritze, und der Schmerz verebbte nach einer Weile. Sie versuchte zu denken, und es fiel ihr sehr schwer. Ihr Herz hatte also den Gehorsam verweigert. Blind und gierig wollte es weiterschlagen, Blut ansaugen, Blut ausstoßen, in alle Ewigkeit, dummes verräterisches Ding. Gern hätte sie vor Enttäuschung geweint, aber das war sinnlose Verschwendung. So starrte sie mit heißen Augen auf die Wand.

In der Dämmerung kam eine Schwester und wusch ihre aufgesprungenen Lippen mit einem Schwämmchen. Und wieder eine Spritze, und sie schlief ein.

Gegen Morgen lichtete sich die dumpfe Bewußtlosigkeit. Sie träumte von der Schaukel und dem riesigen Heuboden. Auf und nieder flog sie, und die Stimmen tief unten riefen: »Spring! spring! komm doch endlich, laß los!« – »Ich komme!« schrie sie und ließ die Seile los. Wahnsinnige Lust des Fliegens, atemloser Sturz und Versinken in der Dunkelheit der Heuberge.

Sie erwachte stöhnend und spürte die Ratte wühlen. Mit

angehaltenem Atem wartete sie, die Hand auf den Leib gepreßt. Nach einer sehr langen Zeit, fünf Minuten oder fünf Stunden, war die Ratte satt und rollte sich zufrieden zusammen. Die Spritze wirkte nach und die Kranke dämmerte vor sich hin. Sie stand auf der Schaukel, flog auf und nieder, und die Stimmen riefen: »Spring! Spring!« Und sie warf die Arme hoch und schrie: »Ich komme!« Dann riß eine grobe Hand ihren Kopf zurück, und sie wußte, daß sie nicht springen konnte und die schützenden Heuberge nie erreichen würde. Aufschreiend erwachte sie.

Auch die Ratte war erwacht und begann in zarten, vorsichtigen Stößen zu wühlen.

MENSCHENFRESSER

Sie mochte fünfzehn sein, vierzehn oder vielleicht erst zwölf; heutzutage wußte man ja nie, wie alt ein Mädchen wirklich war. Er saß ihr gegenüber in einem Zugabteil und beobachtete sie seit ungefähr zwanzig Minuten. Eigentlich hatte er vorgehabt, die Zeitung zu lesen, und zwar richtig und mit Genuß, wozu er als langsamer Leser fast nie kam, dann war er auf das Mädchen gegenüber aufmerksam geworden und hatte gehofft, diesen erfreulichen Anblick noch ein, zwei Stunden genießen zu können; jetzt wurde er allmählich unruhig.

Sie waren nur zu zweit im Abteil, und es war viel zu warm für die Jahreszeit. Die Landschaft lag in Gold und Schieferblau getaucht, und obgleich es seit einer Woche nicht geregnet hatte, war ein feuchter Glanz über allen Dingen.

Schon beim Erwachen hatte er Kopfschmerzen gespürt, genau hinter dem linken Auge; ein wühlender, bohrender Schmerz, den er mit Kaffee und Tabletten unterdrückt hatte. Vormittags hatte er das Wühlen und Bohren noch immer gespürt, aber ganz schmerzlos. Er wußte, daß er eigentlich heftige Kopfschmerzen hatte, aber wie unter örtlicher Betäubung. Nach dem Mittagessen hatte er noch einmal eine Tablette genommen, und seither war sein Kopf leicht und klar und wie aus Watte, als könnte er sich jeden Augenblick von den Schultern lösen und zur Decke schweben. Diese Vorstellung war irritierend, bestimmt verdankte er sie nur dem Föhn und dem Medikament. Normalerweise neigte er nicht dazu, sich anderen als den allgemein üblichen Gedanken hinzugeben, das heißt, Gedanken, von denen er annahm, sie wären allgemein üblich.

Seit zwanzig Minuten beobachtete er also das Mädchen in der Ecke gegenüber. »Die Kleine« nannte er sie bei sich, und sie war wirklich klein und stach seiner Meinung nach angenehm von den jungen Mädchen ab, die man heute allerorts sehen konnte. Selbst seine Tochter mit ihren vierzehn Jahren war schon so groß wie er; und wenn er auch nur mittelgroß war, für ein Mädchen war das schon zuviel. Und es war kein Ende abzusehen. Er verscheuchte den Gedanken an seine Tochter, der irgendwie störend war, und wandte sich wieder der Kleinen zu. Sie sah geradeso aus, wie man sich in seiner Jugend, vor dreißig Jahren, einen hübschen Backfisch vorgestellt hatte. Ein sehr weibliches Wesen, mit schmalen, abfallenden Schultern, einer kleinen runden Brust und schon jetzt mit einer leichten Schwellung der Hüften. Wahrscheinlich hatte sie, für heutige Begriffe, eine schlechte Figur, oben zu schmal, um die Hüften zu breit und kurzbeinig. Aber sie war bezaubernd, ein Labsal nach all den flachen langen Dingern, die wie junge Riesinnen durch die Gegend stapften; und sie hatte die zierlichsten Hände und Füße. Es war angenehm, einmal beim Anblick einer jungen Frau nicht an die Tatsache gemahnt zu werden, daß auch sie ein Skelett in sich trug.

Unbehagen nagte an ihm. Es war wohl nicht ganz anständig, dieses halbe Kind mit den Augen eines Mannes zu betrachten. Andererseits: auf diesem Gebiet gab es eben keine Anständigkeit, und er tat ja nichts, was die Kleine hätte verletzen können. Er sah sie nur verstohlen an und auch das nur, wenn sie nicht in seine Richtung blickte. Sie tat es übrigens selten genug und so, als wäre er ein etwas eigenartig geformter Koffer oder Schirmständer. Das war ein wenig kränkend für ihn, andererseits war er froh darüber, denn er hatte nicht die geringste Lust, in ein Gespräch mit ihr zu geraten.

Sie tat eigentlich gar nichts als ihre rosigen Nägel mit unverhohlenem Entzücken betrachten. Dazwischen spähte sie manchmal auf ihr Spiegelbild in der Fensterscheibe und lächelte ihm verliebt zu. Es war sehr komisch und ein bißchen rührend zu beobachten, gleichzeitig sagte er sich, daß ihn ein derartiger Narzißmus an seiner Tochter geärgert hätte. Sofort schob er diesen Gedanken von sich und betrachtete mit Spannung, wie die Kleine ihre Zehen in den Sandalen auf und nieder bewegte und endlich auch mit ihnen zufrieden zu sein schien.

Neben sich auf der Bank hatte sie ein Buch liegen. »Naturgeschichte für die unteren Klassen der Mittelschulen«, also war sie allerhöchstens vierzehn. Einmal runzelte sie sorgenvoll die Stirn, als sei ihr etwas sehr Bedrückendes eingefallen, griff nach dem Buch und fing an, darin zu blättern; sofort schien sie von furchtbarer Müdigkeit überfallen, ließ das Buch auf die Bank sinken und gähnte reizend, aber unverhohlen.

Auch seine Tochter benützte dieses Buch in der Schule. Er ärgerte sich jetzt schon ein wenig heftiger über die Hartnäckigkeit dieser Gedankenverbindung. Seine Tochter und diese Kleine, da bestand überhaupt kein Zusammenhang, übrigens würde es keinem Mann einfallen, seine Tochter so anzustarren. Oder doch? Irgend etwas an der Situation war leicht quälend, und zu seinem Erstaunen merkte er, daß er nicht nur die Kleine, sondern auch sich selber beobachtete und sich zu seinem Unbehagen ziemlich widerlich fand. Er sagte sich, daß daran der Föhn schuld sei und die vielen Tabletten, besonders aber der Föhn. Er hatte während der letzten Woche einen Artikel in einer Zeitung über den Föhn gelesen und fühlte sich jetzt als Föhnexperte.

Schließlich wollte er endlich die Sportnachrichten in Ruhe lesen und sich nicht mehr um dieses kleine Frauenzimmer kümmern. Was war denn eigentlich los? So alt war er ja auch wieder nicht, daß ihn so ein Fratz beunruhigen konnte. Übrigens war es gar keine Beunruhigung, sondern das ganz natürliche Entzücken an einem schönen Geschöpf, eine platonische Regung. Und schon wieder sah er über den Rand der Zeitung auf ihr Gesicht, dieses Gesicht, das gar nichts von der perfekten kleinen Figur zu wissen schien. Es war einfach das Gesicht eines reizenden, oberflächlichen und nicht besonders intelligenten Kindes, und es strahlte vor Gesundheit. Das Weiße um die Iris war noch bläulich, die Wimpern kindlich lang und dicht und das Haar, das sich in die niedrige Stirn ringelte, glänzendes, weiches Kinderhaar. Sie mußte wirklich noch sehr jung sein, denn ihre Haut war noch makellos und gesund.

Dann verstärkte sich sein Unbehagen, das er die ganze Zeit hindurch nicht hatte unterdrücken können, und wuchs an zu einem niegekannten Gefühl von Leere und Hunger. Es wurde ihm ein wenig übel, und er fuhr sich mit dem Taschentuch über das Gesicht. Gott sei Dank bemerkte die Kleine nichts und lächelte hingerissen ihrem Spiegelbild zu.

Sein Herz pochte ungebührlich laut, und er hatte große Angst. Dann versuchte er sich über seinen Zustand klar zu werden. Soviel war gewiß, er empfand kein sexuelles Verlangen nach diesem Kind, es war etwas viel Tieferes und Gefährlicheres. Und dann wußte er es: die wahnsinnige Gier quälte ihn, das Mädchen aufzufressen, ganz in sich hineinzuschlingen und die traurige leere Höhle in seinem Innern mit ihrer Jugend zu füllen. Es war ein wahnsinniger Gedanke, besonders für einen Menschen, der ähnliche Gedanken nur aus Büchern kannte. Das mußte es sein, was über die verdammenswerten Verbrecher kam, ehe sie ihre unbegreiflichen Untaten ausführten. Jetzt verstand er alles; und einen Herzschlag lang waren sie seine Brüder, und er haßte das kleine Mädchen, weil es ihn soweit gebracht hatte, und er haßte es, weil nichts, was er mit ihm hätte anstellen können, jenen schrecklichen Hunger stillen konnte.

Der Zug lief in eine Station ein, blieb stehen, und vier Reisende drängten ins Abteil. Er war froh, nicht mehr allein mit dem Mädchen zu sein, und zwang sich, an etwas anderes zu denken und die Ankömmlinge zu betrachten. Bald stellte er fest, daß sie nicht betrachtenswert waren; ein häßlicher rothaariger Mensch mit Hornbrille, vorstehenden Zähnen und einem abscheulich angenagten Daumen, vermutlich ein Intellektueller also; ein ländlich aussehender Mann in einem Trachtenanzug, mit einer Uhrkette über dem Bauch, eine knochige Dame in mittleren Jahren mit wertvollem Schmuck und unzähligen Sommersprossen besät und ein sehr junger, gutaussehender Mann, der ihn keines Blickes würdigte, sich in den Eckplatz neben der Tür flegelte, die langen Beine durch das halbe Abteil streckte und sich in ein Buch über Segelboote vertiefte. Ein eingebildeter junger Flegel mit einem Wort.

Immerhin hatte ihn diese Unterbrechung so weit beruhigt, daß er hoffte, endlich die Sportnachrichten lesen zu können. Natürlich gelang es ihm auch diesmal nicht, weil seine Hände so stark zitterten, eine Erscheinung, die bei Föhn häufig auftritt. Außerdem mochte er mittags zuviel Kaffee getrunken haben.

Plötzlich merkte er, daß es still im Abteil war, unnatürlich still. Wenn schon niemand redete, gibt es doch in einem Eisenbahnabteil eine Menge andere Geräusche, Scharren, Wetzen, Geraschel, Schnaufen und Schneuzen. Es ist so still, daß man eine Nadel fallen hören könnte, dachte er, und flüchtig ging ihm durch den Kopf, daß er fast nur in Sätzen dachte, die er irgendwo gehört oder gelesen hatte. Er blickte verstohlen über den Rand der Zeitung hinweg zu seiner Nachbarin, der hageren Dame, und sah zu seinem Erstaunen, daß sie selbstvergessen auf die Knie der Kleinen starrte.

Es waren sehenswerte Knie, mit kleinen Grübchen an den Seiten, aber der Blick der Dame gefiel ihm nicht. Es lag Neid darin, Bewunderung und Verlangen. Endlich begriff er, daß auch sie jene Leere in sich spürte, den schrecklichen Hunger, der sie zwang, die Hände um die Bügel ihrer Tasche zu verkrampfen, daß die Fingerknöchel weiß hervortraten. Der Ausdruck ihrer Augen trieb ihm eine jähe Hitze in die Stirn bei dem Gedanken, daß er eben noch ähnlich ausgesehen haben mochte. Er duckte sich hinter die Zeitung und riß vorsichtig mit dem Fingernagel ein kleines Fenster ins Papier, durch das er sein Gegenüber beobachten konnte.

Die Kleine schien von der unnatürlichen Wärme müde zu sein und gähnte, ein Stück rosa Gaumen und weiße Zähne zeigend. Es war das Gähnen einer jungen Katze und versetzte seinem Herzen einen kleinen Stoß. Dann dehnte sie die schmalen Schultern, legte einen Arm quer über die Schenkel und betrachtete interessiert die zarte Haut ihrer Armbeuge, während sie sachte mit den Fingerspitzen darüber hinstrich. Ein hingerissenes Lächeln breitete sich über ihr Gesicht.

Mühsam wandte er den Blick von ihr und sah, daß das ganze Abteil den Atem anhielt. Dann seufzte die knochige Dame schmerzlich und bedrängt, und er sah Schweißtropfen auf ihre Stirn treten. Sie war jetzt sehr bleich, und die Sommersprossen sahen aus wie Schmutzspritzer. Eine arme, gefleckte Hyäne. Und wie sie die Lippe hochgezogen hatte, als ducke sie sich gerade zum Sprung.

Alle starrten jetzt das Mädchen ganz hemmungslos an. Nur der Jüngling neben der Tür, der in das Buch über Segelboote vertieft war, nicht. Er stieß manchmal seinem Gegenüber mit der Fußspitze gegen die Schienbeine, merkte es nicht oder wollte es nicht merken, jedenfalls entschuldigte er sich nicht. Er schien eingeschlossen in eine Luftblase, in einer Welt der wunderbarsten Segelboote, der einzig erstrebenswerten Gegenstände.

Die Kleine streichelte noch immer selbstvergessen die zarte Haut ihrer Armbeuge, dann erregte plötzlich ihr linkes Knie ihre Aufmerksamkeit, und sie betrachtete es prüfend, mit dem Hauch einer Falte zwischen den glänzenden Brauen. Dann inspizierte sie ihre Fingernägel aufs neue und versenkte sich endlich mit tiefem Ernst in das Studium ihrer rosafarbenen Handfläche mit den zarten Linien darin.

Er sah um sich, diesmal nicht verstohlen. Kein Mensch beachtete ihn, die Dame, der vermutliche Intellektuelle, der Mann mit der Uhrkette, alle starrten sie auf das Mädchen wie Raubtiere auf einen Brocken Fleisch, den der Wärter in den Käfig geschoben hat. Der Uhrkettenmann ließ die Zunge rastlos auf der Unterlippe spielen, was ihm einen idiotischen Ausdruck verlieh, der Intellektuelle hatte weiße Bläschen in den Mundwinkeln stehen, und die Dame schwitzte und war sehr bleich und gefleckt.

Er schämte sich und fühlte sich elend und gedemütigt. Dabei hatte er doch wirklich nichts getan, wofür er sich hätte schämen müssen. Überhaupt, was war denn schon geschehen? Gar nichts. Keiner hatte die Kleine auch nur angesprochen oder berührt. Und doch, er fühlte sich außerordentlich elend. Er wußte jetzt, wie die Geschichte weitergehen mußte: Eines Tages würde eines der Raubtiere zuschnappen und schmatzend den appetitlichen Brocken Fleisch verschlingen. Später würde es dann dumm und verwundert merken, daß der Hunger noch immer da war, nagend, quälend und unstillbar. Irgend etwas mußte er jetzt unternehmen.

Er räusperte sich laut und drohend, und das hatte die Wirkung einer Bombe. Einen Augenblick lang schienen alle erstarrt. Die Dame hatte die Hand an den Mund gehoben, als wolle sie einen Schrei unterdrücken, dann sprang sie auf, murmelte etwas Unverständliches und ließ das Fenster noch weiter herunter. Der Uhrkettenmann erhob sich mühsam und ging, über die Füße des Jünglings stolpernd, auf den Gang hinaus und zündete sich draußen eine Zigarre an. Der Intellektuelle bemerkte zur Dame hin, daß er noch nie einen so heißen und föhnigen Oktober erlebt habe, und holte sich dann eine Zeitschrift aus dem Koffer.

Der junge Mann, der, als der Uhrkettenmann über seine Füße gestolpert war, verständnislos und mit leerem Blick aufgesehen hatte, streckte jetzt wieder die Beine ins Abteil und begab sich zurück in die Welt der Segelboote.

Nur er und das Mädchen hatten nicht bemerkt, was im Abteil vorgegangen war. Die Kleine betrachtete noch immer ihre Handfläche, entzückt von der zarten Mulde mit den rätselhaften Linien darin, dann gähnte sie zum dritten Mal auf dieser Reise, lehnte den Kopf auf ihrem Staubmantel in die Ecke und schlief sofort ein. Sie wandte ihr unschuldiges Kinderprofil dem Abteil zu und lächelte plötzlich im Schlaf, sehr weit weg und unerreichbar für die gefleckte Hyäne und alle anderen Raubtiere.

Endlich konnte er den Sportbericht lesen, es machte ihm aber nicht so viel Spaß wie sonst. Außerdem fing jetzt das Wühlen und Bohren hinter seinem linken Auge wieder an, und er wußte, daß es bald in Schmerz übergehen würde. Er starrte hinaus in die feuchtblaue Landschaft, wünschte, er läge in seinem Bett, in der angenehmen Stille und Dunkelheit, und könnte diesen und alle Tage seines Lebens vergessen.

LEBENSLÄNGLICH

Am Nachmittag brach der rote Flieder auf und überschwemmte das Zimmer mit seinem Duft. Es war unerträglich.

Die Kranke schien zu schlafen, und so stand Anna leise auf und trat auf den Gang. Dort roch es nach Hühnersuppe und Lysol. Die Versuchung, einfach fortzulaufen, war sehr stark; fort aus diesem lauwarmen Käfig, hinaus auf die Straße in die kühle Frühlingsluft. Hier mußte man ja ersticken.

Eine Pflegerin trat aus einem der Zimmer und nickte ihr flüchtig zu. »Sollte man nicht den Flieder hinausstellen?« fragte Anna. »Er duftet viel zu stark, und es ist auch so warm im Zimmer.«

Die Schwester hob die Schultern und sagte: »Stellen Sie doch den Flieder auf den Balkon. Sie können die Tür ruhig offenstehen lassen«, und auf Annas erstaunten Blick: »Die kühle Luft kann ihr nicht mehr schaden«, und schon verschwand sie hinter der nächsten Tür.

Anna ging zurück und öffnete die Balkontür weit. Die Kranke lag noch immer reglos, mit geschlossenen Augen. Sie hätte ebensogut tot sein können, und für die Ärzte und Schwestern war sie das auch. Es war, als habe man sie verurteilt, und dieser Gedanke quälte Anna. Es konnte einfach nicht wahr sein. Sie wollte ans Bett treten und schreien: »Steh auf, Rosie, spiel kein Theater! Was fällt dir ein, mich so zu erschrecken?« Aber sie schrie nicht. Sie lehnte nur so an der Balkontür und starrte auf das weiße Gesicht nieder, auf das gefürchtete und geliebte Gesicht ihrer schönen kleinen Schwester.

In einer lauen Aprilnacht gegen einen Baum zu fahren, das sah Rosie ähnlich. Plötzlich wußte Anna, daß sie nie etwas anderes erwartet hatte. Ihr Leben lang hatte sie davor gezittert, und jetzt war es eingetreten. Fast war es eine Erleichterung. Sie konnte jetzt endlich aufhören zu zittern. Es war gar nicht auszudenken! Vor ihr lag eine Zeit des Friedens; eine graue, unbewegte Stille. Nie wieder mußte sie voll Angst auf Post warten, nie wieder gespannt auf das Telephon starren. Rosie lag im Sterben und mit ihr die unverhoffte Freude und die nagende Furcht. Was konnte jetzt noch geschehen? Anna versuchte sich das neue Leben vorzustellen. Sie schloß die Augen. Aber da war keine Leere und keine Stille: immer noch Rosie. Sie seufzte. Es war noch zu früh.

Rosie, wie sie die süße blonde Puppe, die mit den Schlafaugen, in den Teich wirft und mit einem Aufschrei in Annas Arme stürzt. Warum muß die Puppe in den Teich, zu den Fischen und Algen? Rosies Lieblingspuppe! Warum weint Rosie so herzzerbrechend um den Goldhamster, der, ein schlaffes Bündelchen, auf dem Boden liegt? Man kann die runden Hände anstarren, die das getan haben; unschuldige rosige Handflächen, der Schwester entgegengehoben. Warum hast du es getan, warum? Keine Antwort; entsetzt aufgerissene Augen, ein Schluchzen, das die kleine Kehle stößt. Keine Antwort. Und Anna geht und begräbt den Hamster im Garten.

Man kann es Papa nicht sagen, er würde es nicht verstehen. Anna versteht es auch nicht; sie nimmt es hin. Alles, was Rosie tut, nimmt sie hin. Eine dumpfe, staunende Furcht ist in Anna. Es gibt nichts, was Rosie nicht tun könnte. Niemand außer Anna weiß es, und es ist gut so. Sie ist dazu geboren, das Unheil wegzuschaffen und zu begraben, das aus den Händen der Schwester fällt.

Rosie trägt weiße Spitzenkleidchen und Lackschuhe und im gelockten Haar eine riesige Schleife. Sie ist ein süßes Kind, sagen die Leute. Das ist sie – und noch etwas anderes. Ihr Fleisch ist fest, die Haut zart und schimmernd, und ihre Wimpern liegen dunkel schattend auf den runden Wangen.

Anna trägt unauffällige Matrosenkleider, ihr Haar hängt glatt auf die knochigen Schultern. Ihre Haut ist trüb. Das ist ganz in Ordnung so. Anna tut ja Dinge, die Rosie nicht tun mag. Sie räumt hinter der Schwester auf, wäscht die hübschen Kleidchen und horcht noch im Schlaf auf Rosies Atem. Wer sollte es sonst tun, Rosie hat ja keine Mutter mehr. Manchmal streicht der liebe Papa über Annas Kopf und lobt sie. Er ist immer so gerecht und freundlich. Und wie die Zeit vergeht. Nichts hat sich geändert. Immer noch sitzt die Furcht in Anna. Man ist nie sicher, jeden Augenblick kann Rosie etwas einfallen. Ein heimliches Zittern ist in Anna, wie kleine Wellen auf dem Teich. Auf dem Teich, in dem die blonde Puppe liegt, bei den Fischen und Algen.

Alles ist ein Spiel für Rosie, und jedes Spiel wird langweilig. Sie ist die Beste in der Schule, sie näht die schönsten Kleider, sie spielt Klavier und zeichnet, aber alles ist eben ein Spiel und wird langweilig, und um keinen Preis kann Rosie etwas tun, was sie langweilt. Dann ist sie plötzlich dumm, ihre Hände werden ungeschickt, und der Kopf tut so weh. Ja, wer könnte das mit ansehen? Der liebe Papa kann es nicht; er will sein fröhliches, hübsches Mädchen haben; wer könnte ihm das verargen?

Auch Anna sagt nichts dazu. Sie weiß längst, daß Rosies Launen nicht einfach Launen sind, die man mit Strafen austreiben könnte. Es ist etwas anderes mit im Spiel, eine schreckliche Leere hinter Rosies blauen Augen, eine Leere, die nach einem neuen Spiel schreit. Anna kann dieses lautlose Schreien nicht anhören, sie macht Vorschläge, regt an, und plötzlich schnappt etwas zu, und Rosie hat ihr neues Spiel. Das Zittern in Anna ebbt ab, fast könnte man glauben, es habe aufgehört; bis eines Tages die flache, kleine Stimme sagt: »Es freut mich nicht mehr ... ich will etwas anderes ...«

Das Klavier ist zugesperrt, auf dem Dachboden ruht ein Stoß Zeichnungen, zugeschnittene Stoffe liegen im Schrank, die Schreibmaschine steht unberührt im Sekretär, und Rosie will Schauspielerin werden. Der liebe Papa seufzt ein wenig, aber warum sollte seine schöne Tochter nicht Schauspielerin werden? Sie besteht die Prüfung mit Glanz, und der Papa ist sehr stolz. Anna beruhigt sich ein wenig und nimmt an Gewicht zu. Nach einem halben Jahr ist auch dieses Spiel vorbei. Diesmal lacht der Papa nicht. Er sieht müde aus, aber es nützt ihm nichts. Anna zerbricht sich den Kopf nach einem neuen Spiel. Sie hat Angst und wird dünn wie ein Strich.

Dann kommt etwas ganz Neues. Rosie heiratet. Der Papa ist froh und Rosie aufgelöst vor Glück. Anna möchte sich auch freuen, aber da ist dieses Zittern, dieses Warten. Man wird müde dabei und älter, als man sein sollte. Anna könnte jetzt auch heiraten, aber vielleicht ist es besser, sie wartet noch. Man kann ja nicht wissen. Sie will es nur aufschieben, bis Rosie ihr Kind bekommt. Vielleicht wird sich dann vieles ändern, ein Kind ist kein Spielzeug, nicht wahr; man kann es nicht auf den Dachboden stellen oder in den Teich werfen. Alle Leute sagen, dieses Kind muß ein ganz besonderes Kind werden.

Es wird kein besonderes Kind, es wird überhaupt nicht geboren. Rosie muß unbedingt zum Skilaufen in die Berge fahren und kommt im Krankenwagen zurück. Der Arzt ist böse, das Eheglück getrübt, und der liebe Papa ist außer sich. Zum erstenmal sieht Anna an ihm den merkwürdigen Blick. Er sieht Rosie an, als fürchte er sich vor irgend etwas, nicht vor Rosie, Anna kann nicht sagen, wovor, und mit der Zeit vergißt sie es.

Erst während Papas Todeskrankheit erkennt sie den Blick wieder. Wie er sich immer schlafend stellt, wenn Rosie das Zimmer betritt. Mit Anna, die ihm nichts ist als eine Pflegerin, kann er reden bis zum letzten Tag, und für Rosie sollte er zu schwach und elend sein? Unsinn! Er ist überhaupt nicht schwach und elend. In den ersten Tagen verleiht ihm das Fieber eine trügerische Munterkeit, später wird er schläfrig wie ein Kind. Immer wieder lächelt er Anna zu. Sobald aber Rosie ans Bett tritt: geschlossene Augen, schweres Atmen, kein Lächeln, nichts.

Man könnte glauben, Papa wäre böse auf Rosie. Aber Anna weiß, das kann es nicht sein. Rosie ist sein Liebling, sein Ebenbild; er war ihr niemals böse. Nein, er fürchtet sich vor etwas, und die Furcht zwingt ihn, die Augen zu schließen. Was kann Rosie Erschreckendes an sich haben? Dieses sanfte, blühende Gesicht, die kleine Zwitscherstimme? Wer sie sieht, muß sie lieben.

Und doch, alte Freunde bleiben weg, eine Sache schlägt fehl, ein Dienstmädchen tratscht. Jetzt, da sie sterben muß, ist nur Anna bei ihr. Nicht einmal ihr geschiedener Mann ist gekommen. Diese Scheidung! Noch jetzt kann Anna nicht fassen, wie es dazu gekommen ist. Sie vermißt den Schwager, als Rosie längst wieder lacht und hinter einem neuen Spiel her ist. Anna ist müde geworden. Laß sie doch, sagt sie sich. Eine Welt stürzt ein, und Rosie baut sich aus den Trümmern eine neue, schönere auf. Sie kann ja alles, was sie will. Aber das heimliche Zittern bleibt, die nagende Angst um die Schwester im weißen Spitzenkleid, um den einzigen Menschen, der sie aus Papas Augen ansieht und mit seinem Mund lacht. Dann kommen Tage, an denen die Müdigkeit so groß wird, daß Anna ihre Schwester nicht sehen will. Rosie merkt es nicht, und wenn sie es merkt, kümmert sie sich nicht darum. Sie hat jetzt nicht mehr so viele Freunde, und sie besucht Anna öfter als früher. Sie erzählt von ihren neuen Plänen, von Männern, die sie verehren, und von Geld. Sie denkt jetzt häufig an Geld. Vielleicht ist das das neueste Spiel.

Anna betet abends im Bett. Sie weiß nicht, zu wem; sie weiß nicht, wer für Rosie zuständig ist. »Heiliger Schutzengel«, flüstert sie, und der furchtbare Gedanke überfällt sie: Rosie hat keinen Schutzengel. Ihr einziger Engel ist Anna, ein ältlicher, schwerfälliger Engel, der zittert und anfängt,

Selbstgespräche zu führen. Ihr Schlaf ist so seicht, daß der Anruf sie nicht erschreckt. Während sie den Hörer abhebt, kommt eine große Ruhe über sie. Nachher sitzt sie in der Küche. Das Zittern hat aufgehört, und in ihrem Kopf ist alles still.

Diese Ruhe, dieser Friede! Endlich wird sie schlafen können. Rosie wird bald in Sicherheit sein.

Die Sterbende murmelt etwas Unverständliches. Anna beugt sich über sie. »Möchtest du etwas, Rosie?«

»Rühr mich nicht an, niemand soll mich halten, geh!«

»Aber niemand hält dich fest, Rosie, du träumst nur.«

Ist es möglich, daß Rosie lächelt, schadenfroh, fast triumphierend? Sie muß sich das einbilden. »Geht alle weg«, flüstert die fremde Stimme, »alle.«

Zwischen den halbgeöffneten Lidern steht plötzlich ein blaues Glitzern. Der feuchte Lockenkopf stemmt sich tief in das Kissen, das Kinn reckt sich empor.

Rosie ist tot. Anna starrt atemlos auf sie nieder. Etwas Schreckliches geschieht vor ihren Augen. Rosie verwandelt sich in eine andere. Das weiche Fleisch kann nicht länger verbergen, was es so lange verborgen hat: scharfe Knochenwinkel, eingesunkene Schläfen. Rosies Lippen schwinden und entblößen kleine, spitze Zähne. Es ist nicht der Tod, der sie entstellt. Ein fremdes, unerbittliches Gesicht bricht langsam durch die sanfte Maske ihres Fleisches.

Ist es ein fremdes Gesicht? Über das Bett gebeugt, die Hand auf die Eisenkante gestützt, erinnert sich Anna.

Es hat wieder Streit gegeben. Papa will weggehen und zögert an der Schwelle. Er wartet auf ein Wort von Mama. Anna, dünn, achtjährig und voll Angst, wartet mit ihm. Sein heiteres schönes Gesicht ist dunkel vor Zorn. Aber Mama sagt kein Wort. Mit einem schadenfrohen, triumphierenden Lächeln, den Kopf zurückgeworfen, die Lippe von den kleinen, spitzen Zähnchen hochgezogen, sieht sie ihn an, bis er geht.

Anna fürchtet sich sehr; so sehr, daß sie Mama vergißt.

Sie erinnert sich auch nicht an ihren Tod. Papa spricht nie von ihr. Vielleicht hat er auch zuviel Angst. Er denkt wohl, daß der Kampf mit ihrem Tod zu Ende ist. Zumindest denkt er das lange Zeit. Wie gut, daß er nicht weiß, was hier in diesem Spitalbett geschehen ist.

Ohne sich umzublicken, nimmt Anna Tasche und Mantel und verläßt das Zimmer. Zum erstenmal begreift sie das Unrecht, das man ihr angetan hat. Nie würde sie die große Stille und Leere erreichen. Wie einem alten, kranken Hund warf man ihr einen Knochen zu: »Da, nimm und nag daran!«

Und wie sie daran nagen würde, an ihrem einzigen Besitz.

STREUSELKUCHEN UND MILCHKAFFEE

Jeden zweiten Samstagnachmittag besuchte er seine alte Mutter. Und jedesmal bewirtete sie ihn mit Streuselkuchen und Milchkaffee. Schon als Kind hatte er beides verabscheut als die widerwärtige Essenz des Lebens mit seiner Mutter. Jetzt war er ein Mann in mittleren Jahren, und sie wußte noch immer nicht, daß er sie nicht leiden konnte. Es war unfaßbar, aber sie schien es wirklich nicht einmal zu ahnen, eingemauert in einen Wall von unerschütterlichem Selbstbewußtsein, den nichts zertrümmern konnte. Er hatte auch nicht die Absicht es zu versuchen, irgendwann mußte ja diese Komödie ein natürliches Ende finden, schließlich waren ja nicht einmal Mütter unsterblich. So lange würde er sich streng an die Vorschriften halten, zumindest jeden zweiten Samstagnachmittag. Man hatte seine Mutter zu achten und zu lieben; und es war unpassend, Schulden zu machen, zu rauchen, zu trinken oder sich anderweitigen Ausschweifungen hinzugeben. Streuselkuchen mit Milchkaffee war eine anständige bürgerliche Jause, an der es nichts auszusetzen gab.

Nachdem er das bröselige Zeug hinuntergespült und eine Stunde lang höflich und voll Unbehagen den privaten und geschäftlichen Ratschlägen seiner Mutter gelauscht hatte, völlig unbrauchbaren Ratschlägen einer bornierten alten Frau, die keine Ahnung von seinem Leben hatte, durfte er seinen Hut aufsetzen und wie ein Beichtkind nach der Absolution erleichtert weggehen, für ganze vierzehn Tage ein freier Mann. Diese Aussicht erfüllte ihn mit wirklicher Freude, und er mußte sich sehr zusammennehmen, seine ernste Miene zu bewahren. Seine Mutter schätzte heitere Männer ganz und gar nicht, übrigens auch heitere Frauen oder Kinder nicht.

Wenn sie die Tür hinter ihm geschlossen hatte und er hörte, wie sie die Sperrkette vorlegte, kehrte er mit einem Schlag in das zurück, was er sein eigenes Leben nannte: rauchte, trank, setzte niemals einen Hut auf, betrog seine Frau und warf lästige Rechnungen einfach in die Schreibtischlade und zahlte nie, ehe er gemahnt wurde. Dazu bestand kein Anlaß, er hätte jederzeit sofort zahlen können, es war eine symbolische Handlung, ein Protest gegen irgend etwas, worüber er sich allerdings nie Gedanken machte. Statt Streuselkuchen und Milchkaffee aß er scharf gewürzte Brote und trank Mokka dazu.

Seine Mutter erfuhr niemals von seinem skandalösen Lebenswandel, und selbst wenn jemand eine schüchterne Andeutung machte, lächelte sie nur verächtlich. Er besuchte sie doch regelmäßig, unterstützte sie großzügig, kam nie ohne Hut und freute sich über die gewohnte Jause. Die Leute waren schlecht, habgierig und tratschsüchtig. Wenn sie es recht bedachte, gab es außer ihnen beiden überhaupt keine nennenswerten Menschen. Natürlich war da noch seine Frau, aber die zählte in keiner Weise. Da er ein gesunder, normaler Mann war, wie hätte es auch anders sein können bei ihrer Erziehung, mußte er eben eine Frau nehmen. Sie hatte nicht versucht, diese Ehe zu hintertreiben. Junggesellen, die zu lange bei ihren Müttern lebten, genossen wenig gesellschaftliches Ansehen; außerdem hatte sie nicht die geringste Lust, einen erwachsenen Mann zu bedienen und zu pflegen, dazu war die Ehefrau da.

Manchmal erinnerte sie sich unwillig an eine Zeit, in der ihr Sohn nicht immer so tadellos gewesen war wie heute. Kein Wunder, ihr verstorbener Mann hatte ihn sehr übel beeinflußt und zum Ungehorsam aufgestachelt. Aber ihr Mann war schließlich auch nicht von Bedeutung gewesen, ein fremder Mensch, der vergeblich versucht hatte, sich zwischen sie und ihren Sohn zu drängen. Nach seinem frühen Tod war alles wieder in Ordnung gekommen, und da sie ganz gut versorgt war, hatte sie natürlich nie wieder daran gedacht, ein zweites Mal zu heiraten. Sie war jetzt dreiundsiebzig, noch immer eine stattliche Erscheinung, durchaus keine Greisin, eine Frau, die nur einen Menschen auf der Welt brauchte und auch ihn nur als Spiegel, um ihr eigenes erfreuliches Bild zu bewundern. Für diesen Einzigen beschloß sie wieder einmal einen Schal zu stricken. Wie seltsam, daß ihm seine Schals immer abhanden kamen. Oder vielleicht gar nicht so seltsam, die Leute waren habgierig und alle nur darauf aus, Schals zu stehlen, besonders Schals aus so erstklassiger Wolle, wie sie zum Stricken verwendete.

Er, der nichts ahnte von dieser neuesten Liebesgabe, ging inzwischen beschwingten Schrittes die lange Kastanienallee entlang, die zu seiner Wohnung führte. Eigentlich hatte er vorgehabt, seine Geliebte zu besuchen, er tat dies mit Vorliebe an den gewissen Samstagen, aber plötzlich hatte er keine Lust dazu. Auch in ein Café mochte er nicht gehen; im Grunde wußte er überhaupt nicht, was er wollte. Derartige Anwandlungen überkamen ihn in letzter Zeit häufiger, und er versuchte sie mit Gewalt zu verscheuchen. Er merkte, daß ihm gar nicht mehr beschwingt zumute war, ignorierte diese Erkenntnis, tat noch drei Schritte und gab endlich seinen Unlustgefühlen nach. Er begriff nicht, was mit ihm los war. Schließlich lagen vierzehn Tage vor ihm, in denen er tun konnte, was er wollte. Er hatte seiner Frau niemals Einblick in seine Angelegenheiten gewährt, und sie, ein weiches, ruhiges Geschöpf, war zufrieden oder schien es wenigstens zu sein, was für ihn dasselbe war. Er dachte fast nie an sie. Es war angenehm, sie daheim zu wissen; sie verstand es, eine Wohnung behaglich zu machen, und besaß Geschmack und Sicherheit in diesen Dingen. Er konnte jederzeit seine Geschäftspartner zu sich einladen. Beim Gedanken an diese Einladungen fiel ihm ein, daß seine Mutter nie eine gute

Köchin gewesen war, alles hatte so lieblos geschmeckt, ganz ohne Würze.

Jetzt stand er vor einer Auslage und sah sein Bild in den Spiegelscheiben: eine große, stattliche Erscheinung, ein Mann in den besten Jahren. Wie jedesmal, erschreckte ihn sein Spiegelbild. Es ließ sich nicht leugnen, er wurde seiner Mutter immer ähnlicher. Ein rasches, flüchtiges Haßgefühl gegen dieses schwere Gesicht mit dem Doppelkinn und der fleischigen Nase durchzuckte ihn und verflüchtigte sich verwirrt.

Als Kind war er doch, so glaubte er wenigstens zu wissen, seinem Vater ähnlich gewesen. Es war beunruhigend, wie die letzten Spuren dieser Ähnlichkeit von Jahr zu Jahr mehr schwanden. Aber wenn diese Ähnlichkeit vorhanden gewesen war, konnte sie doch nicht einfach verlorengehen. Endlich fand er eine Lösung. Sie war einfach unter seine Haut gekrochen und lebte jetzt in einer tieferen Schicht. Dieser Gedanke beruhigte ihn ein wenig. Aber dann fiel ihm ein, daß er das Gesicht seines Vaters vergessen hatte. Er erinnerte sich deutlich an die einzelnen Züge, aber sie ließen sich nicht mehr zu einem Gesicht zusammenfügen. Daß er sich überhaupt mit derartigen Gedanken trug, war zumindest bedenklich. Er hatte es immer vermieden, an seine Eltern zu denken, und hatte es vorgezogen, sich als ein Geschöpf zu betrachten, das mit zwanzig Jahren dem Nichts entsprungen war, ein Mensch ohne Vergangenheit und ohne jede Beziehung zu anderen Menschen. Nicht einmal an jene kurze Periode mochte er sich erinnern, in der er scheue Zuneigung für seinen Vater empfunden hatte, auch sie war ja gekoppelt mit der drohenden Anwesenheit seiner Mutter. Es war besser, sich einzubilden, jene Jahre habe es nie gegeben. Hier stand er, ein unbeschriebenes Blatt, ein Mensch, der sich selber erschaffen hatte. Freilich, diese Samstagnachmittage wurden immer quälender für ihn, aber er überstand sie wie im Zustand leichter Narkose. Die Frau, die zufällig seine Mutter war und die er in jeder ihrer Regungen so erschrekkend genau kannte, war in Wirklichkeit eine Fremde, die ihn nichts anging. Er tat nur seine Pflicht, wie es die Gesellschaft von ihm erwartete, und vermied dadurch viel größere Unannehmlichkeiten.

Mit leicht zusammengekniffenen Augen starrte er auf das spiegelnde Glas, das sein Bild in verwischten doppelten Umrissen zeigte. Sein Vater hatte dunkles, schütteres Haar gehabt, seine Haare aber waren rotblond, sehr dicht und grob. Er haßte rotblondes grobes Haar, rosige Haut und dieses viel zu schwere Fleisch. Er hob den Kopf, und sein Doppelkinn straffte sich. Seine Frau fiel ihm ein, ihre cremige Blässe und das seidenweiche dunkle Haar. Vornehm war es, blaß und dunkel zu sein. Überhaupt war seine Frau viel hübscher als seine Geliebten, die ein wenig ordinär sein mußten, um ihm zu gefallen. Irgend etwas war durch seine Schuld nicht so geworden, wie es hätte werden können. Warum eigentlich? Er begriff es nicht. Auf jeden Fall, jetzt war es zu spät. Große Niedergeschlagenheit kam über ihn. Er kannte dieses Gefühl, aber bisher hatte es ihn nur nachts überfallen, wenn er leicht betrunken nach Hause ging. Jenes Gefühl, verdammt und verloren zu sein und nicht zu wissen, wer er wirklich war. Es gab Nächte, in denen er heftig wünschte, tot zu sein, das kam wohl vom Alkohol. Man mußte nur immer in Bewegung bleiben, fortwährend etwas unternehmen, egal was, dann ging es wieder weiter. Aber heute war er nicht betrunken, und es war später Nachmittag.

Mit einem gewaltsamen Ruck wandte er sich um und ging die Allee zurück. Er wollte nun doch seine Geliebte besuchen. Jetzt rannte er beinahe. Es war wie eine Erlösung, wieder ein Ziel vor Augen zu haben und unterwegs zu sein. Solange er unterwegs war, konnte ihm nichts geschehen. Leise und falsch begann er vor sich hin zu pfeifen. Er fühlte sich gerettet. Das große Elend hatte ihn nicht verschlungen, es war besser, falsch zu pfeifen als gar nicht.

Auf seinem späten Heimweg trank er in einer Bar zwei Tassen Mokka, aß stark gepfeffertes Reisfleisch und trank dann noch einen großen Kognak. Seinen Hut vergaß er in der Garderobe.

Daheim schlief er sofort ein und erwachte eine Stunde später mit heftigen Herzbeschwerden, weckte aber seine Frau nicht und lag bis zum Morgen, schwitzend vor Angst, wach.

Die nächsten zwei Wochen verbrachte er wie gewöhnlich, schonte sich in keiner Weise und spürte noch dreimal sein Herz. Er sagte seiner Frau nichts davon, der Gedanke, bei einem anderen Menschen Trost oder Mitleid zu suchen, war ihm fremd und ungewohnt.

Zwei Tage, ehe der Besuch bei seiner Mutter fällig war, fühlte er sich sehr matt, und er war mürrisch zu seiner Frau. Aber so erging es ihm alle vierzehn Tage einmal, und seine Frau nahm es mit sanftem, ein wenig belustigtem Lächeln hin. Er ärgerte sich über ihr Lächeln, war aber gleichzeitig froh über das, was er ihr Phlegma nannte. Endlich setzte er seinen Hut auf und begab sich in die verhaßte Gegend am anderen Ende der Stadt.

Er saß seiner Mutter gegenüber an jenem Tisch, der sein Schienbein drückte, und auf jenem Sessel, der ihm Kreuzschmerzen machte, und fragte sich, wie ein Mensch sein Leben lang zwischen derartigen Möbeln leben konnte. Seine Mutter stellte die Jause auf den Tisch, und er langte geistesabwesend zu. Plötzlich fühlte er sich wieder schwach wie nach einer seiner Herzattacken; irgend etwas war heute anders als sonst. Und dann hörte er sich erstaunt und ungläubig fragen: »Was gibst du mir denn heute Gutes, das schmeckt ganz anders als sonst«, und spürte es sanftbröselig auf der Zunge schmelzen mit altvertrauter Süßigkeit. Seine Mutter sagte: »Streuselkuchen natürlich, du magst doch gar nichts anderes.«

Er setzte die Schale mit Milchkaffee hart auf den Tisch und sah seine Mutter entsetzt an. Sie merkte es nicht, wie sie nie etwas gemerkt hatte, und sagte nur: »Trink nicht so hastig, es kann dir in die falsche Kehle kommen.« Und übergangslos fing sie an, ihm von den verdächtigen Machenschaften ihrer Nachbarin zu erzählen, die ohne Zweifel darauf aus war, ihre Briefe zu unterschlagen und Kohlen in einer Einkaufstasche aus ihrem Keller wegzutragen.

Er hörte die Worte, verstand sie aber nicht, vollauf mit einer plötzlichen Erleuchtung beschäftigt. Alles war so einfach und verständlich. Er liebte Streuselkuchen und Milchkaffee, hatte es immer getan und es nur nicht zugeben dürfen. Und er wußte, daß seine Geliebte ihn unsäglich langweilte, daß er Mokka, Zigaretten und Alkohol verabscheute, und daß es angenehm war, im Winter Hut und Schal zu tragen. Hier war sein Platz, an diesem Tisch, der sein Schienbein drückte, und auf diesem Sessel, der ihm Kreuzschmerzen machte, und nicht in seiner bequemen, geschmackvollen Wohnung. Plötzlich lagen ihm die unbezahlten Rechnungen in der Schreibtischlade schwer auf der Seele.

Er hörte sich lachen, und er lachte, bis er an den Kuchenstreuseln fast erstickte und seine Mutter ihm den Rücken klopfte. Sie tat es hart und ohne Gefühl, aber gerade so wollte er geschlagen werden. Nachher war er erschöpft, und sein Herz klopfte rasend. »Du arbeitest zuviel«, sagte seine Mutter mißbilligend, »du solltest dich in deinem alten Zimmer eine Stunde hinlegen.« Da hatte er gerade noch die Kraft, aufzustehen und sich zu verabschieden.

Endlich wußte er, wer er war. Das bedeutete, daß er sich eine zweite Geliebte nehmen und noch mehr Mokka und Kognak trinken mußte. Ab morgen schon würde er kettenrauchen und nicht einmal im Jänner einen Hut aufsetzen.

Als er seine Mutter zum Abschied auf die Wange küßte, wußte er, daß sie ihn überleben würde, und der boshafte Triumph darüber wurde langsam von einem Gefühl verdrängt, das er ungläubig als Mitleid erkannte.

I'LL BE GLAD WHEN YOU'RE DEAD...

Trinkst du mit mir einen Schluck Kognak? Nein? Na, dann nimm dir selber, was du magst, das heißt, es ist ja außer Kognak gar nichts da, nur Sodawasser, und im Eisschrank vielleicht noch Milch. Weißt du, ich brauche ja sehr wenig, so allein, und da hat es keinen Sinn, Vorräte anzulegen, außerdem: Ich bin nicht auf Gäste eingerichtet.

Du wunderst dich, daß mir Kognak neuerdings schmeckt. Das tut er genausowenig wie früher, ich trink' ihn nur, weil er am raschesten wirkt und ich nicht viel davon brauche. Schau mich nicht so entsetzt an, alle Welt trinkt, und ihr findet gar nichts dabei, wenn ich aber trinke, ist jeder entrüstet. Wirklich sehr komisch. Wer bin ich denn? Ein Wundertier oder ein Heiligtum, warum soll gerade ich mich nicht benehmen wie alle anderen Leute auch? Wozu der vorwurfsvolle Blick? Sag dir, sie hat genauso das Recht zu trinken wie ich, Gerti, Willi oder die ganze übrige Bande. Um die Wahrheit zu sagen, das geht mir auf die Nerven.

Warum ich so gereizt bin? Das ist ja komisch, gereizt! Freilich, du kannst nichts dafür. Denk nur daran, wie oft ich früher bei dir gesessen bin und dich angehört habe, stundenlang, tagelang und habe nicht einmal piep dazu gesagt, habe nur dagesessen und hab' mir wie ein braver Esel deine Lasten aufladen lassen.

Heute rede einmal ich. Und ich würde es nicht einmal heute tun, wenn die Gelegenheit nicht gar so günstig wäre. Morgen steigst du ins Flugzeug, und wer weiß, ob ich dich noch einmal im Leben sehe. Und obendrein ist mir alles egal; du kannst diese Geschichte der Stewardeß erzählen, den Leuten in Toronto, den kanadischen Pelzjägern und Holzfällern, wenn es die wirklich gibt, und dem großen Schneemann am Polarkreis. Na, na, sei nicht so entrüstet, machen wir uns doch nichts vor, du hast doch immer alles weitererzählt, was man dir anvertraut hat, du bist ja direkt berühmt dafür, wahrscheinlich wirst du diese Geschichte brieflich über halb Europa verbreiten. Vertrauen? Nie im Leben hab' ich zu dir oder einer anderen Freundin Vertrauen gehabt, ich hab' nur so getan, weil man uns immer eingeredet hat, Vertrauen wäre eine edle und notwendige Sache, dabei ist es einfach eine Dummheit, sonst gar nichts. Jedes Wort, das ich jemals gesagt habe, habt ihr weitergetragen, nicht aus Bosheit, einfach um euch hervorzutun. Es ist so angenehm, wenn man im Mittelpunkt steht, weil man die neuesten Neuigkeiten weiß.

Ich versteh' das sehr gut, es hat mich immer eine schreckliche Überwindung gekostet, eure Geheimnisse, die längst keine Geheimnisse mehr waren, zu hüten. Beinahe erstickt bin ich manchmal an meiner Verschwiegenheit.

Gib mir bitte die Flasche herüber, ja, wenn du keinen Kognak magst, mußt du Sodawasser trinken. Ob ich den ganzen Tag trinke? Aber nein, das könnte ich gar nicht aushalten, nur am Abend brauch' ich ein paar Gläschen, wirklich, nur zwei oder drei, manchmal vielleicht vier, und sogar die merkt man mir schon an. Tu nicht so, ich hab' ja einen Spiegel und Augen im Kopf. Um die Augen herum sieht man es übrigens zuerst, man wird dort ein bißchen aufgeschwemmt, siehst du, hier und hier und da. Aber ich bin nicht süchtig, ich könnte es mir jederzeit abgewöhnen, wenn ich wollte, aber ich will nicht, weißt du. Wer schaut mich schon unter den Augen an, es macht ja auch gar nichts, solange ich sicher weiß, daß ich nicht die Anlage hab', süchtig zu werden. Ja, da hast du recht, das wäre schlimm, ich weiß zwar nicht, was daran für mich so schlimm wäre, aber man ist eben allgemein der Ansicht, und für die meisten Leute wird das wohl stimmen.

Aber nein, ich bin gar nicht so unglücklich, sehr glücklich natürlich auch nicht, eben, weder das eine noch das andere, wer ist denn schon in unserem Alter besonders glücklich. Nein, ausgehen tu' ich sehr wenig, nein, in Konzerte auch nicht, ich kann ja Platten spielen. Eigentlich bin ich abends immer daheim. Weißt du, ich mag nicht in die leere Wohnung heimkommen, mitten in der Nacht, ich fürchte mich vor leeren Räumen, immer schon, nur war ich früher nie allein, oder fast nie.

Nein, Gäste hab' ich sehr selten. Ich bin nicht witzig genug, um sie anzulocken, das war ich ja nie, nur angenehm und harmonisch, wie du das immer genannt hast. Manche Leute haben das gemocht, aber es hat eigentlich nur gewirkt, wenn Karl dabei war. Er hat alles gehabt, was mir gefehlt hat, sogar Witze hat er sich ganz leicht gemerkt. Ja, zusammen waren wir ein Paar, das die Leute angezogen hat. Wir haben viele Freunde gehabt. Wo die jetzt sind, möchtest du wissen; alle noch in der Stadt, keiner ist verzogen oder gestorben. Nur, sie kommen nicht mehr zu mir, und wie ich höre, auch nicht zu Karl. Es ist immer schwierig für die Freunde geschiedener Paare, sie wissen nie, wem sie jetzt treu bleiben sollen, so ziehen sie sich eben ganz zurück. Eigentlich sehr vernünftig. Schau dich doch um, was könnten sie denn hier bei mir finden? Es ist die alte Wohnung, aber man kann sich nicht mehr wohl fühlen hier. Und Karl mit seiner Junggesellenbude! Jeden Abend sitzt er im Café und spielt Schach. Dabei verliert er fast immer. Woher ich das weiß? Nun, die Leute tragen mir natürlich zu, was er tut, er muß eine große Enttäuschung für sie sein, denn außer seinem Schachspiel gibt es über ihn nichts zu berichten. Ich brauche gar nicht zu fragen, sie freuen sich, mir irgendeine Neuigkeit bieten zu können. Nur ist es gar keine Neuigkeit. Ich hab' nie angenommen, daß er jetzt anfangen wird, sich zu amüsieren. Er spielt Schach, und ich trinke Kognak.

Du mußt nicht dieses wehleidig taktvolle Gesicht machen. Es ist ja keine Schande, geschieden zu sein, zumindest nicht bei anderen, nur bei mir können sich die Leute nicht darüber beruhigen. Ich weiß auch, warum, weil sie nicht die leiseste Ahnung haben, wie es passiert ist. Und außerdem war ich immer eine Art Musterkind, ein Wesen ohne Fehl und Tadel, Liebling der alten Damen.

Sag jetzt nicht, daß du Karl ohnedies nie hast ausstehen können. Ich weiß genau, wie du auf ihn geflogen bist, einmal hast du sogar versucht, ihn mir abspenstig zu machen, damals, drei Monate vor meiner Hochzeit. Aber nein, ich war dir nie böse, ich hab' immer verstanden, daß auch andere Frauen ihn anziehend gefunden haben, viel weniger verstanden hab' ich, daß ihn das so kaltgelassen hat. Ich glaub', es wäre besser gewesen, er hätte sich auch einmal in eine andere verliebt. Aber fünfzehn Jahre lang hat er, soviel ich weiß, keine andere Frau angeschaut. Du meinst, das glauben alle Ehefrauen von ihren Männern, na, hast du je ein Wort über Karl gehört, und das müßtest du ja gehört haben, wie ich deine Freundinnen kenne. Siehst du, kein Wort, weil es wirklich nichts gegeben hat, worüber man hätte reden können. Und du wirst lachen, wir mögen uns noch immer.

Ja, warum, zum Teufel, sitz' ich wohl da und er hockt jeden Abend im Café und spielt Schach und meistens verliert er auch noch, was ich für eine Schande halte. Aber das nur nebenbei. Früher hat er nämlich wirklich nur sehr selten verloren, dabei war er damals gar nicht in Übung. Ich werde dir etwas sagen: Er verliert dauernd, weil er sich nicht konzentrieren kann und, genau wie ich, immerzu darüber nachdenkt.

Ich weiß schon, das möchtest du gern wissen, und wenn ich es dir erzähle, wirst du es sogar noch vom Mond aus verbreiten. Nur keine Entrüstung, bitte, ich erzähl' es dir ja trotzdem. Ich bitte dich gar nicht um Verschwiegenheit, man soll von den Menschen nicht verlangen, etwas zu lassen, was sie nicht lassen können. Nein, das ist von gar niemandem, nur von mir, soviel ich weiß. Manchmal fallen mir jetzt so weise Sprüche ein, weißt du, das muß vom Kognak kommen. Du kannst ja ein Rundschreiben verfassen: Die Ärmste sitzt bei Kerzenlicht und Kognak und denkt sich Aphorismen aus. Das wirst du, Gott behüte, nicht tun?

Jetzt dreh' ich aber den Strahler an, es wird kühl. Überhaupt ist es neuerdings viel kälter als früher. Ich hab' nie so viel gefroren wie in den letzten zwei Jahren. Ja, das ist auch ungefähr zwei Jahre her, das hat aber an sich nichts damit zu tun, ich bin seither einfach zu faul, um viel einzuheizen. Sonst besteht da gar kein Zusammenhang. Weißt du, daß die Ärzte sagen, wer in einem Jahr nicht über einen Verlust hinwegkommt, ist nicht ganz normal? Ich glaub', sie sagen es nur, um die Leute zum Vergessen anzueifern, jeder will ja unbedingt normal sein, obwohl ich nicht recht einsehen kann, warum. Worüber ich lachen muß? Über, du entschuldigst schon, über deinen gierigen Blick. Ich fang' ja schon an. Obwohl es außer uns niemand hört, möchte ich betonen, daß ich es nur erzähl', weil ich betrunken bin. Nicht sehr, gerade genug, um gewisse Hemmungen zu verlieren. Morgen wird es mir sehr leid tun, das weiß ich genau. Sei nicht schon wieder eingeschnappt, weißt du, wenn ich trinke, kann ich klarer denken; stimmt aber gar nicht, wie jedes Kind weiß, bildet man sich das nur ein. Für kurze Zeit kann ich's wirklich, aber es nützt auch nicht viel.

Vielleicht bin ich überhaupt zu dumm zum Denken. Du warst immer gescheiter als ich, fauler, aber intelligenter. Das hab' ich immer gewußt. Ich hab' dich nur nie beneidet, weil ich mir nicht erlaubt hab', neidisch zu sein. Neid ist ganz besonders abscheulich und verwerflich, haben sie mir immer gesagt, wie ich noch sooo winzig war, und ich Dummkopf hab' ihnen geglaubt. Überhaupt hab' ich ihnen jedes Wort geglaubt und bin ein so gutes, angenehmes Kind gewesen, na, du weißt es ja. Ich hab' ja auch keine Ursache gehabt, an ihren Worten zu zweifeln, immer ist alles gutgegangen. Später auch, mit Karl, er war immer zufrieden mit mir, und wir waren glücklich. Doch, bestimmt, er war auch glücklich. Na, entschuldige, das merkt man doch, wenn ein Mann nicht mehr glücklich ist, und schließlich, nicht wahr, hab' ich's ja auch gemerkt.

Das war knapp nachdem du zum letztenmal bei uns warst, vor fünf Jahren, nein, vor vier Jahren. Damals haben wir roten Sekt getrunken, weil gerade nichts anderes im Haus war, am nächsten Tag war mir schlecht. Roten Sekt sollte man überhaupt niemals trinken, merk dir das, er ist Gift, reines Gift. Ja, wo war ich denn? Du bist also weggefahren, und ein paar Monate später hab' ich gemerkt, daß etwas nicht in Ordnung war. Ja, sofort hab' ich's gemerkt. Karl hat nämlich angefangen zu seufzen. Ja, zuerst hab' ich auch gelächelt, warum sollte ein Mann, der den ganzen Tag angestrengt arbeitet, am Abend nicht seufzen? Später hab' ich mich geärgert über diese Seufzerei. Er hat es nicht einmal gemerkt, ist nur still in seinem Sessel gesessen und hat geseufzt.

Was? Wie oft, ich hab' es nicht gezählt, findest du das so wichtig? Vielleicht durchschnittlich jeden Abend drei-, viermal. Das ist schon möglich, daß dein erster Mann mindestens zehnmal geseufzt hat und dein jetziger es auch tut, das gehört doch nicht zur Sache. Es ist eben ein Unterschied, wer seufzt. Und wenn Karl drei-, viermal geseufzt hat, so hat das mehr bedeutet, als wenn einer deiner Männer hundertmal seufzt.

Unsinn, was soll ich denn gegen deinen Mann haben? Ich kenn' ihn doch gar nicht. Von mir aus, sein Seufzen bedeutet auch irgend etwas. Soll ich jetzt weitererzählen oder nicht? Aber bitte, unterbrich mich nicht immer. Ja, geistesabwesend war er auch. Aber im übrigen ganz freundlich, wie immer, nur gelacht hat er seltener und fast nie mehr einen Witz erzählt, wenn er mit mir allein war.

Zuerst hab' ich an Überanstrengung gedacht, oder an eine Krankheit, die in ihm steckt, aber er hat nicht mehr gearbeitet als sonst, und die Krankheit ist nie zum Ausbruch gekommen. Schließlich hab' ich sogar an eine andere Frau gedacht, aber es hat überhaupt keinen Hinweis gegeben, und er ist ja jeden Abend zu Hause gesessen, bis auf mittwochs, wo er im Schachklub war, aber das hab' ich auch überprüft, dafür schäm' ich mich noch heute. Keine andere Frau, nicht die Spur davon.

Ich hab' angefangen zu grübeln und bin schweigsam geworden. Es ist ihm gar nicht aufgefallen. Und dann hab' ich die Nerven verloren und hab' etwas sehr Dummes getan. Ich war immerhin schon fünfunddreißig, und wir haben kein Kind gehabt; bis dahin hat mir das nicht viel ausgemacht, ich war mit Karl so zufrieden, wirklich, mir hat nichts gefehlt. Aber dann hab' ich darüber nachgedacht. Ich sagte mir, wer weiß, vielleicht wünscht er sich einen Sohn und will nicht darüber reden. Männer sind ja manchmal so komisch. Was weiß ich schon, was in ihm vorgeht, wenn er so dasitzt und seufzt und in die Luft starrt? Bei einem Mann kann das alles bedeuten, von Hühneraugen bis zu Geldsachen und Gewissensbissen, warum nicht auch einen Sohn?

Ja, freilich hätte es auch ein Mädchen werden können. Das weiß ich doch, ich hab' halt an einen Sohn gedacht, weil Männer immer Söhne wollen. Das verstehst du nicht, wo sie doch ihr ganzes Leben lang mit den Söhnen streiten, ich versteh' es auch nicht, aber das hat ja mit meiner Geschichte nichts zu tun. Du bringst mich immer durcheinander, gib mir lieber noch einen Schluck, so, danke.

Also hab' ich einmal zart angeklopft wegen Kind und so, du verstehst schon. Du brauchst gar nicht so aufgeregt zu sein. Er war freundlich und lieb wie immer, aber sichtlich erstaunt: »Wenn du gern eins möchtest«, hat er gesagt, »warum eigentlich nicht?«

Ein Kind war's also nicht, und weißt du, damals ist mir klargeworden, daß er ganz ohne Hoffnung war. Das war sehr schrecklich, ich weiß nicht, warum, vielleicht weil eine Frau nie so ganz ohne Hoffnung sein kann wie ein Mann. Das verstehst du nicht? Das verstehst du sehr gut, du willst es nur nicht wissen, aber du kannst mir glauben, so ist es. Ein Mann verliert die Hoffnung sehr leicht, und dann macht ihm nichts mehr Freude. Na, ich hab' ihn doch nur anzuschauen brauchen, um das zu wissen, ich bin ja nicht blind.

Du meinst, man sollte die Männer nie so genau anschauen, dann kann einem so etwas nicht passieren? Da kannst du schon recht haben, aber was sollte ich denn tun, ich hab' ihn eben angeschaut! Ich hab' gedacht: Es ist meine Pflicht als Ehefrau. Und nachdem ich diese Entdeckung gemacht hab', was für eine? Na, daß er so hoffnungslos war, oder ist das vielleicht keine Entdeckung? Also, das war sehr arg. Stell dir doch vor, ein Mann, der gesund ist, erfolgreich und geliebt, glücklich verheiratet mit einer angenehmen, harmonischen Frau. Jedenfalls war mir genauso wie damals, als mir Jakob den Ziegelstein an den Kopf geworfen hat. Zuerst ein scharfer Schmerz und dann so ein leeres, schwindliges Gefühl, das zwei Wochen nicht vergangen ist.

Plötzlich war alles ganz unsicher, und ich hab' meine Unbefangenheit verloren. Das war wie ein Alptraum. Vor jedem Satz hab' ich ein paar Minuten nachgedacht. Du kannst dir vorstellen, wie diese Sätze dann ausgesehen haben, direkt blödsinnig. Ein wildfremder Mensch hätte merken müssen, was mit mir los war, ein wildfremder Mensch schon, aber Karl hat nichts gemerkt. Der ist in seinem roten Sessel gesessen, ja, in dem roten, in dem du jetzt sitzt, und hat jeden Abend drei-, viermal geseufzt. Es ist wohl ganz natürlich, daß man auf einen Menschen wütend wird, der einen so quält. Aber ich hab' das nicht gekonnt. Weinen, schreien oder auf den Tisch schlagen hätte ich sollen, aber ich kann es eben nicht. Ich weiß, das ist nicht normal, aber wenn ich es jemals gekonnt hab', müssen sie es mir so früh ausgetrieben haben, daß ich mich nicht erinnern kann. Im Ernst, ich glaub', ich könnte nicht einmal schreien, wenn mich einer erwürgen will. Das glaubst du nicht? Na, ich kann's dir ja nicht beweisen, und es ist auch ganz egal.

Ich bin dann nur so neben ihm gesessen, hab' gelesen oder gestrickt und mir den Kopf zerbrochen über den nächsten

Satz. Jede Kleinigkeit war auf einmal ein Problem. Zum Beispiel der Abschiedskuß, den ich ihm jeden Tag gegeben hab'. Und am Abend hab' ich mich plötzlich nicht mehr vor ihm ausziehen können und bin ins Badezimmer gegangen. Aber er hat noch immer nichts gemerkt, oder doch? Ich werd' es nie wissen, er trinkt ja nicht, und beim Schachspielen wird er nichts ausplaudern.

Dann war ich so verzagt und hab' an Scheidung gedacht. Aber wie ihm das beibringen? Dann waren wieder Momente, wo ich mir gesagt hab' sei nicht hysterisch, was ist geschehen, gar nichts, dein Mann seufzt gelegentlich, denk an die Leute, die wirklich Kummer haben. Übrigens, hast du schon bemerkt, wie wenig Trost einem der Kummer anderer Leute bietet? Ich glaub', wir müssen Licht machen, die Stehlampe hinter dir, bitte. Langweilt dich die Geschichte? Du kannst ja auf keinen Fall nein sagen. Aber ich werd' mich kurz fassen. Weißt du, jetzt hört die anregende Wirkung auf, jetzt macht mich der Alkohol müde.

Ich überspringe die Zeit, in der sich gar nichts abgespielt hat, ungefähr ein Jahr. Schließlich hab' ich mich sogar ein wenig beruhigt, man gewöhnt sich ja an alles mögliche, warum nicht an ein paar Seufzer. Ich leide ungern, und so hab' ich halt langsam aufgehört zu leiden. Das findest du vernünftig? Ich hab' das von dir erwartet.

Bis dann im Winter die Sache mit dem Rascal passiert ist. Laß mir Zeit, du wirst es ja hören. Karl hat manchmal Jazzplatten gespielt. Ich hab' diese Musik nicht so gern, aber er war immer rücksichtsvoll und hat leise gespielt, und ich hab' gelesen und nicht hingehört. Es war ein Band Kurzgeschichten, ich hab' sie alle vergessen, nur den einen Satz daraus werd' ich mir immer merken: I'll be glad when you're dead, you rascal you.

Nein, natürlich ist das nichts Besonderes, du kennst eine Platte, auf der Armstrong das singt? Ja, ich kenn' sie auch, aber erst seit damals, denn gerade wie ich diesen Satz gelesen hab', hat Armstrong ihn gesungen. Ja, sehr komisch! Aber derartige Zufälle kommen vor. Ich hab' Karl das Buch gezeigt, und er hat gelacht, und ich war froh über den Gesprächsstoff, damit hat es ohnehin bei uns gehapert. Karl hat dann das Stück noch zweimal gespielt, und es war sehr lustig, weißt du, aber auf einmal ist mir seine Begeisterung auf die Nerven gegangen, und ich war froh, wie er endlich aufgehört hat. Das Buch hab' ich damals irgendwo hingesteckt, und es ist verschwunden. Nein, ich hab' tagelang gesucht, später, aber es ist wie vom Erdboden verschluckt. Du verstehst nicht, wie man sich über einen so dummen Zufall aufregen kann; weißt du, über einen Zufall reg' ich mich auch nicht auf, aber zu viele Zufälle, was zuviel ist, ist einfach zuviel.

Ungefähr zwei Wochen später waren wir bei Leuten eingeladen, die du nicht kennst, egal wer, nein, ich sag' dir doch, du kennst sie nicht, was hast du denn davon, wenn ich den Namen sage. Nette Leute, ein bißchen verrückt, aber lustig, die waren damals ganz versessen aufs Tischrücken. Nein, ich nehm' so was nicht ernst, aber diese Leute haben es ernst genommen und alles ganz feierlich aufgezogen, und man hat sich nicht ausschließen können, warum auch, für mich war es ja nur ein Spiel. Zunächst war's der übliche Unsinn; der ständige Hausgeist hat sich gemeldet, ein Perser, und hat mit Mühe und Not ein paar Plattheiten von sich gegeben, dann wollten sie wissen, wo die Frau des Hauses ihren Schirm hatte stehenlassen, und der Perser hat behauptet, im Café Landsiedl, ich hab' nie erfahren, ob das gestimmt hat. Es war ein furchtbares Gewackel von dem Tisch, und ich wär' nie auf das Café Landsiedl gekommen, aber sie waren schon so geübt, daß sie ganz schnell mitlesen konnten. Ja, ja, mitlesen ist nicht richtig, aber wie soll ich's denn sonst ausdrücken, übersetzen vielleicht, bitte stör mich jetzt nicht. Ich war überhaupt damals schon am Einschlafen, und die Augen sind mir zugefallen. Karl hat mit seinem kleinen Finger meinen kleinen Finger gestreichelt, und da war mein Schlaf weg und ich sehr glücklich. Das war das letzte

Mal, daß ich glücklich war, daran hab' ich noch gar nie gedacht. Ich hab' gewußt: Alles wird wieder gut werden, wir waren so vertraut wie früher miteinander.

Was sagst du? Nein, ich bin nicht eingeschlafen, entschuldige, ich hab' nur an etwas gedacht. Ja, was soll ich dir denn noch sagen? Auf einmal fängt dieser verdammte Tisch an zu klopfen und hört gar nicht mehr auf. Natürlich haben sie mitgeschrieben, und etwas ziemlich Unverständliches ist herausgekommen. Aber wie sie's mir gezeigt haben, hab' ich sofort gewußt, was es war. Sie hatten nur nicht mit einem englischen Satz gerechnet. Ich hab' so getan, als wüßte ich auch nichts damit anzufangen, dann haben sie es Karl gegeben, und er hat es gelesen und ganz schnell zu mir geschaut und dann den Kopf geschüttelt. Aber an dem Blick hab' ich gemerkt, daß er genauso verstanden hat wie ich. Du bist ein gescheites Kind, genau das hat der Tisch geklopft und nicht einmal, sondern immer wieder, wie ein Rasender, er war gar nicht zu halten, man hat das Spiel abbrechen müssen; das heißt, dann war es ja auch kein Spiel mehr.

Vier Monate später waren wir geschieden. Wir haben nie über den Vorfall geredet, was hätte man schon dazu sagen können? Ich hab' die Scheidung eingereicht, und Karl hat die ganze Schuld auf sich genommen, obwohl mir das ganz einerlei war.

Ja, ich kann mir denken, daß du es reinen Wahnsinn findest. Aber was hätten wir denn tun sollen, zwei Menschen, die nie miteinander gestritten haben, nicht ein böses Wort in fünfzehn Jahren. Hätten wir jeden Abend beisammensitzen sollen mit diesem schrecklichen Verdacht. Vielleicht kann man wirklich über alles reden, aber Karl und ich, wir haben es nicht gekonnt. Verstehst du denn nicht, einen Tisch haben wir gebraucht, daß er es in die Welt stampft und brüllt.

Seither bin ich ganz voll Haß und könnte alle umbringen, die ein sanftes, gutartiges Kind aus mir gemacht haben. Nein, ich könnte sie nicht umbringen, ich kann ja überhaupt nichts tun, nicht einmal schreien könnte ich, wenn mich einer umbringen will. Wenn ich nur wüßte, wo das Buch steckt. Weißt du, manchmal bilde ich mir ein, es hat nie ein Buch gegeben, und ich habe das alles nur geträumt. Ich hab' nur geträumt, oder die Botschaft war nicht für uns bestimmt. Ich male mir aus, wie ich ins Café geh' und Karl heimhole, und am Abend sitzen wir zusammen, er seufzt manchmal und ich lese, und es ist wie im Himmel. Dazu, weißt du, brauch' ich den Kognak, sonst kann ich mir das nicht vorstellen.

Mach dich nicht lächerlich, du kannst da gar nichts unternehmen, niemand kann in dieser Sache etwas tun.

Ja, ich versteh', du mußt jetzt wirklich gehen; es wird zu spät für dich. Und laß die Tür nur ins Schloß fallen. Nein, ich hab' keine Angst, bestimmt nicht. Ein komisches Gefühl, wenn man sich vor gar nichts fürchtet. Weißt du noch, wie wir in der Schule immer von der Freiheit geschwärmt haben? Ich sag' dir, etwas Trostloseres als die Freiheit gibt es nicht.

DIE STECHMÜCKE

Als Kind weinte er jedesmal, wenn ein Mitschüler geschlagen wurde. Später, als man ihm beigebracht hatte, daß ein Bub unter keinen Umständen weinen darf, unterdrückte er die Tränen, konnte es aber nicht verhindern, für den Gedemütigten zu erröten.

Seine ganze Jugend hindurch bemühte er sich, so gleichgültig, laut und roh zu erscheinen wie seine Mitschüler. Es kostete ihn sehr viel Kraft, und natürlich gelang es ihm nie, einer der Ihren zu werden. Endlich, an seinem achtzehnten Geburtstag, beschloß er, sich nicht mehr um die anderen zu kümmern und seine eigenen Wege zu gehen. Von da an fühlte er sich wohler. Er vermißte die Schar seiner rüden Kameraden nicht und hielt nur einen oberflächlichen Kontakt zu ihnen aufrecht. Zu seinem Erstaunen schienen sie plötzlich mehr von ihm zu halten als früher. Die unangenehmen Anrempelungen, denen er ausgesetzt gewesen war, hörten mit einem Schlag auf, und er fand sich plötzlich respektiert.

Schließlich lernte er ein paar junge Leute kennen, die seine Interessen teilten, und es wurde ihm klar, daß er bei einiger Vorsicht und Klugheit in dieser bisher so anstrengenden und feindseligen Welt ganz gut leben konnte. Schon damals fühlte er sich in Gesellschaft erwachsener Frauen wohler als mit jungen Mädchen, die ihm nur dumm und oberflächlich schienen und mit denen er kein Gespräch führen konnte. Immer wieder versetzte es ihn in Erstaunen, daß keine Frau zu ahnen schien, wie unsagbar schwierig es war, ein Mann zu sein. Auch in Büchern stand darüber nichts zu lesen, und seine wenigen Freunde schwiegen schamhaft über ihre Schwierigkeiten. Er konnte nicht recht einsehen, wozu diese Verschwörung des Schweigens gut sein sollte. Warum wollte keiner zugeben, daß es eine einzige Anstrengung war, ein Mann zu sein. Es bedeutete, daß man, wenn man nicht mit Muskeln bepackt war, und wer war das schon wirklich, wenigstens geistig überlegen, von eisernem Willen und mit gesellschaftlichen Fähigkeiten ausgestattet sein mußte. Die Muskelmänner hatten es noch am leichtesten, sie konnten sich mit einem Faustschlag wenigstens für kurze Zeit Ansehen verschaffen, aber selbst sie mußten doch manchmal bedrückt oder krank sein und durften es nie zeigen. Ein Mann mußte einen Beruf erlernen, er mußte Geld verdienen und sich durchsetzen in einer Welt von anderen Männern, die ebenso wie er, aus Angst vor dem Versagen, unmäßig aggressiv waren. Und schließlich, was gewiß nicht weniger wichtig war, mußte er auch vor Frauen bestehen und durfte sich gerade ihnen gegenüber nie schwach, feige und unwissend zeigen. Das alles war, wie ihm schien, ein bißchen viel verlangt.

Er war ein sehr guter Beobachter und sah, daß tatsächlich kein einziger Mann in seiner Umgebung diesen Anforderungen auch nur annähernd entsprach, und es war ihm auch ganz klar, daß die Frauen, zumindest die verheirateten Frauen, es ebensogut wußten wie die Männer. Aber es wurde nie darüber gesprochen. Und er war einfach noch zu jung, um das komisch zu finden, außerdem war Humor nicht seine stärkste Seite.

Trotz dieser gelegentlichen Sorgen und Anfechtungen schien ihm das Leben jetzt freundlicher als früher. Er hätte sehr gern Archäologie studiert, sich mit Musik befaßt, mehr gelesen und größere Reisen unternommen, aber er mußte seinen alten Vater entlasten und wählte ein Zweckstudium. Er wußte, alles, was er auf diese Weise versäumte, war unwiederbringlich dahin, sein wirkliches Leben, das er nie nachholen konnte. Er sah aber keinen Ausweg aus seiner

Lage und hatte weder die körperliche noch die seelische Kraft, sich auf ungewisse und abenteuerliche Weise durchzuschlagen.

Er stand gerade vor den Abschlußprüfungen, als er zum Heer eingezogen wurde; und zu seiner Verwunderung überlebte er den Krieg trotz einer ziemlich schweren Verletzung. So zuwider ihm der Krieg war, fand er doch eine gewisse Erleichterung darin, endlich einmal nicht die geringste Verantwortung zu tragen und keine eigenen Entschlüsse fassen zu müssen. Und er sah, daß die meisten Soldaten das in noch stärkerem Maße empfanden.

Der Krieg ging über ihn hinweg wie über einen leicht Betäubten, er litt kaum und kam auch nie dazu, wie früher über das Leben nachzugrübeln. Nachher hungerte er sich noch ein Jahr durch, sein Vater war inzwischen gestorben, und beendete sein Studium mit gutem Erfolg. Er fand auch sofort eine Anstellung, und sein Leben wurde normaler. Und wie ein Mensch, der aus der Narkose erwacht, fing er plötzlich an zu leiden. Er hatte Dinge gehört, gesehen und getan, die ihm erst jetzt ganz bewußt wurden, und er fand es widersinnig, daß er nach allem immer noch lebte.

Wie jeder Mensch versuchte auch er zu vergessen, aber je mehr er sich bemühte, desto heftiger bedrängten ihn die Bilder, die jetzt in seinem Hirn zu wuchern begannen. Dann erblaßte er, Schweiß trat auf seine Stirn, und er blickte scheu über die Schulter. Wenn er sich allein fand, schlug er die Hände vors Gesicht und wartete, bis der Anfall vorüberging. War er in Gesellschaft, versuchte er möglichst unauffällig zu bleiben. Seine Bekannten sagten, er sei ein wenig sonderbar. Das war damals nichts Außergewöhnliches, sehr viele Heimkehrer waren mehr oder weniger sonderbar.

Wahrscheinlich war er auch zuviel mit sich allein. Durch den Krieg waren alle Fäden zu seinem früheren Leben gerissen, seine beiden Freunde waren gefallen, sein Vater war tot, und eine junge Frau, die er sehr gern gehabt hatte, blieb verschollen. Es war fast unmöglich für ihn, neue Kontakte zu finden, weil er im Grunde gar kein Verlangen danach hatte. Aus Vernunftsgründen zwang er sich dazu und suchte Anschluß bei drei oder vier Leuten, die ihm zusagten, Freundschaften konnte er allerdings nicht schließen.

Mit Fünfunddreißig, nachdem er sich, wie es einem Mann zusteht, eine Existenz geschaffen hatte, heiratete er eine gleichaltrige Kollegin, mit der er jahrelang zusammengearbeitet hatte und von der keine unangenehmen Überraschungen zu erwarten waren. Die Ehe war sehr gut, nach wenigen Jahren schon wirkten die beiden eher wie Geschwister. Jeden Tag beglückwünschte er sich heimlich zu seinem sicheren Instinkt, der ihn zu dieser Frau geführt hatte, mit der er so ruhig und friedlich leben konnte.

Jahre vergingen, erfüllt mit Arbeit und Familienleben. Er war jetzt längst nicht mehr sonderbar. Man hielt ihn allgemein für angenehm, verläßlich und ein wenig undurchsichtig. Natürlich konnte er sich nie ganz anpassen, aber er war ja auch nicht erpicht darauf. Er verabscheute Herrenabende mit ihren endlosen Kriegsgeschichten und schlechten Witzen. Sie langweilten ihn, denn er wußte zu genau, was sich hinter ihnen verbarg. Dann wurde sein Gesicht starr und angestrengt, und er konnte um keinen Preis lächeln. Manchmal hatte er auch Angst; er dachte an die Zeit, in der er sonderbar gewesen war, sie lag noch nicht so weit zurück. Im allgemeinen vermied er Zusammmenstöße und Feindschaften, wenn es aber nicht länger zu vermeiden war, trug er seine Auseinandersetzungen sehr gewissenhaft und nachdrücklich aus. Niemals versöhnte er sich nach einem Zerwürfnis. Damit erreichte er, daß er von leichtfertigen Anpöbelungen verschont blieb; die Folgen waren allgemein bekannt, und er befand sich jetzt in einer Stellung, in der niemand endgültig mit ihm verfeindet sein wollte.

Da seine Ehe kinderlos geblieben war, eine Tatsache, die ihn auf rätselhafte Weise befriedigte, unternahm er jeden Herbst oder Frühling mit seiner Frau eine ausgedehnte Reise. Er tat es nicht nur, um sie für etwas zu entschädigen, das ihr versagt geblieben war, sondern weil er wirklich gern reiste. Es war der einzige seiner Jugendwünsche, den er sich erfüllen konnte. Sie besuchten Griechenland, Vorderasien, Nordafrika, Sizilien und Spanien. Diese Reisen verschlangen viel Geld, denn sie liebten es beide, bequem zu reisen und nur in guten Hotels zu wohnen, aber sie konnten es tun, sie hatten ja keine Erben.

Er war jetzt Mitte der Vierzig, und aus einer gewissen Entfernung wirkte er jugendlich, noch immer sehr schlank, von dunklem Haar und bräunlicher Haut. Aus der Nähe betrachtet, verwischte sich dieser angenehme Eindruck; sein Gesicht sah nicht gerade alt aus, aber ein wenig vertrocknet und merkwürdig hoffnungslos.

Nach einem Urlaub in Spanien, sie hatten alles gesehen, was es in Spanien zu sehen gab, schlug er seiner Frau vor, einmal nicht nach dem Süden, sondern nach Skandinavien zu reisen. Sie erinnerte sich an jeden glutheißen Tag in der Arena und an sein Gesicht und stimmte ihm eifrig zu. Zum erstenmal war es ihm ein wenig unangenehm, daß sie ihn so genau kannte.

Von da an fuhren sie nur noch dreimal weg, einmal nach Schweden, dann nach Dänemark und zuletzt nach England. In diesen drei Jahren hatte er große Mühe, ein Leiden zu verbergen, das schleichend begonnen hatte, jetzt aber langsam zu einer Qual für ihn wurde. Es war kein wirklich neues Leiden. Schon als Kind hatte er geweint, wenn er sah, wie ein anderes Kind geschlagen wurde. Dann hatte er Jahre gebraucht, um ein Mann zu werden und die Tatsache der Grausamkeit ertragen zu können. Was sich jetzt zeigte, waren Anzeichen von Erschöpfung. Sein Vorrat an Kraft war verbraucht, und er konnte sich nicht länger wehren.

Es kam dahin, daß er keine Zeitung mehr aufzuschlagen wagte, ins Kino ging er schon lange nicht mehr, und endlich hörte er überhaupt zu lesen auf oder las nur Bücher, die er von früher kannte und von denen er nichts zu befürchten hatte. Manchmal schien es ihm, als habe sich alle Welt verschworen, ihn mit Scheußlichkeiten zu bedrängen, sie quollen aus den Mündern der Menschen, sprangen ihn vom Bildschirm an und krochen in seine Träume. Manchmal zweifelte er daran, daß der Tod dem ein Ende setzen würde. Es gab gar nichts mehr als die sinnlose Qual der Geschöpfe; wie konnte ein so einfacher Vorgang wie der Tod sie auslöschen. Seine eigenen körperlichen Beschwerden, von denen er nie frei war, waren bedeutungslos geworden. Nachts lag er wach und spürte seine Haut porös und brüchig werden, bis sie widerstandslos den fremden Schmerz, der nicht länger fremd war, einsickern ließ.

Da es ihm nie gelungen war, ein gläubiger Mensch zu sein, fand er gar keinen Sinn oder Trost in seinem Zustand und wünschte nur, alles möge zu Ende gehen, wenn er die Kraft nicht mehr zurückgewinnen konnte, die ein Mann brauchte, um zu töten und zu verletzen oder wenigstens mit anschauen zu können, wie rings um ihn getötet und verletzt wird. Es gab Kinder, die ohne Arme oder Beine geboren wurden, traurige Abnormitäten, aber was ihm fehlte, war viel wichtiger als ein Arm oder ein Bein. Eimmal erwog er, einen Arzt aufzusuchen, verwarf den Gedanken aber wieder, weil er überzeugt war, daß kein Arzt der Welt ihm helfen konnte. Die Bilder und Schreie in seinem Hirn konnte man vielleicht für Stunden oder Tage mit Medikamenten betäuben, aber nur, wenn gleichzeitig sein Bewußtsein ausgelöscht wurde. So versuchte er sich selber zu heilen, indem er sich in seine Arbeit vergrub und wie mit Scheuklappen durch die Straßen ging. Wenn aber sein Blick doch unversehens in einen Fleischerladen fiel oder auf einen roten Klumpen auf der Fahrbahn, der einmal ein lebendiges Tier gewesen war, spürte er seine Kehle trocken werden, und er sah starr geradeaus. Damals fing er an, sich wie ein Automat zu bewegen, und er wurde immer schweigsamer. Schon wurde hinter seinem Rücken getuschelt, daß er doch recht sonderbar werde; er wußte es, aber es kümmerte ihn nicht mehr.

Endlich, als der Frühling und die Reisezeit kam, schickte

er seine Frau mit einer Freundin in den Urlaub und schützte dringende Arbeiten vor. Er wußte, daß sie ihm nicht glaubte, und sah die Sorge in ihren Augen, aber er konnte ihr nicht helfen. Er brachte sie zur Bahn, küßte sie zum Abschied und lächelte, bis sie ihn nicht mehr sehen konnte, dann ging er rasch und ohne sich umzusehen zu seinem Wagen und fuhr nach Hause.

Allein in der Wohnung, fühlte er sich ein wenig besser. Er durfte sich endlich gehenlassen und mußte nicht immer auf der Hut sein vor den Augen seiner Frau.

Es war ein kühler Maitag. Sonnenschein wechselte ab mit kalten Regengüssen, und er schaltete die Gasheizung ein. Große Müdigkeit überfiel ihn. Er legte sich auf sein Bett und schlief sofort ein. Nach dem Erwachen fühlte er sich frischer. In den letzten Monaten hatte er wirklich sehr wenig geschlafen. Vielleicht würde alles wieder gut werden, wenn er nun wieder schlafen konnte. Das Sonnenlicht fiel ins Zimmer und malte die weiße Wand gelb. Etwas wie zaghafte Freude regte sich in ihm. Es war schön, hier zu liegen, ganz ohne Gedanken, die Augen auf die gelbe Wand gerichtet. Gelb war eine gute Farbe, früher hatte sie ihn immer fröhlich gemacht.

Nach dem Essen, das seine Frau noch für ihn vorbereitet hatte, beschloß er, in den Park zu gehen. Es war wichtig für seine Gesundheit, er hatte das zu lange nicht beachtet. Im Park saß er auf einer Bank, betrachtete die spielenden Kinder und die Tulpen in den Rabatten. Die Sonne war jetzt wieder herausgekommen und ließ den kleinen Teich aufleuchten. Es gab also gesunde, hübsche Kinder, klares Wasser und Blumen. Und es gab die beiden Schwäne, die stolz dahinglitten. Die Schwäne wollten ihn an etwas erinnern, etwas Unangenehmes, das er einmal in einer Zeitung gelesen hatte, er verscheuchte es und heftete den Blick auf die Tulpen. Das war sicherer für ihn. Tulpen konnten nicht leiden, zumindest wußte man nichts darüber, sie schrien nicht und bluteten nicht, wenn man sie zertrampelte. Nein, man wußte gar nichts darüber, es gab Schallwellen, die der Mensch nicht hören konnte. Einen Augenblick lang erlag er der Vision einer Welt, die von den Schmerzensschreien der Blumen, Gräser und Bäume widerhallte. Aufgescheucht erhob er sich von der Bank, und leichte Panik überfiel ihn. Wahrscheinlich war es besser, sogleich heimzugehen. Die weiße Wand in seinem Zimmer mit der Sonne darauf erinnerte ihn an nichts. Er lief beinahe, den Blick geradeaus gerichtet, vorsichtig, mit dem Scheuklappenblick. Pferde trugen Scheuklappen, aber an Pferde durfte er nie wieder denken, an Pferde zu denken war eines der gefährlichsten Dinge, nicht an Pferde und nicht an die glutheiße Arena. Nässe sikkerte über seine Brust, und er fröstelte im kalten Wind. Schwarze Wolken hatten die Sonne verschlungen. Er erreichte den Hausgang und lief die Stiege hinauf. Im zweiten Stock saß auf der Matte die Katze der Nachbarin. Sie ließ sich heute nicht streicheln, hockte nur vergrämt und armselig da und wich angstvoll vor ihm zurück.

Ob er wollte oder nicht, er mußte die blutige Beule auf ihrer Flanke sehen. Die Buben hatten sich angewöhnt, mit Steinen nach ihr zu werfen. Er drückte auf die Klingel, damit man sie einlasse, und sie sah aus gelben Augen zu ihm auf und fauchte fast unhörbar. Sie erkannte ihn nicht; in diesem Augenblick war er nur ein Mensch, das Wesen, das Schmerzen zufügt.

Er wandte sich ab, hörte noch, daß die Tür geöffnet wurde, blickte aber nicht zurück. Die Katze war in Sicherheit, zumindest für kurze Zeit. In der Wohnung ließ er sich auf einen Sessel fallen und vergrub das Gesicht in den Händen. Er fror und zitterte, und sein Herz schlug gequält und stokkend.

Später, als der Anfall vorübergegangen war, stand er auf und trat ans Fenster. Der Himmel war blauschwarz und ein Schneegestöber fiel über die Stadt her.

Dann sah er die Stechmücke. Sie klebte außen an der Scheibe, ein unsagbar zartes Geschöpf auf zitternden haardünnen Beinchen und fast durchsichtig. Ohne zu überlegen, nur von dem blinden Drang getrieben, das winzige Wesen zu retten, öffnete er das Fenster. Die Stechmücke taumelte von der Scheibe weg, und mit grausamer Langsamkeit senkte sich eine riesige Schneeflocke über sie und begrub sie.

Er stand am offenen Fenster, spürte Kälte, schneidenden Schmerz und die tödliche Erstarrung, ehe das kleine Leben erlosch.

Als sie ihn auf dem Pflaster in einer Blutlache fanden, schrie er vor Schmerzen. Nicht sehr lange, denn der Unfallarzt betäubte ihn sofort. Im Spital war er dann sehr ruhig. Er litt noch zwei Tage, ehe er sterben konnte, und war bei Bewußtsein. Aber mit einem sanften Tod hatte er ja nie gerechnet.

DIE KINDER

Einmal in der Woche kamen die Kinder und verbrachten den Nachmittag bei Fräulein Klara. Dann gab es im Winter heiße Schokolade und Rosinenbrot, im Sommer Himbeersaft und Obsttorte; und die Kinder, drei Mädchen und zwei Buben, erfüllten Fräulein Klaras Haus und Garten mit Leben. Sie zwitschern wie die kleinen Vögel, dachte sie gerührt. Diese Kinder waren wirklich eine reine Freude, alle waren sie von strahlender Gesundheit, naschten leidenschaftlich gern und waren immer liebenswürdig und wohlerzogen.

Fräulein Klara fing erst jetzt an wirklich zu leben; so wie man nach einer grauen Regenzeit aus dem Haustor tritt und, geblendet vom Sonnenlicht, die Augen schließen muß. Einige Leute behaupteten, Fräulein Klara sehe aus wie ein altes Schaf, für ein paar andere wiederum war sie ein liebes Lamm, in Wahrheit besaß sie aber weder Feinde noch Freunde, es fehlten ihr anziehende oder abstoßende Kräfte. Sie hatte nie über diese Tatsache nachgedacht, und jetzt war dies alles ganz gleichgültig geworden. Im Grund lebte sie überhaupt nur noch für jene Mittwochnachmittage. Sie wußte, daß sie den Kindern glücklicherweise manches bieten konnte, ein geräumiges Haus mit vielen Winkeln, einen riesigen Dachboden zum Versteckspielen und den langgestreckten, verwilderten Garten mit dem ehemals weißen Gartenhaus, von dem längst die Farbe abgesplittert war. Und natürlich waren die Kinder auf Süßigkeiten aus. Für irgendwelche gewöhnliche Kinder wäre das Grund genug gewesen zu kommen, ihren auserwählten Kindern mußte man aber mehr bieten. Sie wußte ganz genau, die Kinder kamen wegen der Geschichten, die sie ihnen erzählte. Sie war ja leider ganz unbegabt zum Geschichtenerzählen, und weil sie selber nichts erfinden konnte, mußte sie jede Geschichte wortwörtlich auswendig lernen, eine mühselige, aber gesunde Übung für ihr Gedächtnis. In ihrer Jugend hatte man ihr eingeprägt, daß es äußerst wichtig wäre, Kindern Geschichten zu erzählen, und sie hatte nie daran gezweifelt, daß jedes Kind danach brannte, auf diese Weise erbaut und belehrt zu werden.

Für alle geistigen und leiblichen Genüsse, die Fräulein Klara den Kindern bot, dankten sie ihr fürstlich mit einem Abschiedskuß; natürlich nur die Mädchen, die Buben verabschiedeten sich mit Handschlag. Es wäre ihr nie eingefallen, ein männliches Wesen zu küssen.

Obwohl sie lange Jahre hindurch Lehrerin gewesen war, war ihr nie der Gedanke gekommen, ihre Schüler könnten Geschichten verabscheuen. Selbst wenn sie Gesichter geschnitten und gegähnt hatten, war es ihr immer klar gewesen, daß sie einfach noch nicht entdeckt hatten, wie gern sie Geschichten hörten. Ihre fünf Kinder aber, die einzigen, an denen ihr gelegen war, gähnten niemals, schnitten keine Gesichter, wohlerzogen wie sie waren, eben Kinder aus den besten Familien des Städtchens.

Es war Fräulein Klara immer unverständlich gewesen, daß so viele ihrer ehemaligen Kollegen Schwierigkeiten mit den Schülern gehabt hatten. Gewiß, es hatte in der Schule ein paar abscheuliche Vorfälle gegeben, aber nie in ihrer Klasse. Das war doch auffallend, nicht wahr? Es lag also gewiß nicht an den Kindern, wenn es auch arme, mißgeleitete Geschöpfe geben mochte. Aber man konnte sie doch nicht wie erwachsene Verbrecher behandeln. Sie jedenfalls hatte es vorgezogen, über vieles hinwegzusehen. Es war ganz einfach gewesen; man mußte nur allem, was geschah, den günstigsten Sinn unterlegen. Ein Verfahren, das sich auch bei der Behandlung Erwachsener als brauchbar erwiesen hatte.

Manchmal war sie ein bißchen enttäuscht, weil keiner ihrer Schüler sie jemals besuchte oder ihr schrieb. Aber junge Leute waren eben schreibfaul, und sie hatten ja alle so schrecklich viel zu tun, wie man allgemein hörte.

Später einmal würde es ihnen bestimmt leid tun. Es war süß, sich vorzustellen, wie sie in Scharen kamen und reumütig Blumen auf ihr Grab legten und mit tränenerstickten Stimmen murmelten: Wir hätten uns mehr um sie kümmern sollen, sie war doch unsere liebste Lehrerin.

Einmal hatte ein Zwölfjähriger einen Stein in ihr Küchenfenster geworfen. Der Gemüsehändler von gegenüber wollte gesehen haben, daß der Wurf genau gezielt war, aber sie hatte den Kopf des Jungen leicht gestreichelt und gesagt: »Das hast du doch nicht mit Absicht getan, nicht wahr?« Worauf der Kleine sofort in wildes Schluchzen ausgebrochen war und nur das eine Wort »nein« hatte herausstoßen können. Ein bewegendes Beispiel kindlicher Reue. Daraufhin hatte sie ihm etwas Kuchen geschenkt und die Fensterscheibe selber bezahlt.

Seither hielt der Gemüsehändler sie abwechselnd für eine Heilige oder eine Idiotin, je nach seiner Stimmung, und Fräulein Klara wunderte sich über die unterschiedliche Behandlung, die ihr bei ihren Einkäufen widerfuhr. Übrigens war dies die geringste Sorge des Mannes. Überhaupt dachte kaum jemand an das alte Fräulein. Sie erhielt selten Briefe und fast nie Besuche. Dabei war sie selber eine leidenschaftliche Briefschreiberin und überschüttete ihre Freundinnen aus dem Lehrerseminar, alte Damen, die sie seither nie wieder gesehen hatte, ihre Kusine und eine verwitwete Schwägerin mit Nachrichten. In der letzten Zeit waren in diesen Briefen die Kinder immer wichtiger geworden: Gerald hat ganz allein einen heiligen Nikolaus aus Buntpapier geklebt, Trudi ist von einer Wespe gestochen worden, und Karin und Monika nehmen Ballettstunden. Daraufhin wurden die Antwortbriefe noch spärlicher als früher, und Fräulein Klara mußte den Verdacht von sich weisen, irgendein Mensch könne so gefühllos sein und sich nicht für ihre Lieblinge interessieren. Sie wählte wie immer die angenehmere Lösung und sagte sich, ihre Freundinnen würden eben alt und das Schreiben fiele ihnen schwer. Sie hatten ja nicht das Glück, in ihrem Alter noch kleine Freunde zu finden und mit ihnen noch einmal jung zu werden. Das Schicksal meinte es gut mit ihr.

Ohne daß sie es recht merkte, wurden auch ihre Briefe seltener. Es war so viel befriedigender, eine ganze Woche lang sich auf den Mittwoch zu freuen, zu backen, die Wohnung hübsch zu machen und eine Geschichte auswendig zu lernen, eine einzige Vorbereitung auf den Augenblick, in dem die Klingel ertönte und sie zum Schlüsselbund griff und ihren Lieblingen entgegeneilte. Ja, sie lief geradezu, flinker als je zuvor, und sie wurde von Tag zu Tag jünger, und ihr Gesicht, das immer farblos gewesen war, nahm eine fast unnatürlich rosige Farbe an. Während sie durch den Garten lief, mußte sie jedesmal daran denken, wie man die Kinder zum erstenmal zu ihr gebracht hatte, schüchterne kleine Geschöpfe, denen sie ein paar Worte Englisch beibringen sollte. Zwei von ihnen, die Buben, waren noch nicht einmal zur Schule gegangen. Nun, Englisch hatten sie sehr wenig gelernt, drei, vier Kinderreime, aber das hatte den ehrgeizigen Eltern genügt. Und als der sogenannte Kurs zu Ende gewesen war, kamen die Kinder noch immer. Sie hatte es eben verstanden, ihre Herzen zu gewinnen.

In der Schule war es nie dazu gekommen. Damals hatte sie nur eine verschwommene Menge verschiedenfarbiger Köpfe vor sich gesehen, die sie gleichmäßig mit Wohlwollen beträufelt hatte. Die Kluft zwischen der ersten Bankreihe und ihrem Pult war wohl schuld daran gewesen, daß keines dieser Kinder wirklich lebendig geworden war. Wie angenehm war es, nicht länger Lehrerin zu sein, kein Schreckgespenst mehr für unschuldige junge Seelen, sondern eine liebe alte Freundin. Ein richtiges Schreckgespenst war sie ja nie gewesen, aber selbst sie hatte ein bißchen Fleiß und Disziplin verlangen müssen. Jetzt zeigte sich: Nur wenn man nichts von Kindern erwartete, wurde man mit Liebe belohnt.

In den letzten Wochen hatten sich die Kinder angewöhnt, sogar am Samstag zu kommen. Ihre Mütter schienen sichtlich froh zu sein, wenn sie auf ein paar Stunden bei Fräulein Klara gut aufgehoben waren, eine Tatsache, die eigentlich nicht recht zu verstehen war. Übrigens schienen sie sich immer verabredet zu haben, sie kamen nur zu fünft oder gar nicht. Sie versteckten sich in den vielen Kästen und Truhen, die es im Haus gab, tuschelten hinter schweren Vorhängen, und Fräulein Klara lauschte beglückt dem Getrappel der kleinen Füße auf der Dachbodenstiege.

Einmal hatte sie einen bösen Traum. Sie fuhr aus dem Schlaf hoch und tastete zitternd nach der Lampe. Das höhnische Gelächter in ihren Ohren verstummte, und sie konnte sich nicht an den Traum erinnern; irgend jemand hatte etwas Böses über die Kinder gesagt ... ja, daß sie nur des Rosinenbrotes wegen zu ihr kämen. Es war ein dummer, lächerlicher Traum, sie mußte ihn vergessen. Sie trank einen Schluck Wasser und löschte das Licht. Im ersten Tagesdämmern lag sie wach und drängte den schmerzenden Verdacht in die Finsternis zurück, dort hockte er noch eine Weile, grausam und ungestalt, und ließ manchmal einen schwarzen Fühler vorschnellen und kurze scharfe Hiebe austeilen.

Sie begriff: Dies war die Versuchung, von der in der Bibel zu lesen war, das Böse, das sie nie gekannt hatte und dem sie sich nun stellen mußte. Sie war stark, voll unverbrauchter Kraft und bereit, ihre Liebe zu verteidigen. Endlich erlahmte der schwarze Klumpen in seinem Winkel, zuckte noch einmal auf und starb. Fräulein Klara atmete tief und glücklich. Sie dachte an die kleinen Mädchen, großäugige, sanfte Geschöpfe, die niemals etwas Häßliches sagten und ihre heißen Wangen zum Abschied an ihr Gesicht schmiegten. Und wie fest und warm die kleinen Hände der Buben waren, wenn sie ihre mageren alten Finger umschlossen. Es konnte gar keine besseren Kinder geben, sie sagten »bitte« und »danke«, die Mädchen knicksten und die Buben machten eine kleine Verbeugung. Und niemals, dies war das Erstaunlichste an ihnen, niemals stritten sie miteinander.

Der schwarze Klumpen schien doch noch eine Spur Leben in sich zu haben, er bewegte sich, und Fräulein Klara erinnerte sich, wie einmal, als sie eine Geschichte erzählt hatte, eines der Mädchen einem Buben zugezwinkert hatte, irgend etwas daran war höhnisch oder gemein gewesen. Aber das war natürlich nur ein Irrtum gewesen, denn gleich darauf hatte die Kleine ihr strahlend zugelächelt aus großen porzellanblauen Augen, und Fräulein Klara hatte beschämt den Kopf gesenkt. Es war eine Anstrengung, von jenem Vorfall, der ja nichts gewesen war als ein Sehfehler ihrer alten Augen, wegzudenken und sich der Schmeicheleien der Kinder zu erinnern. »Du hast so einen dicken Zopf, Tante Klara«, längst sagten sie Tante zu ihr, »erzähl uns von deinem ersten Ball« oder »Spiel doch mit uns Quartett, du bist so gescheit, neimand weiß so viel wie du, Tante Klara.« Das konnte keine Heuchelei sein, dazu war ein Kind einfach nicht fähig. Sie konnte sich nicht einmal vorstellen, daß Erwachsene heucheln konnten, wußte es aber aus Büchern. Über Kinder hatte sie etwas Derartiges nie gelesen.

Und diese rührenden kleinen Geschenke: ein selbstgehäkelter windschiefer Waschlappen, ein Päckchen Kaugummi, ein Biedermeiersträußchen, und einmal sogar eine junge Katze, die leider schon in der ersten Nacht unter schrecklichem Gewimmer eingegangen war. Und sie waren nicht nur lieb und dankbar, sondern auch das Hübscheste, was sie je gesehen hatte. Wenn sie überhaupt einen Unterschied machte, liebte sie die Mädchen noch mehr als die Buben, weil sie aussahen wie Puppen. Den Buben haftete doch ein leiser Hauch von Ruppigkeit an, ebenjener Hauch, der, wie sie annahm, das männliche Geschlecht vom weiblichen unterschied. Sie flüsterte ein Gebet und schlief endlich ermattet beim Frühlicht ein.

Der Juni kam und mit ihm Fräulein Klaras Geburtstag. Sie taumelte ein bißchen, als sie am Morgen aufstand, und fühlte sich schwindlig. Das kam manchmal vor, und sie beachtete es kaum. Wahrscheinlich hatte sie sich am Vortag beim Putzen und Backen überanstrengt. Sie nahm eine Pille, die ihr der Arzt, einer von jenen, die sie für ein liebes Lamm hielten, verordnet hatte, aber heute wirkte sie nicht so rasch wie sonst. Erst gegen Mittag fühlte sie sich wohler. Das Wetter war in der Nacht umgeschlagen, der Wind kam aus Nordwesten und trieb kalten Regen vor sich her. Es wäre schön gewesen, hätte sie ihren Geburtstag im Garten feiern können. Später hätte sie dann den Stimmen der Kinder gelauscht und ihre hellen Kleidchen von Busch zu Busch flattern sehen, weiße, rosa und blaue Tupfen in ihrem wilden Garten. Daraus sollte also nichts werden.

So bereitete sie alles für das Fest im Wohnzimmer vor, legte die gestickte Tischdecke auf, mochte sie doch ruhig nach so vielen toten und sauberen Jahren ein paar Kakaoflecken bekommen. Dann wagte sie nicht, sich nach dem Essen hinzulegen, aus Angst, beim Erwachen wieder von Schwindel überfallen zu werden. Sie setzte sich in den Lehnstuhl und wiederholte zum letztenmal ihre Geschichte, eine sehr rührende Erzählung, die sie als Kind überaus geliebt hatte. Schließlich döste sie ein wenig ein. Süßer Tortenduft umschwebte sie, und eine Fliege stieß ans Fenster, immer wieder, immer wieder und hinderte sie daran, wirklich einzuschlafen.

Die Klingel ertönte, und sie eilte in den Garten. Die Kinder überreichten ihre kleinen Geschenke, ließen sich die Jause schmecken und lauschten später mit glänzenden Augen und leicht geöffneten Mündern Fräulein Klaras Erzählung. Alles verlief sehr befriedigend, nur in ihrem Ohr summte etwas, und das war lästig. Sie dachte an die Fliege am Fenster, aber die war nicht mehr zu sehen, es mußte also in ihrem Kopf sein. Dann wurde ihr plötzlich wieder schwindlig, und sie mußte sich auf den Diwan legen. Die Kinder waren rührend besorgt, drückten ein nasses Taschentuch auf ihre Stirn und versprachen, ganz leise auf dem Dachboden zu spielen. Mit erhitzten Wangen zogen sie auf Zehenspitzen ab. Und wirklich, man hörte sie nicht durch die Decke; für ihr Alter waren sie außergewöhnlich rücksichtsvoll.

Nach einer Stunde vielleicht, sie sah nicht auf die Uhr, hörte das lästige Summen in Fräulein Klaras Kopf auf, und sie fühlte sich viel besser. Sie trank ein Glas Wasser und beschloß, die Kinder zu holen und mit ihnen »Mensch ärgere Dich nicht« zu spielen. Schließlich sollten sie doch ein bißchen Vergnügen haben an ihrem Geburtstag.

Der Dachboden, groß und vollgeräumt mit alten Möbeln, Kisten und Schachteln, lag in einem seltsam grauen Licht. Fräulein Klara bewegte sich leise in ihren Filzschuhen, so leise, daß es ihr unangenehm war. Sie hatte nicht die Absicht, die Kinder zu erschrecken. Übrigens waren sie nicht zu sehen und zu hören, aber das Geschrei des Rotschwänzchens, das im Dachwinkel sein Nest hatte, mochte ihre Stimmen übertönen. Dieses Rotschwänzchen schien überhaupt ein aufgeregtes Ding zu sein, es schrie sehr oft. Heute aber lag Verzweiflung in den hohen, gellenden Tönen. Es war fast nicht zu ertragen.

Dann stand Fräulein Klara hinter den beiden alten Schränken und konnte endlich durch den Spalt dazwischen die Kinder sehen. Sie stand einen Augenblick regungslos, dann preßte sie die Hand auf den Mund und bewegte sich blindlings auf die Tür zu. Das Rotschwänzchen schrie und schrie. Sie tastete sich die Stiege hinunter, taumelte und sank in sich zusammen, ein Bündel von grauen Kleidern. Sie rutschte noch fünf Stufen weiter und blieb röchelnd und bewußtlos vor ihrer Wohnungstür liegen.

Auf dem Dachboden saßen die Kinder im Kreise und starrten aus glänzenden Porzellanaugen auf das Ding in ihrer Mitte, das nur noch lautlos den Schnabel aufriß und langsam zu zucken aufhörte. Später steckten die kleinen Mädchen die Stecknadeln mit den bunten Köpfen ordentlich in Fräulein Klaras Nadelkissen zurück. Dann verstummte endlich auch das alte Rotschwänzchen, und es wurde ganz still auf dem Dachboden.

Fräulein Klara kam ins Krankenhaus und erschreckte eine junge Lernschwester, indem sie mit Augen auf sie starrte, die vor Entsetzen aus den Höhlen traten. Die Stationsschwester sagte: »Das bedeutet überhaupt nichts, sie wird sich nie an diese Stunden erinnern«, und damit hatte sie natürlich recht.

Fräulein Klara erholte sich allmählich wieder; sie konnte nicht gut sprechen, die linke Hand nicht bewegen, und ihr linker Mundwinkel hing nach unten. Aber dieser Zustand besserte sich nach einiger Zeit. Sie erinnerte sich an nichts. Man sagte ihr, die Kinder hätten den Arzt geholt und ihr wahrscheinlich das Leben gerettet. Die Schwägerin kam und übernahm die Pflege, und Fräulein Klara durfte wieder nach Hause.

Die Kinder stellten sich wieder ein, brachten Dahlien und Georginen, und es wurde fast so schön wie früher. Nicht ganz wie früher. Denn manchmal verwandelten sich die Kinder in beängstigend fremde Wesen, die rings um Fräulein Klara hockten und aus kalten Augen gespannt auf ihren schiefen Mund starrten, als warteten sie auf etwas Bestimmtes. Fräulein Klara wußte, daß sie von einer Sehstörung heimgesucht wurde, einer Folge ihrer Krankheit. Es dauerte auch nie länger als einen Augenblick, aber in diesem Augenblick glaubte sie vor Angst sterben zu müssen.

Nach einigen Wochen schien es den Kindern nicht mehr zu gefallen in dem alten Haus. Die Schwägerin sagte zu Fräulein Klara: »Ich hoffe, sie bleiben nicht meinetwegen fort.« Aber die Kranke schüttelte den Kopf und sagte in ihrer neuen mühsamen Sprechweise: »Kinder sind eben Kinder, sie wollen Geschichten, und ich kann nicht mehr erzählen.« Sie schien gar nicht traurig zu sein über das Wegbleiben der Kinder und erwähnte sie nie wieder.

PORTRÄT EINES ALTEN MANNES

Vom Turm der Jesuitenkirche schlug es fünfmal. Der alte Mann erwachte und drehte sich auf den Rücken. Um halb sechs würde er aufstehen, den Gasstrahler in der Küche andrehen und Kaffee kochen. Kaffee sollte er eigentlich nicht trinken, seines schwachen Herzens wegen; aber er kümmerte sich nicht um die Warnungen des Medizinalrates. Dieser alte Gauner trank Kaffee, rauchte und soff Kognak und maß sich niemals den Blutdruck. Heute, an seinem fünfundsiebzigsten Geburtstag, würde der alte Mann zwei Schalen Kaffee trinken. Dieser Gedanke versetzte ihn in boshaft-heitere Stimmung. Was für ein Spaß, im Dezember Geburtstag zu haben, wenn die Blumen so kostspielig waren. Keiner würde wagen, ihm einfach Chrysanthemen zu schenken, die er seit Jahren laut und deutlich verabscheute. Rosen und Nelken mußten es sein, kostbare Glashausblumen. Rosen, Lilien, Nelken, alle Blumen welken, aber zuvor würden sie eine Menge Geld kosten.

Der alte Mann starrte in die Dunkelheit. Es war wirklich zum Brüllen! Wenn es sich einrichten ließ, wollte er auch im Winter sterben. Sie konnten sich einfach nicht erlauben, ihm billige Papierblumenkränze auf den Grabhügel zu legen. Unrat mußte mit Rosen, Lilien und Nelken bedeckt werden. Er hatte sich über diese Narretei zeitlebens amüsiert. Sollten sie nur zahlen für ihre zarten Gefühlchen!

Du bist ein boshaftes, altes Scheusal, stellte er sachlich fest.

Komisch war das! Einmal, das wußte er sicher, war er kein boshaftes Scheusal gewesen. Wie war das eigentlich gekommen? Wurde man es allmählich oder schlagartig, und, vor allem, geschah dies allen oder nur einigen? Seine Nichte hatte ihm vor einiger Zeit ein Buch geborgt, ein langweiliges, unlesbares Buch, aber ein paar Seiten davon waren ihm in Erinnerung geblieben. Irgendein Mensch verwandelt sich in einen riesigen Mistkäfer oder dergleichen. Der Mann, der das Buch geschrieben hatte, mochte ein Narr sein, aber an dieser einen Geschichte war etwas dran. O ja, das stand fest. Er hatte sie mit steigendem Unbehagen gelesen und wußte noch immer nicht, ob ihn ihr Ende befriedigte oder enttäuschte.

Zwischen fünf und halb sechs Uhr morgens dachte er jetzt häufig an den Kerl, dem diese üble Verwandlung widerfahren war, voll Mitgefühl und Schadenfreude, immer aber wie an einen Schicksalsgefährten. Wurde denn er selber, auf dem Rücken liegend, das Federbett über den Bauch gewölbt, zur Decke starrend, jenem Käfer nicht von Tag zu Tag ähnlicher? Jedenfalls war es verdächtig, wie seine Finger- und Zehennägel immer mehr verhornten. Manchmal schmatzte er leise mit dem zahnlosen Mund und lauschte dem Geräusch nach, das gar nicht menschlich klang.

Natürlich konnte er jederzeit aufstehen, Strümpfe und Hosen anziehen, die Zahnprothese einsetzen und sich in einen Menschen verwandeln, zumindest konnte er das vorläufig noch. Diese morgendlichen Betrachtungen waren eher anregend als furchteinflößend. Man mußte den Dingen auf den Grund gehen. Dies zu tun, hatte er schon als kleiner Junge begonnen. Nur einmal, um die Fünfzig, hatte ihn die Vernunft verlassen, als ihm plötzlich klargeworden war, daß ein Mann, der den Dingen auf den Grund geht, nicht, von aller Welt geliebt, als sanfter, weißhaariger Greis endet. Denn auch er litt unter Anfällen, in denen er wünschte, geliebt zu werden, freundlich auszusehen und niemanden zu erschrecken. Ach, wie jener Käfer sich danach sehnen mußte, auf dem hornigen Rücken gestreichelt zu werden, wohl zu duften und zu hören, er sei schön und angenehm.

Aber, zum Teufel, das mit den Illusionen war schiefgegangen, und er würde nicht als sanfter Greis enden. Nach gewaltigen Anstrengungen hatte er endlich begriffen, daß er unheilbar war. Und so ging er weiterhin den Dingen auf den Grund.

Sah er auf der Wiese ein weißes Lamm, war sein Herz nicht erfüllt von Freude an der Schöpfung. Dazu glaubte er kein Recht zu haben. Er war ja jederzeit bereit, weiße Lämmer aufzufressen. Nichts unterschied ihn von den Schlächtern. Gerade daß er Tiere liebte, mit dumpfer Zärtlichkeit, war doch sicherlich eine böse Verirrung. Er verachtete die Streichler und Mäh-Rufer. Dies, fand er, stand nur Kindern, Geistesschwachen und Vegetariern zu.

Was die Kinder betraf, so wirkten sie fast ebenso verwirrend wie Tiere. Auch sie weckten Zärtlichkeit und Trauer. Er verzichtete bewußt darauf, ihre unschuldige Zuneigung mit Schokolade zu erkaufen. Die Kinder kümmerten sich auch nicht um ihn, sie spielten ruhig weiter, wenn er im Park starr und düster über sie hinwegsah.

Auch er hatte einmal ein Kind gehabt. Damals hätte er dem Wunsch seiner Frau nicht nachgeben dürfen. Der alte Mann erinnerte sich, wie gescheit, gesund und heiter dieser kleine Junge bis zu seinem sechsten Jahr gewesen war, ein Wunder an Vollkommenheit. Es war die schlimmste Zeit seines Lebens gewesen, mit anzusehen, wie dieses Wunder im Laufe der langen Schulzeit zu einem mürrischen, unschönen Jüngling wurde, der jedes Selbstvertrauen verloren hatte und dem man endlich so viel Bosheit und Furcht eingepflanzt hatte, daß er hoffen durfte, im Leben vorwärtszukommen. Die Nachricht vom Tod dieses Sohnes hatte den alten Mann nicht mehr so schmerzlich getroffen, wie er es erwartet hatte. Heute war dies alles längst Vergangenheit. Wirklich war nur noch der langsame Verfall: die braunen Flecken auf dem kahlen Schädel, die zunehmende Taubheit, Rheuma und Sodbrennen. Das Essen schmeckte nicht mehr wie früher, selbst die Gerüche hatten sich verändert.

Die Einsamkeit des Alters war nicht so schlimm, einsam war er immer schon gewesen. Der Drang, die gläserne Wand zu zerbrechen, war schwächer geworden mit den Jahren. Die Einsamkeit war jetzt mehr an der Oberfläche, eher lästig als tragisch. Es war lästig, nur Brocken eines Gespräches zu verstehen, und es war lästig, wenn ein paar junge Leute glaubten, ihn gelegentlich besuchen zu müssen. Sie langweilten ihn, und er langweilte sie, aber er konnte sie nicht wegschicken. Ihnen zu erklären, warum er sie nicht brauchte, wäre viel zu umständlich gewesen. So saß er mit starrem, angestrengtem Lächeln in ihrer Mitte und rauchte mehr als ihm guttat.

Sein früheres Wohlwollen für junge Leute schlug mehr und mehr in Bosheit und Ungeduld um. Ihre gesunde, junge Haut, die festen Zähne und vor allem ihr törichter Optimismus machten ihn mürrisch. Auch er hatte dies alles einmal besessen, und es hatte ihn doch nicht davor bewahrt, das zu werden, was er heute war. Auch sie würden einmal, in vielen Jahren, verwandelt in ihren Betten liegen, in der trüben Dämmerung dem Verfall preisgegeben.

Der alte Mann dachte flüchtig an seine Frau und war froh, daß sie nicht mehr lebte. Die Vertrautheit alter Paare, diese Mischung aus Abscheu, Mitleid und Resignation, war ihm immer widerwärtig erschienen.

Er atmete schwer und schlief wieder ein. Nach fünf Minuten erwachte er von neuem. Er hob die dünnen Lider und sah vor sich die Umrisse seiner knotigen Hände und dahinter den dunklen Berg des Federbetts. Die nächsten zwölf Stunden galt es mit Anstand zu überstehen. Länger als bis sechs Uhr würde wohl keiner der Gratulanten bleiben. Dieser Gedanke ermunterte ihn so weit, daß er sich ruckartig aufsetzte und mit den Füßen nach den Pantoffeln angelte.

Der alte Mann hatte recht behalten: Rosen und Nelken überall; weiße Rosen, Teerosen, rosa Nelken, gelbe Nelken und nochmals rosa Nelken. Seine Schwester hatte keine Blumen gebracht, dafür die Geburtstagstorte, die wie alle Konditortorten nur nach Zucker schmeckte. Sie, die Schwester, hatte die Blumen in Vasen aufgeteilt und sich dabei sichtlich unbehaglich gefühlt. Sie war erst sechzig und ganz gesund, und sie vermutete, daß ihr Bruder sie beneidete. Diese dumme, alte Bruthenne! Nicht, daß sie das nicht schon immer gewesen wäre – er konnte sich nur nie daran gewöhnen. Von allen seinen Geschwistern war gerade sie übriggeblieben, die er nie gemocht hatte. Wie sie sich alle angestrengt hatten, freundlich zu sein, und wie sie verlegen lächelnd herumgesessen hatten! Und das natürlich mit Recht: Was konnte ein fünfundsiebzigster Geburtstag anderes sein als eine einzige Verlegenheit. Der Jubilar hatte sich sehr bemüht, ein lieber alter Herr zu sein. Vermutlich hatte er dadurch besonders beklemmend gewirkt. Das Gesicht tat ihm weh vom angestrengten Lächeln, das noch immer wie eine Maske daran klebte. Er schnitt Grimassen, um es endlich loszuwerden, und ging dabei von Blumenstrauß zu Blumenstrauß. Keine einzige Blüte duftete. Das mochte an seiner Nase liegen oder einfach daran, daß Glashausblumen nicht duften. Jedenfalls sahen sie prächtig aus, ein wenig scheintot zwar, lauter Schneewittchen im Sarg. Sehr bald mußten sie ihr eisgekühltes bißchen Leben verhauchen.

Der alte Mann tappte zum Schreibtisch und zündete sich eine Zigarette an. Sie schmeckte eher nach dürrem Buchenlaub als nach Tabak. Vor vielen Jahren schon hatte er Buchenblätter geraucht. Leichter Schwindel überfiel ihn, und einen Herzschlag lang wurde er zu dem kleinen Jungen im dämmerigen Schuppen: rascher Kinderatem, süßer Speichel auf der Zunge. Etwas streifte sein Herz und zog sich erschreckt zurück. Auf den Schreibtisch gestützt, schüttelte der alte Mann den Kopf, als wehre er eine Fliege ab.

Auf dem grünen Löschblatt lag eine große Schachtel; zehn Päckchen seiner Lieblingszigaretten. Das war seine Nichte – schenkte Zigaretten, einem alten, herzschwachen Mann Zigaretten. Sie war die einzige vernünftige Person, die in seiner Familie noch am Leben war. Wie dumm die anderen alle geschaut hatten. Seine Schwester war ganz rot geworden vor Ärger. Seine Nichte hatte ihm zugelächelt und gezwinkert, und er mußte senil oder blind sein, wenn dieses Lächeln nicht hieß: Alter Mann, ich hab' dich gern.

Weshalb mochte sie ihn? Er war nicht liebenswürdig, machte kaum Geschenke und besaß auch kein nennenswertes Vermögen. Er hatte sie, als sie ein kleines Ding war, nie auf den Knien geschaukelt und war überhaupt ein ganz und gar unergiebiger Onkel gewesen.

Er kratzte sich die Glatze und dachte nach. Junge Mädchen schwärmten manchmal für ältere Herren, aber sie war kein junges Mädchen, sondern eine Frau mit viel Vergangenheit (die Familie knirschte noch heute mit den Zähnen über ihre Abenteuer), und er war nicht älter, sondern alt. Vielleicht war sie gar, wie diese Psychologen behaupten, an irgendein Gesicht fixiert.

Der alte Mann holte den Rasierspiegel aus der Lade und besah sich im Licht der Schreibtischlampe. Er stöhnte laut. Wenn diese verdammten Psychologen recht hatten, war seine Nichte ein bedauernswertes Geschöpf. Unfug, lauter Unfug! Er hielt den Spiegel ein wenig schief und betrachtete lange und ernsthaft sein Gesicht. Es war ein ganz gewöhnliches Gesicht: nie schön gewesen und jetzt auch noch vom Alter zerstört. Und dann wußte er plötzlich, was seine Nichte zu ihm zog. Sie mußte schon lange vor ihm jenen winzigen Punkt in seinen Augen entdeckt haben, hinter dem die Schwärze und Kälte lauerte. Ja, der Tod saß schon dort drinnen – und sie hatte es gesehen.

Der alte Mann trug den Spiegel an seinen Platz zurück, und es tat ihm leid, daß er in Zukunft seiner Nichte aus dem Weg gehen mußte. Er war ja schließlich kein Monstrum von einem fremden Stern, das man erforschen und sezieren mußte. Er lächelte bei diesem Gedanken und war seiner Nichte durchaus wohlgesinnt. Sie tat ja nichts anderes als er: den Dingen auf den Grund gehen. Na ja, schön, sollte sie.

Er war jetzt sehr müde, merkwürdig müde, vielleicht

würde er noch einen Sprung in den Park tun und ein paarmal tief atmen.

Später lag der alte Mann wieder in seinem Bett, ausgestreckt auf dem Rücken, von seinem Gewicht auf die Matratze gepreßt. Er wartete auf den Schlaf.

DIE ZEIT

An einem der ersten Septembertage des Jahres siebenunddreißig ging sie zu ihrem ersten Rendezvous. Sie war gerade achtzehn geworden und sollte im Frühling ihre Reifeprüfung ablegen. Eigentlich hätte sie auch diesen Nachmittag besser hinter den Büchern verbracht, aber sie hatte genug davon bis zum Halse. Sie lernte ziemlich leicht, wußte aber nicht wozu und machte sich auch nie Gedanken darüber. Ihre Eltern hatten vor Jahren beschlossen, sie aufs Gymnasium zu schicken, und das hatte sich entschieden als vorteilhaft für sie erwiesen. Solange sie nämlich zur Schule ging, wagte ihre Mutter nicht, sie mit Hausarbeiten zu belästigen; sie brauchte nur zu sagen: »Ich muß noch fünf Seiten Vokabeln lernen«, und sie konnte sicher sein, die nächsten Stunden ungestört in ihrem Kabinett bei einem Liebesroman verbringen zu können. Übrigens hatte sie längst beschlossen, niemals so dumm zu sein wie ihre arme Mutter, die den ganzen Tag kochen, aufräumen, abwaschen und nähen mußte und schon sehr abgearbeitete und häßliche Hände hatte.

Es war ein warmer Tag, und alle Farben schienen leuchtender als sonst. Sanfter goldener Glanz lag um die grauen Häuser und um die Türme der Votivkirche. Während sie so dahinlief, spürte sie heftiges Verlangen, einen Hydranten oder eine Plakatsäule zu umarmen, ein Verlangen, das vor ungefähr einem Jahr zum erstenmal aufgetreten war. Es war sicher an der Zeit für sie, diese Gegenstände mit einem lebenden Objekt zu vertauschen. Sie bildete sich ein, in den betreffenden jungen Mann verliebt zu sein, und das stimmte auch. Was sie nicht wußte, war, daß sie sich in jeden anderen jungen Mann genauso hätte verlieben können. Aber das konnte sie nicht wissen und hätte es auch keinem Menschen geglaubt, eingekapselt in ihre Jugend, in ein Gefängnis aus festem Fleisch, das keinen Strahl der Wirklichkeit in sie eindringen ließ.

Sie hörte leises Rascheln, das war der Taftunterrock an den seidenbestrumpften Beinen. Sie besaß nur einen eleganten Unterrock und nur ein Paar Seidenstrümpfe, eine bedauerliche Tatsache, mit der sie sich nie abfinden konnte. Überhaupt war es ganz unerklärlich, ein Irrtum des Schicksals oder so etwas, daß sie nicht die Tochter reicher, vornehmer Leute war. Aber dies würde sich demnächst ändern; wie, wußte sie allerdings noch nicht und war geneigt, auf ein Wunder zu hoffen. Ihre übrige Aufmachung paßte schlecht zu Taft und Seide. Das Kostüm war an den Taschen abgeschabt und, weil diese Farbe nicht aus der Mode kommen konnte, mausgrau, die braune Handtasche und die Schuhe waren plump und häßlich. Ihre Mutter kleidete sie viel zu altmodisch, die Arme besaß überhaupt keinen Geschmack und dachte bei jedem Stück nur, daß es wenig kosten und lange halten sollte. Besser gar nicht darüber nachdenken, da es ja doch demnächst anders werden mußte. Zu ihrem Leidwesen sah sie aus wie ein Kind, das man als Matrone verkleidet hatte. Der rechte Zwirnhandschuh war an den Spitzen gestopft, sie zog ihn aus und trug ihn in der Hand. An der Hand selbst gab es Gott sei Dank nichts auszusetzen, sie war rosig, langfingerig, die Nägel gepflegt, leider aber kurz geschnitten, weil lange Nägel in der Schule verboten waren.

Der warme Wind, der in kurzen, heftigen Stößen daherkam, zerrte an ihrem Haar und lockerte die Rolle, die sie im Nacken gedreht hatte. Alle jungen Mädchen trugen diese Rolle, eine sehr unkleidsame Frisur. Sie träumte davon, sofort nach der Matura das Haar lang und wallend auf die Schultern niederfallen zu lassen. Als sie in eine Querstraße einbog, kam der Wind unversehens von hinten und schob den Rock über ihre Kniekehlen. Es war, als fasse eine heiße Hand um ihre Beine. Sie errötete, spürte es und ärgerte sich darüber. Plötzlich war sie überzeugt davon, daß jeder Mensch sie anstarrte, und deshalb errötete sie noch heftiger. In Wirklichkeit starrte ein einziger Mensch sie an, ein alter Straßenkehrer, und der sah sie gar nicht, weil er nämlich angestrengt darüber nachgrübelte, wo er seine letzte Zigarette verloren haben mochte.

Sie sah auf die Uhr, eine billige Schulmädchenuhr, und seufzte. Es war unmöglich gewesen, früher wegzukommen. Ihre Mutter war schrecklich wachsam in mancher Hinsicht. Sie hatte ohnedies lügen müssen. Nicht, daß ihr das etwas ausgemacht hätte, sie log oft und mit einer gewissen Meisterschaft und verspürte niemals Gewissensbisse. Nur auf diese Weise konnte sie ein halbwegs angenehmes Leben führen, und das stand ihr ja wohl zu.

Ihre Eltern waren bestimmt recht anständig zu ihr, aber das war die Pflicht aller Eltern, und sie nahm es gar nicht richtig wahr. Sie sah auch nie, daß sie Sorgen hatten, daß die Wohnung immer schäbiger wurde und daß Mutter in letzter Zeit kränkelte. Ganz am Rande hörte sie Gespräche und Streitereien über Politik, wirtschaftliche Misere, Krankheit und den Tod älterer Leute. Es schien eine ganze Menge alter Leute rundum zu sterben oder krank zu sein, gewiß, sehr traurig, aber sie ging das gar nichts an. Es berührte sie nicht, drang niemals durch die Wolke, in deren Mitte sie schwebte. Es gab zwei Wirklichkeiten, ihre kleine Schulmädchenwelt mit Prüfungssorgen, Tratsch, Schwärmereien und kleinen Bosheiten, und eine phantastische Traumwelt, in die sie sich fallenließ, sobald sie allein war. In der Schulmädchenwelt gab es zur Unzeit auslaufende Füllfedern, Schuppen auf den schwarzen Schulmänteln, Pickel im Gesicht und den scharfen Geruch von dreißig jungen Weiblichkeiten in einem schlechtgelüfteten Raum.

In der Traumwelt gab es keinerlei Gerüche. Die Mädchen besaßen keine deutlichen Arme und Beine, nicht einmal einen nennenswerten Rumpf, vom Brustansatz abwärts waren sie nur prächtige Kleiderständer. Aber alle hatten sie herrliche blaue oder schwarze Augen, groß wie Moccatassen, goldblonde, tizianrote oder schwarze Locken, herzförmige rote Münder, schneeweiße Zähne, eine Haut wie Alabaster oder Elfenbein.

Die Männer waren weniger deutlich, sie waren nur groß und schlank und nahmen gelegentlich die Züge eines Schauspielers oder eines Lehrers an, sehr veredelt natürlich. Im übrigen hatten sie nichts zu tun, als den märchenhaften Mädchengeschöpfen ihre Liebe zu gestehen, sie unter größten Gefahren zu erobern und sie mit Rosensträußen und Geschenken zu überschütten. Ältere Leute, Kinder, Tiere und Pflanzen gab es nicht in dieser Welt, Gebäude und Wohnungen nur verschwommen als Kulissen, prächtig und vornehm, aber ganz undeutlich. Und in dieser Welt stand die Zeit still.

Sie lief jetzt beinahe und hörte das Klappern ihrer Absätze auf dem Pflaster. Dann überquerte sie den Ring und bog in die Schottengasse ein. Es war zehn Minuten nach vier, und sie ging jetzt absichtlich langsam. Fünfzehn Minuten sollte man einen jungen Mann immer warten lassen, zumindest behaupteten das ihre Freundinnen. Es war wirklich an der Zeit, ein Rendezvous zu haben, die anderen lächelten schon mitleidig über sie. Na, ab morgen würde sie endlich auch mitreden können. Sie trocknete ihr Gesicht mit dem Taschentuch, die Luft war warm und trocken. Wüstenwind, dachte sie und fand es besonders aufregend, ihr erstes Erlebnis bei Wüstenwind zu haben. Dann trat sie in einen Hausflur und lauschte, ob jemand die Stiege herunterkam. Nichts regte sich, das Haus schien zu schlafen. Hier war es kühl wie in einer Gruft. Im Dämmerlicht waren nun plötzlich die Gestalten der Traumwelt um sie. »Bleib bei uns«, flehten sie, »wir geben dir alles, was du brauchst, geh nicht in die häßliche Welt der Großen.« Sie schüttelten ihre langen Lokken, hatten Tränen in den riesigen Augen und rangen lilienweiße Hände. Sie spürte Unruhe und Angst, und einen Augenblick lang wünschte sie nichts als heimzulaufen, aber dann siegte die Neugierde. Die Gestalten zogen sich in die Dunkelheit zurück, zerflossen in Nichts, und sie stand wieder allein in dem düsteren Hausflur. Sie vergaß alles und starrte in ihren Taschenspiegel. Mit Speichel befeuchtete sie Brauen und Wimpern, biß die Lippen, bis sie rot und schwellend waren, und merkte, daß ihr Herz klopfte. Jetzt konnte sie wirklich nicht länger warten. Gemessenen Schrittes trat sie aus dem Haustor und überquerte die Straße, die häßliche Tasche eng an sich gepreßt. Und dann sah sie den jungen Mann hinter einem Fenster der Konditorei, am liebsten wäre sie jetzt nach Hause gelaufen. Er sah so anders aus, als sie ihn in Erinnerung hatte, ganz wie ein gewöhnlicher Mensch.

Aber da hatte er sie erblickt und sprang von seinem Platz auf. Nun blieb ihr nichts mehr übrig, als ihm entgegenzugehen.

Als sie ihm die Hand reichte, fing eine Uhr zu ticken an, langsam erst, dann immer schneller und schneller, zum rasenden Heulton einer Sirene anschwellend und schließlich so schnell, daß sie unhörbar wurde.

An einem Tischchen der Konditorei in der inneren Stadt saß eine Dame in mittleren Jahren. Sie aß geistesabwesend ein Stück Cremetorte. Es war an einem der ersten Septembertage des Jahres fünfundsechzig. Wenn man sie näher betrachtete, sah man, daß sie einmal sehr hübsch gewesen sein mußte. Sie sah noch immer recht gut aus, dichtes, dunkelgefärbtes Haar, das Gesicht sehr gepflegt und dezent geschminkt. Das alles hätte man sehen können, aber niemand sah es. Selbst wenn sie zwei Nasen im Gesicht getragen hätte, wäre es nicht weiter aufgefallen. Die jungen Leute um sie herum blickten über sie hinweg, als wäre sie gar nicht vorhanden.

Sie dachte an ihren Mann, der seit Jahren mit einer anderen Frau lebte, an die Tochter, die ins Ausland geheiratet hatte und sich nicht um sie kümmerte. Und heute hatte sie auch noch ihren Freund verloren. Er war viel jünger als sie, und sie war ihm nicht böse, schließlich war es ohnedies für sie nur eine einzige Anstrengung gewesen, junge Frau zu spielen und nie müde sein zu dürfen. Nein, sie trauerte nicht um ihn, was sie schmerzte, war nur verletzte Eitelkeit. Sie hob die Hand und sah auf ihre Uhr, eine winzige, kostbare Uhr an einer weißen langfingerigen Hand mit langen Nägeln. Sie betrachtete diese Hand und merkte, daß es eine alte Hand war, welkes Fleisch, blaue Adern unter einer leicht zerknitterten dünnen Haut. Was war mit ihr geschehen? Eben noch war sie jung und hübsch gewesen. Sie dachte an die Wärme und Fröhlichkeit, die das Begehren in den Augen der Männer in ihr geweckt hatte. Die Wärme und Fröhlichkeit hatten sie verlassen, und es gab nichts mehr, was sie zu neuem Leben erwecken konnte. Sie sah in den Taschenspiegel und stellte sich vor, was ihr junger Freund beim Anblick dieses kunstvoll bemalten welken Gesichts gedacht hatte. Dieser Schlag war unerträglich, und sie hörte auf zu denken. In wirrem Verlangen nach Zärtlichkeit und Süße bestellte sie ein zweites Stück Cremetorte. Dann griff sie nach dem Buch, das sie in der Leihbücherei ausgewählt hatte, und blätterte darin.

Und der alte Traum stand wieder auf, streckte die Arme aus und zog sie in sich hinein. Da waren sie wieder; Augen groß wie Moccatassen, rote Münder, seidige Locken, Alabaster und Elfenbein, ewige Jugend und Schönheit. Sie ergab sich. Jene andere Welt war unerträglich, in Wahrheit hatte sie sich dort nie daheim gefühlt. Vor einer undeutlichen Kulisse aus Marmor, edlen Hölzern, Samt und Seide verwandelte sie sich in eine der zauberhaften Gestalten, glitt einem Reigen süßer Abenteuer entgegen und merkte nicht, daß flüssige Kaffeecreme auf ihre Seidenbluse tropfte.

Und die Zeit stand wieder still.

SCHRECKLICHE TREUE

Im letzten Kriegswinter reiste eine junge Frau mit ihrem dreijährigen Sohn aus Norddeutschland in ihre österreichische Heimat. Ihr ganzes Bestreben war, das Kind heil nach Hause zu bringen. Sie hatte nur das Notwendigste in ihren Rucksack verstaut, denn sie mußte die Arme frei haben, um den kleinen Jungen, der zart und übermüdet war, tragen zu können.

Die Züge waren vollgestopft mit Militär und Flüchtlingen aus den zerbombten Städten. Es wurde sehr wenig gesprochen, und alles vollzog sich in grauer Gleichgültigkeit. Die junge Frau sah die Mütter kleiner Kinder besessen von dem Willen, ihr Kind zu retten, bereit, zehn fremde Kinder verhungern zu lassen, um das eigene füttern zu können. Sie sah es mit durch Erschöpfung gedämpftem Entsetzen und wußte, daß diese Wilden ihre Schwestern waren und daß sie selbst im Ernstfall nicht anders handeln würde. Schon jetzt hatte sie gelernt, sich ihren Weg mit vollkommener Rücksichtslosigkeit zu bahnen. Sie hatte immer als schüchtern gegolten; das Kind auf ihrem Arm ließ sie zu einer gereizten Löwin werden.

Übrigens ging es ihr besser als vielen anderen. Oft half ihr ein Soldat weiter oder überließ ihr seinen Platz. Einer schenkte ihr Traubenzucker, einer getrocknete Apfelschnitze, immer wieder zeigten sich Spuren von Ritterlichkeit bei den Männern, allerdings nicht allen Frauen gegenüber. Es war ein Glück für ihren kleinen Sohn, daß seine Mutter jung und anziehend war und schutzbedürftig wirkte. Und sie lächelte wie ein Automat in die fremden Männergesichter, schlug groß und hilflos die Augen auf und dachte nur daran, wie es ihrem Kind von Nutzen sein konnte. Manchmal versuchten die Soldaten, mit dem Kleinen zu scherzen, lachten dröhnend und kniffen ihn in die Wange. Er verzog keine Miene, lachte nicht, weinte nicht und sah nachdenklich und unbeteiligt in die fremden Gesichter. Er war ein sehr vernünftiges und angenehmes Kind und hatte begriffen, daß er still sein mußte.

Manchmal blieb ein Zug auf offener Strecke stecken, stundenlang, einen Tag, eine Nacht, nie erfuhr man, warum, oder nur in Gerüchten. Eine Stadt war nachts bombardiert worden, ein Militärtransport blockierte die Strecke. Einmal mußten sie nachts aussteigen und sich in ein Rübenfeld legen. Die Erde war kalt und feucht, der Himmel hing in der Ferne voll weiß gleißender Kugeln, und hin und wieder heulten Sirenen auf, erzitterte der Boden von Detonationen, Bombeneinschlägen und bellten Schüsse auf.

Trotz dieser Anstrengungen war etwas Anheimelndes an dieser Reise zu zweit. Sie waren Tag und Nacht beisammen, so eng waren sie noch nie verbunden gewesen, zumindest nicht seit seiner Geburt. Es war süß, ihn im Arm zu halten, seine Wange an der Schulter zu spüren und den Geruch seiner Haare in der Nase zu haben. Sie mochte sich nicht an den spärlichen Gesprächen beteiligen und empfand alles, was um sie vorging, als Störung. Fremde Gesichter zogen an ihr vorüber, ein ständiger Menschenstrom, und sie mitten darin, den Rucksack auf den Schultern und den Kleinen auf dem Arm. Sie trug ihn fast immer, denn er konnte nicht so schnell laufen wie sie und wäre nur gestoßen und gequetscht worden. Die Menschen um sie herum redeten in verschiedenen Dialekten, sehr vieles verstand sie überhaupt nicht. Erst als sie weiter nach Süden kamen, konnte sie sich besser verständigen. Alles wurde vertrauter, und die Leute im Zug neigten jetzt eher dazu, laut zu fluchen, als mit steinernem Gesicht zu schweigen. Allgemein hieß es, daß der Krieg zu Ende gehe, es könne sich nur noch um kurze Zeit handeln.

Darüber wurde gelegentlich heftig gestritten. Einmal schlug ein riesenhafter Feldwebel, dem der rechte Arm fehlte, einen Zivilisten mit der Faust auf den Mund. Etwas sprang klirrend auf den Boden, es war ein Zahn des Zivilisten, aber nur ein falscher Zahn, darüber brach rund um die Streitenden Gelächter aus. Jemand ließ Schnaps herumgehen, und die beiden mußten sich die Hände schütteln, was nicht gelingen wollte, weil der Zivilist immer mit seiner Rechten nach der nicht vorhandenen Rechten des Feldwebels griff.

Sie sah dies alles sehr deutlich und völlig unbeteiligt. Solange ihr Sohn schlief und nichts davon hören und sehen konnte, mochten sich die Leute um sie herum gegenseitig erschlagen. Aber obgleich sie unbeteiligt war, blieb sie immer auf der Hut. Sie trug in der Tasche ihres Rockes ein kleines scharfes Messer, mit dem sie Brot oder andere Lebensmittel schnitt, das man aber bestimmt sehr gut zu anderen Zwecken verwenden konnte.

Wenn der Kleine schlief, fühlte sie sich manchmal verlassen und kraftlos. Da sie ihren Mann nicht bei sich haben konnte, er stand im Osten an der Front, und sie wußte seit Monaten nichts von ihm, war es ihr einziges Ziel, das Kind gesund nach Hause zu bringen. Wirkliche Sicherheit gab es ja keine mehr, aber sie kannte eine Gegend in ihrer Heimat, in der, nach allem, was sie jetzt gesehen hatte, beinahe Frieden herrschte. Dorthin mußte sie das Kind bringen, und dann, wenn es stimmte, was die Leute sagten, mußte dieser Krieg aufhören und ihr Mann würde zur ihr zurückkommen. Niemals erlaubte sie sich, an diesem Gedanken zu zweifeln, aus irgendeinem unbewußten Aberglauben heraus. Während das Kind auf ihrem Schoß, unter dem Mantel geborgen, ruhig atmete, dachte sie an ihn. Er war ein paar Jahre älter als sie, ein schmaler Junge mit einem dunklen Haarschopf und einem Grübchen im Kinn. Und er war sehr leichtsinnig und verspielt und konnte nichts auf der Welt wirklich ernst nehmen. Dies war einer der Gründe gewesen, warum sie ihn sofort geheiratet hatte. Sie war allein aufgewachsen, ohne Geschwister und Freunde, und dieser junge Mann hatte die Freude in ihr Leben gebracht und zum erstenmal hatte sie laut und herzlich gelacht. Sie liebte ihn sehr, er war ein wunderbares Wesen, mit dem man fröhlich sein konnte, das man aber immerzu vor seinem eigenen Leichtsinn beschützen mußte. Und sie haßte den Krieg und alle jene widerlichen alten Männer, die ihr den Spielgefährten genommen hatten. Aber keine Minute durfte sie daran zweifeln, daß er zu ihr zurückkommen würde.

Manchmal träumte sie von einer ganz bestimmten Scheune, die in der Nähe eines Wäldchens stand. Ihr Mann befand sich in dieser Scheune, und sie selbst stand vor dem Tor und wehrte mit einem Maschinengewehr einen Haufen bärtiger Soldaten ab, die in die Scheune eindringen und ihn holen wollten. Wenn sie sah, wie die Männer reihenweise ins Gras sanken, durchbohrt von ihren Kugeln, spürte sie wilden Triumph. Diesen Traum hatte sie ihrem Mann nie erzählt. Sie hatte überhaupt wenig Gelegenheit gehabt, ihm Träume zu erzählen, während ihrer Ehe waren sie nicht länger als ein halbes Jahr zusammengewesen. Im übrigen hatte es nur seine Briefe gegeben, Briefe, in denen er immer versucht hatte, sie aufzuheitern und zum Lachen zu bringen. Man hätte nach seinen Schilderungen glauben können, an der Front gehe es zu wie in einem Kabarett. Sie wußte, daß er diese Geschichten zum größten Teil erfunden hatte, er konnte einfach nicht aufhören zu spielen, nicht einmal im Krieg.

Sie dachte: Er und ich und der Kleine, wir werden leben und beisammen sein, und alles wird werden wie früher. Aber es blieb bei den Gedanken, es wurden keine Bilder daraus, und das war bestürzend für sie, die fast nur in Bildern dachte. Er, ich und der Kleine, versuchte sie es noch einmal, aber da war nichts als das Rattern des Zuges in ihren Ohren, und, als sie die Augen schloß, schwarzrotes Nichts. Sie preßte erschrocken das Kind an sich, bis es im Schlaf zu murmeln begann, und beruhigte sich erst, als sie seine Stimme hörte. Sie wollte jetzt nicht mehr an später denken, nur an heute, morgen und übermorgen, höchstens drei Tage voraus.

Allmählich schien es ihr, als nehme diese Reise kein Ende. Sie wußte den Wochentag nicht mehr und auch kein Datum, und sie fragte auch nicht danach, es schien nicht mehr von Bedeutung zu sein. Graue Gesichter, schäbige Mäntel, Soldaten, einbeinige und einarmige Soldaten, Kindergeplärr, dicke schlechte Luft im Abteil und nasse Kälte auf den Bahnsteigen. Vielleicht mußte sie ewig so weiterfahren, in eine Ecke gedrückt, voll Ruß, das Kind an sich gepreßt unter dem weiten Mantel. Froh war sie, wenn sie einen Sitzplatz bekam und das Kind sich auf ihrem Schoß einrollen und schlafen konnte. Aber manchmal mußte sie stundenlang stehen. Dann saß der Kleine auf dem Rucksack und lehnte seine Wange gegen ihre Beine. Sie selber schlief sehr wenig, immer nur ein paar Minuten, und diese Schlaflosigkeit machte sie körperlich zerschlagen, aber unnatürlich gespannt und hellwach. Alles, was vorging, sah sie überdeutlich, dabei schien es ganz unwirklich.

Einmal, als sie sich der alten österreichischen Staatsgrenze näherten, sie nahm jedenfalls an, daß sie endlich so weit sein mußten, nickte sie ein und träumte von bärtigen Männern, die ins Abteil sprangen und das Kind von ihr wegreißen wollten. Sie schrie auf und blickte wild um sich nach den Eindringlingen. Das ganze Abteil schlief; nur eine alte Frau mit einem schwarzen Kopftuch, die an einer Brotkruste nagte, sah sie mißbilligend an und schüttelte den Kopf. Das Kind schlief ruhig, atmete aber lauter als sonst, und auf seiner Wange lag fiebrige Röte. Sie spürte, wie sie vor Angst ganz starr wurde. Vielleicht hätte sie die Reise doch nicht wagen sollen. Er war so zart und hatte im vergangenen Winter eine Bronchitis überstanden. Außerdem mußte er endlich besseres Essen bekommen. Sein rundes Gesicht wurde von Tag zu Tag eingefallener und blasser.

Der Zug rollte jetzt langsam dahin. Das konnte alles mögliche bedeuten, hoffentlich eine große Station, an der sie ihr

Eßgeschirr füllen und für das Kind eine warme Mahlzeit bekommen konnte. Ihr Reiseproviant war längst aufgebraucht.

Es war wirklich ein Bahnhof. Sie erhob sich steif von ihrem Sitz und ließ den Kleinen zur Seite gleiten. Er erwachte nicht, seufzte nur mit zurückgesunkenem Kopf. Seine Kehle war sehr weiß und klein. Sie schob die Hand unter sein Hemd und spürte Feuchtigkeit. Es war unmöglich, ein fieberndes Kind auf den kalten Bahnsteig zu bringen. Sie legte ihren Mantel um ihn und bat die alte Frau im schwarzen Kopftuch, auf ihn zu achten. Die Alte, die eben noch mißbilligend gelächelt hatte, nickte ernst, und wer sie so sitzen sah, eine knochige, unfreundliche Person, wußte, daß sie kein Auge von dem Kind lassen würde. Immer waren die Unfreundlichen die Verläßlichen, das hatte die junge Frau auf dieser Reise erfahren.

Sie beeilte sich sehr, aus dem Zug zu kommen, wurde aber dauernd behindert, ohne Kind auf dem Arm nicht länger mit übernatürlichen Kräften ausgestattet; es dauerte eine ganze Weile, bis sie ihre Flasche und das Geschirr gefüllt bekam. Sie hatte sich den Waggon genau eingeprägt. Als sie auf den Bahnsteig trat, zählte sie automatisch bis acht, stieg ein und sah sich völlig fremden Gesichtern gegenüber. Schließlich stellte sich heraus, daß es sich um einen ganz anderen Zug handelte. Ihr Zug war aus unbekannter Ursache früher abgefahren, sie und noch ungefähr zehn Leute hatten ihn versäumt. Ein Beamter, der dem Zusammenbruch nahe schien, telephonierte mit einer anderen Station und gab Weisung, sich um das Kind und das Gepäck der anderen Reisenden zu kümmern. »Sie sehen, junge Frau«, sagte er, »ich tue, was ich kann, morgen wartet Ihr Kind schon auf Sie.« Sie sagte gar nichts, weil sie seine Worte nicht richtig begriff. In der Nacht, auf einer Bank im Wartesaal liegend, hörte sie das Dröhnen der Flugzeuge, fernes Grollen und Murren, und manchmal schien es ihr, als bebe die Erde in schwachen Stößen. Sie konnte nichts sehen, denn die Fenster waren verdunkelt. Und dann schlief sie ein, zum erstenmal nach vielen Tagen den Schlaf tiefer Erschöpfung. Es gab nichts, was sie auch im Schlaf noch beschützen mußte, und sie ließ sich fallen.

Sie sah ihren Sohn nie wieder. In der Nacht waren zwei Bahnhöfe bombardiert worden, von den Zügen war nicht viel übriggeblieben, und es ließ sich nicht einmal feststellen, ob jener bestimmte Zug getroffen worden war. Auch ihr Mann kam nicht zurück, er wurde als vermißt gemeldet. Nachdem sie sieben Jahre lang die beiden gesucht hatte, heiratete sie den Mann, der ihr bei dieser Suche sehr geholfen hatte, teils weil sie müde und allein war, teils aus Dankbarkeit. Er war ein Mensch, auf den man sich verlassen konnte, ein vollkommen erwachsener Mann. Sie achtete ihn, und die Ehe verlief ganz gut. Sie hatte einen Sohn und eine Tochter, und ihr Verhältnis zu den Kindern blieb gemäßigt. Das schien ihnen sehr gut zu tun, denn sie entwickelten sich erfreulich und wurden früh selbständig. Beide waren sie gesund und kräftig gebaut und ähnelten ihrem Vater.

Die ehedem junge Frau, jetzt in mittleren Jahren, wurde oft von sonderbaren Anwandlungen befallen und bildete sich für Minuten ein, bei ihrer Familie nur als Gast zu sein. Überhaupt konnte sie ein schwaches Gefühl der Unwirklichkeit nie mehr loswerden. Dies alles behielt sie natürlich für sich, sie wollte ihren Mann und die Kinder nicht kränken. Sie konnten ja nichts dafür, daß sie ihre wirkliche kleine Familie nicht vergessen konnte, jenen mageren jungen Mann mit dem schwarzen Haarschopf und dem Grübchen im Kinn, der das Leben an der Front so von der leichten Seite genommen hatte, und den kleinen Jungen, der nicht gelacht hatte zu den Späßen der Soldaten und so leicht gewesen war in ihren Armen; leicht wie eine Feder, ein Windhauch, und er war fortgeflogen.

Manchmal, wenn sie sah, wie ihre Kinder sich mit Schokolade, Bananen und Orangen vollstopften, dachte sie an ihn, der diese Dinge nie gekannt hatte und für den es nur

Brot mit Margarine und Graupensuppe gegeben hatte. Und es fiel ihr ein, wie sie auf der Reise ihre gemeinsame Zukunft nicht hatte sehen können, wie hinter ihren geschlossenen Lidern kein Bild erschienen war, nur das schwarzrote Nichts.

Sehr oft sah sie aus dem Fenster auf einen bestimmten Baum im Vorgarten, der in ständiger heimlicher Bewegung zu sein schien. Niemals war er ganz ruhig. Es war gut, ihm zuzusehen, aber nicht in Ordnung. Abends war sie dann immer besonders freundlich zu ihrem Mann und den Kindern, und es beruhigte sie, daß alle so zufrieden und glücklich schienen, freilich auf eine Weise glücklich, die in ihren Augen gar nichts mit Glück zu tun hatte.

Und immer noch träumte sie manchmal ihren alten Traum. Sie stand vor jener Scheune mit einem Maschinengewehr in den Händen und wehrte eine Horde bärtiger Soldaten ab, die auf sie losstürmten und reihenweise getroffen in den Schnee sanken. Alles geschah ganz lautlos, nur der Schnee färbte sich rot. Und sie durfte nicht müde werden, denn in der Scheune saßen an einem rohen Tisch ihr Mann und ihr kleiner Sohn und spielten mit einer Kindereisenbahn. Es kam noch immer vor, daß sie aufschreiend erwachte, wenn die bärtigen Gesichter ganz nahe kamen.

Ein fremder Mann legte dann seine breite Hand auf ihre Wange, streichelte sie und murmelte schlaftrunken tröstende Worte. Dann war sie nahe daran, zu einer neuen Wirklichkeit durchzubrechen, zu Wärme, Glück und dem Gefühl, endlich daheim zu sein. Aber es gelang ihr nie, diese Schwelle zu überschreiten und ihrer schrecklichen Treue zu entkommen.

DER WÜSTLING

Laurenz war das, was man früher in Romanen als »Wüstling« bezeichnet hätte. Er wußte selber nicht, wie es mit ihm dahin gekommen war. Seiner Meinung nach war er schon in der Schule ein Wüstling gewesen, und schon damals hatte ihm dies Scherereien eingebracht. Gelegentlich dachte er sogar darüber nach, was man dagegen hätte tun können, kam aber nie zu einer Lösung, weil jedesmal irgendein Weibsbild auftauchte und ihn am ernsthaften Nachdenken hinderte.

Da er nebenbei auch einen Beruf ausüben und Geld verdienen mußte, hielt er es für unrationell, mit mühsamen und langwierigen Annäherungsversuchen kostbare Zeit zu verschwenden, und fand schließlich ein Schema, in das fast jede Frau paßte. Es gab Kuhfrauen, Ziegendamen, Kätzinnen und Hundefrauen, natürlich auch Reptilien und Vogelweibchen; eine Pferdefrau, eine echte Hyäne, ein Frettchen, Füchsinnen und allerhand Kaninchen, Meerschweinchen und Hühnerfrauen hatten seinen Weg gekreuzt.

Sobald eine Frau sein Interesse erregt hatte, ordnete er sie in sein Schema ein und behandelte sie entsprechend. Und fast immer funktionierte das ganz ausgezeichnet. Kuhfrauen standen menschlich bei ihm in hohem Ansehen, aber wenn es sich machen ließ, ging er ihnen aus dem Wege. Er konnte sie nämlich nicht weinen sehen und wurde sie daher sehr schwer wieder los. Außerdem waren sie ihm irgendwie überlegen, in ihrer unerschütterlichen Gelassenheit, mit diesem prächtigen weißen Fleisch und der großartigen Einfachheit ihrer Gunstbeweise. Es war eine erhebende Sache, der Geliebte einer Kuhfrau zu sein, aber lange war er ihr nicht gewachsen. Eine derartige Frau verlangte große, starke Gefühle, die vorzuspiegeln auf die Dauer über seine Kräfte ging.

Ziegendamen konnten amüsant sein und hatten Einfälle, die ihm sogar ein wenig extravagant erschienen, andererseits mochte er ihre Körper nicht und konnte ihre Stimmen schlecht ertragen. Am erfreulichsten waren Kätzinnen, aber nur wenn man sie nicht liebte und alles ein Spiel blieb. Vor Hundefrauen, es schien eine ganze Menge von ihnen zu geben, war er seit einer sehr quälenden Erfahrung auf der Hut. Sobald ihn einer ihrer treuen, seelenvollen Blicke traf, ergriff er die Flucht. Er war kein Sadist, und so langweilten ihn diese armen Geschöpfe tödlich. Kaninchen-, Meerschweinchen- und Hühnerfrauen, die Masse der Frauen überhaupt, waren im allgemeinen doch zu dumm, wenn es sich auch nicht immer umgehen ließ, sie en passant mitzunehmen. Einmal, als ganz junger Mensch, hatte er fürchterlich unter einem Frettchen gelitten, das ihn, in unbegreiflichen Anfällen von Mordlust, gebissen, gekratzt und überhaupt arg zugerichtet hatte. Da er auch kein Masochist war, blieb es sein einziges Frettchen.

Verliebt hatte er sich bisher nur zweimal in seinem Leben, und niemand hatte sich mehr darüber gewundert als er selber, daß er dazu fähig war. Seine erste große Liebe hieß Pia, ein bachstelzenartiges Wesen, mit einem Hälschen so dünn, daß er es mit einer Hand fast umspannen konnte, jettschwarzen runden Augen, einer spitzen Nase und mageren X-Beinen. Sie hatte eine Art, mit den Armen wie mit Flügeln zu schlagen und das Köpfchen ruckartig hin und her zu bewegen, die ihn in Entzücken versetzte. Dabei verstand er selber nicht, was er an ihr liebte, vielleicht war es ihre völlige Fremdartigkeit. Er hoffte, sie eines Tages ganz fest und ruhig in die Arme zu nehmen und ihren schwarzen Kopf an seine Brust zu betten, endlich still und gefangen. Aber dazu kam es nie; wenn er nämlich liebte, ließen ihn seine Wüstlingserfahrungen vollkommen im Stich. Pia hatte einen älteren Mann geheiratet und drei kleine Bachstelzen bekommen. Laurenz hatte sich eine Zeitlang den Kopf darüber zerbrochen, wie es seinem Rivalen gelungen sein mochte, diese Kinder zu zeugen, und bildete sich ein, es wäre in Windeseile geschehen, im Vorbeifliegen sozusagen.

Nachdem er diesen Kummer jahrelang unter flüchtigen Liebschaften begraben hatte und sich schon ganz als zynischer Lebemann fühlte, passierte es ihm wieder. Er verliebte sich in eine Pferdefrau namens Hertha, eine wirkliche Dame, mit einer weißblonden Mähne, langen, blanken Zähnen und wunderschönen Schädelknochen. Da er ja keinen Mangel leiden mußte, war es ihm ein leichtes, Hertha platonisch zu lieben. Er wollte sie nicht besitzen, nur in ihrer Nähe sein, ihren Kopf bewundern und äußerstenfalls ihre feinen, langen Fingerknochen betasten. Sie besaß einfach das schönste Skelett, und im Grunde war er in ihr Skelett verliebt, denn selbst damals wußte er, daß sie unerträglich langweilig war. Diese Passion dauerte sechs Monate, dann heiratete Hertha einen häßlichen, reichen Menschen. Sie besaß keinen Knopf, nur einen einigermaßen vornehmen Namen, und da sie arbeitsscheu und anspruchsvoll war, konnte sie Laurenz' Antrag nicht annehmen. Dafür bewahrte er ihr immer eine gewisse Dankbarkeit und Zuneigung und begleitete sie sogar noch Jahre später, ein-, zweimal im Jahr in langweilige Ausstellungen.

Und das flotte Leben ging weiter; so weit, daß ihm manchmal davor grauste. Er vermutete, daß er auf irgendeinem Gebiet etwas hätte leisten können, wäre es ihm gelungen, eine ganze Woche lang abends daheim zu bleiben und nachzudenken. Aber dazu kam es nie, er saß zwar öfters abends daheim, aber niemals allein. Wohin er sah, Frauen und wieder Frauen, und irgend etwas zwang ihn, sich ihnen zu nähern, auch wenn er gar nicht die Absicht hatte. Oft fühlte er sich wie ein Automat; und einmal, nach einer besonders ärgerlichen Episode, suchte er einen Arzt auf und fragte ihn um Rat. Es schien nicht der richtige Arzt zu sein, jedenfalls wurde er böse, glaubte, Laurenz wolle sich über ihn lustig machen, und ließ sich nur langsam beruhigen. Er sagte ihm, daß er täglich von Männern wegen ganz entgegengesetzter Beschwerden konsultiert werde, und Laurenz solle heiraten, dann werde sich alles von selber geben. Laurenz ging betroffen heim, und nichts änderte sich. Dabei wurde ihm sein Wüstlingsleben immer unerträglicher und langweiliger. Die Frauen wechselten bei ihm immer rascher, aber die Sache selbst blieb dieselbe. Es war ebenso langweilig, wie täglich zu essen, sich aus- und anzuziehen, die Zähne zu putzen und dergleichen. Wenn er nicht gerade mit einer Frau zusammen war, sagte er sich, daß die Genüsse, die dieses Leben ihm bot, den Ärger nicht länger aufwogen. Es wurde ihm immer mehr zuwider, die Frauen wieder loswerden zu müssen. Während sein Magen sich beim Anblick ihrer Tränen vor Mitleid zusammenzog, fühlte er zugleich Haß gegen diese Geschöpfe, die ihn zwangen, Dinge zu sagen und zu tun, die er selber verabscheute.

An diesem Tiefpunkt seines Lebens verliebte er sich ungläubig und widerstrebend ein drittes Mal. Diesmal war es seine Sekretärin, ein Schimpansenmädchen. Sie war sehr drollig, und ihr Gesicht, das er leicht mit einer Hand hätte bedecken können, sah aus wie die Karikatur eines Kleinmädchengesichts, die Augen zu groß, der Mund zu weit und die Nase ein bißchen zu flach. Und ihre Frisur erinnerte an eine Pelzmütze aus feinem schwarzem Affenhaar. Er hielt sich jetzt sehr gern in seinem Büro auf und arbeitete mehr als sonst. Es machte ihn froh, ihr bewegliches Gesicht zu beobachten, das keine Minute lang denselben Ausdruck festhalten konnte. Er rührte sie kaum an, höchstens strich er mit der Hand über ihre Wange oder gab ihr einen zärtlichen Nasenstüber, alles wie im Scherz und ein bißchen väterlich. Diese Rolle lag ihm zwar gar nicht, aber er war vierzig und sie einundzwanzig, und sie würde nichts dabei finden. Manchmal, wenn er die Tür zu ihrem Zimmer öffnete, ertappte er sie mit einem Gesicht, das sie offenbar nur aufsetzte, wenn sie allein war: eine tieftraurige Maske mit abwärtsgebogenen Mundwinkeln und melancholischem Blick. Ihre Augen waren wie von grauem Staub bedeckt, die hoffnungslosen Augen einer kleinen Schimpansin im Käfig. Am liebsten hätte er ihr eine Banane hingereicht. Sobald sie ihn aber sah, setzte sie sofort ihr strahlendes Kindergesicht auf, als wäre er der Nikolaus und im Begriff, ihr einen Sack voll Süßigkeiten auf den Schreibtisch zu legen. Nach wenigen Wochen fing er an, sie hübsch zu finden, und bald darauf war sie die einzige Frau, die anzusehen sich lohnte, was ihn aber nicht daran hinderte, sich nächtlicherweise weiterhin seiner automatenhaften Betätigung hinzugeben. Übrigens wußte er gar nichts über seine neue Liebe als ihren Namen und daß sie eine passable Sekretärin war, ein bißchen zu eigenwillig und zu intelligent für diesen Beruf; Stenographieren und Maschinenschreiben war nicht ihre Stärke, dafür war sie imstande, mit Menschen zu verhandeln, und hatte oft recht brauchbare Ideen. Sie hieß Marietta, nach einer halbitalienischen Mutter. Das war aber das Äußerste, was er ihr hatte entlocken können. Ja, und daß sie in Untermiete wohnte, wo er sie telephonisch erreichen konnte. So freundlich und ansprechbar sie sonst war, so zugeknöpft blieb sie, soweit es ihre eigene Person betraf. Durch Zufall entdeckte er, daß sie Karikaturen zeichnete, rasch hingekritzelte Köpfe, die ernüchternd und erschreckend auf ihn wirkten. Er konnte sich nicht vorstellen, daß ein junges Mädchen diesen kalten, scharfen Blick besitzen sollte, und der Gedanke, daß sie auch ihn auf diese Weise sehen mochte, war ein wenig unheimlich. Aber er zweifelte nicht an ihrer Begabung, und sicher wußten auch andere Leute davon. Vielleicht rannte Marietta in ihrer Freizeit mit ungewaschenen Malern herum. Und er konnte gar nichts dagegen unternehmen; der Gedanke war unerträglich.

Er fing an, den angenehmen, jovialen Chef herauszukehren; er begleitete sie täglich zum Mittagessen in ein winziges italienisches Restaurant, gleich um die Ecke. Und da er nicht wagte, sie einzuladen, aß er stets eine Portion Spaghetti und trank billigen Rotwein dazu. Das einförmige Essen hing ihm nachgerade zum Halse heraus, aber er sah keine andere Möglichkeit, mit Marietta in ein vertraulicheres Verhältnis zu kommen. Alles hing jetzt von seinem Fingerspitzengefühl ab, er mußte unendlich geduldig sein und durfte nichts tun, was sie erschrecken konnte. Marietta schien damit zufrieden zu sein und plauderte unbefangen über alles mögliche, nur nicht über ihre eigenen Angelegenheiten. Aber das mochte wohl noch anders werden.

Zum erstenmal in seinem Leben entdeckte Laurenz die Freundschaft. Er hatte nie Freundschaften mit Männern gepflegt, schon in der Schule war er ja hinter Weiberkitteln hergelaufen, Männer konnten für ihn nur Rivalen oder Kumpane sein. Und Freundschaften mit Frauen waren nicht in Frage gekommen. Es war schon schwierig genug, eine Geliebte loszuwerden, Freundin und Geliebte aber roch nach Ewigkeit. Sobald eine Beziehung derartige Formen anzunehmen drohte, stellte er die Haare auf und flüchtete.

Mit Marietta war es anders; sie war nicht seine Geliebte, und er hatte nicht die Absicht, sie dazu zu machen. Mit ihr durfte er befreundet sein, wobei er nicht einmal ahnen konnte, ob sie ähnlich für ihn empfand. Sie war klug und amüsant nach Art eines frühreifen Kindes und ganz unberechenbar. Und es war eine solche Wohltat, ihr liebes kleines Affengesicht anschauen zu dürfen.

Einmal erzählte er ihr bei Spaghetti und Wein von seiner Neigung, in Menschengesichtern eine gewisse Ähnlichkeit mit bestimmten Tieren zu entdecken und die Leute danach einzuschätzen und zu behandeln. Er sagte ausdrücklich »Leute« und nicht »Frauen«, um sie nicht zu verletzen; wer weiß, sie war eine kleine Künstlerin und mochte in diesem Punkt empfindlich sein. Sie ging auch gleich sehr begeistert darauf ein wie auf ein neues Spiel und zeichnete auf die Rückseite der Speisenkarte zwei Gäste vom Nebentisch, einen Bisonmann und eine Ziegenfrau, die Laurenz nicht so rasch hatte einordnen können. Marietta erklärte ihm sehr ernsthaft und genau, daß die Frau sich eine Rehaufmachung zugelegt hatte und deshalb nicht sofort zu erkennen war, zumindest nicht für einen Mann. Und überhaupt, sagte sie, sei es ein Jammer, daß die Frauen kaum jemals ihren eigenen Typ erkannten. Laurenz sah ihr eifriges Gesicht vor sich und umschloß ihren Oberarm, einen kindlich dünnen Arm, mit der Hand. Er merkte es gar nicht, es war so eine Gewohnheit; er konnte nicht neben einer Frau sitzen, ohne sie zu berühren. »Und was für ein Tier bin ich?« fragte er, und sie hob die Augen und sah ihn an, prüfend und verfremdend, wie sie eben noch den Bisonmann angeschaut hatte. Dann sagte sie: »Ich kann es nicht sehen«, und rückte ein bißchen von ihm ab, so daß er ihren Arm loslassen mußte. Er hielt es für eine Ausrede, vermutlich hatte sie in ihm ein ganz unangenehmes Tier entdeckt und wagte nicht, es ihm zu sagen. Er lenkte das Gespräch in andere Bahnen, aber es nagte an ihm, daß sie ihn nicht sofort als Löwen erkannt hatte.

Nachts erwachte er und überlegte: Wenn ich sie heirate, verderbe ich womöglich alles zwischen uns. Heirate ich sie nicht, holt sie mir demnächst ein anderer weg, ein ungewaschener Maler, der sie miserabel behandeln wird. Er war in einer Zwickmühle. Er wollte sie nicht verlieren, sie war das einzige, was ihm noch Spaß machte und freundliche Gefühle in ihm weckte, andererseits hatte er Angst, nach zwanzig Jahren der Hurerei ein so junges, anständiges Mädchen zu heiraten. Und wie sollte es ihm gelingen, sein Doppelleben in ein rundes, einziges Leben umzuschmelzen, Tag und Nacht mit der Frau, die er liebte? Davor hatte er solche Angst, daß er um drei Uhr aufstand und in die Küche ging, um eine Flasche Bier zu trinken. Damit irgend etwas geschah, setzte er dann ein Testament zu Mariettas Gunsten auf. Er war ja nicht reich, bei einem solchen Leben kann ein Mann nicht reich werden, aber Marietta sollte wenigstens einmal nicht hilflos dastehen, wenn der ungewaschene Maler sie verlassen würde. Der Gedanke war so absurd, daß er dringend eine zweite Flasche Bier brauchte. Schließlich nahm er sich fest vor, Marietta morgen sofort einen Antrag zu machen, und schlief beruhigt ein.

Um halb neun war sie noch nicht im Büro. Er war ein bißchen besorgt, aber sie war ohnedies nicht die Allerpünktlichste, sie würde schon noch kommen. Um zehn Uhr rief ihn ihre Wirtin an und sagte ihm, daß sie Marietta tot in ihrem Bett gefunden habe, Schlafmittelvergiftung.

Benommen legte er den Hörer auf und versuchte, sich an den vergangenen Nachmittag zu erinnern. Um drei Uhr war er zum Gericht gegangen. Marietta hatte mit dem traurigen Schimpansenblick von ihrer Arbeit aufgesehen und etwas gemurmelt. Um halb fünf war er zurückgekommen, und sie hatte Kaffee gekocht und über einen Witz gelacht, keine Spur von Verzweiflung und Kummer. Dann war er weggegangen, und sie hatte noch zwei Briefe schreiben wollen, da lagen sie übrigens, neben den adressierten Umschlägen. Irgend etwas war dann geschehen, etwas, das er nie erfahren würde. Vermutlich ein Mann; also war er doch zu saumselig gewesen. Er sah auf seine Fäuste nieder und stellte sich vor, wie er den Kerl zurichten wollte, und dann fiel ihm verschiedenes aus seinem Leben ein, und er war sehr verwirrt. So sah dies also von der anderen Seite aus. Daran hatte er nie gedacht.

Er mußte auf der Polizei eine Aussage machen, und man schien ihm nicht glauben zu wollen, daß er mit seiner Sekretärin keine intimen Beziehungen unterhalten habe. Erst als der Obduktionsbefund kam und sich herausstellte, daß sie, wie es darin hieß, virgo intacta gewesen war, wurden die Beamten freundlicher. Offenbar war das Mädchen einer Sinnesverwirrung zum Opfer gefallen. Er fragte, wie es mit dem Begräbnis stünde, und es zeigte sich, daß irgendein Halbbruder aufgetaucht war und alle Kosten übernommen hatte. Ihn, Laurenz, benötigte man nicht länger, und er ging in sein Büro.

Erst nach einer Woche, er mußte endlich eine neue Sekretärin einstellen, entschloß er sich, ihre Schreibtischlade auszuräumen. Er fand ein blaues Taschentuch mit Tuscheflekken, eine Zeichenfeder, Tusche, vier Bleistifte, einen Radiergummi, auf den sie ein Chinesengesicht gekritzelt hatte, Kopfwehtabletten, einen undefinierbaren Gegenstand aus Ton, ein winziges Holzpferdchen mit echter Mähne, aber ohne Schweif und dreibeinig, und einen Katalog der Ensor-Ausstellung. Und ganz hinten, er mußte sich bücken, um es zu sehen; steckte ein leicht verknittertes Blatt Papier. Darauf hatte sie sich offenbar sehr bemüht, in seinem Gesicht irgendein Tier zu finden, es war ihr aber nicht gelungen, alle Entwürfe waren durchgestrichen. Auf der Rückseite des Blattes war in die rechte obere Ecke sein Kopf gezeichnet, in der Art griechischer Statuen, eine schöne, regelmäßige Maske, die aus leeren, weißen Augenhöhlen auf den Betrachter starrte. Und ganz unten links hatte Marietta ihre eigene Karikatur hingekritzelt, ein kleines Schimpansengesicht, die Augen runde, traurige Tuschkreise, der weite Mund, die flache Nase und rund um den Kopf das kurze, schwarze Haar, wie in Angst gesträubt. Dann mußte sie mit der Hand darübergewischt haben, denn es sah aus, als habe sie sich hinter einem Regenschleier versteckt.

Laurenz faltete das Papier und steckte es in die Brieftasche. Er brachte es nicht fertig, das Testament zu vernichten, und legte es in die Schachtel zu Mariettas Krimskrams. Und einen Augenblick lang ging ihm durch den Kopf, daß irgendwann nach seinem Tod das kleine Schimpansenmädchen zurückkommen und sein Eigentum abholen werde. Dann, wenn es sich nicht mehr vor seinem Menschengesicht fürchten mußte.

An diesem Abend ging Laurenz mit einem Frauenzimmer, das ihn auf der Straße ansprach, und ein neuer Abschnitt in seinem Leben fing an.

DIE WILLOWS

Sie saßen in einem Studentencafé gegenüber dem Anatomischen Institut und unterhielten sich mit gedämpften Stimmen. Es herrschte ein Lärm, den man nur noch durch Gebrüll hatte übertönen können, und es war nicht recht einzusehen, warum sie flüstern mußten. Sie taten es auch nur gewohnheitsmäßig. Natürlich saß schon wieder ein Fremder an ihrem Tisch, ein Mediziner, der sich Wachskugeln in die Ohren gesteckt hatte und sein Skriptum memorierte. Da er sich nicht hören konnte, tat er es mit einiger Lautstärke. Von ihm war wohl nicht zu befürchten, daß er lauschte, obgleich die Wachskugeln auch eine Tarnung sein konnten. Fremden durfte man nicht trauen und deshalb flüsterten die beiden Mädchen, wenn sie nicht ganz sicher waren, allein zu sein. Seit Wochen unterhielten sie sich nämlich fast ausschließlich über die Willows, bei denen Hedwig wohnte. Es war eine Art Spiel und auch wieder nicht. Jedenfalls, Lisl, die kleinere der beiden, fühlte sich immer ein wenig schuldbewußt, diese besondere Art von Spannung zu empfinden, einen Genuß, der eben zum Spiel gehörte. Dies aber war kein wirkliches Spiel.

»Es ist eine Schande«, sagte Hedwig, »die alten Leute so zu verfolgen.« Dabei hob sie die große kühne Nase in die Luft und sah für Lisl aus wie ein schwarzer Erzengel, streng und düster, mit diesem glatten Helm aus schwarzem Haar rund um den Kopf. Sie brauchte nur noch eine goldene Rüstung und einen Rappen, um die Feinde der Willows in den Staub zu zwingen. Aber dieser Art von Feinden war kein Erzengel gewachsen. Man wußte nichts Näheres über sie, und vor allem, was wußte man schon über die Willows? Diese Frage beschäftigte sie jeden Abend vor dem Einschlafen, und jeden Mittag, wenn sie Hedwig traf, brannte sie darauf, Neues über den verzweifelten Zustand des alten Paares zu hören. »Heute«, tuschelte Hedwig an ihrem Ohr, »sollst du zum Tee kommen, sie haben dich eingeladen.« Lisl errötete vor Aufregung, endlich würde sie die Willows zu sehen bekommen. »Wirklich«, stammelte sie. Der medizinische Jüngling bohrte mit einem Zündholz das Wachs aus den Ohren und starrte die Mädchen an. Er sah wie geistesgestört aus, aber das war nichts Besonderes für einen Mediziner im Prüfungsstadium. Bestimmt hatte es nichts mit dem Gespräch der Mädchen zu tun. Unter Hedwigs königlichem Blick, sagte er schwächlich: »Entschuldigung, ich muß es manchmal herausnehmen, man bekommt damit zuwenig Luft.« Lisl, die gerade etwas besser bei Kasse war, legte das Geld auf den Tisch und zog Hedwig zum Ausgang. Es hatte keinen Sinn, seine Zeit mit einem schwachsinnigen Mediziner zu vergeuden.

Sie verabredeten sich für vier Uhr und trennten sich. Hedwig hatte es entschieden besser getroffen als Lisl. Während Lisl in einem finsteren Hofkabinett in der Gumpendorferstraße hauste, verfolgt von einer kleinstbürgerlichen Witwe, die alle paar Stunden die Tür aufriß, ohne anzuklopfen, versteht sich, um sich davon zu überzeugen, daß ihre Untermieterin nicht den Kopf an die Wand lehnte und Fettflecken verursachte, eine ebenso ordinäre wie beleidigende Unterstellung, wohnte Hedwig hochherrschaftlich bei den lieben Willows und nahm mit ihnen Tee ein.

Sie wurde behandelt wie eine junge Verwandte, nicht wie eine Untermieterin. Natürlich war umgekehrt Hedwig ein Glück für die Willows, ebensogut hätte sich längst der Feind in ihrem kleinen Zimmer einnisten können. Sie dachte dabei an eingebaute Mikrophone und dergleichen, Dinge, die sie sich nicht genau vorstellen konnte, von denen man aber hin und wieder gerüchtweise hörte.

Die Willows waren amerikanische Staatsbürger, zumindest behaupteten sie, es zu sein. Beide waren bestimmt über sechzig, unglaublich vornehme Leute, wie Hedwig täglich beteuerte. Lisl machte sich eher verschwommene Vorstellungen von dieser Menschengattung, die sie nur aus Romanen kannte. Irgendwie hatte Hedwig herausbekommen, daß die beiden unter Polizeiaufsicht standen. Erfahrener und weltgewandter als Lisl, fand sie das nicht so schlimm, es konnte sogar einen gewissen Schutz für die alten Leute bedeuten.

»Möglicherweise«, hatte sie gesagt, »hält die Polizei ihre Hand über sie und schützt sie vor den ›anderen‹.« Seither sah Lisl die Hand der Polizei als breite, behaarte aber nicht unfreundliche Pranke über den Häuptern der Willows schweben. Sie hoffte, diese Pranke möge sich stärker erweisen als die »anderen«. Wenn sie auch kindlich naiv war, dumm war sie nicht, und sie konnte in diesem Punkt Hedwigs Zuversicht nicht teilen. Sie glaubte die Menschen dieser Stadt besser zu kennen, als Hedwig, die aus Schlesien stammte. Natürlich war auch das ein kindlicher Irrtum. Sie kannten beide die Menschen dieser Stadt nicht, aber Hedwig konnte obendrein kaum die Hälfte von dem verstehen, was auf den Straßen, in den Trambahnen und in den Geschäften geredet wurde. Ihr gefiel der Tonfall über alle Maßen, und sie hatte angefangen zu bedauern, daß Schlesien damals an Preußen gefallen war. Lisl wußte, daß alle die netten Hausmeister, Verkäuferinnen und Schaffner auch ganz anders sein konnten, und die Polizei bestand doch auch aus ihresgleichen. Was konnte man also von ihr erwarten?

Nachdem Lisl ein paar Stunden in ihrem ungeheizten Kabinett versucht hatte, beim Lesen ja den Kopf nicht an die Wand zu lehnen, war sie froh, als es drei Uhr schlug, und es Zeit wurde, sich umzuziehen. Es war besonders greulich, in der Kälte halbnackt dazustehen, außerdem besaß sie kein Kleid, das Leuten wie den Willows gefallen konnte, aber es war sinnlos, darüber nachzudenken, und sie schlüpfte in ihr schwarzes Maturakleid, schaudernd, weil es kratzte und sie es überhaupt verabscheute.

Um vier Uhr läutete sie an der riesigen weißen Wohnungstür, an der nicht einmal eine Visitenkarte steckte, ein Zeichen, daß die alten Leute sich wirklich verfolgt fühlten.

Hedwig hatte ausnahmsweise einmal nicht übertrieben. So also sahen wirklich vornehme Menschen aus, man mußte nicht einen einzigen Roman gelesen haben, um die Vornehmheit zu spüren. Aus irgendeinem Grunde fühlte sie sich sofort sehr wohl und zu Hause. Sie gewann einen verschwommenen Eindruck von der Wohnung, hübsche alte Möbel, Perserteppiche, Bilder in vergoldeten Rahmen, aber sie interessierte sich nicht für solche Dinge, sie wußte auch fast nie, wie die oder jene angezogen gewesen war. Vor Gericht hätte sie einen miserablen Zeugen abgegeben. Nur Gesichter nahm sie bewußt wahr. Ihre Gastgeber betrachtete sie sogleich mit einer gewissen Zuneigung. Der Mann, mittelgroß, ein wenig hängende Schultern, von zartem Knochenbau, aber nicht schlank, das Gesicht fast zu fein geschnitten und hübsch, im ganzen der Eindruck von Güte und Verschmitztheit. Die Frau groß und hager, sehr gerade, ein kräftiges längliches Gesicht, weißes Haar und sehr blaue Augen. Lisl mußte an Seeleute oder Adlerjäger denken, vielleicht wegen der Fältchen um diese auffallenden Augen. Sie wußte kaum, was sie aß und trank, immer bemüht, ihre Gastgeber zu beobachten, ohne dabei ertappt zu werden. Die Willows sprachen deutsch, er als wäre es seine Muttersprache, sie besonders deutlich und ohne jede Dialektfärbung.

An der Wand über dem Teetisch hing ein Ölbild, eine junge, hochgewachsene Frau darstellend, in großer Abendtoilette, die mit leuchtendblauen Augen auf das Fenster gegenüber starrte. Der Maler hatte die Bedeutung dieser Augen begriffen; Lisl nahm es mit großer Befriedigung wahr. Die Stimmung im Raum war von schwebender Heiterkeit. Herr Willow erzählte kleine Geschichten, sagte den

Mädchen Freundlichkeiten und erschien als der lebhaftere der beiden. Immer wieder streifte sein Blick seine Frau, aufmunternd, fast bittend: Freu dich, schien er zu sagen, lach doch mit mir. Aber sie lächelte bloß ein wenig, schenkte Tee nach, und ihre Augen leuchteten nur auf, wenn die Mädchen über einen Scherz ihres Mannes laut lachten.

Zum erstenmal sah Lisl, daß auch alte Leute einander lieben können, Wellen von Sorge, Zärtlichkeit und Rücksichtnahme schienen zwischen beiden hin- und herzuströmen. Und sie vergaß ihre ungemütliche Bude, die Wirtin, die Kälte, das miserable Essen und den täglichen Kampf um einen Platz im Hörsaal. Herr Willow erzählte von den Niagarafällen und sagte: »Wenn wir jemals wieder heimkommen, möchte ich sie noch einmal sehen.« Plötzlich schien alles verändert, die blauen Augen erloschen, eine Wolke von Angst senkte sich über den Tisch.

Bald darauf verabschiedeten sich die Mädchen und zogen sich in Hedwigs Zimmer zurück. Hier hätten sie ungestört sprechen können, aber sie blieben befangen und ein bißchen verlegen. »Du hast sie ja jetzt gesehen«, sagte Hedwig, »und ich habe ein schlechtes Gefühl, die Gefahr kommt immer näher.« Hedwig liebte es, sich ein wenig dramatisch auszudrücken; es paßte sehr gut zu ihr. Aber selbst wenn man diese Neigung in Betracht zog, man konnte es beinahe mit den Händen greifen, daß mit den Willows irgend etwas los war. Nach einer Weile, sie waren eben dabei, eine hauchdünne Kaschmirdecke auszumessen, die jahrzehntelang einer von Hedwigs Tanten als Flügeldecke gedient hatte und nun zu einem Kleid verarbeitet werden sollte, klopfte es. Lisl wußte sofort aus der Art, wie Frau Willow die Tür leise zudrückte, daß ihr Mann nichts von diesem Besuch wissen sollte. Offenbar war sie gekommen, ihnen etwas Wichtiges zu sagen. Aber sie trat ans Fenster und sah eine Weile auf die Straße. Dann faßte sie die beiden in unbehaglichem Schweigen verharrenden Mädchen um die Schultern und sagte: »Ich wollte Ihnen alles erklären, aber es wäre für Sie eine zu große Belastung, nutzlos und auch gefährlich«, und dann zu Lisl: »Kommen Sie bald wieder einmal zum Tee, mein Mann lebt auf unter jungen Menschen, er fühlt sich jetzt wie in einem Gefängnis, und er braucht Leben um sich, immer hat er es gebraucht. Aber kommen Sie nur, wenn Sie es gern tun, wir dürften Sie ja eigentlich gar nicht darum bitten.« Ehe den Mädchen eine Antwort einfiel, war sie schon wieder aus dem Zimmer.

»Sie wollte uns wohl bitten«, sagte Hedwig trocken, »nicht über diesen Besuch zu anderen Leuten zu reden, aber sie hat es nicht fertiggebracht.« Es war ganz klar, wirklich vornehme Leute waren eben darauf angewiesen, ihren Mitmenschen zu vertrauen oder wenigstens so zu tun, als vertrauten sie ihnen. Nach allem, was man in den letzten Jahren gehört hatte, standen die Chancen für wirklich vornehme Leute schlecht; trotzdem verließ Lisl dieses wunderbare, geheimnisvolle Haus von Stolz und Verantwortungsgefühl geschwellt.

Drei Tage später berichtete Hedwig während der Vorlesung, daß Frau Willow sich ihr geoffenbart habe. Von Frau zu Frau nannte Hedwig es, und Lisl sah sie bewundernd an, mit ihr sprach niemand von Frau zu Frau. Die Willows waren zwar Amerikaner, aber der Mann stand im Verdacht, Jude zu sein. Ein unangenehmer und lebensgefährlicher Irrtum für ihn, der in Wahrheit der Sohn eines deutschen Adeligen und einer Sängerin war, die später einen jüdischen Bankier geheiratet hatte.

»Weißt du«, flüsterte Hedwig, »es kommt mir alles wie ein Roman aus dem neunzehnten Jahrhundert vor, solche Dinge geschehen einfach nicht.« – »Warum nicht«, widersprach Lisl, »die beiden stammen doch aus dem neunzehnten Jahrhundert.« – »Eben«, sagte Hedwig, »deshalb fallen ihnen solche Lügen ein, wie man sie damals erfunden hat.« Lisl dachte eine Weile nach: »Selbst wenn sein Vater Jude war, ist er doch nur Halbjude und obendrein mit einer arischen Frau verheiratet, und einen amerikanischen Paß hat er auch. Ich glaub' nicht, daß sie sich trauen, ihn anzurühren.« – »Ja«, sagte Hedwig, »das habe ich auch schon überlegt, es muß etwas anderes dahinterstecken. Als ich sie beruhigen wollte, hat sie gesagt: Kindchen, Kindchen – immer sagt sie Kindchen, sehr komisch bei meiner Größe. Kindchen, hat sie gesagt, Sie kennen diese Leute nicht. Er wird seine Unschuld nie beweisen können, und er will die Gefahr nicht sehen, er ist ein Spieler und leichtsinnig. Eine reizende Eigenschaft, ich habe ihn deswegen geheiratet, aber jetzt ist sie fehl am Platz. Übrigens, fällt dir nichts auf?«

Lisl überlegte. Gewiß, der alte Herr war ein heiterer, leichtsinniger Mensch, der immer Süßigkeiten in der Tasche hatte und sie den Mädchen anbot, Süßigkeiten, die es in der ganzen Stadt nicht mehr gab. Ein Rätsel, woher sie stammten. »Verstehst du nicht«, drängte Hedwig, »sie sagte ›Unschuld‹, und das paßt doch gar nicht. Wenn er Halbjude ist, könnte man es Pech oder Unglück nennen, aber doch nicht Schuld.« Daran war etwas Wahres. Lisl überlegte. »Vielleicht hat sie das richtige Wort nicht gefunden.« – »Glaub' ich nicht. Sie spricht besser deutsch als du und ich.«

»Wahrscheinlich sind sie Spione«, mutmaßte Lisl, erschrocken über ihre Kühnheit. Hedwig lachte ein wenig verächtlich. »Du hast eine blühende Phantasie. Wie stellst du dir das vor? Er ist herzleidend, und ihr kann man jeden Gedanken von den Augen ablesen, alt sind sie auch noch dazu. Er geht manchmal in ein Café in der inneren Stadt, sie hat es mir gesagt, dann ist sie immer ganz verrückt vor Angst. Ich weiß nicht, ob er dort jemanden trifft, ich glaub' aber, er braucht einfach das Gefühl, frei herumgehen zu dürfen. Sie bekommen nie Besuch und nie läutet das Telephon, nur für mich. Und sie stehen unter Polizeiaufsicht, wie sollten sie denn da zum Spionieren kommen.«

Lisl ging noch zweimal zum Tee zu den Willows. Alles war wie beim ersten Mal, nur Herr Willow wurde immer munterer und gesprächiger. Er schien die ganze Welt zu kennen und überall gewesen zu sein. Seine Geschichten erweckten in den Mädchen das Gefühl, eingesperrt und von der wirklichen Welt ausgeschlossen zu sein. Es wurde ihnen klar, daß sie ein ödes Dasein führten. »Reisen müßte man wieder können«, sagte er sehnsüchtig, »ich hoffe, meine Damen«, immer sagte er »meine Damen«, »ich hoffe, Sie werden noch reisen können, später einmal, wenn dieser Irrsinn vorbei sein wird.« Seine Frau machte nicht mehr den Versuch, ihn zu dämpfen. Obwohl sie wußte, daß sie von der Verläßlichkeit dieser jungen Dinger abhingen; die Mädchen begriffen das Risiko, und sie schämten sich und wußten nicht genau, wofür.

Frau Willow schien täglich älter zu werden, saß aber noch immer sehr aufrecht, und ihre Augen waren blau, himmelblau, meerblau, enzianblau, glockenblumenblau, überhaupt jedes Blau der Welt. Die inbrünstige Hoffnung überfiel Lisl, dieses Blau werde die anderen fernhalten und den leichtsinnigen alten Herrn beschützen. Natürlich sprach sie Hedwig gegenüber diesen Gedanken nicht aus; in deren Augen mußte das ja geradezu dumm aussehen.

Dann kam Hedwig einmal verspätet ins Kino, und die beiden Mädchen rückten fröstelnd aneinander. Ringsum saß niemand, sie konnten sich leise unterhalten. »Es kommt immer näher«, sagte Hedwig, »sie warten auf etwas Schreckliches, und ich weiß noch immer nicht, warum. Überhaupt kenn' ich mich jetzt gar nicht mehr aus. Neuerdings behaupten sie, sie waren auf einer Vergnügungsreise und sind hier vom Krieg überrascht worden. Die Frau ist so nervös, daß sie nicht mehr schlafen kann.« – »Man wird sie vielleicht internieren«, sagte Lisl, sich an einen ähnlichen Fall in ihrem Bekanntenkreis erinnernd. Aber Hedwig bezweifelte das. »Weißt du«, sagte sie, »ich glaube nicht einmal mehr an den amerikanischen Paß. Ich habe ihn nie gesehen. Sie wollte mich doch immer von irgend etwas überzeugen, sie hätte mir den Paß bestimmt gezeigt. Wer weiß, ob sie überhaupt Willow heißen, ein merkwürdiger Name, findest du nicht auch?«

»Wir haben doch keine Ahnung, wie in Amerika die Leute heißen«, sagte Lisl, »überhaupt, ich sag' dir, wir wissen nichts, gar nichts. Hast du jemals englische oder französische Bücher gelesen? Ich nicht, außer der Schullektüre. Wir sind einfach zu jung, verstehst du. Wenn wir nur ein paar Jahre älter wären, hätten wir alle Bücher lesen können, die jetzt verboten sind. Stell dir nur vor, wir müßten vielleicht unser ganzes Leben lang verbergen, was wir gern tun, sehen, hören oder lesen möchten, weil es verboten ist, und es gibt nie ein Stück Torte und keine herrlich warme Stube mehr. Es wäre zum Verrücktwerden.«

Hedwig schien von diesem Ausbruch nicht besonders überrascht. Sie sagte nur: »Da kannst du sehr recht haben«, und nach einer Weile: »Wenn ich nur den Armen helfen könnte.« – »Dabei sind sie vielleicht tatsächlich Spione.« – »Mir ist das gleich«, sagte Lisl, »von mir aus können sie Superspione und Doppeljuden sein, ich mag sie.« Hedwig mahnte: »Hast du noch nie gehört, was mit den Leuten passiert, die so reden wie wir und die obendrein mit den Willows bekannt sind?« Lisl starrte benommen auf die Leinwand. Der Gedanke, sie selber könne in Gefahr geraten, war ihr noch nie gekommen. Sie wollte nicht daran glauben, es war einfach unvorstellbar.

Eine Woche später vertraute Hedwig ihr an, daß ein Arzt im Hause war, der dem alten Herrn ein Mittel gegen die zunehmende Herzschwäche gespritzt hatte. »Aber der macht noch immer Witze und legt sich nicht ins Bett.«

»Ich habe jetzt einen Entschluß gefaßt. Ich opfere eine Kerze, damit er sterben kann, bevor sie ihn holen. Ihr werden sie nichts tun, sie sind nur hinter ihm her.« – »Ich hab' nicht gewußt«, sagte Lisl, »daß du an so etwas glaubst.« – »Ich glaube auch nicht daran«, gab Hedwig zu, »aber in einem solchen Fall darf man nichts unversucht lassen.« Lisl fand es zwar schrecklich, den heiteren alten Herrn auf diese Weise vielleicht wirklich ums Leben zu bringen, aber schließlich ging sie doch mit Hedwig und bezahlte die halbe

Kerze, nicht, weil Hedwig sich die Kerze nicht hätte leisten können, sondern um einen Teil der Verantwortung auf sich zu nehmen. Schweigend und sehr bedrückt gingen sie nach Hause. Lisl konnte lange nicht einschlafen, und das kam nicht allein von der Kälte im Zimmer.

Drei Tage darauf traf sie Herrn Willow auf der Stiege zu seiner Wohnung, er sah ganz klein und verloren aus. Er hielt sich am Geländer fest, und einen Augenblick lang sah Lisl sein Gesicht, gezeichnet von Krankheit und großer Müdigkeit. Dann bemerkte er sie, und seine rotbraunen Augen leuchteten auf. William F. Willow, der Leichtsinnige, der Spieler, Jude und vielleicht auch Spion, sagte: »Warten Sie mein Kind (mein Kind, nicht meine Dame), ich hab' etwas für Sie«, und er langte in seine Rocktasche und reichte ihr ein Säckchen Fondants. Seine Hand war weiß und welk, aber noch immer lebendig. »Aber doch nicht alle«, wehrte sie ab. »Alle«, sagte er, »alle Fondants der Welt werden nur für junge Mädchen gemacht.« Und er lachte sein verschmitztes Lachen, sagte »auf Wiedersehn, auf Wiedersehn« und setzte seinen Weg fort, nun, da er ihren Blick auf sich wußte, leicht und ohne sich am Geländer festzuhalten.

»Er ist zurückgekommen«, sagte Hedwig am nächsten Tag, »und war sehr krank. Schließlich haben wir ihn dazu gebracht, sich auf den Diwan zu legen. Sie war außer sich, und ich hab' gedacht: Jetzt wirkt die Kerze. Am Abend war ich im Theater und dann noch anderswo und bin erst um drei Uhr früh heimgekommen. Da hatte man sie gerade abgeholt. Der Hausmeister hat es mir gesagt. Um acht Uhr war ich schon auf der Polizei, aber die sagten, ich sollte mich gefälligst um meine eigenen Angelegenheiten kümmern und ja den Mund halten. Sie waren aber ganz freundlich zu mir. Einer sah aus, als wollte er mehr sagen, hat sich aber wohl nicht getraut. Aber ich habe mir sein Gesicht gemerkt.«

Sie gingen nicht in die Vorlesung, sondern gleich zu Hedwig. Sie löste geschickt das Siegel von der Wohnzimmertür und schob Lisl hinein. Lisl hatte nie zuvor eine verwüstete Wohnung gesehen. Verständnislos starrte sie auf diesen Berg an zerrissener Wäsche, Büchern, Schriftstücken und die aufgesprengten Schreibtischschubladen.

Dann sah sie das Bild. Es war zertrampelt, und jemand hatte mit einem Messer oder einer Schere die Augen ausgestochen. Blind blickte das zerfetzte Gesicht zur Decke.

»Die Kerze hat nichts genützt«, sagte Hedwig grollend, und Lisl dachte: Die blauen Augen haben nichts genützt, jedes Blau der Welt, und doch waren sie machtlos. Die Luft im Zimmer war dick vor Haß. Lisl fühlte sich sehr schlecht, sie wußte jetzt, daß alles möglich war, und daß es keine Sicherheit mehr gab. Hedwig zog sie hinaus ins Vorzimmer und befestigte behutsam das Siegel wieder auf der Tür.

Nach einiger Zeit gelang es Hedwig, den freundlichen Polizisten allein anzutreffen. Er sagte ihr, die Willows habe man nach Theresienstadt gebracht; mehr war auch aus ihm nicht herauszubringen. Theresienstadt mußte ein schrecklicher Ort sein, aber man wußte nicht, was dort wirklich geschah. Hedwig hoffte, man werde die alten Leute nur festhalten bis nach dem Krieg. Lisl glaubte nicht daran, sie hatte das zerstochene Bild gesehen, und sie wußte, daß auch Hedwig nicht wirklich daran glaubte.

Der Frühling kam, der Sommer und der Herbst, und die Willows kamen nicht zurück. Die Mädchen vermieden es nach den Sommerferien, über diese Sache zu reden. Sie gingen gemeinsam zu den Vorlesungen, ins Café und ins Kino. Hedwig war natürlich längst umgezogen. Die Wohnung war so rasch von neuen Mietern bezogen worden, daß es aussah, als habe man schon ungeduldig darauf gewartet.

Und sie unterhielten sich miteinander, wie sich eben junge Mädchen unterhalten; manchmal verstummten sie beide, und jede wußte dann, woran die andere dachte. Gewisse Wörter mußten sie eine Zeitlang vermeiden, zum Beispiel das Wort Fondants. Aber Fondants gab es ohnedies längst nicht mehr.

EINE SONDERBARE LIEBESGESCHICHTE

Ich weiß nicht, was ich dafür gäbe, wenn ich Peter endlich loswerden könnte. Keinen Groschen natürlich, ich will ihn gar nicht loswerden, er ist ja jetzt mein einziger Besitz. Stimmt auch nicht, Peter gehört weder mir noch sonst jemand. Also besitze ich in Wahrheit gar nichts, das ist ein bißchen wenig, besonders für eine Frau, und ganz besonders für eine Frau, die nicht mehr jung ist.

Die Einbildung, Peter zu besitzen, ist schon recht alt. Ja, fünfundzwanzig Jahre schlage ich mich schon mit Peter herum oder eigentlich eher mit dem Bild, das ich mir von ihm gemacht habe. Er selber hat wirklich niemals versucht, mich von sich abhängig zu machen, er mißbilligt sogar sehr, daß es soweit gekommen ist. Aber was könnten wir nach so langer Zeit noch dagegen tun?

Es fing damit an, daß ich neben ihm an einem Pult saß, in einer sehr modernen Schule, in der man großen Wert darauf legte, Buben und Mädchen schön gemischt im Klassenzimmer zu verteilen. Das hatte für die Kinder gewisse Vorteile; die Mädchen konnten von den Buben Mathematikarbeiten abschreiben und die Buben von den Mädchen Englisch- und Lateinarbeiten. Auf diese Weise ist in unserer Klasse niemals jemand durchgefallen.

Damals, in der ersten Klasse, haßte ich den Schuldiener, weil er mich ausgelacht hatte, und teilte diese Tatsache sogleich in der Pause meinem Pultnachbarn mit. Wir waren beide zehneinhalb Jahre, ich einen Kopf kleiner als Peter, dafür viel rundlicher. Peter sah mich lange und nachdenklich an und sagte: »Bist du ganz sicher?« – »Natürlich«, schrie ich, »ich könnte ihm glatt die Zähne einschlagen mit dem Tintenfaß.« Dies schien auf Peter tiefen Eindruck zu machen. Er sah mich an, wie man ein exotisches Tier ansieht, und sagte dann, und es klang fast betrübt: »Ich hasse gar nichts. Du mußt mir immer genau beschreiben, wie es ist, wenn man haßt.« Ich fühlte mich geschmeichelt von dem Interesse, das er mir entgegenbrachte, und fing an, mich näher mit ihm zu befassen. Er hatte schmale Hände mit langen Fingern, und deshalb fand ich, er müsse ein Gelehrter werden. Damals, vor fünfundzwanzig Jahren, war dies ein durchaus erstrebenswertes Ziel. Irgend etwas warnte mich aber davor, ihm diesen Beschluß direkt mitzuteilen. Vielleicht war es günstiger, ihn ganz heimlich und unmerklich in seine künftige Laufbahn zu drängen.

Die folgenden acht Jahre war ich hauptsächlich damit beschäftigt, Peter zu beobachten, mich über ihn zu ärgern, Störungen von ihm fernzuhalten, ihn zu verehren und nicht zuletzt den Kasper für ihn zu spielen: er neigte nämlich als Kind zu traurigen Stimmungen. Natürlich lernte ich nebenbei genug, um immer ohne Schwierigkeiten durchzukommen. Es wäre mir nicht schwergefallen, eine sehr gute Schülerin zu sein, aber mein Ehrgeiz bewegte sich in eine andere Richtung.

In den ersten Jahren mußte ich Peter immerzu Geschichten erzählen, in denen es recht wild zuging, je barbarischer, desto besser. Die von mir erfundenen Personen lebten in einem Tropenklima überhitzter Leidenschaften, stachen mit Dolchen um sich, sprangen vor Gram ins Meer, weinten, tobten, haßten und liebten. Sie führten sich dermaßen auf, daß ich mich zeitweilig selber vor ihnen fürchtete. Peter aber erheiterten und entzückten sie auf eine Weise, die mich zu immer neuen Ausschweifungen anspornte. »Zeig mir«, sagte er, »wie hat Miranda den wüsten Kapitän gehaßt?« Und ich fletschte die Zähne, rollte die Augen und riß mir beinahe die Haare aus. Er beobachtete mich sehr genau, die grauen Augen ernst und groß auf mich gerichtet, und einmal sagte er nach einer Vorstellung: »Eigentlich möchte ich dich beneiden, aber ich weiß nicht genau, wie man das macht.« Ich versuchte, ihm Neid zu erklären, aber er schien es nicht recht zu begreifen.

Im Lehrmittelraum hing ein Spiegel, in dem sich jahrein jahraus nur ein ausgestopfter Auerhahn spiegelte. Eines Tages überraschte ich Peter vor diesem Spiegel, wie er die Zähne fletschte, die Augen rollte und an seinen kurzen Haaren riß. Erst stand ich ganz starr vor Staunen, dann begriff ich, daß er meine Haßdarstellung nachahmte. Es wurde aber etwas ganz anderes daraus. Ich mußte an eine Figur aus dem Marionettentheater denken. Irgend etwas an Peters Bewegungen war mir nicht angenehm und wurde mir immer unheimlicher, bis ich leise weglaufen wollte. Aber da hatte er mich entdeckt, drehte sich zu mir um und rief lachend: »Ich kann es einfach nicht, lach mich ruhig aus, ich muß gar kein Talent dazu haben.« Mir war nicht nach Lachen zumute, ich war verlegen, als hätte ich ihn bei einem Unrecht ertappt. Aber er war ganz unbefangen und machte sich über sich selber lustig. Das war übrigens eine seiner rätselhaften Eigenschaften. Kinder sind im allgemeinen sehr empfindlich und fürchten nichts mehr als den Spott anderer Kinder. Aber Peter konnte man nicht beleidigen, kränken oder beschämen. Manchmal schien er mir völlig gefühllos zu sein.

Es gibt Kinderfreundschaften, die ein ganz normales Ende finden, meist durch räumliche Trennung. Trifft man später einen solchen Freund, kann man ihn nicht einmal mehr sympathisch finden, man merkt, daß man nichts mit ihm gemeinsam hat, und redet belangloses Zeug und fühlt sich deprimiert und gelangweilt. Und plötzlich sagt dieses fremde Geschöpf: »Erinnerst du dich an den Müller in der dritten Bank, den mit den roten Hosenträgern?«, und alles ist verwandelt. Dir gegenüber sitzt ein kleiner Bub mit Sommersprossen, das wichtigste und liebenswerteste Wesen auf der Welt, du schlägst ihm beseligt auf die Schulter und merkst, daß es die dicke Schulter des Fremden ist. Dein Gelächter bricht ab, später bemühst du dich, ihm aus dem Weg zu gehen, wahrscheinlich geht es ihm genauso, denn ihr trefft euch nie wieder.

Genauso hätte es mit Peter und mir auch kommen können. Wenn meine Mutter gelegentlich einmal Zeit gefunden hätte, sich um mich zu kümmern statt um ihre gesellschaftlichen Verpflichtungen, hätte ich bestimmt nicht acht Jahre lang mit Peter in einer Bank gesessen, sondern sehr bald in einer möglichst weit von ihm entfernten Schule. So aber wurde, als wir aufhörten, Kinder zu sein, aus der Kinderfreundschaft zwangsläufig etwas anderes. Verlieben konnten wir uns nicht ineinander, dazu war unser Verhältnis zu geschwisterlich vertraut. In der Literatur liest man zwar häufig, daß Geschwister sich ineinander verlieben, im Leben bin ich aber keinem einzigen derartigen Paar begegnet. Wir waren also so vertraut miteinander wie Bruder und Schwester (beide waren wir Einzelkinder), es gab aber für uns keinen Anlaß zu streiten um Spielsachen, Näschereien oder die Liebe der gemeinsamen Eltern. Also fehlte auch irgend etwas an der Beziehung, um sie wirklich geschwisterlich werden zu lassen. Beide wuchsen wir daheim in einer kühlen Umgebung auf, was wir an Wärme, Verständnis und Nähe brauchten, mußten wir uns voneinander holen. Was waren wir also wirklich? Weder Geschwister noch ein Liebespaar, und weil wir es nicht besser verstanden, bildeten wir uns ein, Freunde zu sein, ganz einfach Freunde.

Aber eigentlich will ich ja erzählen, wie Peter sich selbst und alle Leute, an denen ihm lag, im Laufe der Zeit ruiniert hat. Noch immer bin ich nicht hinter die Ursachen gekommen. Manchmal glaube ich plötzlich die Zusammenhänge zu erkennen. Ich erwache um Mitternacht, und alles ist mir ganz klar, ich seufze ein bißchen, schlafe wieder ein, und am Morgen erinnere ich mich an nichts. Alles ist so verworren, ich müßte den Faden finden und ihn zurückspulen, aber ich finde den Anfang nicht, nur das Ende, das, was kommen wird, steht mir jeden Tag deutlicher vor Augen. Hätte Peter nur mich ruiniert, würde ich die Ursache bei mir suchen. Aber nach allem, was rings um ihn herum geschehen ist, muß es an ihm liegen. Und das kränkt und ärgert mich Tag und Nacht.

Wo fängt die Geschichte wirklich an? Vielleicht bei Peters Gerechtigkeitssinn und dem Hang zu etwas, das er objektives Denken nannte. Ich sehe uns alle in der Zehnuhrpause im Schulhof, das muß in der zweiten Klasse gewesen sein; irgend jemand macht den Vorschlag, den Bogner Toni zu verprügeln, weil er schon wieder Jausengeld gestohlen hat. Peter legt den Zeigefinger an die Nase und zieht die Brauen zu einem geraden Strich zusammen (davon hat er jetzt eine tief eingegrabene Falte) und sagt: »Das nützt gar nichts. Das Stehlen ist beim Toni wie eine Krankheit, er kann nicht anders.« Darüber bricht höhnisches Gelächter aus. Ich selber, rot im Gesicht vor unterdrücktem Zorn, ärgere mich über Peters unverständliche Rede. Nach einer Abstimmung wird beschlossen, den Toni zu verprügeln. »Na schön«, sagt Peter gelangweilt, »von mir aus, tut was ihr wollt, es ist aber furchtbar dumm von euch«, und er nimmt mich bei der Hand und geht mit mir weg. Die Buben gehen den Toni prügeln, bald hört man schreckliches Geschrei, aber Peter scheint es gar nicht zu berühren, er hat mir einen Zeitungsausschnitt mitgebracht über eine ganz wichtige Sache, und den liest er mir vor.

Natürlich wurde Toni nicht vom Stehlen geheilt, er stahl bis in die achte Klasse, und man nahm es längst als eine unangenehme Veranlagung hin, wie Schweißfüße etwa. Peter hatte völlig recht behalten, aber er schien das ganz vergessen zu haben. Es war ihm nicht um Toni gegangen, sondern um ein Prinzip. Um das zu verstehen, war ich entweder zu dumm oder in meinem Wesen zu verschieden von Peter.

Wenn ich jetzt zurückdenke, sehe ich auch, daß er nicht sehr beliebt war in der Klasse, jedenfalls nicht so beliebt, wie ich ihn gern gesehen hätte. Man hatte Respekt vor ihm, weil er mutig war und niemals zögerte, seine Meinung zu sagen. Heute weiß ich; es war nicht Mut, er war einfach so beschaffen, daß er nichts anderes sagen konnte als die Wahrheit. Aber es fiel ihm zu meinem Kummer niemals ein, für seine Meinung zu kämpfen. Es schien ihm vollkommen gleichgültig zu sein, ob sich auch nur ein Mensch nach ihm richtete oder nicht. Hätte er ein bißchen Draufgängertum besessen, hätte er zum Klassenheros werden können. Peter aber war kein Draufgänger, und nichts wäre ihm lästiger gewesen, als von einer Bande Halbwüchsiger verehrt zu werden. Er fügte sich in die allgemeinen Unternehmungen ein, soweit sie ihm nicht zuwider waren, und wünschte im übrigen nichts, als halbwegs in Frieden lesen und nachdenken zu können.

Bei den Lehrern war er beinahe unbeliebt, Lehrer empfinden kritische, unbestechliche Kinder als eine Gefahr für ihre Autorität. Peter konnte sehr witzig sein, wenn er gerade Lust dazu hatte, und es wäre ihm ein leichtes gewesen, unsere Lehrer der Reihe nach lächerlich zu machen. Es hätte ihm bestimmt den Beifall der ganzen Klasse eingetragen. Mir wäre dies nur recht gewesen, jedes weibliche Wesen sieht es gern, wenn das geliebte Mannsbild zu Ehren kommt. Und sicher hab' ich Peter damals geliebt, mit einer Mischung von zorniger, ehrgeiziger Mutterliebe und tiefer Verehrung einem höheren Wesen gegenüber, mit der Liebe, die man sehr selten einmal in einer wirklich guten Ehe findet. Und tatsächlich war Peter für mich ein höheres Wesen. Er schien mir umgeben von einer Aura der Lauterkeit. Er log nicht, war nicht heimtückisch, boshaft, schmutzig und grausam, wie Kinder in jenem zwielichtigen Alter es fast immer sind. Und dies alles war ihm keine Anstrengung, er war gut, weil er nicht schlecht sein konnte. Übrigens hat er längst erreicht, daß ich die Wörter »gut« und »schlecht« nicht mehr gebrauche. Aber das würde zu weit führen. Damals gebrauchte ich sie noch ganz unbefangen.

In letzter Zeit, seit ich so viel über uns nachdenke, ist mir klargeworden, daß ich für Peter damals eine große Plage gewesen sein muß. Ich kann mir gar nicht vorstellen, warum er mich um sich duldete, er mußte doch merken, daß ich kein Wort verstand, das er sagte, und daß ich ihn eben aus den Gründen liebte und bewunderte, für die er um keinen Preis geliebt und bewundert werden wollte. Nicht ein einziges Mal in unserer Schulzeit habe ich Peter verstanden. Jetzt tue ich es manchmal, aber erst nach Jahren unsäglicher Mühe und auch nur mit dem Kopf. Ich glaube, er muß sich sehr einsam gefühlt haben; etwas Besseres als mich gab es nicht, und so hat er mich eben hingenommen. Vielleicht konnte er sich auch manchmal über mich amüsieren, und die Gewohnheit darf man auch nicht unterschätzen. So muß es gewesen sein, soweit ich es heute beurteilen kann. Oder doch ganz anders? Vielleicht bedeutete ihm, dem Außenseiter, eine warme Kinderhand auf der seinen, die Bewunderung und das Vertrauen in meinen Augen mehr, als verstanden zu werden.

Zwei- oder dreimal hatte er Schwierigkeiten mit Lehrern, weil er sie darauf aufmerksam machte, daß sie im Unrecht waren. Da er seine Beschuldigung in höflichem Ton vorbrachte und, wenn der Lehrer in Erregung geriet, immer sachlich und ruhig blieb, und weil er jedesmal vor dem Direktor die Richtigkeit seiner Behauptung beweisen konnte, blieben die betreffenden Lehrer machtlos gegen ihn. Aber sonderbarerweise machten ihn diese Vorfälle nicht zum Klassenhelden. Es war geradeso, als hätten sich Lehrer und Schüler stillschweigend geeinigt, Peters beunruhigende Existenz totzuschweigen. Es wird zwar immer behauptet, Kinder legten größten Wert auf Gerechtigkeit, ich glaube das nicht, Kinder wollen nicht unbedingt gerecht, sie wollen nur überhaupt behandelt werden. Im Grunde verschaffen ihnen Lob wie Tadel das gleiche Gefühl der Befriedigung. Peter, der so anders war als sie, ein richtiger Fremdling, war ihnen nicht geheuer. Mir war er es auch nicht. Manchmal geriet ich sogar in Versuchung, ihn stehenzulassen und mit der Herde zu laufen. Aber damals war er für mich schon so wichtig geworden, daß ihn aufgeben für mich bedeutet hätte, mich selber aufzugeben.

Peter aber schien von alledem nichts wahrzunehmen. Später, in den höheren Klassen, merkte er nicht einmal, daß einige Mädchen anfingen, ihm schöne Augen zu machen. Erst damals entdeckte ich durch diese anderen Mädchen, daß Peter außergewöhnlich gut aussah. Aber diese Entdekkung bedeutete mir nichts, Peter war Peter, einerlei, wie er aussah. Nur schmeichelte es meiner Eitelkeit, mit einem so umworbenen jungen Mann befreundet zu sein. Peter dachte weder an Mädchen noch an sein Aussehen, er war nach wie vor ein besessener Leser. Es ist wahr: Alles, was ich weiß, verdanke ich ihm. Manchmal träume ich davon, wie schön es wäre, dies alles nicht zu wissen. Aber mein Gedächtnis ist ausgezeichnet, und ich war Peters gelehrige Schülerin.

Der Krieg trennte uns, und wir sahen uns mehrere Jahre nicht. Im ersten Jahr ohne Peter fühlte ich mich wie ein Kind, das erst laufen lernen muß, dann endlich fing ich an, mich auf eigene Füße zu stellen, und ich erinnere mich, daß ich mich manchmal erleichtert fühlte, befreit von einer viel zu schweren Last. Im letzten Kriegsjahr heiratete ich einen besonders liebenswerten Mann, dem ich schon nach den ersten Wochen unrecht tat, indem ich anfing, ihn durch Peters Augen zu sehen. Mein Mann war warmherzig, tatkräftig, sinnenfroh und heiter, ein Mensch, mit dem jede normale Frau glücklich sein mußte.

Und dann, ein paar Jahre später, war eines Tages Peter wieder in der Stadt. Er sah mager und ausgemergelt aus, aber unbeschwerter und gelöster als früher. Er hatte im Ausland sein Studium beendet und war auf dem besten Wege, das zu werden, wofür ich ihn in der ersten Klasse bestimmt hatte, ein Gelehrter. Er war verlobt mit einem jungen, kindlich wirkenden Mädchen, das hübsch aussah, wirklich zum Verlieben. Gabi hieß sie und hatte einen Hang zum Leichtsinn; vielleicht war sie nicht besonders gescheit oder gebildet, aber das schien Peter nicht zu stören. Wäre diese Ehe gutgegangen, hätte es auch für mich eine Chance gegeben: Ich war ja noch jung genug, um mich anzupassen. Ein glücklicher Peter hätte mich nicht gebraucht, und mein Mann, der ihn vom ersten Blick an nicht ausstehen konnte (während Peter eine sehr hohe Meinung von ihm hatte), wäre nicht ständig seinetwegen verärgert gewesen.

Anfangs fand ich, Peter sei zu nachsichtig mit seiner Frau; er verwöhnte sie über alle Maßen und behandelte sie wie ein etwas zurückgebliebenes, reizendes Kind. Mit den Jahren wurde aus ihr, ich verstehe noch immer nicht, wie das geschehen konnte, eine verschwenderische, launenhafte und gewöhnliche Person. Sie machte Szenen und Schulden und betrog ihn ganz unbekümmert. Anfangs schwieg Peter hartnäckig über seine Ehe, später, als es nichts mehr zu verheimlichen gab, verteidigte er seine Frau. »Sie ist eben so«, sagte er, »man kann sie dafür nicht verantwortlich machen.« Ich erinnerte mich an das reizende Kind, das er geheiratet hatte, und wurde plötzlich wütend. Er hatte sie behandelt wie ein Schoßtierchen, jetzt war sie nicht mehr reizend und auch kein Schoßtierchen mehr, sie trank und kümmerte sich nicht um ihr Kind, von dem gemunkelt wurde, daß Peter nicht der Vater sei. Und er saß da und verteidigte sie in einer Weise, die mir das Blut ins Gesicht steigen ließ.

Ich wollte ihm das sagen, das und noch viel mehr, aber plötzlich sah ich, daß er gar nicht mehr so aussah wie damals, als ihm die Mädchen schöne Augen gemacht hatten. Sein Gesicht schien zerstört von einer unfruchtbaren Trauer, ein Gesicht, das viele Schläge eingesteckt hatte; ich konnte es nicht auch noch schlagen.

Übrigens war mit mir auch alles schiefgegangen. Ich hatte keine Ursache, einem anderen Menschen Vorwürfe zu machen. Meine Ehe war, für mich ein wenig überraschend, auseinandergegangen. In den letzten Monaten hatte ich so wenig an meinen Mann gedacht, daß mir gar nicht aufgefallen war, daß es so schlimm stand mit uns. Ich erinnere mich sehr gut, wie es war. Er stand am Fenster und sah auf die regennasse Straße hinunter und sagte ganz ruhig: »Ich möchte mich scheiden lassen, und wie ich dich kenne, wirst du mir keine Knüppel in den Weg legen. Ich habe eine Frau kennengelernt, die mich so gern hat, wie ich bin. Ich wußte schon gar nicht mehr, wie gut das tut. Du hast mich doch nie wirklich gebraucht, nicht wahr?«

Er wandte sich so heftig um, daß ich zusammenfuhr. Er sah jung und liebenswert aus, wie damals, als ich mich in ihn verliebt hatte, das kam davon, daß jene fremde Frau ihn brauchte. Ich sagte, er könne die Scheidung jederzeit haben, und wünschte ihm Glück, und die ganze Zeit wußte ich, daß alles ganz falsch war und daß es mit uns sehr gut hätte gehen können. Es war ja auch gutgegangen, solange ich ihn mit meinen eigenen Augen gesehen hatte. Ich stand kaum zwei Meter von ihm entfernt und wußte, daß mit ihm etwas aus meinem Leben verschwand, das ich nie wieder finden würde. Nicht, weil es so schwer zu finden war, sondern weil ich die Fähigkeit verloren hatte, dieses einfache Glück anzunehmen. Ich war dafür ganz und gar verdorben. Ich trat einen Schritt näher und küßte ihn auf die Wange. Es war eine sehr angenehme Wange, nur gehörte sie einer anderen Frau.

Nach der Scheidung hatte ich viel Zeit, mich um Peter zu kümmern. Endlich konnten wir einander treffen, sooft wir wollten, und bald verging kein Tag, an dem wir uns nicht gesehen hatten.

Es ging ihm wirklich sehr schlecht. Er sagte, er fühle sich eingekreist und könne nach keiner Richtung hin etwas unternehmen. Es gab mancherlei Ärgernisse. So hatte er seit langem gewußt, daß sein engster Mitarbeiter ein pathologischer Lügner war. Jetzt war er einer gefährlichen Verleumdung auf die Spur gekommen, brachte es aber nicht über sich, ihn anzuzeigen, nicht aus Mitleid, wie er sagte, sondern weil man mit einem Kranken nicht rechten konnte, und das Gericht würde bestimmt keine Rücksicht auf die Krankheit des Mannes nehmen. Es war unbegreiflich, er schien sich nicht eben viel aus der Verleumdung zu machen. Alle die Leute, die uns Tag für Tag zum Zerspringen ärgern, wären nur so bösartig, weil sie viel zu dicht aufeinanderhockten, sagte Peter: »Schenk jedem eine Farm und damit die Möglichkeit, die Nachbarn nur dreimal im Jahr zu sehen, und du hast lauter gastfreundliche, angenehme Menschen aus ihnen gemacht.« Das mag stimmen, aber ich kann ihnen keine Farmen schenken, und ich muß mich weiter über sie ärgern. Peters Argumente sind mir kein Trost. Das schlimme ist nur, daß jetzt, seit ich seine Gedanken denke, alle meine Handlungen mir für Augenblicke völlig unverständlich sind. Wie kann ein Mensch nur so dumm und gefühlsmäßig reagieren. Es schmerzt mich, dies zu sehen. Im nächsten Augenblick bin ich wieder ganz ich selber, und schon möchte ich nur zu gern dem Straßenbahnschaffner, weil er frech zu mir ist, gegen das Schienbein treten. Ich wünschte, ich könnte irgendwo ein bißchen Ruhe finden.

Vielleicht hätte ich Peter nicht zum Wissenschaftler bestimmen sollen, jetzt ist er Biologe, und ich finde, das tut ihm nicht gut. Eine Alge, ein Kohlkopf, ein Hund oder ich, in seinen Augen besteht kein wesentlicher Unterschied. Ich weiß: alles, was er sagt, ist die reine Wahrheit, ich bin auch nicht hochmütig gegen Algen, Kohlköpfe und Hunde, besonders nicht gegen Hunde, nur möchte ich wissen, was ich dann überhaupt noch bin. Vielleicht hat es mich gar nie gegeben.

Als es so weit mit mir gekommen war, gab es Tage, an denen ich mich vor Peter fürchtete, vor Peter, den ich seit fünfundzwanzig Jahren kenne. Der arme, alte Peter, freilich war er arm, niemand wußte das besser als ich, aber die Menschen, denen er seine unbestechliche Gerechtigkeit angedeihen ließ, waren noch ärmer. Sie hatten nie etwas anderes gewollt als gehaßt, geliebt, geschlagen und gestreichelt werden, um keinen Preis wollten sie gerecht behandelt oder gar verstanden werden. Es gibt überhaupt nichts Schlimmeres, als verstanden zu werden, und ich muß das wissen, weil Peter mich nämlich versteht. Es gibt auf der ganzen Welt kein einziges Mauseloch, in dem ich mich vor ihm verstecken könnte.

Eines Tages kam seine Frau zu mir und saß leicht betrunken in meiner Küche. Ich gab ihr Kaffee, aber sie trank ihn nicht. Sie sah abscheulich und erbarmungswürdig aus, und ich glaube, sie wollte etwas von mir, konnte sich dann aber nicht mehr erinnern und ging nach einer Weile weg, ohne darauf gekommen zu sein. Drei Tage später schluckte sie die Schlaftabletten. Alle wußten, wie arg sie es getrieben hatte und wie gut Peter zu ihr gewesen war. Eine Zeitlang waren die Leute penetrant freundlich zu ihm, und er bekam eine Menge Einladungen. Weil er sie nicht annahm und auch keinerlei Dankbarkeit zeigte, verloren sie alsbald jegliches Interesse an ihm.

Allmählich kam eine etwas bessere Zeit für ihn. Er war auf friedliche Weise den pathologischen Lügner losgeworden und vergrub sich nun vollkommen in seine Arbeit. Irgend etwas Wichtiges, woran er schon jahrelang experimentiert hatte, war ihm endlich gelungen. Seine Schwiegereltern hatten das Kind, ein kleines Mädchen, zu sich genommen, und Peter fand eine Frau, die seine Wohnung in Ordnung hielt. Er erzählte mir, daß sie ihn, in Grenzen, bestahl, und hielt es für gewitzt, eine unehrliche Person zu beschäftigen, die, von Gewissensbissen gequält, mehr arbeiten würde als eine ehrliche.

Ein halbes Jahr später lief sie ihm nach einem wilden Auftritt weg. Peter war äußerst erstaunt darüber. »Stell dir nur vor«, sagte er, »sie hat wie von einer Wespe gestochen plötzlich geschrien: ›Ich pfeife auf Ihr Geld und auf die gute Behandlung. Ein Mensch braucht auch einmal eine Ansprache, und es wundert mich überhaupt nicht, daß Ihre Frau sich umgebracht hat. Das kann ja kein Mensch aushalten.‹ Sie hat ausgesehen wie du in der Schule, wenn du deine wilden Geschichten erzählt hast«, und nach einer Weile nachdenklich: »Sie scheint mich wirklich zu hassen. Verstehst du das?« Diesmal schwieg ich nicht. Ich schrie nicht, dazu war ich zu lange seine Schülerin und sein Geschöpf gewesen. Ich erklärte ihm ganz ruhig, daß die Frau ihn haßte, weil er sie um ihr Recht gebracht hatte, als ein mit Fehlern behaftetes Wesen gescholten und gestraft zu werden und schließlich nach einer Tränenflut Verzeihung zu erlangen.

Peter nahm es sehr ruhig hin. »Du glaubst also«, sagte er, »daß Gabi auch nichts anderes gewollt hat?« – »Ja«, sagte ich, »das glaube ich.« Plötzlich sah er ganz fremd aus, grau und verstört, und da wurde mir klar, daß er Gabi geliebt hatte, wenn ich mir auch nicht vorstellen kann, daß er liebt. »Und du«, fragte er, »du auch?« Ich nickte. Das schien ihn aufzubringen. »Aber du weißt doch genau, daß es nur eine idiotische Zeitverschwendung ist, unwürdig und obendrein lächerlich.« Ich gab zu, es zu wissen. »Irgend etwas muß nicht stimmen mit den Menschen«, sagte ich, »vielleicht sind sie alle verrückt und du bist der einzige Normale.« Eine Weile saß er schweigend, und dann sagte er: »Das halte ich nicht für möglich. Wenn es so ist, wie du sagst, bin natürlich ich verrückt und erfahre nur durch dich, was normal ist.« Und dann, als wäre ihm plötzlich etwas sehr Wichtiges eingefallen: »Wenn ich dich bitte, weit wegzugehn von hier, so daß du mich nie mehr sehen wirst?« Ich mußte ein bißchen lachen, er wußte doch genau, daß es für mich zu spät war. Zum erstenmal sah ich ihn verzweifelt und hilflos wie irgendein ganz gewöhnlicher Mensch, und ich weiß nicht warum, aber ich trat zu dem Tisch, an dem er saß, und legte meine Hand auf seine Augen. Dabei spürte ich Zorn, Mitleid und Liebe, ja, Liebe auch, wenn auch nicht die allgemein verbreitete Art. Dann spürte ich seinen Mund in meiner Handfläche, und flüchtig ging es mir durch den Kopf, daß ich ihm vielleicht helfen könnte, hätte ich ihn heute erst kennengelernt. Früher einmal war nämlich viel Kraft und viel Fröhlichkeit in mir. Aber weil ich Peter schon fündundzwanzig Jahre kannte, hatte ich meine Kraft und Fröhlichkeit längst verloren, und nun konnte ich ihm nicht mehr helfen. Wahrscheinlich war ohnedies alles nur Einbildung, und kein Mensch kann einem anderen helfen, schon gar nicht, wenn der andere Peter ist.

Wir gingen von seinem Labor, wo wir dieses Gespräch geführt hatten, zu mir nach Hause, und seitdem bin ich Peters Geliebte. Aber dieses Wort paßt schlecht auf mich. Ich fühle mich jedenfalls nicht, wie eine Geliebte sich fühlen sollte. Ich bin wie ein kleiner Eisenbahnwaggon, der fünfundzwanzig Jahre lang verschlungene Wege gefahren ist, durch eine sehr fremde, merkwürdige Landschaft, und der erst spät bemerkt hat, daß er auf Schienen läuft und nie andere Wege kennenlernen wird als die vorherbestimmten. Selbst wenn man den kleinen Waggon von den Schienen befreite, er könnte sich an keine andere Landschaft mehr gewöhnen als an die fremde und merkwürdige, für die er ursprünglich gar nicht bestimmt war.

Peter ist übrigens sehr liebevoll und gerecht zu mir. Er kennt jede meiner Regungen und versucht zartfühlend, es vor mir zu verbergen. Aber er kann nichts mehr vor mir verbergen. Wir tun so, als liebten wir einander, aber wir wissen, daß wir keine andere Wahl haben. Auf der ganzen Welt gibt es keine Frau für Peter und keinen Mann für mich. Wir führen ein friedliches Leben. Nachts, wenn wir nicht schlafen können, was ziemlich oft vorkommt, halten wir uns an den Händen und schauen zur Decke, und manchmal lese ich Peter aus den Wochenzeitungen vor, Eifersuchtstragödien und Berichte über große Leidenschaften, Mord und Totschlag. Das erheitert ihn zuweilen wie damals in der Schule meine erfundenen Geschichten.

Eine Zeitlang wollte er, daß wir Gabis Kind zu uns nehmen. Es ist mir aber gelungen, ihm das auszureden. Jetzt besucht er die Kleine gelegentlich. Später werde ich dafür sorgen, daß sie möglichst weit weg von ihm bei ganz durchschnittlichen Menschen aufwachsen kann. Manchmal bilde ich mir ein, daß Gabi, als sie betrunken in meiner Küche saß, darüber mit mir reden wollte.

DER ENTSCHLUSS

In der ersten Novemberwoche nahm sie eine Woche Urlaub und fuhr zu ihrem Sohn – eine ziemlich arge Dummheit, wie sie sich selber eingestehen mußte. Man besucht nicht ein Kind, das erst zwei Monate im Internat lebt und sich kaum eingewöhnt hat.

Aber sie tat häufig derartige Dinge und war alt genug, um solche Anfälle, wenn schon nicht gelassen, so doch geduldig hinzunehmen. Sie gehörte nämlich zu den Leuten, die offenen Auges ins Unglück rennen, immer und immer wieder, und nie dazulernen. Diese ewige Wiederholung war nachgerade langweilig geworden. Sobald sie sich entschlossen hatte, irgend etwas zu tun, konnte nichts auf der Welt sie von dem Entschluß abbringen, am allerwenigsten sie selber. Sie entwickelte dann eine Härte gegen sich und andere, die jeden, der sie nicht sehr gut kannte, in Bestürzung versetzte.

Daß es ihren zehnjährigen Sohn gab, war die Folge eines derartigen Entschlusses, und ebenso, daß er plötzlich aus seinem warmen Nest gerissen und in ein Internat geschickt worden war. Daß es ihn gab, mochte gut oder schlecht sein, darüber nachzudenken war sinnlos. Ihn so bald aus dem Haus zu geben, war ihr noch vor drei Monaten richtig erschienen. Seit sie nämlich bemerkt hatte, daß dieses zarte, verletzbare Kind viel zu sehr an ihr hing. Was hatte man nach einer so bestürzenden Entdeckung zu tun? Man mußte das Band zerreißen, ehe es langsam das Leben des Kindes drosselte. Das war ihr damals ganz unvermeidlich erschienen. Trotz der spärlichen und nichtssagenden Briefe, die kamen, wußte sie, daß er Heimweh hatte. Auch sie hatte einmal geglaubt, vor Heimweh sterben zu müssen, und war nicht gestorben.

Seit zwei Monaten wagte sie nicht mehr den Schulkindern nachzuschauen. Zu viele kleine Buben hatten die verdächtige Gewohnheit angenommen, sich für Sekunden in ihn zu verwandeln. Dann trat sie vom Fenster weg oder flüchtete in einen Hauseingang, bis die Bedrohung vorüber war.

Sie rauchte jetzt mehr als ihr guttat und machte Überstunden, nur um nicht zu lange allein in der Wohnung zu sein. Noch nie hatte sie soviel aufgeräumt wie in der letzten Zeit, es gab keine einzige unordentliche Schublade mehr und keinen ungestopften Strumpf, und die Wohnung befand sich in einem Zustand strahlend ungemütlicher Sauberkeit. Manchmal weinte sie auch, aber nur ganz kurz, ein, zwei Schluchzer, es war einfach zu gefährlich, wirklich damit anzufangen.

Weil sie sich kannte, versuchte sie erst gar nicht, sich in Gesellschaft abzulenken, ins Theater zu gehen oder daheim die halbe Nacht Platten zu spielen. Das alles konnte ihr nicht helfen. Es gab nur eines: sich ganz ruhig verhalten und inmitten der herzbeklemmenden Finsternis warten. Es würde vorübergehen, wie noch alles vorübergegangen war.

Wenn sie abends in ihrem Wohnzimmer las, ohne das Gelesene aufzunehmen, oder an einem monströsen Ding strickte, das nie ein Pullover werden würde, fing die Stille an, sich bedrohlich zu ballen und sie zu bedrängen. So war es wohl bei einem Verhör im grellen Scheinwerferlicht, wenn die Schläge auf einen niederprasseln: rechts und links und über den Mund und noch einmal und immer wieder. Diese Schläge waren gut und nützlich, denn je wütender die Bedränger zuschlugen, desto eher mußten sie ermatten. Nie wäre es ihr eingefallen, zu flüchten oder auch nur das Radio einzuschalten und fremde Stimmen ins Zimmer zu lassen. Erst mußte alles überstanden sein. Sie konnte es aushalten; das schlimmste aber war, daß sie nicht auch die Schläge auf sich lenken konnte, die für einen anderen bestimmt waren, für einen, der noch nie geschlagen worden war und von dem sie nicht wissen konnte, wie er es ertrug.

Als die Angriffe endlich erlahmten, wurde auch sie schwach und faßte jenen Entschluß, der ihr eine Stunde später schon dumm und verhängnisvoll erschien, den sie aber durchführen mußte, weil er nun einmal gefaßt war.

So kam es also, daß sie eines Tages im Zug saß, zwischen Wiedersehensfreude und Ärger hin- und hergerissen. Die Landschaft vor den Fenstern wandelte sich von der Ebene zum Hügelland und gegen Abend zum Gebirge. Auf den Wiesen standen und lagen wiederkäuende Rinder. Es war mild, fast warm, und kein Reif hatte die Grasstoppeln verbrannt. Und über den Wiesen loderten rot, orange und gelb die großen Wälder. Das Internat lag im Bergland, fern von Staub und Gestank der Großstadt, gerade das richtige für ein zartes und ein wenig verwöhntes Kind. Hier würde sich ihr Sohn erholen und bei guter Luft und viel Sport im Freien groß und kräftig werden. Das war natürlich dummes Gewäsch, an das sie keine Minute glaubte. Kein Mensch war je von guter Luft und Sport groß und gesund geworden. Was ein Kind wirklich brauchte, waren Liebe und Geborgenheit, anständiges Essen und ein Mensch, der sich um seine Schuhe, Kleider und Aufgaben kümmerte, der es am Abend zudeckte und ihm gute Nacht wünschte.

Sie zuckte zusammen und zog den Kopf ein. Ging es denn schon wieder los: rechts und links und über den Mund und noch einmal und immer wieder.

Der Zug schien jetzt zu kriechen und hielt an den winzigsten Stationen. Leute stiegen ein und aus, Gestalten in rauhem Loden und Leder unterhielten sich in einem ebenso rauhen Dialekt. Sie alle waren hier geboren und aufgewachsen, sahen aber nicht besonders gesund und kräftig aus, außerdem gehörten sie wohl einem besonders häßlichen Menschenschlag an. Sie fröstelte vor Fremdheit und spürte etwas wie Haß auf sich selber, eine Ausschweifung, die sie sich nur selten gestattete.

Gerädert und zerschlagen kletterte sie aus der unguten Wärme und den schlechten Gerüchen des Abteils auf den Bahnsteig und atmete tief in der nebligen, feuchten Dämmerung. Eine schmale, kleine Gestalt kam ihr zögernd entgegen, und ein kaltes, weiches Gesicht berührte ihre erhitzte Wange. Dann traten sie hinaus auf die Straße, und er führte sie zu ihrem Quartier. Er war recht schweigsam und schluckte jedesmal laut, ehe er einen Satz herausbrachte. Im Gasthof zeigte es sich, daß man nur auf Sommergäste eingerichtet war, aber der Wirt stellte ihr eine Heizsonne in das Zimmer und benahm sich überhaupt sehr hilfsbereit und freundlich. Sichtlich war er kein Einheimischer.

Sie tranken Tee und aßen Brote dazu, und schon nach einer Stunde mußte er wieder ins Internat. So ging sie früh zu Bett, konnte aber unter dem feuchtkalten Federbett erst gegen Morgen einschlafen. Am Vormittag ging sie spazieren. Es gab nicht viel zu sehen, eine Konditorei, geschlossene Hotels und ein paar Auslagen voll geschmackloser Andenken. Dann aß sie in ihrem Gasthof viel zu fett und schwer und wartete auf ihren Sohn.

Er kam um zwei Uhr, und erst jetzt sah sie, wie zart er neben den anderen Buben aussah mit seinem blassen, kindlichen Gesicht und dem zu kurz geschnittenen Haar. Einen Augenblick lang war sie empört, daß man seine Frisur geändert hatte, dann sagte sie sich, daß es in einem Internat eben gewisse Vorschriften geben mußte. Aus irgendeinem Grund konnte sie sich aber gerade über diesen Punkt tagelang nicht beruhigen. Zu ihm sagte sie natürlich nichts darüber, es schien ihm auch ganz gleichgültig zu sein, was man mit seinen Haaren anstellte.

Er war sehr ernst, und sie konnte ihm kaum ein Lächeln entlocken. »Sind sie ekelhaft zu dir?« – »Nein.« – »Hat man dich vielleicht geschlagen?« – »Nein.« – »Wird hier überhaupt geschlagen?« Ein Zögern, gelogen hatte er nie. »Manchmal«, und hastig: »Aber mich nicht, mach dir keine Sorgen, mich nicht.« – »Hast du schon Freunde?« –

»Noch nicht, sicher werd' ich welche finden, bestimmt.« Sie hörte auf zu fragen, etwas zwang sie, ihn zu trösten, obgleich oder weil er keinen Trost verlangte.

»Es ist doch nur zu deinem Besten. Hier lernst du dich durchsetzen, das muß man lernen, sonst ist man verloren, verstehst du? Für mich ist es doch genauso schwer, wir müssen es gemeinsam durchstehen.« Und plötzlich wußte sie, wie falsch das alles klang.

Er schwieg, aber das graue Augenpaar unter den langen Wimpern sagte: »Lüg nicht, Mama, für dich ist es nicht so schlimm. Du bist groß, und niemand darf dich anbrüllen. Du mußt dich nicht mit eiskaltem Wasser waschen, du ißt gutes Essen und hast dein weiches Bett. Ich bin ganz allein, du hast mich weggeschickt, reden wir nicht mehr darüber.« Sie wußte nichts mehr zu sagen. »Gehn wir spazieren«, schlug er schließlich vor, »um vier Uhr muß ich in die Studierstunde.«

Sie gingen spazieren, auf Wiesenwegen, über Waldsteige und einen Bach entlang. Brav trabte er an ihrer Seite und wurde nur munterer, wenn er einen Hund oder eine Katze entdeckte. Während er die Tiere streichelte, wurde sein Gesicht wie früher, offen und liebevoll. Er war ganz dem Genuß hingegeben, das weiche Fell unter den Händen zu spüren.

Am Abend drehte sich der Wind, und nachts fing es an zu regnen. Und es regnete die ganze Woche bis zu ihrer Abreise. Gleich wurde es empfindlich kalt. Sie saßen in der dunklen Wirtsstube oder in ihrem Zimmer bei der Heizsonne. Er hatte jetzt die Erlaubnis erhalten, bei seiner Mutter zu lernen; und sie fragte ihn seine Aufgaben ab, wie früher einmal. Und jeden Tag gingen sie spazieren und streichelten nasse Hunde und Katzen.

Jetzt war sie nicht mehr so sicher, daß ihre Reise ein Fehler gewesen war. In dem kahlen Gasthauszimmer, vor ihrem aufgeschlagenen Bett, saßen sie an einem Tischchen, das bedenklich wackelte, obgleich sie jeden Tag versuchten, es ein wenig standfester zu machen, bei Tee und Gebäck. Der Tee war sehr dünn und ohne Aroma, wie er in Gasthäusern üblich ist, aber er war ein Symbol für früher. Sie hatte eine kleine Höhle gebaut, schlecht erwärmt von der Heizsonne, aber doch eine Höhle für sich und ihren Sohn. Mit jedem Tag wurde er ein wenig gelöster. Sie redeten von allen möglichen Dingen; oft las er ihr aus Micky-Maus-Heften vor und konnte wieder lachen wie zu Hause. Über das Internat redeten sie nie mehr. Am letzten Tag kaufte sie noch Obst und Schokolade für ihn, und er lächelte nachsichtig, und sie wußte, er würde hingehen und es mit anderen heimwehkranken Kindern teilen, vielleicht mit jenen Unseligen, die geprügelt wurden. Sie war ganz sicher, ihn würde man nicht schlagen, er hatte es verstanden, sich mit einem Hauch von Unantastbarkeit zu umgeben. Einen unbeherrschten Augenblick lang war sie sehr stolz auf ihr Kind.

Am Nachmittag, ehe er zurückmußte (sie hatten nur einen triefenden Bernhardiner gestreichelt), fragte sie ihn, erstaunt über ihre eigenen Worte: »Soll ich dich mitnehmen? Du kannst schließlich auch daheim in die Schule gehen.« Er sah sie an, und sie war entsetzt über die Grausamkeit ihrer Frage. Sein Kinn zitterte ein bißchen, dann sagte er atemlos: »Es hat keinen Sinn, Mama, ich muß jetzt schon hierbleiben.«

Zum letztenmal tranken sie Tee und wußten nichts mehr zu reden. Dann lief er den Hang hinauf, ohne sich umzusehen, eine einsame kleine Gestalt hinter grauen Regengüssen.

In dieser Nacht schlief sie tief und erschöpft. Am Morgen fuhr sie ab, zu einer Zeit, in der er schon in der Schule war.

Zu Weihnachten durfte er wegen einer Scharlachepidemie nicht heimfahren, und sie konnte ihn nicht besuchen. Erst zu Ostern kam er nach Hause. Sie hatte vor dem Wiedersehen vor Freude und Angst gezittert. Er schien ein wenig verwahrlost und ungewaschen, und es fehlten ihm drei oder vier Knöpfe. Offenbar kümmerte sich niemand um diese

Dinge. Aber auf seinen Wangen lag ein rötlicher Hauch, und er war ein großes Stück gewachsen. Diesmal gab es keine Verlegenheit zwischen ihnen. Er war sehr lebhaft und erzählte viel von seinen Lehrern und von zwei oder drei Buben, die sichtlich im Begriff waren, seine Freunde zu werden. Obgleich er über verschiedene Mißstände im Internat murrte, in einer sehr fremdartigen und komischen Ausdrucksweise, schien er sich schon eingelebt zu haben. Er war widerspenstiger als früher, weigerte sich entschieden, eine Mütze aufzusetzen, und behandelte seine Mutter mit liebevoller, aber manchmal ungeduldiger Nachsicht. Und wenn sie abends beisammensaßen und plauderten oder lasen, wußte sie: Er langweilt sich schon ein bißchen und denkt an seine Freunde. Sehr schnell hatte sich das verhängnisvolle Band gelockert, jetzt war sie keine Gefahr mehr für ihren Sohn.

Er war wieder weggefahren, und sie blieb allein. Sie dachte: Ich war ein Narr. Ich hab' mich um etwas gebracht, das mir alles bedeutet hat, nur so, aus einem plötzlichen Einfall heraus. Es war dumm, das Internat und seine Freunde zu hassen, dazu gab es ja Internate und Freunde, um die Söhne von den Müttern zu befreien und das Band zwischen ihnen zu zerreißen. Ein grausames, aber notwendiges Ritual. Aber sie konnte nichts tun gegen diesen Haß, der sie jetzt überschwemmte, schwarz und bitter. Zitternd umklammerte sie die Sessellehne, aber es war gar nicht die Sessellehne, sondern ihr eigener verdammter Hals, den sie so leichtfertig in die Schlinge gesteckt hatte. Und endlich mußte sie lachen. Es klang ein wenig merkwürdig, aber es war entschieden ein Lachen. Sie ließ den Sessel los, rieb ihre weißen, schmerzenden Finger, nannte sich eine dumme Kuh und ging in die Küche, um Tee zu kochen.

Das war die Zukunft: Tee trinken und auf der Straße wegschauen, wenn die Buben in die Schule laufen; am Abend ein Buch, Theaterbesuch mit Freunden, Gäste, Reisen, Arbeit, eben alle diese Dinge, die nichts bedeuten.

DIE HÖLLE

Sie saßen beim Nachmittagskaffee. Agathe sah mit Abscheu das fleckige Tischtuch, sagte aber nichts. Seit sie krank war und die Wäsche ausgeben mußte, war Reinlichkeit eine kostspielige Tugend geworden. Das Zimmer war jetzt aufgeräumt, aber kein Mensch konnte sagen, auf wie lange. Jeden Augenblick mochte es ihrer Schwester einfallen, es in einen Alptraum zu verwandeln. Eine ständig wiederkehrende Phrase aus den Liebesromanen, die Nanni (was für ein dummer Kosename für eine alte Frau) begierig las, ging ihr durch den Kopf: »Ihr Herz blutete.« Ja, Agathes Herz blutete beim Anblick des Tischtuchs mit den Spinat- und Kakaoflecken.

Nannis Schlamperei war keine natürliche und gewöhnliche, wie man sie allerorts antreffen kann, nein, sie hatte etwas Unheimliches an sich; wie eine scheußliche Wucherung, die schneller wächst, als man sie zurechtstutzen kann. Nach so vielen Jahren war es Agathe immer noch ein Rätsel, wie ihre faule, langsame Schwester es fertigbrachte, in wenigen Minuten ein ordentliches Zimmer in ein Chaos zu verwandeln. Sie für einen Augenblick sich selber zu überlassen war schon ein abenteuerliches Wagnis. Alles konnte dann auf sie warten: auseinandergerissene Zeitungen, offene Schubladen, aus denen Unterwäsche quoll, die Scherben einer zerbrochenen Vase auf dem Boden und daneben ein geplatzter Papiersack mit Sonnenblumenkernen. Und Nanni, fett und schnaufend vor dem Ofen hockend, damit beschäftigt, Kohlenstücke herauszuräumen.

Herzklopfen, Würgen im Hals, Haß hinter geschlossenen

Lidern, das tonlose Bis-zwanzig-Zählen und endlich die mühsame Frage: »Was suchst du denn schon wieder, Nanni?« (Nicht: Zum Teufel, du schlampiges Weibsbild, was ist schon wieder in dich gefahren?) Und Nanni mit hochrotem, schuldbewußtem Gesicht. »Ich kann meinen Antonius nicht finden.«

Daraufhin gab es zwei Möglichkeiten. Wenn Agathe sich wohl fühlte, kam es zu einem heftigen Streit, war sie zu müde zum Streiten und räumte wortlos auf, zu einer grollenden Verstimmung. Beides tat Nanni nicht weh und schadete nur Agathe. Der Streit verschaffte Nanni sogar die angenehme Sensation eines Tränenausbruchs und nachfolgenden stundenlangen Gejammers. Auf jeden Fall aber ging sie völlig getröstet zu Bett und schlief auf der Stelle ein, während Agathe mit Herzbeschwerden wach lag und sich elend und unbegreiflicherweise auch schuldbewußt fühlte.

Der Antonius, eine winzige Statue des Heiligen in einer Silberkapsel, kollerte Nanni vielleicht am nächsten Regentag aus einem Schirm wieder vor die Füße. Sie brauchte ihn dringend, ihn und ihren Schutzengel. Damit waren ihre religiösen Bedürfnisse völlig befriedigt. Der Schutzengel hatte alle Hände voll zu tun, um sie vor ihrem verbrecherischen Leichtsinn auf der Straße zu retten, und der heilige Antonius war ununterbrochen damit beschäftigt, ihre verlorenen Siebensachen aufzustöbern. Er mußte total überlastet und dem Zusammenbruch nahe sein, denn in letzter Zeit gelang es ihm nur noch, jedesmal sich selber wiederzufinden. Hatte er versagt, hörte Agathe Nanni nachts schluchzen, und sie vernahm Geräusche, aus denen sie schloß, das kleine Figürchen werde grausam verprügelt. Und so lächerlich es auch scheinen mochte, es hörte sich gar nicht lächerlich an. Diese und manche andere Entdeckung hatten sie davon überzeugt, daß sie in Wahrheit mit einer Steinzeitfrau zusammenlebte, die durch einen teuflischen Zufall ihre Schwester war.

Wäre sie vermögend gewesen, hätte sie ohne Zögern und ohne Mitleid Nanni in ein gut geführtes Heim gegeben, aber sie war nicht vermögend, besaß nichts als ihre Pension als Postbeamtin, und Nanni, die immer bei ihrer Mutter gelebt hatte, bezog eine winzige Fürsorgerente. Abgesehen davon hätte man wohl eine Millionärin sein müssen, um einen Menschen zu finden, der Nanni ertragen konnte. Nun, sie mußte Nanni ertragen. Nach dem Tod der Mutter hatte sie sich als pflichtbewußter Mensch diese Last aufgehalst, es hatte einfach keinen Ausweg für sie gegeben. Sie gab ihre eigene kleine Wohnung auf und zog zur verwaisten Schwester. Damals war Nanni fünfzig, sie selber achtundfünfzig, knapp vor ihrer Pensionierung.

Wenn Agathe jetzt an früher dachte, glaubte sie im Himmel gelebt zu haben. Diese Ruhe und Ordnung, ein paar passende Freundschaften, Theater- und Konzertbesuche und manchmal eine Urlaubsreise. Jetzt lebte sie schon fünfzehn Jahre in der Hölle und hatte sich noch immer nicht daran gewöhnt. Anfangs hatte sie noch versucht, ihr altes Leben in Grenzen weiterzuführen, aber davon konnte bald keine Rede mehr sein. Nanni wollte abends nicht allein bleiben, weigerte sich aber auszugehen, weil sie viel lieber in einem alten Schlafrock auf dem Diwan lag, Zuckerzeug lutschte und lächerliche Romanhefte las. Aber Agathe sollte dabeisitzen, wie ihre Mutter es getan hatte. Ging Agathe trotzdem aus, konnte sie sicher sein, die Wohnung in besonders heillosem Zustand vorzufinden, eine Rache, die Nanni sich nie entgehen ließ. Dies alles mußte natürlich auch für ihre Mutter unerträglich gewesen sein, aber sie hatte sich nie darüber beklagt. Man durfte eben ein Kind nicht so maßlos verziehen und sich zu seinem Sklaven machen. Im Grunde grollte sie ihrer Mutter, dieser sanften, gutmütigen Frau, viel mehr als Nanni, die vielleicht wirklich nichts dafür konnte, daß sie ein solches Ungeheuer war.

In den ersten Jahren ihres Zusammenlebens hatte Agathe versucht, die Schwester nachzuerziehen, und ganz hatte sie das nie aufgegeben, nicht einmal, als sie die Fruchtlosigkeit ihrer Bemühungen längst einsah. Es lag in ihrer Natur zu erziehen, und es lag offenbar in Nannis Natur, unerziehbar zu sein. Es gab Tage, an denen Agathe sich Mühe gab, liebenswerte Züge an der Schwester zu entdecken, aber es gelang ihr nie. Nanni war alles, was Agathe verabscheute: schlampig, faul, verlogen, naschhaft, dumm, schlau, ungewaschen und fett. Sie roch säuerlich wie ein Baby und hatte üble Eßgewohnheiten, ein ungezogenes, ungebildetes und unberechenbares Geschöpf. Das war Nanni.

Und doch, ein einziges Talent besaß auch sie. Sie konnte, wie niemand sonst, Blumen dekorativ in Vasen ordnen. Aber selbst bei äußerstem Wohlwollen (und davon konnte ohnedies nicht die Rede sein) reichte diese Gabe nicht aus, um ihre Existenz zu rechtfertigen. Der einzige Beitrag Nannis zur Führung des Haushalts bestand darin, daß sie immerzu Blumen herbeischleppte und in Vasen und allerlei Töpfen auf den Möbelstücken verteilte. Das war nicht schwer für sie, denn die Nachbarn, bei denen sie sich ausgiebig über Agathes Strenge zu beklagen pflegte, schenkten ihr Blumen aus ihren Gärten, so viele sie wollte. Im Winter behalf sie sich mit Zweigen, Schneerosen, und oft trug sie auch ihr Taschengeld zum Gärtner und kaufte teure Nelken und Anemonen. Manchmal schenkte der Gärtner ihr auch angewelkte Blumen, die sie auf geheimnisvolle Weise wieder zum Leben erweckte. Wirklich, keiner, den Agathe kannte, konnte Blumen so zur Wirkung bringen wie Nanni. Mit ihren kleinen, fetten Händen tat sie etwas mit ihnen, und die Blumen wurden schwellend und frisch und spreizten ihre Blätter ins Licht. Sie erinnerten Agathe an Katzen, die im nächsten Augenblick anfangen würden vor Behagen zu schnurren. Das konnte Nanni mit den Blumen machen. So kam es, daß über einer Anhäufung von durcheinandergeworfenem Hausrat ein zauberhaftes Blühen und Duften schwebte. Ein Anblick, der Agathe je nach Stimmung wütend machte oder in Rührung versetzte. Letzteres selten, denn sie war eben nur ein Mensch, und ein Mensch, der sich Tag für Tag vergeblich plagte, der sein eigenes glückliches

Leben aufgegeben hatte, ohne je etwas anderes dafür zu bekommen als einen Blumenstrauß. Selbst eine blumengeschmückte Hölle blieb eine Hölle, und längst war Nanni gewogen und zu leicht befunden, sie und ihre lächerlichen Blumen. Außerdem gab es Augenblicke, in denen Agathe dieses Wuchern, Duften und Tropfen vor Saft und Honig unangenehm und fast zuwider war.

Eine ganz besondere Qual war es für sie, das Schlafzimmer mit ihrer Schwester teilen zu müssen. Früher hatte sie versucht, im Wohnzimmer auf dem Diwan zu schlafen, aber das hatte Nanni sehr böse gemacht. Sie war daran gewöhnt gewesen, mit ihrer Mutter in den Ehebetten zu schlafen, und genauso wollte sie es wieder haben. Agathe verteidigte verzweifelt ihr letztes Stückchen Privatleben. Ein geheimer Kampf entbrannte. Nanni heulte in ihr Kopfkissen, kam alle paar Stunden ins Wohnzimmer, brannte die ganze Nacht hindurch Licht, und als Agathe hart blieb, fing sie an im Bett zu rauchen. Damit hatte sie gewonnen. Agathe zog ins Schlafzimmer, riß die Ehebetten auseinander, schob jedes in eine Ecke, und dazwischen stellte sie den großen Doppelschrank auf wie einen Paravent. Das sah häßlich aus, und Nanni murrte, aber selbst sie schien einzusehen, daß mehr einfach nicht zu erreichen war. Abends zog jede sich hinter dem Schrank aus, und Agathe hatte ihr verboten, halbnackt in der Wohnung umherzulaufen. Vor Widerwillen wurde sie ganz starr, wenn Nanni sich schwabbelig und unerfreulich riechend über sie beugte und schmatzend auf die Wange küßte, wie sie es bei ihrer Mutter gewohnt war. Agathe mochte nicht einmal ihren eigenen Körper, der hager und welk geworden war. Sie hielt ihn peinlich sauber, besprengte ihn mit Kölnischwasser und versuchte im übrigen ihn zu vergessen. Es war ihr unbegreiflich, daß Nanni unter ihrem Körper nicht zu leiden schien, ja, sich offenbar wohl fühlte in dieser weißen, quabbeligen Masse.

In den letzten Monaten war alles bergab gegangen. Agathes Kräfte hatten nachgelassen. Ihr Herz war nicht in Ordnung, und Rheuma ließ ihre Finger anschwellen. Irgendwie schien dies zusammenzuhängen. Der Arzt war so freundlich zu ihr gewesen, daß sie sicher war, sehr krank zu sein. Sie spürte es ja auch. Merkwürdige Übelkeiten befielen sie, die nicht vom Magen kamen, kalter Schweiß bedeckte ihr Gesicht, und nachts brauchte sie jetzt vier Polster, um genügend Luft zu bekommen. Sie schlief jetzt sehr wenig, lehnte halb sitzend im Bett und träumte von ihrer kleinen Wohnung, die sie Nannis wegen aufgegeben hatte, und der Blütenduft, der die Wohnung erfüllte, senkte sich schwer auf ihr Gesicht.

Heute ging es ihr ein wenig besser. Die Finger waren abgeschwollen, und sie hatte vormittags das Geschirr von mehreren Tagen abgewaschen, gekocht und den Boden gesäubert. Neben Nanni durfte sie nicht krank sein. Nanni weinte und jammerte, konnte sie aber nicht pflegen und tat keinen Handgriff in der Wohnung. Und wenn sie ins Spital mußte? Es war nicht auszudenken. Nanni würde hier verkommen wie ein Tier.

Die Blumen rochen viel zu stark. »Mach das Fenster auf, Nanni«, sagte sie. Nanni tat es, hängte aber die Flügel nicht ein. »Du mußt die Flügel festmachen, Nanni.« Wie oft hatte sie diesen Satz schon gesagt. Es dauerte eine Weile, bis es Nanni gelang, dann schnaufte sie böse: »Nicht einmal meinen Kaffee kann ich in Ruhe trinken!« Sie stopfte große Bissen in den Mund, der Kaffeesaft sickerte über ihr Kinn und auf die noch saubere, aber falsch zugeknöpfte Bluse nieder. Agathe litt und schloß die Augen. Als sie wieder hinsah, wischte sich Nanni die Nase mit der Serviette ab und warf das weiße Knäuel auf den Tisch.

»Du mußt die Serviette falten«, sagte Agathe, »und steck sie in den Ring.« Nanni lief rot an, blies eine graue Haarsträhne aus dem Gesicht und krabbelte von ihrem Sessel. »Alte Pedantin«, kreischte sie, »widerliche, alte Pedantin, tu's selber, ich geh' jetzt in den Park, hab' genug von dir.« – »Zieh den Regenmantel an«, sagte Agathe, »und nimm den Schlüssel mit«, diesen zwanzigmal verlorenen und vom heiligen Antonius wiedergefundenen Schlüssel.

Eine Tür fiel ins Schloß, und Nannis Schritte verklangen im Stiegenhaus. Agathe räumte den Tisch ab, spülte die Tassen und legte das fleckige Tischtuch in die Wäschetruhe. Schließlich steckte sie noch eine saubere Serviette in Nannis Ring und ärgerte sich über diese Verschwendung.

Als das alles getan war, spürte sie die vertraute Übelkeit aufsteigen und legte sich auf den Diwan. Es wäre gut, dachte sie, Nannis Schutzengel würde einmal wegschauen. Sie wünschte es wirklich, einen schnellen, schmerzlosen Tod für das lächerliche und furchtbare Wesen, das ihre Schwester war, und für sich selber ein weißes, sauberes Zimmer im Spital. Ohne Sorgen um Nanni in einem weißen Bett zu liegen, erlöst von dem Übel und ganz ohne Angst. Sie war nicht entsetzt über diesen Gedanken, er schien ihr gut und vernünftig. Durch die Trübung ihres Bewußtseins hindurch sah sie Nanni allein in der Wohnung umhertappen, ein verlorenes urtümliches Wesen, um das der Unrat stieg wie das Meer zur Flutzeit. Schmutzig, halbverhungert und irre lachend torkelte es dahin, und darüber wucherte aus allen Vasen und Töpfen ein Blumenmeer, das anfing nach Verwesung zu riechen.

Die Übelkeit kam und ging in flachen Wellen und versikkerte langsam. Agathe fühlte sich sehr schwach und gleichgültig. Aber dann kam Nanni ins Zimmer, den Hut schief auf dem Kopf, den Mantel halboffen und kicherte: »Beinahe hätte es mich erwischt, der Milchwagen war's diesmal, wenn ich nicht einen so braven Schutzengel hätte!«

»Zieh den Mantel aus«, sagte Agathe, »häng ihn auf den Haken und nimm die Pantoffeln, deine Schuhe sind voll nasser Erde, du hast sie wieder nicht abgestreift.«

Nanni sah auf ihre Füße nieder, und ihre dicke Unterlippe fing an zu zittern. »Du alter Teufel«, zeterte sie, »jetzt werd' ich's dir zeigen«, und sie stürzte an ihrer Schwester vorbei ins Schlafzimmer. Agathe sah die Schmutzspuren auf dem frischgewachsten Boden, stand auf und kehrte, leicht schwankend, die Erdkrümel auf die Schaufel.

Als sie sich mühsam erhob, sah sie die violett gesprenkelten Blüten der Tigerlilien auf sich niederstarren. Wesen aus einer fremden Welt, die mit großer Teilnahmslosigkeit Agathe in ihrer Hölle betrachteten.

FREUNDE

Lotte stand in ihrer kleinen Küche und bestrich halbe Semmeln mit Butter, Käse und Wurst, eine Tätigkeit, die ihren langen, ungeschickten Fingern äußerst zuwider war. Sie war beinahe sechzig und konnte noch immer nicht kochen; sie lebte von Butterbrot, Tee, Keks und Obst und hatte auf diese Weise ihre schlanke Figur behalten. Dabei betrieb sie keinerlei Sport, ging nur gern bei jedem Wetter spazieren, am liebsten bei mildem, nebeligem Nieselwetter.

Sie war ein richtiger Blaustrumpf und kam sich als Vertreterin dieser aussterbenden Gattung etwas abgestanden vor. Nach einer jahrelangen Periode der Geistesabwesenheit hatte sie plötzlich wahrgenommen, daß die jungen Mädchen sich unglaublich verändert hatten. Sie trieften geradezu vor Weiblichkeit und schienen nur daran interessiert, möglichst jung zu heiraten und zur Hochzeit recht viel Silber, Porzellan und Bettwäsche, lächerliche Bettwäsche mit Rüschen und Spitzen, geschenkt zu bekommen. Sie empfand für diese rätselhaften Geschöpfe keine Abneigung, nur Scheu vor ihrer Fremdartigkeit. Obgleich sie sich einbildete, eine Menschenkennerin zu sein, konnte sie sich nicht vorstellen, was in den Köpfen unter den plumpen Haartürmen vorging. Auf nicht gerade angenehme Weise erinnerten sie diese Geschöpfe an angeschwollene Termiten, die in großer Bedrängnis einen sicheren Platz suchen, um ihre Eier abzulegen.

Eine Zeitlang hatte sie dieses Problem sehr beschäftigt, und sie hatte sich bemüht, mit jungen Mädchen ins Gespräch zu kommen; beim Friseur, auf Ämtern und in Geschäften. Das Ergebnis brachte sie auch nicht weiter. Alle waren sie relativ freundlich, herablassend und recht selbstbewußt, und es schien sie nicht zu kränken, daß sie zu unwissend waren, um auch nur das einfachste Kreuzworträtsel zu lösen. Lotte sah ein, daß sie nicht imstande war, dieses Phänomen zu erforschen, es wurde auch mit der Zeit zu langweilig, und sie zog sich wieder in ihre vier Wände zu den Büchern zurück. Schon in jüngeren Jahren war es ihr zur Gewohnheit geworden, fortwährend zu lesen oder nachzudenken, und sie hielt es für eine Sucht wie Rauchen oder Trinken. Lange Zeit war sie in gewissen Kreisen recht beliebt gewesen wegen ihrer Klugheit und Schlagfertigkeit und natürlich auch wegen ihres guten Aussehens. Sie hatte viele Freunde gehabt und ein geselliges Leben geführt, war aber immer der Meinung gewesen, damit eine Menge kostbarer Zeit verloren zu haben.

Sie dachte eben an einen bestimmten Abend im Hause ihres ersten Mannes und erinnerte sich an die Bruchstücke eines Gesprächs, da glitt das Messer von der Semmelrinde ab und drang in ihren Daumen. Der kurze, heftige Schmerz ließ sie die Luft scharf zwischen den Zähnen einziehen. Wie ein winziger Quell sprang das Blut aus dem kleinen Schnitt und tropfte auf die Semmel. Lotte warf die Semmel angeekelt in den Abfalleimer und hielt den Daumen unter die Wasserleitung. Sie hatte es nie fertiggebracht, eine Wunde auszusaugen, Blut war etwas Widerliches. Und dann, während sie ungeschickt ein Taschentuch um den Daumen wand, sie hatte nie Verbandszeug im Hause, und anfing, den Teewagen zu beladen, liefen ihre Gedanken automatisch weiter. Seit ihrem dreiundfünfzigsten Geburtstag, an dem sie nur zwei Briefe und einen telephonischen Glückwunsch erhalten hatte, war es plötzlich still um sie geworden. Da sie selber jedes Jahr ihren Geburtstag vergaß, war es ihr damals nicht aufgefallen. Sie hatte die Ruhe sogar angenehm gefunden, endlich konnte sie alle Bücher lesen, die seit Jahren aufgestapelt auf sie warteten. Eigentlich war sie dann ungefähr zwei Jahre lang sehr glücklich gewesen in der Stille ihrer

Wohnung, lesend, denkend und befreit von dem endlosen Geschwätz der Menschen. Manchmal wollte leichte Beunruhigung an die Oberfläche drängen, dann sagte sie sich, es könne sich doch nur um eine kleine Flaute handeln, heutzutage hatten die Leute einfach zuviel zu tun, um wie früher Geselligkeit zu pflegen. Sie griff nach einem Buch und versank in lustvolle Einsamkeit.

Bis zu jenem Dezembertag vor einem Jahr; sie erinnerte sich deutlich an sein weißes, kaltes Licht und wie sie, über ihren Schreibtisch gebeugt, plötzlich wußte: Dies war keine kleine Flaute, sondern die große Windstille, die nie mehr enden würde. Ihr Leben mit den Menschen war endgültig vorüber. Diese Erkenntnis war schrecklich, aber Lotte wußte nicht, was daran so schrecklich war. Im Grunde waren ihr die Menschen immer ein bißchen lästig gewesen.

Sie blieb, auf die Schreibtischplatte gestützt, vornübergebeugt stehen und spürte Schwindel und ein wenig Übelkeit.

Dabei war alles so einleuchtend und leicht zu erklären. Sie hatte sich nur nie zuvor die Mühe genommen, darüber nachzudenken. Als junge Frau hatte sie den Umgang mit älteren Leuten bevorzugt, mit Leuten, die jetzt fast alle tot waren. Nur zwei von ihnen, damals die Jüngeren dieses Kreises, lebten noch, beide Mitte Achtzig, ganz und gar senil und nicht mehr ansprechbar. Lotte schickte ab und zu Süßigkeiten oder Wein, blieb ihnen aber fern. Bei ihrem letzten Besuch vor zwei Jahren hatte der eine sie nicht mehr erkannt und sie für seine verstorbene Nichte gehalten, der andere, der in einem Pflegeheim dahinvegetierte, war gleich nach der Begrüßung eingeschlafen. Der Mann, der sie für seine verstorbene Nichte hielt, war ihr erster Liebhaber gewesen, und diese Tatsache schien ihr komisch und makaber. Damals war er sechsundvierzig gewesen und sie einundzwanzig, und wie alle ihre Liebschaften war auch diese erste zu einer Freundschaft entartet. Jetzt aber konnte sie für diesen eigensinnigen, glotzäugigen Greis, der obendrein schlecht roch, nicht einmal mehr Freundschaft empfinden. Es hatte keinen Sinn, sich etwas vorzumachen. Sie küßte ihn mit angehaltenem Atem auf die verschrumpelte Wange und besuchte ihn von da an nicht mehr.

Blieb also ihre eigene Generation, in die sie großzügig auch noch die Mittvierziger einbezog; alle diese Leute, mit denen sie, seit sie erwachsen war, eher oberflächliche Freundschaften aufrechterhalten hatte. Immerhin, sie hatten viel miteinander gelacht und debattiert, nächtelang, bei sehr viel Kaffee und Zigaretten. Sonderbar, mit ihrer Generation schien nicht viel los zu sein. Sie wirkte, als habe man ihr einen Schlag mit dem Prügel versetzt, und Lotte schien es, als ängstigte sie sich insgeheim vor irgend etwas.

Nach jenem hellen, weißen Dezembertag hatte sie in einem Anfall von Panik alte Freunde angerufen und versucht, mit ihnen wieder in Kontakt zu kommen, aber es war nichts Rechtes daraus geworden. Vielleicht hatten die anderen sich nicht so sehr verändert wie sie selber. Die letzten Jahre, die sie nur mit Büchern verbrachte, hatten sie verwandelt. Es war, als sehe sie ihre Bekannten nicht mit menschlichen Augen, sondern mit spezialisierten optischen Apparaten, ungetrübt von Liebe und Mitleid. Sie ließ die spärlichen Beziehungen wieder einschlafen, niemand machte den Versuch, sie auch nur anzurufen. Unsinnigerweise tat ihr das weh, und sie grübelte tagelang über diese Unlogik nach, bis sie das Thema als unergiebig endlich beiseite schob.

Sichtlich gehörte sie überhaupt nirgendwohin, in keine Altersgruppe, in keine Gesellschaftsklasse, sie war eine Außenseiterin. Es war weiter nicht schlimm, eine Außenseiterin zu sein, wenn man zum Ausgleich irgendeine besondere Leistung aufzuweisen hatte. Aber sie hatte wirklich gar nichts geleistet. Sie hatte kein Buch geschrieben, kein Bild gemalt, war unmusikalisch, und ihre schönen Finger konnten nicht einmal einen Zahnstocher schnitzen oder einen geraden Strich ziehen. Sie hatte nur andere Leute dazu gebracht, Bücher zu schreiben, Bilder zu malen oder sonst etwas Bedeutendes zu vollbringen, aber das zählte wohl nicht. Und nicht einmal eine große Liebende war sie gewesen. Ihre Affären hatten alle, nach einer kurzen Zeit der natürlichen Verblendung, lächerliche oder sonstwie unerfreuliche Züge angenommen. Ja, alles, was sie konnte, war Briefe schreiben; der Gedanke, daß diese Briefe in unzähligen Nachlässen aufgetaucht sein mochten, war ihr längst nicht mehr unangenehm, Briefe schreiben und andere Leute auf gute Ideen bringen, und unentwegt lesen und nachdenken. Jetzt, da es keine Empfänger mehr für ihre Briefe gab und keine Menschen, die mit ihr reden wollten, blieben nur die Bücher und die eingesperrten, ewig im Kreise gehenden Gedanken.

Es gab Wochen, in denen sie nur mit der Bedienerin, dem Hausmeister und den Verkäuferinnen ein paar Worte wechselte. Manchmal, Gott sei Dank recht selten, kam eine alte Kusine zu ihr, die sie mit Familientratsch langweilte; Lotte hatte sich nie für ihre eigene oder irgendeine Familie interessiert. Und alle paar Wochen traf sie sich mit einer Freundin, der einzigen Frau, mit der sie ein herzliches Verhältnis verbunden hatte. Die Arme hatte im Klimakterium eine höchst ungute Verwandlung durchgemacht; nicht nur, daß ihr ein Bart gewachsen war, benahm sie sich auch noch aufbrausend und streitsüchtig wie ein alter Rittmeister. Lotte traf sie eigentlich nur noch aus Bequemlichkeit, weil sie einfach Angst hatte vor dem unbeherrschten Zorn dieser Person und sie deshalb nicht aufzugeben wagte.

Schließlich waren da noch zwei merkwürdige junge Männer, die sie in einer Dichterlesung kennengelernt hatte, Außenseiter wie sie selber, sonst hätten sie sich gewiß kaum mit ihr abgegeben. Die beiden erschienen von Zeit zu Zeit und überfallartig. In der Zwischenzeit trieben sie sich in Ländern herum, die Lotte sich nicht merken konnte, jedenfalls in schmutzigen, ausgefallenen Gegenden. Diese Burschen konnten nicht erwachsen werden und kamen nur, um einen Zuhörer für ihre verwegenen, aber eher unintelligenten Ideen zu finden. Offensichtlich wurde derzeit unter jungen

Leuten so wenig debattiert, daß sie zu diesem Zweck ein altes Weib aufsuchen mußten. Zumindest nahm Lotte an, dieser Umstand führe die beiden zu ihr. Da sie eigentlich, wenn man sich die unvermeidlichen Bärte wegdachte, recht hübsch waren, jung obendrein, hörte Lotte ihnen ganz gern zu. Oft berührte irgend etwas, was sie sagten, sie so merkwürdig vertraut, und dann fiel ihr ein, daß sie selber vor vielen Jahren diese Gedanken ebenso leidenschaftlich vor einem Forum älterer Herren vertreten hatte. Heute wußte sie, warum diese Männer sie ermutigt und angehört hatten, sie war eben jung und hübsch gewesen. Es war zum Lachen einfach. Überhaupt war das Leben zwar abscheulich, aber auch sehr komisch, und sie vermißte Freunde, die mit ihr lachen wollten. Immer hatte sie gern gelacht, jetzt natürlich seit Jahren nicht mehr; ganz allein zu lachen war unheimlich. Sie hätte sich vor ihren Sesseln und Kommoden geniert.

Sie spann lange Monologe, während sie mit ihren ungeschickten Händen die Wohnung in Ordnung brachte, Monologe, die für eine Gesellschaft gedacht waren, die es nicht mehr gab, überflüssige Monologe, die sie aber nicht lassen konnte.

Denn darüber war sie sich im klaren, daß die junge Dina, die sie zweimal wöchentlich besuchte, kein Ersatz für die dahingegangene Gesellschaft war. Aber Dina besaß immerhin Ohren, und diese Ohren schienen großes Gefallen an ihren Monologen zu finden. Sie war ein liebes Kind, eine ganz entfernte Verwandte ihres zweiten Mannes, Tochter eines Möbelhändlers aus der tiefsten Provinz. Da der Möbelhandel zu blühen schien, durfte Dina eine Graphikschule besuchen. Lotte hatte festgestellt, daß sie unterdurchschnittlich begabt war in dieser Hinsicht, aber auf der Graphikschule schien dies keinen Lehrer zu stören.

Anfangs hatte Lotte gefürchtet, dieses so plötzlich aufgetauchte Kind könnte sich zu einer Last auswachsen, aber bald gab sie ihre Befürchtungen auf. Dina war hübsch, bescheiden und offenbar gescheit genug, um an ihren Gedanken Gefallen zu finden. Alsbald hatte Lotte für sie den Namen Dina erfunden; das schüchterne Kind hieß nämlich Leopoldine und wurde von seinen Eltern Poldi gerufen. Seit sie sich Dina nannte, schien sie nach und nach die ärgsten Hemmungen abzulegen. Dann war die Frage der Anrede aufgetaucht. »Lotte« allein brachte sie nur widerstrebend über die Lippen, erst »Tante Lotte« ging besser. An Tanten schien sie gewöhnt zu sein, auf eine mehr kam es nicht an. Jeden Dienstag und Donnerstag kam Dina angerannt, sank atemlos in einen niedrigen Sessel halb zu Lottes Füßen, schlug die feuchtbraunen Augen erwartungsvoll auf und schien begierig auf jedes Wort aus dem Mund dieser unheimlich gescheiten und merkwürdigen alten Dame, die wunderbarerweise ihre Tante war, zu warten. Lotte erlag bereitwillig den feuchtbraunen Augen und halbgeöffneten Lippen und ihrem eigenen Verlangen nach Zuhörern und breitete ihre Gedanken vor Dina aus.

Anstandshalber bot sie ihr Kekse und Tee an, in ihren Kreisen hatte man sich nicht versammelt, um zu essen, aber nach vierzehn Tagen entschloß sie sich, das Mädchen mit Broten zu bewirten; Dinas Magen knurrte nämlich immer so vernehmlich, daß Lotte irritiert den Faden ihrer Erzählung verlor. Seit Dinas Hunger rechtzeitig gestillt wurde, störte nichts mehr diese Abende. Mit ein paar eher höflichen als wirklich teilnehmenden Fragen nach der Schule und Dinas kärglichen, kleinen Erlebnissen leitete Lotte zu einem Thema über, das sie schon tagelang verfolgt hatte.

War die Kleine dann gegangen, wurde Lotte oft von leichten Depressionen befallen. Sie neigte nicht sehr dazu, sich Illusionen hinzugeben, und merkte, daß sie im Begriff war, einen Narren aus sich zu machen, nicht so sehr vor Dina, die ohnedies nicht wirklich zählte, sondern vor sich selber. Andererseits, so sagte sie sich, war es vielleicht Dinas große Chance, zu erfahren, daß es ein anderes Leben gab als das kleinbürgerlicher, reichgewordener Möbelhändler. Außerdem hatte sie zu ihr eine gewisse Zuneigung gefaßt. Dina war jung, ein hübscher Anblick und verehrte sie sichtlich; Lotte hätte bar jeden Gefühls sein müssen, um davon nicht berührt zu werden. Dazu kam noch, daß sie in den letzten Jahren sehr einsam gewesen war.

Sie dachte wieder einmal über das Wesen der Einsamkeit nach und fuhr den Teewagen in das große Wohnzimmer, deckte den Tisch, den Daumen mit dem Taschentuch notdürftig verbunden und so noch ungeschickter als ohnehin schon. Heute war sie den Vormittag über mit dem Thema »Freunde« beschäftigt gewesen und freute sich nun darauf, Dina damit ein Lachen zu entlocken. Sie lachte nämlich sehr reizend, wie eine kleine Glocke, und auch an Stellen, die Lotte nie besonders erheiternd gefunden hatte.

Von da an ging alles schief. Es fing schon damit an, daß Dina zum erstenmal um eine Viertelstunde zu spät kam. Lotte haßte Unpünktlichkeit, aber schließlich war Dina ein halbes Kind und hatte keine besondere Erziehung genossen; sie wollte also nachsichtig sein. Die Kleine entschuldigte sich auch recht zerknirscht und schien etwas auf dem Herzen zu haben, das sie nicht herausbringen, aber auch nicht länger verschweigen konnte. Es war langweilig, aber was blieb Lotte übrig, als sie mit geschickten Worten zum Reden zu bringen? Natürlich handelte es sich um einen Mann, die erste Liebe, eine alltägliche und, da sich dem Paar eigentlich kein Hindernis in den Weg stellte, eine recht reizlose Geschichte. Lotte mimte Mitgefühl, streichelte Dinas Wange und fühlte sich verpflichtet, ihr ein paar Hinweise in bezug auf junge Männer zu geben, obwohl sie nicht einmal für ihre eigenen verflossenen Affären Interesse aufbringen konnte.

Immerhin, in einer halben Stunde war alles überstanden, und sie konnte auf ihr eigenes Thema zurückkommen. Sie fand einen hübschen Übergang von Dinas Jugend zu ihrer eigenen, zog die Beine auf den Diwan, zündete sich eine Zigarette an und begann: »Damals, weißt du, war ich sehr vertrauensselig und gutgläubig, die Freunde flogen mir nur so zu, jeder, der mir nicht ins Gesicht spuckte, war mein Freund. (Dina war leicht zusammengezuckt, faßte sich aber sofort wieder.) Das hat sich inzwischen geändert. Aber wie ich unter diesen rasch entstandenen Beziehungen gelitten habe, kannst du dir nicht vorstellen. Ich war wohlerzogen und schüchtern und hab' mir stundenlang Geschichten angehört und dabei das Gähnen unterdrückt, mit geschlossenem Mund, das ist sehr schwierig.« (Dina beteuerte, dies auch schon getan zu haben, meistens in der Religionsstunde. Lotte lächelte wohlwollend, aber nicht ganz glücklich über die Unterbrechung, sie verlor in letzter Zeit leicht den Faden.) »Lieber Himmel«, stöhnte sie, »wie sie mich gequält haben. Unvorstellbar, was sie gerade bei mir gesucht haben, wo ich doch viel lieber allein geblieben wäre. Schließlich hab' ich angefangen sie in Kategorien einzuteilen, in Nurdasitzer, zum Beispiel, Monologisten, Schwadroneure, Egozentriker, simple Dummköpfe, Seelenschmarotzer und Debattierer. Und dann gab es noch ein paar Hypochonder. Vor Hypochondern solltest du dich in acht nehmen, sie sind zwar meist kreuzbrave und verläßliche Leute, aber wenn man nicht von ausgesprochen robuster Natur ist, können sie einem das Leben vergällen. Die Monologisten und Egozentriker sind dagegen verhältnismäßig leicht zu ertragen, ebenso die Schwadroneure, die verlangen nämlich keine Gegenrede, ein Besenstiel in Kleidern genügt ihnen im Notfall als Partner.« (Sie hielt erwartungsvoll inne: An dieser Stelle hätte Dina lachen müssen, warum tat sie es nicht? Ihr Gesicht lag im Schatten, und Lotte konnte nur die glänzenden Augen deutlich erkennen. Endlich ertönte die kleine schwingende Glocke, leiser als sonst, aber doch.) Angeregt fuhr Lotte fort: »Die gleichmäßigen Redner sind natürlich die angenehmsten, man kann sich einbilden, an einem Bächlein oder eher an einem gleichmäßig dahinbrausenden Wasserfall zu sitzen, aber unter ihnen gibt es auch unberechenbare, die nach einer Viertelstunde sanften Geplätschers plötzlich laut fordernd herausstoßen: ›Was sagst du dazu?‹

oder ›Ist das nicht die Höhe?‹« (Kleine Pause und begieriges Warten auf das Anschlagen der hellen Glocke. Endlich, Dina lachte.) »In einem solchen Fall«, fuhr Lotte fort, nunmehr ganz im Behagen des Erzählens schwimmend, »in einem solchen Fall genügt es, wenn man sagt: ›Du weißt ja, wie ich darüber denke‹ oder ›Das ist wohl das Unglaublichste, was ich je gehört habe‹; es befriedigt sie vollkommen. Oft genügt schon betrübtes Kopfschütteln oder melancholisches Anstarren, um sie zu erfreuen. Diese kleinen Tricks hatte ich bald heraus, aber mit den Hypochondern vor allem war es viel ärger. Schließlich, wenn man lange genug gelitten hat (Dina lachte aus nicht ganz verständlichen Gründen, immerhin, sie lachte), fängt man an, sich zu wehren. Man studiert zum Beispiel eine Stunde Pathologie (wer weiß, ob die Kleine überhaupt wußte, was Pathologie war), erzählt das Gelesene seinem Gast, dem ein solches Krankheitsbild bisher noch fremd war, und bestimmt geht er verschnupft weg, merk dir das, mein Kind!« (Das Kind lachte, eigentlich lachte es heute ein bißchen viel und ein bißchen sonderbar. Lotte rückte den Schirm der Stehlampe nach vorne, zartrosa Licht ergoß sich auf Dinas Gesicht. Sie griff nach einer Zigarette, und Dina reichte ihr Feuer.) »Du bist so gescheit, Tante Lotte«, flüsterte sie, »erzähl weiter.« Auf ihrem Gesicht lag ein verklärter Ausdruck, und sie sah nicht besonders intelligent aus. Lotte sah die längst entschwundenen Gestalten um ihren Tisch sitzen und hörte längst verklungenes Gelächter. Nichts war davon geblieben, niemand konnte sie hören, niemand, der wirklich zählte. Sie verscheuchte unwillig den Gedanken, suchte den verlorenen Faden und nahm ihn wieder auf. »Nur mir hat das Studium der Pathologie nicht gutgetan, es ist so unerfreulich, an seine eigenen Innereien und Knochen erinnert zu werden. Dabei waren gerade unter den Hypochondern so nette Leute. Auch ein paar sehr liebe Nurdasitzer hab' ich gekannt. Aber sie sind vielleicht die anstrengendste Art von Freunden, es sei denn, man ist selber ein Nurdasitzer. Auf mich jedenfalls hatten sie eine bestürzende Wirkung. Ich habe Nurdasitzer gekannt, denen ich die Füße geküßt hätte für einen einzigen Satz. Kannst du dir das vorstellen?« (Dina lächelte verklärt und nickte.) »Mit feuchten Händen habe ich dagesessen, überzeugt, mein Gast wälze hinter seiner edlen Stirn, sie haben alle so edle Stirnen, unerhörte Gedanken, Gedanken, die mich bereichern könnten und die er aus geheimnisvollen konstitutionellen Gründen einfach nicht äußern kann.« (Sie seufzte, und bald darauf folgte Dinas winziger Echoseufzer.) »Inzwischen ist sehr viel Zeit vergangen, und ich bin überzeugt davon, ihre edlen Stirnen sind teuflisches Blendwerk, und neunzig Prozent der Nurdasitzer sitzen gern nur da und weiden sich an der Verlegenheit ihrer Opfer. Man könnte sie als eine verfeinerte Art von Sadisten bezeichnen.« (Sie zündete eine neue Zigarette an und bemerkte, daß Dina heute besonders verklärt zu lauschen schien, sehr lieblich und ein bißchen blöde. Fest entschlossen, sich in ihrem Monolog nicht stören zu lassen, schob Lotte abermals den Lampenschirm ein wenig zurück, Dinas Kopf verschwamm in rötlichem Schatten.) »Heute können die Nurdasitzer bei mir sitzen, bis sie schwarz werden, ich ermuntere sie nicht mehr.« (Daß sie gar nicht mehr kamen, tat hier nichts zur Sache.) »Und die Debattierer, ein ärgerliches Volk! So einer läßt sich beim Kommen kaum Zeit für die Begrüßung und überfällt dich gleich lautstark mit einer Frage, wie: ›Bist du auch der Ansicht, daß General Zoriba exekutiert werden muß?‹ Ich überlege, Zoriba, nie gehört, bestimmt ein südamerikanischer General, sollte man halt wissen, ob Kommunist oder Faschist oder was sonst. ›Weißt du‹, winde ich mich heraus, ›im allgemeinen bin ich gegen die Todesstrafe.‹ Das macht den Debattierer schon ungeduldig, auch eine gegenteilige Behauptung hätte ihn ungeduldig gemacht. Jetzt legt er also los, und wenn er mich nach einer Stunde so weit hat, daß ich General Zoriba mit Freuden exekutieren lasse, leert er ein Faß erbitterter Verachtung über mich aus und legt mir dar, auch wieder stundenlang, warum der General am Leben bleiben muß. Sage ich dann: ›Von mir aus kann er hundert Jahre leben, du hast ihn ja umbringen wollen‹, stellt er frostig fest, daß man mit Frauen eben nicht debattieren kann; Debattierer sind nämlich ausnahmslos männlichen Geschlechts, das wirst du schon noch merken. Mein Freund geht also enttäuscht weg, und ich weiß noch immer nicht genau, wer General Zoriba ist.« (Hier hatte gelacht zu werden. Dina lachte nicht. Lotte wartete ein bißchen, räusperte sich leise, und plötzlich sagte Dina: »Und wer ist er wirklich?« Das war ein wenig ärgerlich, aber Lotte überging die Frage und wandte sich geflissentlich der Kategorie der Seelenschmarotzer zu.) »Ein Seelenschmarotzer ist für schüchterne Personen die größte Qual.« (Sie erwartete Dinas Frage, was denn ein Seelenschmarotzer sei, aber das Kind rührte sich nicht, nur die Augen glitzerten ein wenig im gedämpften Licht. Auch recht, vielleicht wagte Dina nicht, sie zu unterbrechen, weil sie zuvor keine Antwort erhalten hatte.) »Einmal, ich war damals noch recht jung, hab' ich einen derartigen Freund gehabt. Er ist gekommen, hat meinen Puls gefühlt, mir streng in die Augen geschaut und mich gefragt: ›Und was empfindest du in diesem Augenblick?‹ Wahrheitsgetreu hab' ich gesagt ›gar nichts‹, aber da bin ich schön angekommen. Besserwisserisch und väterlich hat er behauptet ›Das ist nicht wahr; warum willst du es nicht sagen?‹ Mittlerweile empfand ich wirklich etwas, nämlich Verlegenheit und Ärger. Diese Minuten sind mir unvergeßlich. Wie gern würde ich ihm heute sagen, was ich damals empfunden habe, aber das geht nicht mehr, er schmarotzt jetzt in einem anderen Erdteil Seelen. Übrigens wird man diese Art von Freunden im Laufe der Zeit auf natürliche Weise los, verhärtete, abgebrühte Seelen schmecken ihnen nämlich nicht. Du wärst ein wundervoller Leckerbissen für sie.« Dina, derart angeredet, rührte sich nicht und ließ auch die kleine Lachglocke nicht anschlagen. Was für ein verpatzter Abend! Endlich sagte die zaghafte Stimme: »Entschuldige, Tante Lotte, hast du mich etwas gefragt?« Von plötzlichem Ärger überwältigt, antwortete Lotte zunächst nicht, sie wollte sich beherrschen dieser kleinen Gans gegenüber. Dina hatte ihren hübschen kleinen Monolog zerstört. Wider Willen entfuhr ihr dann doch ein »Was ist denn eigentlich los mit dir, hast du Kopfweh, dann hättest du es gleich sagen sollen«.

Aber Dina hatte kein Kopfweh: sie fing an herumzustottern, und schließlich stellte sich heraus, daß sie für drei Viertel zehn mit ihrem Verehrer verabredet war; sie wollten ins Kino gehen. Sie entschuldigte sich verlegen, und Lotte gelang es nur mit Mühe, sie freundlich und gelassen zu verabschieden. »Aber natürlich, mein Kind«, sagte sie. »Ich hab' ganz auf die Zeit vergessen. Lauf nur zu.« Sie blieb ganz ruhig sitzen, die Beine hochgezogen und rauchend, und sah Dina nach, wie sie ins Vorzimmer lief. Dort mußte sie in Windeseile in den Mantel geschlüpft sein, denn gleich darauf fiel die Tür ins Schloß. Lotte erhob sich, ein wenig steif, und trat ans Fenster. Vor dem Haus, tief unten in der Straßenschlucht, ging ein untersetzter junger Mann wartend auf und nieder. Er sah, zumindest von hier oben, zuverlässig und gewöhnlich aus und zeigte eine bedauerliche Neigung, über die eigenen Zehen zu steigen. Schade um die kleine Dina, dachte sie, und da kam Dina schon aus dem Haustor, lief auf ihn zu, hängte sich bei ihm ein, und gemeinsam bogen sie um die Ecke. Und Lotte wußte, daß es gar nicht schade war um die kleine Dina, die eigentlich ganz zu Recht Poldi hieß. Sie würde aufhören zu zeichnen und endlich das tun, wofür sie bestimmt war, und zur Hochzeit eine Menge Silber und Porzellan einheimsen. Sie, Lotte, würde ihr die große Kristallschüssel schenken, die sie nie benützte, weil sie Kristall nicht ausstehen konnte.

Sie trat vom Fenster zurück und schaltete die Deckenlampe ein. Weißgelbes Licht überflutete das große Zimmer mit den schönen, schon ein wenig schäbigen Möbeln und Teppichen. Und unter diesem gleißenden Licht wurde Lotte sich bewußt, daß sie keine gedämpfte Beleuchtung und kein dummes junges Mädchen mit verträumt glänzendem Blick brauchte, um ihren Monolog weiterzuspinnen. Es war zu komisch, Dinas verklärtes Lächeln hatte nur bedeutet, daß sie an nichts gedacht hatte als an die heimlichen Zärtlichkeiten, die ihr im Kino bevorstanden.

Lotte setzte sich in ihren Lieblingssessel, der schon deutlich den Abdruck ihres Körpers zeigte, häufte auf Dinas Stuhl drei Kissen übereinander, zündete eine neue Zigarette an und begann mit leiser, kratzender Stimme zu sprechen.

»Es ist nicht so schlimm, wenn die letzten Freunde ausbleiben, nicht, solange ich lesen und denken kann. Aber wenn ich einmal nicht mehr lesen kann, dieser Tag wird der Triumph meiner Freunde sein, der toten und der lebenden. Dann werde ich nämlich blind und taub in meinem Sessel sitzen und jedes Wort, das sie je zu mir gesagt haben, aufarbeiten, wie eine Maschine. Und manchmal werde ich die Lippen bewegen, aber weil ich ja taub bin, werde ich meine eigene Stimme nicht hören. Das wird ein bemerkenswertes Erlebnis sein, finden Sie nicht auch?« Sie beugte sich ein wenig vor, und ihr Gast, der eine gewisse Ähnlichkeit mit drei übereinandergelegten Kissen hatte, sah ernst und erwartungsvoll zu ihr auf.

FURCHT

Als der alte Amtsrat seinem vertrauten Platz im Kaffeehaus zustrebte, streifte sein flüchtiger Blick drei alte Damen in der Fensternische nebenan. Ein wenig angewidert nahm er Tortenstücke und Berge von Schlagobers wahr und fühlte leichten Ärger in sich aufsteigen. Frauen hatten in einem Café nichts zu suchen. Sie konnten den Mund nicht halten und störten nur die lesenden Männer. Warum gingen sie nicht in eine Konditorei, wie es sich gehörte? Wahrscheinlich sah der Cafétier sie sogar gern, sie waren die einzigen Gäste, an denen er verdienen konnte. Es war schließlich kein Geschäft, einen Gast zwei Stunden bei einem kleinen Braunen und zwei Glas Wasser herumsitzen zu haben. Der Amtsrat war nicht uneinsichtig, aber seine Ruhe lag ihm mehr am Herzen als die Geschäfte des Cafétiers, und er blieb dabei, daß Frauen im Kaffeehaus eine wahre Plage waren, noch dazu, wenn sie sich in seiner Nähe niederließen, nur durch einen Paravent von ihm getrennt.

Er ließ sich auf die abgewetzte Polsterbank fallen, und der Ober kam herbei, um dem Stammgast die Zeitungen zu bringen. Seit der Amtsrat in Pension war, seit drei Jahren ungefähr, verbrachte er viel Zeit hier; vormittags zwei Stunden, dann ein langer Spaziergang den Fluß entlang und nach dem Nachmittagsschlaf noch einmal ein Sprung ins Café. Seine Wohnung war klein, und er konnte unmöglich den ganzen Tag im Wohnzimmer hocken. Außerdem war er sich im klaren darüber, daß es für eine Frau eine arge Belastung war, den ganzen Tag ihren Mann herumsitzen zu sehen. Es tat ihm oft leid, daß er nie ein Hobby gepflegt hatte, aber jetzt mit irgend etwas anzufangen, schien ihm ganz aussichtslos; mit Zeitunglesen, Spazierengehen und Schlafen verging die Zeit eigentlich auf ganz angenehme Weise.

Er vertiefte sich in sein Leib-und-Magen-Blatt und vergaß die Welt der täglichen Langeweile. Aber etwas nagte und zupfte an seinem Bewußtsein, irritierend wie ein lästiges Insekt. Eine Weile gelang es ihm, diese Störung einfach nicht zu beachten, bis er, wie aus leichtem Schlaf aufschreckend, die Worte vernahm: »Leberkrebs im letzten Stadium«. Er fühlte sich betroffen wie von einer persönlichen Beleidigung und starrte finster auf den Paravent, hinter dem sich die Ursache seines Ärgers verbarg. Frauenzimmer! Sie konnten einfach nicht den Mund halten oder wenigstens rücksichtsvoll leise reden. Wäre ein anderer Platz frei gewesen, hätte er widerwillig seine Lieblingsnische verlassen, aber das Café war um diese Stunde voll, er mußte sich einfach bemühen, nicht hinzuhören.

Es zeigte sich sehr bald, daß dies ganz unmöglich war. »Nein«, stieß jetzt eine hohe, grelle Stimme hervor, »wirklich Leberkrebs?« Es klang atemlos und ein wenig gierig. »Ja«, bestätigte ein fetter Alt, »er ist schon grün, gelb kann man das nicht mehr nennen. Monatelang hat man seine Leber berieselt, damit er sieht, daß etwas mit ihm geschieht, aber nützen kann das gar nichts mehr.« – »Der Ärmste«, zischte die dritte Stimme, und dieses Zischen fuhr dem Amtsrat durch Mark und Bein; unvorstellbar, daß ein menschlicher Kehlkopf derartige Laute hervorbringen konnte. »Der Arzt gibt ihm noch eine Woche«, sagte der Alt. »Ja, ja«, dies war die erste Stimme, »sie kommen alle an die Reihe, alles rächt sich, das hemmungslose Trinken und Rauchen und das Herumtreiben.«

Der Amtsrat stellte fest: ein Alt, ein Sopran und eine nicht näher definierbare Zischerin. Damit hatte er wenigstens einen Hauch von Ordnung in die unerfreuliche Geschichte gebracht. Er zündete sich eine Zigarette an und beschloß, diesen Frauenzimmern das Handwerk zu legen. Er hustete laut und warnend. Es wurde wirklich still nebenan, aber nicht sehr lange. Gerade als der Amtsrat befriedigt die Zeitung weiterlesen wollte, sagte der Alt mit gedämpfter, aber noch immer sehr vernehmlicher Stimme: »Das klingt aber sehr nach Tuberkulose, oder nein, eher nach Lungenkrebs. Mein Edgar hat auch immer so gehustet, irgendwie unnatürlich und kratzend, bis dann ein Blutsturz ein Ende gemacht hat mit der Hüstlerei. Er war halt immer viel zu lustig, spät in die Nacht noch unterwegs. Sogar gesungen hat er mitten im November, öffentlich auf der Straße. ›Edgar‹, hab' ich gesagt, ›mach doch den Mund zu. Die Luft ist feucht und kalt und voll Tuberkeln, Bakterien und Sachen, die man noch gar nicht entdeckt hat.‹ Aber das hat ihn nicht gestört, mir zum Trotz hat er gesungen. Und die Folge davon: Jetzt liegt er schon zehn Jahre unter der Erde«, und nach einer nachdenklichen Pause: »Wissen möchte ich, was von ihm noch übrig ist nach so vielen Jahren.« Nach kurzem, angemessenem Schweigen sagte der Sopran: »Ich kenn' die Kusine von der Frau vom alten Nesveda, dem Gerichtsmediziner, seinerzeit war er sehr bekannt, die hat mir Sachen erzählt! Wie das ist bei so einer Exhumierung, einfach unaussprechliche Sachen.« – »Der Geruch?« fragte der Alt irgendwie hoffnungsvoll. »Der Geruch«, kam die Bestätigung von dem in gerichtsmedizinischen Kreisen verkehrenden Sopran, »der Geruch und alles andere.« Sie senkte die Stimme zu unverständlichem Geflüster, und kleine entsetzt-entzückte Ausrufe ertönten nebenan. »Ja, ja«, zischte es dann, »das ist das Los des Menschen, ein Häufchen Schleim und Gestank. Aber wenigstens spürt man es nicht mehr. Habt ihr übrigens gehört, wie es dem armen Karl geht mit seinem Raucherbein. Zweimal hat man schon amputiert, aber der Brand greift immer weiter. Das Fleisch soll schon ganz schwarz sein. Seine Frau macht viel mit. Und er war so ein fescher Mensch, nie hat er ihr treu sein können, es war ja auch wirklich nichts an ihr dran. Jetzt kann sie ihn pflegen, das bleibt dann immer für die Ehefrau übrig.«

Der Amtsrat drückte mit zitternder Hand die Zigarette aus, dann versuchte er, sich tief in die Börsenkurse hineinzubohren, vergebens. »Mein Mann«, verkündete der Sopran, »ist an Blasenkrebs gestorben. Er hat furchtbar gelitten, gestöhnt und geweint, da macht man was mit, das kann ich euch sagen. Ich bin mit der Wäsche gar nicht mehr nachgekommen, trotz der Gummieinlage. Dabei hat er nie getrunken. Ich versteh' das nicht. Sie halten einfach nichts aus. Auf einmal verlieren sie die Freude am Leben, sitzen nur so herum und reden nichts. Dann kann man schon das Kreuz über so einen Mann machen. Meiner war immer grantig und streitsüchtig, wie er dann so still geworden ist und friedlich, direkt unheimlich war das. Er ist in meinen Armen gestorben. Ins Spital hätt' ich ihn nie gegeben, obwohl er gern gegangen wäre, vielleicht aus Rücksicht auf mich. Aber man weiß ja, wie sie dort die Leute behandeln.« Beklommenes Schweigen. Dann zischte es: »Wir jedenfalls werden im Spital sterben, von unseren Kindern wird uns keines pflegen. Alle Frauen sterben im Spital.« – »Das stimmt«, gab der Sopran zu, »wenn es soweit ist, wird man es eben aushalten müssen. Mir wäre jeder Tag recht. Was hat man denn als Frau schon vom Leben?«

»Ja, ja«, sagte die Zischerin, der Amtsrat hatte inzwischen beschlossen, daß ihr zwei Vorderzähne fehlen mußten, »ich bin oft sehr schlecht beisammen, dann schlepp' ich mich nur so durch die Wohnung. Der Arzt sagt, mein Herz ist zu groß und drückt auf den Magen, und der Magen hängt bis zur Blase. Davon ist die ganz abgeplattet. Deshalb muß ich so oft in der Nacht aufstehen.«

Alt und Sopran schwiegen beeindruckt, mindestens eine halbe Minute, und legten dann gleichzeitig los, bis der Alt den Sieg errang: »Meine liebe Lina, du mußt nicht glauben, daß es mir so gut geht, nur weil ich so zugenommen hab' in letzter Zeit. Das kommt von der Schilddrüse. Außerdem hab' ich Wasser im Bauch und ein kaputtes Herz, und die Leber ...« Aber jetzt war der Sopran nicht mehr aufzuhalten und steigerte sich förmlich zu einem Diskant: »Ja, was glaubt ihr denn, wie es mir geht, diese Venengeschichte, ich könnte schreien vor Schmerzen, und meine Zustände, die könnt ihr euch nicht einmal vorstellen. Dieser Klumpen in der Speiseröhre, der immer auf und ab steigt und den man nicht schlucken kann. Das ist keine gewöhnliche Krankheit. Ich war schon bei sechs Ärzten, und alle sagen, das ist psychisch und man kann nichts dagegen tun. Das kennt ihr bestimmt nicht, es kommt sehr selten vor.«

Die beiden anderen schienen Klumpen in der Speiseröhre wirklich nicht zu kennen und redeten, sichtlich verärgert darüber, auf den Sopran ein, bestrebt, die psychischen Zustände herunterzusetzen und ein wenig lächerlich zu machen. Ein paar Minuten lang glaubte der Amtsrat, es werde zu einem Streit kommen, aber seltsamerweise beruhigten sich seine Nachbarinnen und plauderten gelassen über Myome und Eierstockzysten.

Der Amtsrat kroch tief in seine Zeitung. Es handelte sich offenbar um rein weibliche Leiden, die ihm nie gefährlich werden konnten, und für kurze Zeit nahm ihn wirklich der Leitartikel gefangen. Einmal vernahm er von nebenan eine Bestellung: Drei Stück Sachertorte und dreimal Kaffee mit Schlag. Der Ober brachte das Gewünschte und verzog sich dann behende zwischen die von Zeitungslesern und Kartenspielern bevölkerten Tische.

Der Leitartikel war zu Ende, und ehe der Amtsrat sich einem anderen Gebiet zuwenden konnte, bohrte sich der Sopran mitleidlos in sein Hirn. »Wie mein Franzi gekommen ist, hat die Hebamme das Blut mit den Händen aus dem Bett geschöpft. Und jetzt besucht er mich einmal im Jahr, man hat keinen Dank von den Kindern.« Daraufhin erhob sich ein dreistimmes Klagen über Kinder, die mit Steißlage, Querlage und ähnlichen Bosheiten ihre Mütter fast umgebracht hatten und sich jetzt kaum um sie kümmerten. Dies gewährte dem Amtsrat ein wenig Befriedigung, und er versuchte, den Faden wiederzufinden und in die Zeitung zurückzugleiten, weg aus dieser schamlosen, blutigen Weiberwelt, zu den sauberen Zahlen und Buchstaben.

Die Freude dauerte indes nicht lange, denn jetzt berichtete die Zischerin von einem Unglücklichen, dem man den Darm verkürzt und einen künstlichen Ausgang geschaffen hatte, und alle drei ergingen sich in der Beschreibung der besonderen Widerwärtigkeit dieses erbärmlichen Zustandes. Dazwischen war heftiges Mampfen und Kaffeeschlürfen zu vernehmen. Das Gespräch schien die Damen in Hochstimmung zu versetzen.

Den Amtsrat schauderte es, er warf das Geld für den kleinen Braunen auf den Tisch und enteilte, ohne einen Blick in die Fensternische zu werfen. »Die Leichenstarre hat schon eingesetzt«, klang es in seinen gepeinigten Ohren, dann stand er auf der Straße und atmete tief ein, Tuberkel und Bazillen, und was eben so auf der Straße herumfliegt. Für ihn war es auf jeden Fall zu spät, sich darum zu kümmern.

Als er am Fenster des Cafés vorbeikam, sah er drei rosige Matronengesichter unter blausilbern getönten Haarwellen. »Der Lohn der Tugend« schien auf ihre Stirnen geschrieben zu stehen. Der Amtsrat murmelte etwas von Hyänen und Aasgeiern und eilte heimwärts. Im Wohnzimmer saß seine Frau und strickte. Als er eintrat, lächelte sie ihm zu und sagte: »Wir können bald essen, Rindfleisch und Spinat von mittags.« – »Ich hab' keinen Appetit«, sagte der Amtsrat und ließ sich in einen Sessel fallen. Seine Frau sah ihn prüfend an. »Ist dir nicht gut, Anton?« Sie seufzte: »Du solltest nicht mehr rauchen und nicht die Stiege herauflaufen, du bist ja nicht mehr der Jüngste.« – »So alt auch wieder nicht«, protestierte er schwach. »Achtundsechzig«, sagte sie ruhig, und es klang wie ein Urteil. Sie sah ihn aufmerksam an, als prüfe sie sein Herz, seine Lungen, seine Leber und alle Eingeweide, eins nach dem andern, jedes einzelne Blutgefäß und schließlich seine alten Knochen. Und dann, als habe sie etwas entdeckt, sagte sie: »Essen wir eben später«, so als komme es gar nicht mehr darauf an.

Der Amtsrat starrte seine Frau an, die Frau, mit der er vierzig Jahre recht gut gelebt hatte. Er sah eine rüstige Matrone, mit rosigem, leicht faltigem Gesicht unter blausilbern getönten Haarwellen, eine angenehme, mütterliche Erscheinung. »Zwei, drei, vier«, zählte sie an ihrem Strickmuster, und nach einer Weile, während er die Augen nicht von ihr lassen konnte, sagte sie ohne aufzublicken: »Du hast in letzter Zeit manchmal so bläuliche Lippen, vielleicht solltest du doch zum Arzt gehen.« Und er sah es ganz deutlich, es konnte kein Irrtum sein, seine Augen waren noch ganz in Ordnung, um ihren Mund huschte ein verstohlenes Lächeln.

Der Amtsrat wünschte sich sehnsüchtig ein Arbeitszimmer für sich allein, ein Zimmer, in dem er vielleicht auch schlafen, mit einem Schlüssel, den man sogar umdrehen könnte, aber daran hätte er vor vielen Jahren denken sollen. Heute war es zu spät. So blieb er im Wohnzimmer bei seiner Frau sitzen, sah ihr beim Stricken zu, und tief in seinem alten Leib fürchteten sich seine Lungen, seine Leber, seine Nieren und alle übrigen Eingeweide, besonders aber fürchtete sich sein Herz.

NACHBEMERKUNG

Warum ich mein Buch schrieb

Wenn man mich fragt, warum ich diese Erzählungen geschrieben habe, kann ich nur antworten: um mir selber einmal eine Freude zu bereiten.

Nachdem ich in den vorhergehenden dreieinhalb Jahren zwei Romane geschrieben habe, fühlte ich mich ein wenig erschöpft und fand, es gebe keine mühseligere Arbeit, als Romane zu schreiben.

Das ist auch wirklich so; besonders, wenn man nebenbei noch anderen Beschäftigungen nachgehen muß und dauernd gestört und unterbrochen wird.

Endlich, nach Jahren, wieder einmal Erzählungen schreiben zu dürfen, schien mir geradezu eine Erholung zu sein. Nun, es wurde keine Erholung, sondern eine einzige Aufregung und Mühe. Trotzdem wurde es aber auch eine große Freude für mich.

Im Roman ist es notwendig, oft weite Strecken hin über Dinge und Vorgänge zu schreiben, die den Autor nicht gerade brennend interessieren, über die er aber berichten muß, um den gleichmäßigen Fluß einer langen Prosa nicht zu unterbrechen. Sie sind das feste Fleisch, mit dem das Gerüst des Romans gepolstert wird.

Diese Notwendigkeit fällt bei der Erzählung weg. Der Autor kann sich einen Vorgang oder eine Situation auswählen, dieses winzige Stückchen Leben wie durch eine Lupe betrachten, es aus seiner Umgebung herausheben und in die angemessene Form bringen. Sehr oft gelingt dies nicht oder nicht ganz, aber manchmal erlebt er doch die Befriedigung, ein kleines, rundes Kunstwerk geschaffen zu haben.

Vielleicht werden manche Leser finden, meine Erzählungen wären zu düster und pessimistisch. Das kommt daher, daß ich mich beim Schreiben dieses Buches in relativ heiterer und friedlicher Stimmung befand. Vor Jahren, als ich einmal besonders deprimiert war, habe ich eine Reihe von Humoresken geschrieben. Diese rätselhafte Erscheinung ließe sich bestimmt erklären, aber ich habe nicht Zeit und Lust, darüber nachzudenken. Lieber werde ich mich wieder hinsetzen und ein neues Buch schreiben und werde mich von mir selber überraschen lassen.

Marlen Haushofer

Der zweite Band der Gesammelten Erzählungen von Marlen Haushofer enthält die Erzählung »Das fünfte Jahr« aus dem Jahr 1952. Für diese Erzählung erhielt Marlen Haushofer 1953 einen staatlichen Förderpreis, und sie wurde das erste Buch, das die Autorin im Jungbrunnen Verlag, Wien, veröffentlichen durfte. Die Novelle »Wir töten Stella« erschien erstmals 1958 in Wien und wurde 1958 in einer gesonderten Ausgabe vom claassen Verlag neu herausgegeben. »Wir töten Stella« wurde 1963 mit dem Arthur Schnitzler-Preis ausgezeichnet. Alle anderen Erzählungen sind dem 1968 im claassen Verlag erschienenen Band »Schreckliche Treue« entnommen, für den Marlen Haushofer ein Jahr später den Österreichischen Staatspreis erhielt. »›Schreckliche Treue‹ ist nicht der erste Band Erzählungen, den Marlen Haushofer publizierte, sondern das neueste Stockwerk, das sie dem Gebäude ihrer Kurzprosa aufgesetzt hat.«

INHALTSVERZEICHNIS

Marlen Haushofer
im claassen Verlag

Die Wand
Roman, 276 Seiten, gebunden

Himmel, der nirgendwo endet
Roman, 222 Seiten, gebunden

Die Mansarde
Roman, 220 Seiten, gebunden

Wir töten Stella
Novelle, 72 Seiten, gebunden

Begegnung mit dem Fremden
Erzählungen, 288 Seiten, gebunden